애도와 우울증

푸슈킨과 레르몬토프의 무의식

SLAVICA 슬라비카 총서 02

슬라비카 총서 02
애도와 우울증 —푸슈킨과 레르몬토프의 무의식

초판1쇄 펴냄 2011년 08월 30일
초판4쇄 펴냄 2019년 05월 20일

지은이 이현우
펴낸이 유재건
펴낸곳 (주)그린비출판사
주소 서울시 마포구 와우산로 180, 4층
대표전화 02-702-2717 | **팩스** 02-703-0272
홈페이지 www.greenbee.co.kr
원고투고 및 문의 editor@greenbee.co.kr

편집 이진희, 구세주, 송예진, 김아영 | **디자인** 이은솔
마케팅 육소연 | **물류유통** 유재영, 류경희 | **경영관리** 유수진

독자의 학문사변행學問思辨行을 돕는 든든한 가이드 _(주)그린비출판사

애도와 우울증

푸슈킨과 레르몬토프의 무의식

이현우 지음

SLAVICA 슬라비카총서 02

그린비

| 일러두기 |

1 이 책은 저자의 박사학위논문 「푸슈킨과 레르몬토프의 비교시학: 문학적 태도로서의 애도와 우울증」을 단행본으로 편집한 것으로, 일부 내용이 수정 및 증보되었다.

2 본문에 인용된 시는 대부분 A. S. Pushkin, *Polnoe Sobranie Sochinenii v 10 Tomakh*, Leningrad, 1977[『푸슈킨 전집(전 10권)』]과 M. Yu. Lermontov, *Polnoe Sobranie Sochinenii v 4 tomakh*, Leningrad, 1979[『레르몬토프 전집(전 4권)』]를 토대로 저자가 번역한 것이다. 인용된 시들은 찾아보기 편하도록 권말에 별도로 목차를 실었다.

3 본문, 각주나 참고문헌 등에 쓰인 키릴문자는 독자들의 편의를 위해 로만알파벳으로 음역하여 표기하였다. 러시아 문헌의 서지정보는 대괄호 안에 번역어를 병기했다.

4 외국 인명이나 지명, 작품명은 2002년에 국립국어원에서 펴낸 외래어 표기법을 따라 표기하는 것을 원칙으로 하였으나 관례를 폭넓게 인정했다(예: 푸슈킨, 도스토예프스키 등).

5 단행본·전집·정기간행물 등은 겹낫표(『 』)로, 시·논문·단편·회화 제목 등은 낫표(「 」)로 표시했다.

책머리에

알렉산드르 푸슈킨Aleksandr Sergeevich Pushkin, 1799~1837과 미하일 레르몬토프 Mikhail Yurevich Lermontov, 1814~1841는 더 이상의 설명이 불필요한, 19세기 러시아의 대표적인 시인이다. 이들은 고골Nikolai Gogol, 1809~1852과 함께 19세기 전반기 러시아 문학의 '황금시대'를 주도하면서 러시아 국민문학의 토대를 마련하였다. 귀족학교 리체이에 다니던 시절부터 비교적 일찍 시인으로서 재능을 인정받았던 푸슈킨과는 달리, 자신의 작품을 발표하는 데 다소 소극적이었던 레르몬토프는 시적 재능에 비하여 비교적 오랜 무명시절을 겪었다는 점에서 둘 사이에 차이가 없는 것은 아니다. 하지만 시인으로서의 출발, 드라마와 산문(소설) 등 다양한 장르에 걸친 창작, 그리고 결투로 인한 때 이른 죽음 등 두 시인의 많은 공통점은 항상 이들의 이름을 문학사에서 나란히 거명하게끔 한다.

하지만 두 시인에 대한 그간의 연구는 레르몬토프에게 미친 푸슈킨의 영향에만 주로 초점이 맞추어져 왔다. 이러한 '영향관계'에 대한 조명은 나름의 의의를 갖는 것이지만 레르몬토프 창작의 독자성을 규명하는 데에는 한계가 있는 것도 사실이다. 통시적 영향관계란 일방향적인 성격을 갖게 되기 때문이다. 이러한 문제의식을 바탕으로 하여 이 책에서는 두 시인의 창작세계를 '애도'와 '우울증'이란 키워드를 통해 비교해 보고자 했다. 애도와 우울증은 상실에 대한 두 가지 반응태도로 프로이트가 정립한 개념이다. 낭만주의 시인에게서 상실은 일종의 근원적 체험이므로 그 문학적 형상화 또한 애도적 유형과 우울증적 유형, 두 갈래로 나타나지 않을까라는 것이 최초의 착안이었다. 그런 관점에서 푸슈킨과 레르몬토프에 관한 공시적인 유형학을 정립해 보고자 한 것이 이 책의 기본 의도이다. 그러한 의도가 얼마만큼 구현되었는가는 이제 독자가 판단할 문제이겠지만, 두 시인에게서 러시아 근대문학의 두 정념론적 기원을 찾으려고 한 시도 자체는 의의를 인정받을 수 있지 않을까 싶다. 거기에 희망을 덧붙이자면, 이 연구가 문학적 태도의 일반론적인 유형학을 구상하는 데에도 쓸모가 있었으면 한다.

*　*　*

이 책은 「푸슈킨과 레르몬토프의 비교시학: 문학적 태도로서의 애도와 우울증」(2004)이라는 제목으로 제출됐던 박사학위 논문을 단행본으로 다듬은 것이다. 일반 독자를 고려하여 분량을 좀 줄이고 논문에 포함돼 있던 러시아 시 원문은 삭제했으며 딱딱한 문장들도 약간 손을 보았다. 몇 가지 '성형'을 가한 셈이지만 그렇다고 하여 '원판불변의 법칙'을 깨뜨리는 수준까지 뜯어고치지는 못했다. 대개의 연구자들처럼 나도 학위 논문에 대해서는 애증의 감정을 갖고 있다. 한때 노력과 열정을 쏟아붓긴 했지만 다시 보고 싶지는 않은 것이 보통 학위 논문이란 물건이다. 따라서 주변의 권유와 도움이 없었다면 먼지를 뒤집어쓰고 있던 물건이 이렇듯 다시 빛을 보게 되지 못했을 것이다. 슬라비카 총서를 기획하면서 이 논문을 총서에 포함하도록 부추겨 준 최진석 선생에게 감사한다. 편집 실무를 맡아서 저자보다도 더 꼼꼼하게 읽고 깔끔하게 책을 만들어 준 그린비의 김미선 편집자에게도 감사를 전하지 않을 수 없다. 교정 과정에서 많은 도움을 주고 조언을 아끼지 않은 연세대 노어노문학과 대학원의 김혜영 학생에게도 특별한 고마움을 표하고 싶다. 읽을 만한 책이 나왔다면 당연히 그들의 몫이 크고 내 몫은 작다. 하지만 아직 미진한 부분이 남아 있다면 전적으로 내 탓이다. 책도 다 저자를 닮는 것이니 어쩔 수 없는 부분이기도 하다.

이미 불혹의 나이도 넘겼으니 잘나고 못난 구석이 다 나의 책임이고 모든 게으름 또한 운명이다. 그걸 구제하기는 어렵다. 그렇더라도 이렇게 새로 책을 펴내는 것이 애초에 논문을 지도하고 심사해 주신 선생님들께는 폐가 되지 않았으면 좋겠다. 대놓고 말하지는 않겠지만 이 책에는 '괜찮다' 싶은 대목이 전혀 없진 않으며, 그런 대목은 대부분 그분들의 자극과 압력, 그리고 조언 덕분에 마련될 수 있었다. 이 자리를 빌려 다시 새삼 감사드린다.

그리고 끝으로 덧붙이자면 '애도와 우울증'이란 주제는 개인적인 선택이면서 동시에 운명적인 선택이었다. 2003년 봄 절친했던 친우이자 동학이 세상을 등졌다. 그와 나누었던 마지막 대화가 아직도 영화 속 한 장면처럼 회상된다. 친구를 잃은 뒤에 나는 프로이트의 「애도와 우울증」을 찾아 읽고서 이 주제의 논문을 구상했다. 그리고 그해 가을에 제출했다. 그러니 그의 죽음이 없었다면, 그를 애도하는 마음이 없었다면, 이 책은 쓰이지 않았을 것이다. 이 책을 준희에게 바친다.

2011년 8월 이현우

차례

서장

1. 푸슈킨과 레르몬토프 연구의 경향

푸슈킨과 레르몬토프의 비교시학을 시도하고자 하는 이 책의 목적은
두 시인의 창작세계를 애도와 우울증이라는 정념론적 범주를 통해서
유형화하는 데 있다. 물론 푸슈킨과 레르몬토프는 19세기 선반기 낭만
주의 시대를 대표하는 시인으로서만이 아니라 러시아 국민문학 자체를
대표하는 두 시인이기에, 이들의 창작에 대한 개별적인 연구는 러시아
내외에서 다양하고도 지속적으로 이루어져 왔다.[1] 이러한 연구는 아직
현재진행형이며, 아직도 괄목할 만한 연구업적들이 계속 나오고 있다.
하지만 우리의 관심을 푸슈킨과 레르몬토프에 대한 직접적인 비교연구
로 제한하게 되면 뜻밖에도 다소 빈곤한 연구결과들과 마주하게 된다.

이 주제에 관한 본격적인 연구서인 마코고넨코의 『레르몬토프와
푸슈킨』[2]에서 비교적 상세한 연구사를 읽어 볼 수 있지만, 이를 포함한
대부분의 비교연구가 레르몬토프에 대한 푸슈킨의 영향이나 레르몬토
프에 의한 푸슈킨 창작의 계승이라는 한정적인 시각에서만 이 주제를
다루고 있다. 그럴 경우, 레르몬토프의 창작에 대한 이해는 러시아 문학

연구자들이 흔히 '낭만주의에서 사실주의(=리얼리즘)로'라는 구호로 요약하는 관점을 반복하게 된다. 푸슈킨의 문학적 유업을 (반동적 시기였던) 1830년대에 레르몬토프가 어떻게 계승·발전시켜 나갔는가라는 점에만 초점이 맞추어지는 것이다.[3] '푸슈킨과 레르몬토프'가 아닌 '레르몬토프와 푸슈킨'이란 제목 자체가 이런 관심의 방향을 잘 일러 준다.[4]

'레르몬토프와 푸슈킨'이란 제목이 나타내는 것은 레르몬토프를 이해하는 데 있어서 푸슈킨이 차지하는 압도적인 비중이다. 거기에는

---

1 러시아 국민문학의 '아버지' 푸슈킨에 관한 연구는 대내외적으로 이루 다 헤아릴 수 없을 정도인데, 19세기부터 20세기까지 러시아 문학사에서의 고전적인 연구논문들만을 모아 놓은 책으로 마르코비치(V. M. Markovich)와 포타포바(G. E. Potapova)가 편집한 『푸슈킨: 옹호와 비판』(A. S. Pushkin: Pro et Contra, St. Petersburg, 2000)의 1, 2권만 해도 총 1,414쪽에 이른다(여기에 20세기 후반 연구자들의 논저들은 빠져 있다). 불과 27세에 생을 마감한 레르몬토프에 대한 연구 또한 1981년 마누일로프(V. A. Manuilov)의 책임편집하에 방대한 『레르몬토프 백과사전』(Lermontovskaya entsiklopediya)이 출간될 만큼의 연구 역량과 그 축적을 자랑한다. 역시 마르코비치와 포타포바가 편집한 연구논문선집 『레르몬토프: 옹호와 비판』(Lermontov: Pro et Contra, St. Petersburg, 2002)도 치를에 흘긴쩼는데, 분량은 1,078쪽이다. 엮어궈에서의 ㅠ ㅁ 긴 긴十노 쐬소평가될 수 없는데, 이에 대한 간략한 개난은 Stephanie Sandler, "Introduction", Slavic Review vol.58, no.2, Summer 1999, pp.283~290이 유용하다. 푸슈킨 탄생 200주년 특집호의 이 '서론'에서, 필자는 미국의 슬라브학 정착 이후에 나온 손꼽을 만한 푸슈킨 연구서 20권의 목록을 제시하고 있다(pp.288~289). 레르몬토프에 관한 연구서지는 Lewis Bagby ed., Lermontov's A Hero of Our Time: A Critical Companion, Evanston: Northwestern University Press, 2002에 실린 "Select Bibliography"(pp.197~204)가 유용하다. 비록 『우리 시대의 영웅』에 초점이 맞추어져 있기는 하지만, 레르몬토프 창작 일반에 대한 연구와 러시아권의 연구들을 모두 포괄하고 있다.

2 G. P. Makogonenko, Lermontov i Pushkin, Leningrad, 1987.

3 이때 가장 좋은 비교의 준거가 되는 것은 푸슈킨의 『예브게니 오네긴』과 레르몬토프의 『우리 시대의 영웅』이다. 이에 대해서는 D. D. Blagoi, "Ot Evgenija Onegina k Geroi nashego vremeni: K voprosu o hudozhestvennom metode Lermontova", U. R. Fokht eds., Problemy romantizma, Moskva, 1967, pp.293~319[『예브게니 오네긴』에서 『우리 시대의 영웅』까지(레르몬토프의 예술적 방법론에 대하여)」, 『낭만주의의 제 문제』]를 참조하라. 마코고넨코가 『레르몬토프와 푸슈킨』의 3장에서 다루고 있는 「레르몬토프의 희곡 「가면무도회」(Maskarad)에서의 푸슈킨적 원칙」도 이러한 관심을 보여 주는 예이다.

4 푸슈킨 탄생 200주년을 기념하여 출간되었던 마르코비치의 논문집도 러시아 문학사에서의 두 시인의 위치를 핵심적으로 논하고 있지만, 두 시인에 대한 직접적인 비교는 하고 있지 않다. V. M. Markovich, Pushkin i Lermontov v istorii russkoi literatury, St. Petersburg, 1997[『러시아 문학사에서 푸슈킨과 레르몬토프』]를 참조하라.

그림 1 알렉산드르 푸슈킨(왼쪽)과 미하일 레르몬토프(오른쪽)의 초상.

푸슈킨에 대한 이해는 레르몬토프에 대한 참조 없이도 가능하지만, 레르몬토프에 대한 이해는 푸슈킨과의 관계를 고려하지 않고서는 제대로 이루어질 수 없다는 시각이 전제되어 있다. 그리고 이러한 시각은 레르몬토프 연구자들에게서도 널리 나타난다.[5] 즉 '레르몬토프와 푸슈킨'이란 주제의 비교연구는 레르몬토프 연구의 한 분야로서 자리 잡고 있는 것이다. 두 시인을 그와 같은 시각에서 비교 검토하는 작업은 물론 비교연구로서 충분한 가치를 가질 뿐만 아니라 합목적적인 문학사 서술을 위해서 필수적으로 요청되는 것이기도 하다. 하지만 문학사적 의식에

---

5 E. E. Naidich and V. A. Manuilov, "Pushkin", *Lermontovskaya Entsiklopediya*, Moskva, 1981, pp.455~458 [「푸슈킨」, 『레르몬토프 백과사전』]; V. A. Manuilov ed., *M. Yu. Lermontov*, Leningrad, 1960, pp.341~343 [『레르몬토프』]. 이 책에는 1960년까지 '레르몬토프와 푸슈킨'이란 주제를 다룬 연구논저 14편의 목록이 제시돼 있다(이 역시 많은 양이라고는 볼 수 없다).

근거한, 통시적 영향관계에 대한 과도한 주목은 문학연구의 다른 한 축으로서 공시적인 유형학에 대한 고려를 간과하도록 만든다. 푸슈킨과 레르몬토프에 대한 여러 비교연구가 있음에도 불구하고, 레르몬토프 창작의 독자성을 시학적으로 정립하려는 시도가 거의 이루어지지 않은 것은 그 때문일 것이다.

이 책은 바로 그러한 문제의식에서 출발하여 푸슈킨과 레르몬토프를 공시적인 차원에서 대등하게 비교 검토하고자 한다. 1843~1846년에 걸쳐서 발표한 일련의 연작논문 「푸슈킨론」[6]을 통해서 푸슈킨이 러시아의 '국민시인'의 지위를 차지하는 데 결정적인 역할을 했던[7] 비평가 벨린스키Vissarion Belinsky, 1811~1848는 이미 1840년에 (푸슈킨에 견주어) "레르몬토프는 명백히 전혀 다른 시대의 시인이며 그의 시는 러시아 사회의 역사적 발전에서 완전히 새로운 고리이다"[8]라고 평가했다.[9] 벨린스키와 함께 1840년대 '아버지' 세대를 대표하는 인텔리겐치아 게르첸Aleksandr Herzen, 1812~1870 역시 1825년의 데카브리스트 봉기를 경계로 하여 러시아 낭만주의를 전기와 후기로 나누고 푸슈킨과 레르몬토프를 각각 첫번째

---

6 Vissarion G. Belinsky, *Sochineniya Aleksandra Pushkina*, Moskva, 1985 [『알렉산드르 푸슈킨의 창작』].

7 벨린스키의 이 푸슈킨론의 개관과 그것이 갖는 문학사적 의의에 대해서는 심성보, 「벨린스키 비평에 나타난 푸슈킨 작품해석의 현재적 의의에 관한 연구」, 『러시아어문학연구논집』, 제3집, 한국러시아문학회, 1997, 172~191쪽을 참조하라. 푸슈킨에 대해 다루는 벨린스키의 논문 10편 중에서 푸슈킨의 서정시를 다룬 다섯번째 논문의 우리말 번역은 「푸슈킨의 서정시에 대하여」, 『전형성, 파토스, 현실성』(벨린스키 문학비평선), 심성보 외 옮김, 한길사, 2003, 243~332쪽이다.

8 벨린스키, 「레르몬토프의 시편들」, 『전형성, 파토스, 현실성』, 170쪽.

9 벨린스키는 『푸슈킨 시선집』과 『우리 시대의 영웅』을 다룬 위의 두 편의 비평문에서 레르몬토프의 창작을 푸슈킨의 창작과 연관 지어 다룸으로써, 두 시인의 비교라는 주제를 문학사의 한 장관으로서 가장 먼저 무대화하였다. 따라서 '푸슈킨과 레르몬토프'라는 주제의 저작권은 벨린스키에게로 돌려져야 할 것이다.

와 두번째 시기의 대표시인으로 간주하였다.[10] 두 시인의 비교시학을 목표로 하는 이 책의 관심과 정향 또한 이렇듯 벨린스키나 게르첸이 제시한 윤곽을 크게 벗어나지 않는데, 그에 따를 때 두 시인의 비교시학에서 관건은 두 시인의 차이, 혹은 푸슈킨에 대한 레르몬토프의 '새로움'을 어떻게 개념화할 것인가에 달려 있다.

이 책에서는 두 시인의 차이를 문학적 태도의 차이로 개념화·유형화하고자 한다. 문학적 태도란 시인 또는 작가가 창작에 임하는 의식적인 태도인 동시에 그의 창작을 통해 재구성해 볼 수 있는 창작의 구성적 원리이자, 그가 가진 상상력의 구조 및 패턴을 규정짓는 무의식적인 바탕을 포괄적으로 지시한다. 이러한 문학적 태도는 경험적인 통시적 영향관계에 의해 좌우되기보다는 창작 경험 이전에 선험적으로 규정·정립되어, 창작의 구성적 원리로서 그것을 규제·인도하는 역할을 수행한다. 그러한 태도로서 특별히 이 책에서 도입하고자 하는 것은 애도와 우울증이라는 정념론적 범주, 혹은 정념론적인 태도이다. 그러한 범주로써 두 시인을 비교하고자 하는 발상의 전제는 다른 무엇보다도 푸슈킨과 레르몬토프가 러시아 낭만주의 시대를 관통했다는 사실에 있다.

2. 낭만주의에서 사실주의로?

소비에트-러시아의 문학연구자들은 일반적으로 낭만주의 문학을 사실주의 문학에 비하여 열등한 것으로 평가절하하면서 낭만주의의 문학사

---

10 S. E. Shatalov ed., *Istoriya romantizma v russkoi literature(1825~1840)*, Moskva, 1979, p.8 [『러시아 문학에서 낭만주의의 역사(1825~1840)』].

적 의의를 주로 사실주의로의 이행기 혹은 과도기에서 찾았다.[11] 이러한 경향이 다소나마 극복되기 시작하는 것은 1960년대 후반부터이다. 포흐트가 편집한 논문모음집 『낭만주의의 제 문제』(1967)[12]는 과연 낭만주의가 독자적인 의의를 갖는 문학사조인가를 놓고 벌어졌던 1960년대 중반의 논쟁을 압축적으로 보여 준다.[13] 이러한 논쟁의 결과로 1979년에 러시아과학아카데미에서 출간된 『러시아 낭만주의 문학사』(전 2권)[14]는 러시아 낭만주의를 1790년에서 1840년에 이르는 장기적인 문학사조로서 인정하고 있다.[15] 하지만 여전히 낭만주의의 독자적인 의의에 대한 러시아학계의 평가에는 인색한 구석이 있다. 낭만주의의 전기와 후기를 가름하는 1825년 데카브리스트 봉기 이후에 러시아 문학은 현실과 보다 밀착된 문제의식을 바탕으로 하여 사실주의(=리얼리즘)로 이행해 갔다고 간주하는 것이 여전히 일반적인 관점으로서 통용되고 있는 것이다(전환점이 되는 작품으로 흔히 지목되는 것이 푸슈킨의

---

11 유리 만에 의하면, 이러한 경향은 『푸슈킨과 러시아 낭만주의자들』(Pushkin i russkie romantiki, 1946), 『푸슈킨과 사실주의 문체의 제 문제』(Pushkin i problemy realisticheskogo stilya, 1957), 『고골의 사실주의』(Realizm Gogolya, 1959) 등 구코프스키(G. A. Gukovsky)의 일련의 저작들 덕분에 일반화되었다. Yu. M. Mann, Dinamika russkogo romantizma, Moskva, 1995, p.9 [『러시아 낭만주의의 역동성』].

12 U. R. Fokht, Problemy romantizma: Sbornik Statei, Moskva, 1967 [『낭만주의의 제 문제: 논문집』]. 이 책에는 당시의 대표적인 학자 8인의 논문이 실려 있다.

13 이러한 논쟁 이후에 비로소 보다 본격적인 낭만주의 연구서들이 출간되게 되는데, 『러시아 낭만주의에 관하여』(E. A. Maimin, O russkom romantizme, Moskva, 1975), 『러시아 낭만주의 시』(Yu. M. Mann. Poetika russkogo romantizma, Moskva, 1976) 등의 1970년대 저작이 대표적인 예이다.

14 A. S. Kurilov ed., Istoriya romantizma v russkoi literature(1790~1825) [『러시아 문학에서 낭만주의의 역사(1790~1825)』]; S. E. Shatalov ed., Istoriya romantizma v russkoi literature(1825~1840).

15 영어권 연구의 경우에도 러시아 낭만주의 시대 구분은 대략 이와 일치한다. 표준적인 케임브리지 러시아 문학사의 경우, 1790~1820년까지가 감상주의와 전기 낭만주의 시대이며, 1820~1840년까지의 기간이 온전하게 낭만주의 시대에 해당한다. 이때 낭만주의의 기점을 이루는 작품이 푸슈킨의 『루슬란과 류드밀라』(1820)이다. Charles A. Moser ed., The Cambridge History of Russian Literature, Cambridge: Cambridge University Press, 1992.

「보리스 고두노프」Boris Godunov, 1825이다). 저명한 푸슈킨 학자인 포미초프는 푸슈킨의 낭만주의 시기를 아예 1820~1823년까지로 한정하고, 이미 1823년『예브게니 오네긴』Yevgeny Onegin의 집필과 더불어 사실주의(혹은 사실주의 형성기)에 진입하는 것으로 보고 있으며,[16] 쿨레쇼프의 저서인『19세기 러시아 문학사』[17]에서도 푸슈킨과 레르몬토프에게서 낭만주의 시기를 바이런의 영향을 받는 1820년대 초반으로만 한정하고, 1825~1840년까지를 사실주의가 정착되어 가는 이행기, 과도기로 서술하고 있다. 앞에서 언급한『러시아 낭만주의 문학사』에서도 레르몬토프의 서사시「악마」demon, 1829~1839와「견습수도사」Mtsyri, 1839를 낭만주의의 정점으로서 다루고 있지만,『우리 시대의 영웅』Geroi nashego vremeni, 1840은 (암묵적으로) 사실주의 소설로 간주하여 제외하고 있다. 비록 시기적으로 차이는 있을지언정, 두 시인의 경우에 모두 '낭만주의에서 사실주의로의 이행'이라는 구도 자체는 관철되고 있는 것이다.

이러한 구도가 갖는 문제점은 일차적으로 문학작품에 대한 판단기준을 현실의 모방과 재현이라는 인식론적 차원에만 한정하고 있다는데 있다. 그러한 기준은 사실주의 문학의 함량을 판단하는 데에는 유력하지만, 기본적으로 '현실 너머의 현실'을 동경과 재현의 대상으로 삼는 낭만주의 문학에 대한 판단기준으로서는 불충분할 수밖에 없다. 더구나 낭만주의는 사실주의와는 달리 강렬한 정념론적 파토스를 기본적인 특질로서 거느리고 있으므로, 이에 대한 고려 없이 인식론적인 차원에

---

16 S. A. Fomichev, *Poeziya Pushkina: Tvorcheskaya evolyutsiya*, Leningrad, 1986 [『푸슈킨의 시: 창작의 진화』]. 본지(S. Bondy) 역시 같은 견해를 피력한다. *O Pushkine*, Moskva, 1978, p.10 [『푸슈킨에 관하여』].『예브게니 오네긴』을 둘러싼 푸슈킨의 '진정한' 낭만주의 논란에 대해서는 김원한, 「『예브게니 오네긴』과 푸슈킨의 낭만주의」, 서울대학교 박사학위논문, 1999, II장을 참조하라.

17 V. I. Kuleshov, *Istoriya russkoi literatury XIX veka*, Moskva, 1997.

서만 판단하고 평가하는 것은 포도주를 눈으로만 맛보는 것과 같다. 푸슈킨과 레르몬토프의 경우에, 이 포도주 맛의 눈금처럼 주어진 낭만주의와 사실주의란 심급도 두 시인의 창작내적인 발전 과정에 대한 면밀한 검토에 의해서 추출된 것이 아니라 시대사적 요구에 따라 재단된 것이 아니냐는 의혹이 짙다. 그럼에도 불구하고 이 두 문학사조의 경계가 마치 두 시인이 통과해 가야 할 거점이나 단계처럼 미리 주어질 경우에, 그들의 창작 전반에 대한 이해는 정해진 결론을 도출해 내기 위한 짜맞추기식의 이해로 전락할 수밖에 없다. 그럴 경우, 푸슈킨과 레르몬토프의 창작은 모두 낭만주의(=미성숙)에서 사실주의(=성숙)로 이행 혹은 진화해 가는 것으로 동일시되어, 두 시인의 개성과 창작이 갖는 변별성과 독자성을 제대로 인식할 수 없게 된다.

　　푸슈킨과 레르몬토프에 대한 비교시학이 정립되기 위해서는 먼저 이러한 난관이 극복되어야 한다. 즉 아무런 예단 없는 두 시인의 비교시학이 가능하기 위해서는 김징끽으로라도 사실주의로의 이행 혹은 진화라는 노식이 무리하게 강요되어서는 안 되며, 더불어 낭만주의 자체의 독자적 의의가 인정되고 확보되어야 한다. 사실 '낭만적'romantic이란 개념 자체가 너무 많은 것을 의미하게 되어 결국엔 아무것도 의미하는 바가 없게 되었다는 불평[18]이 암시하듯이, 낭만주의는 정의하기가 어려운 개념이다. 하지만 그럼에도 불구하고 합리적 이성과 구별되는 감성의 복권, ('두 세계' 모델을 바탕으로 한) 이상理想에의 강렬한 동경과 자유로운 문학적 형식 실험 및 추구, 정념론적 파토스에 대한 옹호 등을 낭만

---

18 A. O. Lovejoy, "On the Discrimination of Romanticisms", Robert F. Gleckner and Gerald E. Enscoe, *Romanticism: Points of View*, Second Edition, Detroit: Wayne State University Press, 1975, p.66.

주의의 특징으로 지적할 수 있으며, 이를 바탕으로 역사적 낭만주의 시기를 한정 지을 수 있다.

러시아 문학의 경우, 푸슈킨과 레르몬토프가 활동했던 1820~1840년대는 대략 이러한 의미에서의 낭만주의에 부합한다(이 시기는 푸슈킨의 『루슬란과 류드밀라』Ruslan i Lyudmila에서 시작되어 레르몬토프의 『우리 시대의 영웅』으로 마감된다). 앞에서 지적했듯, 두 시인이 러시아 낭만주의 시대를 관통했다는 것은 그들의 생애가 이 시기에 걸쳐 있다는 의미이면서 동시에 낭만주의 문학의 코드를 통해서 두 시인의 창작이 온전하게 해명될 수 있다는 뜻이다. 이 책에서 핵심적으로 도입, 제안하고자 하는 낭만주의의 코드는 애도와 우울증이라는 정념론적 범주이다. 그리고 이러한 코드에 의해서 사실주의적·인식론적 코드가 간과할 수밖에 없는, 두 시인의 상상력에서의 변별적 특질이 밝혀질 수 있기를 기대한다.

3. 낭만주의의 코드로서 애도와 우울증

프로이트가 이론적 윤곽을 제시한 바에 따르면,[19] 애도와 우울증은 상실에 대한 반응태도로서 모든 인간에게 보편적으로 나타난다. 하지만 그것이 '문학적'으로 유표화되는 것은 역사적 낭만주의 이후이다. 낭만주의의 핵심적 자질로서 흔히 지적되는 이상에의 동경[20]은 언제나 이상의 상실로 인한 좌절과 절망, 애도와 우울증을 수반하게 마련이다. 때문

---

19 프로이트가 제시한 이론적 윤곽과 그것이 함축하는 내러티브 모델은 1장 1절에서 자세하게 다루어진다.
20 지명렬, 『독일낭만주의연구』, 일지사, 1988.

에 낭만주의는 상실에 대한 반응태도를 문학적으로 주제화한다고 말할 수 있으며, 거꾸로 이 반응태도의 두 가지 유형은 낭만주의 문학을 이해하는 핵심적인 코드로 활용될 수 있다. 물론 상실은 모든 인간의 보편적인 체험이기에 유독 낭만주의 시인에게만 문제 되는 것은 아니다. 하지만 그것은 낭만주의 시인에게 창작의 근원적인 동력과 계기를 제공해 준다는 점에서 차별적이다(그런 의미에서, 이 상실은 '근원적 상실'이면서 '외상적 상실'이라 불릴 수 있을 것이다).

두 시인의 비교시학에 프로이트의 이론을 원용하고자 한다는 것은 이 책의 바탕에 텍스트에 대한 정신분석학적 관심이 가로놓여 있음을 말해 준다.[21] 본론 전반에 걸쳐서 프로이트와 라캉 등 여러 정신분석학자들의 이론적 작업에서 많은 용어와 암시를 가져온 것은 이러한 관심에서이다. 텍스트에 대한 정신분석학적 관심이란 '텍스트적 무의식'에 대한 관심이다. 무의식에 대한 정의[22]에 기대어 말하자면, 텍스트적 무의식이란 텍스트적 의식과는 다른 텍스트 의미의 작동·생산양식으로서, 텍스트적 의식 차원에서는 (저자 혹은 텍스트적 주체에 의해) 억압되거나 숨겨져 있지만 반드시 변장된 다른 형태나 징후로서 귀환하는 어떤 것이다.

이에 대한 보다 일상적인 차원에서의 설명은 도널드 럼스펠드Donald

---

21 러시아 문학에 대해 정신분석학적 접근을 시도하고 있는 러시아어 문헌은 매우 드물며, 영어권 저작으로 대표적인 것은 Daniel Rancour-Laferriere ed., *Russian Literature and Psychoanalysis*, Philadelphia: John Benjamins Publishing Co., 1989로서, 엮은이인 라페리에르가 이 분야의 대표적인 학자이다. 그 밖에 산발적인 연구문헌들이 있지만, 전체적으론 아무래도 빈약하다.

22 장 벨맹-노엘(Jean Bellemin-Noël)에 의하면, "①무의식은 의식과는 다른 우리 정신의 작동양식으로 ②의식과는 떨어진 곳에서 우리 과거의 어떤 삽화들을 보존한다. ③우리는 그 과거를 다시 보고 싶지 않지만 그 과거는 우리에게서 떠나지 않으며, ④환영처럼 알아볼 수 없는 어떤 다른 형태로 언제라도 모습을 드러낼 채비가 되어 있다"(『문학 텍스트의 정신분석』, 최애영·심재중 옮김, 동문선, 2001, 12쪽).

Rumsfeld의 '아마추어적인 철학적 사유'를 유용하게 참조할 수 있다. 럼스펠드가 제시하는 지식의 유형학에 따르면,[23] 우리에겐 ①이미 알고 있는 걸 아는 것known knowns, ②아직 모르고 있는 걸 아는 것known unknowns, ③아직 모르고 있는 걸 모르는 것unknown unknowns이라는 세 가지 형식이 가능하다. 물론 그의 정식화에는 (논리적으로) 한 가지 항목이 억압되고 배제되어 있는데, 그것은 ④이미 알고 있는 걸 모르는 것unknown knowns이다.[24] 그리고 이것이 지젝의 지적대로, 정확하게 라캉이 말했던 프로이트적 무의식, 곧 "자기 자신에 대해서 알지 못하는 지식"knowledge which doesn't know itself이다.[25] 그것은 우리가 이미 알고 있다는 사실을 알지 못하는 부인된 믿음과 가정들인데, 이 분열적 주체($)로서의 텍스트적 무의식은 언제나 텍스트에 대한 분석과 인식의 불충분성이라는 직관을 통해서 귀환한다. 그리고 텍스트적 의식만을 고려하는 텍스트 (내적) 구조분석은 언제라도 이러한 (유령적) 귀환의 먹잇감이 될 수 있다. 시인이라는 텍스트적 주체 혹은 텍스트적 의식에게뿐 아니라, 많은 텍스트-읽기의 주체들에게도 억압된 앎으로서 텍스트의 'unknown knowns'에 대한 관심의 제고가 필요한 것은 이 때문이다. 이 책의 관심은 비록 부

---

23 2002년 2월의 한 연설에서 그는 이렇게 말했다. "There are known knowns. These are things we know that we know. We also know there are known unknowns. That is to say, there are things that we know that we don't know. But there are also unknown unknowns. There are things we don't know we don't know." 그는 이 연설로 영국의 시민단체 PEC(바른 영어쓰기 캠페인)로부터 2003년 '올해의 횡설수설상'을 받았다(『한국일보』, 2003년 12월 3일자, A26면).

24 이 네 유형의 지식은 각각 ①일반적인 앎(known knowns), ②철학적인 앎(known unknowns), ③실재에 대한 무지 혹은 앎의 주체도 객체도 부재하는 불교적인 앎(unknown unknowns), ④정신분석학적인 앎(unknown knowns)에 대응하는 것으로 이해될 수 있다.

25 Slavoj Žižek, "From Biogenetics to Psychoanalysis", 제7회 다산기념 철학강좌(2003. 10), 제2강연 문, p.11[슬라보예 지젝, 「유전공학에서 정신분석학으로」, 홍준기 옮김, 『탈이데올로기 시대의 이데올로기』, 김상환 외 옮김, 철학과현실사, 2005, 113쪽] 참조.

분적이나마 푸슈킨과 레르몬토프에게서의 'unknown knowns'를 밝혀내는 데 있다.

　이상과 같은 전제와 관심을 갖고서 이 책에서 주장하고자 하는 것은 두 가지인데, 첫째는 푸슈킨과 레르몬토프의 문학적 태도의 정념론적 바탕에는 각각 애도와 우울증이 놓여 있다는 것이고, 둘째는 그 애도와 우울증이 두 시인에게서 (동일한 주제에 대한) 각기 다른 문학적 상상력의 형상화와 구조화를 요구한다는 것이다. 물론 이것을 입증하기 위해 가장 바람직한 것은 그들의 창작 전반에 대한 검토이지만, 이 책에서는 분석과 검토의 대상을 주로 두 시인의 서정시에 한정한다. 그렇다고 하더라도 그들의 방대한 서정시편들을 모두 다루는 것은 불가능한 일이다. 특히 각 서정시의 내러티브를 도출하기 위해서 가급적이면 시의 전문을 인용해야 할 경우가 많기 때문에 더욱 그러하다. 때문에 본론에서는 주로 그들의 대표적인 시들에 대해서만 자세하게 다룰 것이다. 하지만 분석대상이 선택이 깆는 임의성을 최소화하기 위해서 두 시인의 시들은 공통적인 주제나 동일한 기준에 따라 비교될 것이다.

4. 책의 구성

책의 구성을 간추리면 다음과 같다. 먼저 1장에서는 시인의 자기정립 조건으로서의 '상실'을 다룬다. 여기서는 애도와 우울증이 함축하는 내러티브적 구조를 모델화하고 시인에게서 상실의 체험이 갖는 의의를 밝힌 후에, 두 시인에게 근원적인 상실의 체험이라고 할 만한 것을 그들의 전기적 사실에 근거하여 지적할 것이다. 물론 정신분석학적 관점에서 그들을 규정하는 것은 유년기의 체험이다. 푸슈킨에게서는 일반적으로 유년기에 기대되는 부모와의 가족로맨스가 부재하는 대신에 그것이 리체이 시절로 대체된다는 점과, 레르몬토프에게서는 어머니의 이른 죽음으로 인하여 가족로맨스 대신에 외조모와 아버지의 불화라는 가족비극이 자리 잡게 된다는 점이 특징적인 상실 체험으로서 비교될 것이다.

2장에서는 두 시인의 문학적 데뷔작에 반영된 상실의 체험과 그것에 대한 반응태도가 비교 분석될 것이다. 푸슈킨의 데뷔는 이후에 문학사적·문화사적 사건으로 기록되는, 「차르스코예 셀로의 회상」 Vospominaniya o carskom sele의 낭송(1815년)을 통해서 이루어진다. 이 시에서 푸슈킨은 국가적인 차원에서 러시아의 상실 체험과 그 회복을 노래하는데, 그의 시적 영감의 원천이 18세기 이후 근대 러시아의 역사라는 점은 장차 그가 '국민시인'으로서 호칭되는 것과 관련하여 흥미로운 부분이다.[26] 한편 레르몬토프의 경우엔 공식적으로 발표되지는 않지만, 「천사」Angel, 1831를 데뷔작으로 볼 수 있다. 이 시에는 일찍 여읜 어머니에 대한 그의 회상이 투영돼 있다는 점과 그 상실에 대한 반응태도가 부분대상partial object에 대한 집착을 통해서 드러나듯 우울증적인 징후를 보여준다는 점을 지적할 것이다. 이 두 작품에서 확인할 수 있는 것이지만, 푸슈킨의 '국가적 회상'과 레르몬토프의 '개인적 회상'은 창작의 원점으로서 분명하게 대별된다.

---

26 근대 러시아의 아들인 푸슈킨의 아버지는 표트르 대제이고, 어머니는 예카테리나 여제라고 할 수 있는데, 이것은 비유 이상의 의미를 갖는다. 프랑스의 인류학자 고들리에(Maurice Godelier)에 따르면 '아이를 만드는 데 한 남자와 한 여자만으로는 충분하지 않다'. 태아가 '인간'으로 탄생하는 것은 성교와 친족 영역을 넘어 아이를 우주와 사회 속에 자리매김시킬 수 있는 상상과 상징, 그리고 이와 관련된 권력과 밀접한 관계를 맺고 있기 때문이다(한국학술협의회 초청 제4회 석학연속강좌[2003년 11월 8일] 강연문 참조). 그에 따르면, 가족보다 더 '기본적인' 것이 상징적 아버지로서의 국가(권력)이다.

3장에서는 두 시인의 시적 상상력이 각각 애도적 상상력과 우울증적 상상력으로 분류될 수 있음을 보여 줄 것이다. 먼저 두 시인의 동경 대상은 '바다'와 '하늘'로 구별될 수 있다. 이 장에서는 푸슈킨에게 자유의 표상이자 바이런적 공간인 '바다'가 육지와 연접하는 환유적 공간이며, 레르몬토프에게서 지복의 공간인 '하늘'(천상)은 이 지상과는 이접적인 은유적 공간이라는 점을 지적하고, 이러한 차이가 구체적으로 여러 작품 속에서 어떻게 나타나고 있는가를 살펴볼 것이다. 또한 두 시인의 '시인'에 대한 메타시학적 시들에서 시인으로서의 자기-이미지가 어떻게 형상화되고 있는가를 비교해 볼 텐데, 푸슈킨의 경우엔 '수인-예언자-시인'이라는 자기-이미지의 계열체를 구성하는 데 반해, 레르몬토프의 경우는 '수인-시인-예언자'라는 계열체를 구성한다는 점을 지적하고, 그것이 갖는 의미를 분석할 것이다. 아울러 애도적 상상력과 우울증적 상상력이 사랑과 그의 상실에 대한 태도에는 어떻게 반영되는지를 비교·분석할 것이다.

마지막으로 4장에서는 두 시인의 정치적 태도와 죽음을 다룰 것이다. 푸슈킨의 정치적 태도에 있어서 핵심은 데카브리스트와의 관계인데, 그가 이념적인 동지관계였던 차다예프, 데카브리스트와 차츰 어떤 차이점을 드러내며, 그것이 흔히 데카브리스트에 대한 일체감을 표명하는 시로 평가되고 있는 「아리온」Arion, 1827 등에 어떻게 반영돼 있는지를 살펴볼 것이다. 예언자-시인으로부터 차츰 거리를 두게 되는 푸슈킨과는 달리 레르몬토프는 푸슈킨의 죽음을 계기로 쓴 「시인의 죽음」Smert' Poeta, 1837을 통해 개인적인 서정시인에서 정치적인 시민-시인으로 거듭나게 되는데, 그러한 과정 역시 주목할 필요가 있다. 하지만 푸슈킨의 정치적 영향력이 급격하게 감소하는 1830년대는 이미 그러한 예언자-

시인, 시민-시인의 가능성이 봉쇄된 시대였으며, 그것이 후대성posterity에 대한 푸슈킨의 낙관적 전망과는 구별되는 레르몬토프의 비관적이고 냉소적인 태도를 낳는다. 이러한 차이는 두 시인의 죽음에 대한 자기-이미지가 반영되어 있는 푸슈킨의 「나는 손으로 만들지 않은 기념비를 세웠노라」Exegi monumentum, 1836와 레르몬토프의 「나 홀로 길을 나선다」Vykhozhu odin ya na dorogu, 1841 등의 분석을 통해서 보다 구체적으로 밝혀질 것이다.

시인의 자기정립 조건으로서의 '상실'

†

시인은 바로 그러한 상실에 민감하게 반응하는 자아이면서,
그것을 창작을 통해서 보상받고자 하는 자아,
승화시키고자 하는 자아이다.
거꾸로 말하면, 상실의 체험은 시인의 일상적 자아에 균열을 일으키면서
시인으로서의 자기정립에 대한 결단을 촉구하는 역할을 한다.
상실의 체험은 시인의 자기정립의 근원적인 조건이며,
시인의 자기창조의 가능조건이라고 말할 수 있다.

시인의 자기정립 조건으로서의 '상실'

1. 상실에 대한 두 가지 반응태도: 애도와 우울증

예술에 대한 프로이트적 가정에 따르면, 예술창조의 전제조건은 삶의 파탄이다. 즉 뭔가 억울하게 당했다는 느낌 없이, 모든 것을 빼앗겼다는 감정 없이 예술을 창조할 수는 없다는 것이다. 예술은 삶에서 잃어버린 시간과 행복에 대한 하나의 보상으로서 주어지며, 자신만의 상상의 세계에서 그러한 보상을 찾는 예술가는 현실과 화해하지 못하는 망상적 돈키호테이다. 그래서 예술사가인 아르놀트 하우저Arnold Hauser의 말을 빌리자면, 모든 예술은 정확하게 말해서 일종의 '돈키호테주의'이다.[1] 그러한 돈키호테주의가 예술사에서 전면화되는 것은 낭만주의 시대 이후이다. 프로이트가 진술한 의미에서 예술가의 개인적인 요구와 사회의 집단적인 요망 간의 불일치는 낭만주의 시대에 이르러 비로소 두드러지기 때문이며, 사실 만족의 대용물이나 보상, 위안으로서의 예술 개

---

1 아르놀트 하우저, 『예술사의 철학』(1959), 황지우 옮김, 돌베개, 1983, 69쪽.

념 따위는 모두 낭만주의 내지 후기 낭만주의 예술에 대한 경험에서 비롯되었기 때문이다.[2] 요컨대 낭만주의 이후의 예술은 삶의 상실을 전제로 하며, 그것에 대한 대가로 지불된다.

상실에 대한 두 가지 반응태도를 다룬 프로이트의 「애도와 우울증」 Trauer und Melancholia, 1917[3]은 이런 맥락에서 다시 읽을 수 있다. 애도와 우울증은 모두 사랑하는 사람의 상실, 혹은 사랑하는 사람의 자리에 들어선 어떤 추상적인 것, 즉 조국, 자유, 어떤 이상 등의 상실에 대한 반응이다. 애도의 경우에는 일단, 현실성 검사를 통해서 드러난 사실, 즉 사랑하는 대상이 이젠 더 이상 존재하지 않는다는 사실을 인정하고, 대상에 부과되었던 모든 리비도를 철회시켜야 한다는 요구를 점차적으로 수용함으로써 상실의 충격으로부터 벗어난다.[4] 하지만 우울증은 상실한 대상과 자신을 무의식적·나르시시즘적으로 동일시함으로써 대상 상실이 자아 상실로 전환된다. 그리고 대상과 자아 사이의 갈등은 동일시에 의해 변형된 자아와 자아-이상으로서의 초자아 사이의 갈등으로 변모되고, 이 것은 대상화된 자아에 대한 애증의 감정을 낳으면서 급격한 자기애의 상실, 곧 자기 비하로 이어진다.[5] 이러한 애도와 우울증 사이의 중요한 차이점을 세 가지로 정리하면, 첫째, 애도는 의식적인 대상과 관련되지만 우울증은 무의식적인 대상과 관련된다. 둘째, 애도는 대상과 관련되

---

2 하우저, 『예술사의 철학』, 71~72쪽.

3 지그문트 프로이트, 「슬픔과 우울증」, 『무의식에 관하여』(프로이트 전집 13권), 윤희기 옮김, 열린책들, 1997, 243~270쪽(Sigmund Freud, "Mourning and Melancholia", *On Metapsychology: The Theory of Psychoanalysis*, London: Penguin books, 1991, pp.245~271). 우리말 번역본에서는 Trauer를 '슬픔'으로 옮겼지만, 이 책에서는 어떤 상태보다는 기간과 과정을 함축하는 '애도'라고 옮기겠다. 하지만 슬픔, 비애, 애도는 모두 동의어로 사용될 수 있다.

4 여기에 작용하는 것이 나르시시즘과 대상 리비도와의 관계로 규정되는 '고통의 경제학'이다. 이에 대해서는 Paul Ricoeur, *Freud and Philosophy*, New Haven: Yale University Press, 1970, pp.130, 216을 참조하라.

지만 우울증은 나르시시즘, 즉 자아 형성과 관련된다. 셋째, 애도와 달리 우울증에서는 애증의 양가감정이 자아 내부로 투사되면서 사랑의 대상을 자아로 바꾸고, 자신의 자아는 초자아의 역할을 하면서 사디즘을 발현시킨다.[6]

중요한 것은 이 두 반응태도가 정념의 특정한 상태를 지시한다기보다는 일련의 과정을 가리킨다는 점이다. 프로이트는 이에 대한 생각을 더 진전시키지 않았지만, 정념의 진행 과정으로서 애도와 우울증은 분명 내러티브를 함축한다. 그레마스에 따르면, 일반적인 서사체(혹은 서술체)의 경우 서술 프로그램[7]은 가장 간단하게는 이접disjunction과 연접conjunction의 서사로 표시될 수 있다. 이접의 서사는 주체(S)와 대상(O)이 분리되는 서사, 즉 주체가 대상을 상실하거나(상태) 박탈당하는(행위) 서사이고, 연접의 서사는 주체와 대상이 결합되는 서사, 즉 주체가 대상을 회복하거나(상태) 획득하는(행위) 서사이다. 이것을 함수 형식으로 표시하면, 다음과 같다(∩와 ∪는 각각 연접과 이접을 표시한다).

$$F_1(S)=(S \cap O) \rightarrow (S \cup O): \text{상실/박탈}$$

$$F_2(S)=(S \cup O) \rightarrow (S \cap O): \text{회복/획득}$$

5 "우울증 환자의 자기평가에서 지배적인 위치를 차지하고 있는 것은 바로 자아가 빈곤해지고 있다는 것에 대한 두려움과 또 그것을 스스로 단정적으로 인정하는 발언"이다. 그리고 이 우울증 환자들의 자기비난이라는 것은 "사랑의 대상에 대한 비난인데, 그것이 환자 자신의 자아로 돌려졌다는 사실"이 우울증 증상의 열쇠이다(프로이트, 「슬픔과 우울증」, 255쪽).
6 조현순, 「애도와 우울증」, 여성문화이론연구소 엮음, 『페미니즘과 정신분석』, 도서출판 여이연, 2003, 57쪽.
7 알기르다스 줄리앙 그레마스(Algirdas Julian Greimas)의 서술 프로그램(programme narratif; 보통 PN으로 표기함)에 대한 설명은 김성도, 『구조에서 감성으로: 그레마스의 기호학 및 일반 의미론의 연구』, 고려대학교출판부, 2002, 3부(특히 3장); 박인철, 『파리 학파의 기호학』, 민음사, 2003, 3장을 참조하라.

블라디미르 프로프Vladimir Propp와 그레마스의 서사학에서 주로 분석 대상이 되었던 모험서사의 경우는 주체가 박탈된 대상을 다시 획득하는 일련의 과정이 기능단위들의 통사적 배치를 통해서 제시된다. 즉 그것의 일반적인 유형은 F_1과 F_2가 결합된 형식을 취한다.

$$F(S) = (S \cap O) \rightarrow (S \cup O) \rightarrow (S \cap O)$$

이러한 통사론적 배치의 모델과 유형에 대한 탐구는 주로 주체의 '행위'에 초점을 맞추고 있기 때문에 기존의 서사학 혹은 서술기호학은 엄격히 말하면, 행동기호학 혹은 행위기호학이었다.[8] 이 행동기호학에서의 주체는 행위의 한 기능으로서, 즉 행위자로서만 기술된다.

하지만 낭만주의 이후의 서사에서 주체의 행위자로서의 역할은 모험서사에서의 그것만큼 중심적이지 않다. 낭만주의의 주체는 자아와 세계를 맞대응시킬 만큼 확장된 자아를 자신의 것으로 하고 있기에 오히려 중심적인 것은 이 주체의 주관적 정념이다. 따라서 대상의 상실에 대한 반응 역시 모험서사에서처럼 즉각적이거나 반사적이지 않으며, 복잡한 내면적 과정을 통해서 표출된다. 그러한 과정을 유형화한 것이 프로이트의 '애도'와 '우울증'이라면, 이 두 범주는 낭만적 서사를 기술하는 유력한 모델이 될 수 있다. 앞에서의 함수 형식을 응용해서, 애도와 우울증의 서사 모델을 제시하면 이렇게 될 것이다.

---

8 페론(P. Perron)과 파브리(F. Fabbri)는 A. J. Greimas and Jacques Fontanille, *The Semiotics of Passions*, Minneapolis: University of Minnesota Press, 1993의 서문에서 프로프의 민담 분석 이후의 서사학에 대해서 그레마스의 정념에 대한 기호학적 분석이 갖는 연속성과 변별성을 잘 지적하고 있다. 특히, pp.viii~ix를 참조하라.

$$F_T(S)=(S \cap O_1) \rightarrow (S \cup O_1) \rightarrow (S \cap O_2)$$

$$F_M(S)=(S \cap O) \rightarrow (S \cup O) \rightarrow (S \leftrightarrow \$)$$

여기서 F_T에서의 T는 Trauer(애도)의 이니셜이고, F_M에서의 M은 Melancholia(우울증)의 이니셜이다. 애도의 함수에서 첫번째 화살표가 지시하는 것은 '상실'이고, 두번째 화살표가 지시하는 것은 대상 리비도의 전이(O_1에서 O_2로)인데, 이 전이의 과정을 '애도'라고 부른다. 이때 중요한 것은 $O_1 \neq O_2$이어야 한다는 것과, 그럼에도 불구하고 O_1이 O_2에 의해서 대체되어야 한다는 것이다. 기본적으로 $O_1 > O_2$이기 때문에 그 대체는 완벽한 대체는 될 수 없다. 일반적으로 말해서, $O_1 - O_2$의 차이가 애도의 크기와 정도를 결정한다. 우울증의 경우에는 조금 복잡한데, 먼저 첫번째 화살표가 가리키는 것은 애도 함수에서와 마찬가지로 대상과의 이접, 즉 '상실'이다. 그리고 두번째 화살표가 가리키는 것이 자아의 분열과 대립이며 이 과정을 '우울증'이라 부른다. 이 우울증의 진행 과정에서 주체는 대상과 자신을 동일시하는 대상화된 자아(S=O로서의 $)와 원래의 자아가 차지하던 자리에 들어선 자아-이상으로서의 초자아 사이에 자아 분열을 경험하며,[9] 이 양자 간에는 애증관계, 대립관계가 형성된다. $\leftrightarrow$가 표시하고자 하는 것이 그러한 애증과 대립관계이다. 이렇듯 애도와 우울증은 그것이 함축하는 내러티브 진행 과정에서 차이를 보인다.

그렇다면, 그러한 애도와 우울증의 서사는 언제 처음 나타나는가?

---

9 여기서 주의할 것은 우울증 함수의 1, 2항과 3항에서의 동일한 기표 S는 '자아'의 자리만을 표시할 뿐이며, 실제적인 내용, 즉 기의는 다르다는 점이다. 1, 2항에서 S의 기의가 '자아'라면 3항에서는 '초자아'이다.

그것은 애도와 우울증이 상실에 대한 반응태도라고 할 때, 인간에게서 최초의 근원적·원초적인 상실은 무엇인가를 묻는 것에 다름 아니다. 인간에게서 애도와 우울증을 수반하는 근원적·원초적 상실은 오이디푸스 단계에서 엄마로부터의 분리이다.[10] 오이디푸스 콤플렉스는, 프로이트에 따르면, 대략 만 세 살 반에서 여섯 살까지의 아이가 자신과 다른 성을 지닌 부모와 신체적·정서적·지적으로 독점적인 관계를 맺고자 하지만, 자신과 동성인 부모가 가진 우선권을 인정하게 되면서 발생한다. 이때 아이는 자신보다 우월한 동성의 부모에게 보복을 당하지나 않을까 두려워하며 자신의 근친상간 욕구와 살인충동에 대해 죄책감을 느끼기 시작한다. 프로이트가 오이디푸스 콤플렉스의 유산이라고 묘사한 초자아의 존재를 드러내는 것이 이 죄책감이다.[11]

　이러한 오이디푸스 콤플렉스의 진행 과정 또한 일련의 서사적 과정을 함축하며, 그것은 애도와 우울증의 서사로 표시될 수 있다. 이때 애도의 서사는 오이디푸스적 상황을 성공적으로 해소해 나가는 과정의 서사이며, 우울증의 서사는 그렇지 못한 과정의 서사이다. 즉 애도의 서사 함수 $F_T(S)=(S \cap O_1) \rightarrow (S \cup O_1) \rightarrow (S \cap O_2)$는 $F_T($자아$)=($자아 $\cap$ 엄마$) \rightarrow$ (자아 $\cup$ 엄마$) \rightarrow ($자아 $\cap$ 초자아$)$로 재기술될 수 있고, 우울증의 서사 함수

---

10 물론 분만 시 모체로부터의 분리를 가장 원초적인 분리 체험이라 할 수도 있을 것이다. 하지만 그것은 의식적인 분리 과정이 아니라 생물학적 분리(과정)이며, 인간만의 고유한 체험이라고는 말할 수 없다. 반면에 오이디푸스 콤플렉스는, 비록 인간이 장기간의 의존기간을 거치면서 느리게 성숙해 간다는 생물학적 사실의 결과이긴 하지만, 인간만의 고유한 것이다.

11 로버트 M. 영, 『오이디푸스 콤플렉스』, 이정은 옮김, 이제이북스, 2002, 10~11쪽. 물론 오이디푸스 콤플렉스에 대한 프로이트의 이러한 설명에 모든 정신분석학자들이 동의하는 것은 아니다. 더구나 프로이트는 오이디푸스 콤플렉스가 정신분석학의 기본개념이라고 주장하면서도 이 개념에 대한 자신의 최종적인 생각을 공식화하지 않았다. 때문에 프로이트의 리비도론 대신에 대상관계론을 주장하는 멜라니 클라인(Melanie Klein)은 프로이트와는 조금 다른 오이디푸스 콤플렉스와 오이디푸스 상황을 이론화하기도 한다(같은 책, 46~63쪽 참조).

$F_M(S)=(S\cap O)\rightarrow(S\cup O)\rightarrow(S\leftrightarrow\$)$는 F_M(자아)=(자아∩엄마)→(자아∪엄마)→(초자아↔자아)로 재기술될 수 있다.

이러한 서사 방식은 모든 인간에게 공통적인 보편적 방식이지만, 이미 지적했듯이 애도의 서사와 우울증의 서사에 보다 잘 부합하는 것은 자아의 주관성이 극대화되고, 개인으로서의 자의식이 성장하게 되는 낭만주의 서사이다. 이때 낭만주의 서사라는 말은 이중적인데, 그것은 낭만적 주인공의 서사이면서 동시에 낭만주의 시인 자신의 전기적 서사이기도 하다. 낭만주의 시인에게 있어서 창작은 자신의 또 다른 전기, 혹은 진정한 '자서전'이다. 고전주의 시인의 과제가 선험적으로 주어진 문학적 관습과 규범을 얼마나 잘 준수하느냐에 놓여 있었다면, 낭만주의 시인의 과제는 자기 자신의 문학적 생애를 창작을 통해서 기술해 나가는 것에 있었다. 그의 삶은 창작에 바쳐진 질료이면서 동시에 그의 창작이 궁극적으로 그려 내야 할 형상이기도 하다. 이때 그가 지향하는 삶은 물론 더 이상 모방적인 삶이 아니라 자기만의 삶, 창조적인 삶이다. 그리고 시인 자신이 그러한 삶의 주체로서 새롭게 규정된다. 만약에 그러한 주체가 없다면, 새로운 삶, 새로운 사회적 관계, 새로운 세계에 대한 창조는 가능하지 않을 것이다. 이렇듯 새로운 자기창조, 혹은 자기정립을 통해서 세계창조의 입법권을 주장한다는 점에서 낭만주의는 혁명적이다. 물론 이 혁명은 정치적 혁명이 아니라, 혁명적인 텍스트로서 낭만주의 텍스트의 현상성이 낳는 혁명이다.[12] 즉 낭만주의 시인은 그의 텍스트적 자아와 분리되지 않는다.

---

12 칼 하인츠 보러, 『절대적 현존』, 최문규 옮김, 문학동네, 1995, 15쪽. 보러에 의하면, 그와 같은 현상성에 대한 의미론적 표현 형식이 내용을 갖게 되는 시기는 1820년대이며, 대표적인 예가 하이네와 들라크루아의 작품이다.

이 혁명적인 텍스트 혹은 텍스트적 혁명의 주체로서 낭만주의 시인은 흔히 '낭만적 천재'라고 불리는데, 낭만주의 시인이 가장 먼저 해야 할 일은 그러한 천재이자 창조의 주체로서의 자기규정, 곧 자기선언이다. 낭만주의 시인에게서 유독 '시인'이라는 자기정체성이 자주 주제화되는 것은 이러한 맥락에서 이해할 수 있다. 그런데 중요한 것은 자기정체성에 대한 관심이 어떤 분리와 상실의 체험을 전제로 하고 있다는 점이다. 낭만주의 문학은 주관적 자아의 절대성을 주장하면서 동시에 자아를 한정하는 주변의 모든 사회적 관습과 규범에 의문을 제기한다. 그러한 의문제기가 가능하기 위해서는 주관적 자아와 객관적 세계 간의 분리가 당연히 선행되어야 한다. 그 분리는 낭만적 시인의 자기정립을 위해서 필수적으로 요구되는 것이지만, 한편으론 자기정립에 대한 무한책임을 떠안도록 내맡겨지는 소외의 체험이기도 하다. 상실은 그것의 다른 이름이다.

시인은 바로 그러한 상실에 민감하게 반응하는 자아이면서, 그것을 창작을 통해서 보상받고자 하는 자아, 승화시키고자 하는 자아이다. 거꾸로 말하면, 상실의 체험은 시인의 일상적 자아에 균열을 일으키면서 시인으로서의 자기정립에 대한 결단을 촉구하는 역할을 한다. 그러한 자기결단을 통해서, 주관적 의식의 과잉으로 말미암아 자기 존재의 거처를 찾아서 표류하는 낭만주의 시인은 자기정립을 향한 여정의 이정표들을 세우게 된다. 그 이정표들은 시인이 앓고 있는 상실의 징후이면서 동시에 그가 그 상실을 치유하는 방식이고 그 치유의 흔적이다. 시인이 시인으로서 자신을 정립하는 것은 바로 그러한 상실의 반복적인 치유 과정을 통해서이다.[13] 때문에 역설적으로, 상실의 체험은 시인의 자기정립의 근원적인 조건이며, 시인의 자기창조의 가능조건이라고 말할 수 있다. 하지만 상실이 시인의 자기정립 조건이라고 해서, 그 자기정립의 방식이 일률적인 것은 아니다. 그것은 시인의 개성과 그가 처한 조건에 따라 각기 다르게 나타난다. 마치 상실에 대한 각기 다른 반응태도로서 애도와 우울증이 나타나는 것처럼 말이다. 따라서 상실에 대응하는 시인의 자기정립의 두 유형을 '애도적 유형'과 '우울증적 유형'으로 이름 붙일 수 있을 것이다. 그럴 경우, 이 책에서 주로 다루고자 하는 푸슈킨과 레르몬토프는 각각의 유형에 대응하여 애도적 시인과 우울증적 시인으로 분류될 수 있다.[14]

그렇다면 이제 과제는 푸슈킨과 레르몬토프를 각각 애도적 시인과 우울증적 시인으로 분류하는 근거는 무엇이며, 그러한 분류로부터 얻어 낼 수 있는 두 시인에 대한 새로운 이해는 어떤 것인지를 밝혀내는 것이다. 그러한 과제를 본격적으로 다루기에 앞서, 두 시인의 경우 근원적인 상실의 체험으로 지적할 수 있는 것은 무엇인지 살펴보기로 하자

미리 말하자면, 푸슈킨에게서는 부모의 사랑을 받지 못한 불행한 유년기 때문에 리체이(차르스코에 셀로에 있던 귀족학교) 시절로 대체된 유년기 체험이, 레르몬토프에게서는 어머니의 이른 죽음으로 인한 상

---

13 『우리 시대의 영웅』의 서문에서 "저자는 다만 병을 지적하는 것으로 충분하며, 그것을 치유하는 방법은 오직 신만이 알고 있다!"라고 레르몬토프가 말할 때, 그가 다 말하지 않은 것은 병을 지적하는 것 자체가 치유의 과정이라는 사실이다. 즉 작가는 프로이트식의 백일몽 환자이면서 동시에 자신을 치유하는 의사이다.

14 이러한 유형화는 사실 생소한 것은 아니다. 이미 프리드리히 실러는 「소박문학과 감상문학」 (1795)이라는 고전적인 논문에서 모든 시인을 크게 소박시인과 감상시인으로 구분한 바 있다. 그에 따르면, 소박시인은 자연스럽고 소박하며 자기분열과 자기비판을 필요로 하지 않고, 소박한 감성에 따라 현실의 모방에만 자신을 국한하는 시인이다. 반면에, 감상시인은 회의적이고 자기분열적이며, 정신과 감정의 갈등에 고민하는 시인이다. 전자는 자연 자체이며, 후자는 자연을 찾는 자이다. 이에 대해서는 프리드리히 실러, 『소박문학과 감상문학』, 장상용 옮김, 인하대학교출판부, 1996; 고창범, 『쉴러의 문학과 미학』, 서울대학교출판부, 2000, 288~315쪽을 참조하라.

실의 체험이 근원적인 체험으로 지적될 것이다. 다소 환원주의적으로 말하자면, 그러한 근원적 체험이 두 시인에게서 각각 애도적 상상력과 우울증적 상상력을 낳게 될 것이다.

2. 푸슈킨의 유년기와 리체이 체험

푸슈킨의 문학 속에 반영된 그의 유년 시절과 관련하여 가장 특이한 것은 부모에 대한 회상이 거의 없다는 점이다. 영락하긴 했지만, 푸슈킨이 자랑했듯 600년의 전통을 지닌 귀족가문 출신의 아버지 세르게이 리보비치Sergei L'vovich,1767~1848, 그리고 「표트르 대제의 흑인」Arap Petra Velikogo, 1827을 통해서 작가가 자부심을 표했던 한니발 가계의 어머니 나데주다 오시포브나Nadezhda Ossipovna,1775~1836 모두 푸슈킨의 창작세계에서는 부재하는 인물들이다. 대부분의 그의 전기에서 지적되는 것이지만,[15] 아버지와 아들 간에는 어떠한 친밀감도 없었고,[16] 아버지와 마찬가지로 '낯선 이방인'이었던 어머니는 시인이 아닌 시인의 동생을 편애했다.[17] 시인의 창작 속에서는 고작해야 숙부인 바실리 리보비치Vasily L'vovich,1770~1830가 아이러니컬하게 언급되는 정도이고, 유모인 '마마' 아리나 로디오노브

---

15 푸슈킨의 부모에 대한 비난들에 대해서 나탈리야 츠베토바(Natal'ya Sergyeevna Tsvetova)는 푸슈킨의 가정교사들이 모두 훌륭한 자질을 갖추고 있었다는 점을 들어 반박한다. 하지만 츠베토바도 인정하듯이, 장남이자 3남매 중 둘째였던 푸슈킨은 부모로부터 천덕꾸러기 취급을 받았고, 리체이를 졸업한 이후에는 재정적인 문제로 부모와 마찰을 빚기도 했다. 양친과의 관계가 원만해진 것은 1827년 무렵부터이다. 그렇기 때문에 츠베토바의 반론을 고려하더라도, 이 책에서의 주장은 유효하다. 사실 객관적인 정황보다 더 중요한 것은 어린 시절 푸슈킨의 주관적인 (무)의식이다. 츠베토바의 견해는 『푸슈킨』, 이상원 옮김, 건국대학교출판부, 1997, 18~22쪽을 참조하라. 저자는 빅토르 쿠닌(Viktor Vladimirovich Kunin)이 쓴 전기에 많이 의존하고 있다.

16 Dmitry S. Mirsky, *Pushkin*, New York: E. P. Dutton & Co., 1963, p.8.

17 Walter N. Vickery, *Alexander Pushkin*, Revised Edition, New York: Twayne Publishers, 1992, p.1.

나_{Arina Rodionovna}가 어머니 대신에 기억되는 정도이다. 요컨대 "푸슈킨에 겐 어린 시절이 없었다".[18] 이에 대해서 유리 로트만은 이렇게 말한다.

> 하지만 유년기는 무엇으로도 대체함이 없이 그냥 지워 버리기에는 인간 의 자기의식 형성에 있어서 너무나도 중요한 단계이다. 유년기의 세계란, 보통 사람이 소중한 기억들의 근원으로서 자신의 전 생애 동안 되돌아보 는 세계이다. 그 세계 속에서 그는 선善과 공감, 이해를 규범으로, 악과 고 독은 그로부터의 일탈로 배우게 된다. 바로 그러한 세계를 대체하는 것이 푸슈킨에게는 리체이였다.[19]

여기서 로트만이 간명하게 요약하고 있듯이, 푸슈킨은 유년기를 상 실하였으며, 그 상실을 보상·대체하고 있는 것이 바로 그의 리체이 시 절이다. 리체이는 당시 황제 알렉산드르 1세(재위 1801~1825)가 자신의 동생들인 니콜라이와 미하일의 교육을 위해서 페테르부르그 근교의 차 르스코예 셀로(현재의 푸슈킨 시)에 세운 특수학교로, 비교적 진보적인 교육 이념에 따라 귀족 자제들만을 교육시키던 기관이다. 시詩와 지혜의 전당을 목표로 했던 이 특권층 학교는 '리체이'라는 명칭 자체도 아테네 변방에 위치하여 뮤즈 신의 신전이 있었던 그리스의 '리케이'란 지역명 에서 따왔다.[20] 푸슈킨은 1811년에 세워진 이 학교의 첫 신입생으로서

---

18 Yu. M. Lotman, *Pushkin*, St. Petersburg, 1995, p.29.
19 ibid., p.30.
20 츠베토바, 『푸슈킨』, 23쪽. 리체이가 위치한 차르스코예 셀로의 경관과 문화적 역사에 대해서 는 P. Hayden, "Tsarskoe Selo: The History of the Ekaterininskii and Aleksandrovskii Parks", Lev Losev and Barry Scherr eds., *A Sense of Place: Tsarskoe Selo and its Poets*, Ohio: Slavica Publishers, 1994, pp.13~34를 참조하라.

그림2 푸슈킨이 그린 리체이의 모습. 리체이가 있던 '차르스코예 셀로'는 18세기 초 표트르 1세가 건설한 도시로 '황제의 마을'이라는 뜻이다. 이 도시는 현재 '푸슈 킨 시'로 개명되었는데, 푸슈킨이 그곳에 있던 리체이에서 공부했기 때문이다. 이 런 명칭에서도 푸슈킨의 '국민시인'으로서의 면모를 엿볼 수 있다.

그를 포함한 동기생 30명과 함께 1811년 10월 19일에 황제와 황실가족 이 입회한 가운데 입학했고, 1817년까지 6년간(하급반 3년, 상급반 3년) 교육을 받았다. 쿠니친이나 갈리치와 같은 우수한 교사들이 자유주의 사상을 학생들에게 심어 주었고, 잘 다듬어진 정원과 연못, 승전 기념비 와 조각상들이 즐비하게 들어선 차르스코예 셀로는 소년 푸슈킨에게 미적 감각과 애국적인 열정을 불어넣어 주었다. 집안의 천덕꾸러기 푸 슈킨은 이곳에서 자기 삶의 새로운 요람기와 전성기를 체험하게 된다.

이 리체이에서 푸슈킨은 친구들과의 우정을 통해 결핍되어 있었던 어머니의 사랑을 충족하고, 선생님들의 권위와 학교의 규범을 통해 결 여되어 있었던 '아버지-기능'을 확보하게 된다. 그리고 그런 의미에서 그에게 리체이는 대문자로 표기될 만하다. 리체이는 그에게 앞서 말한 유년기의 조건을 제공함으로써, 그가 상상계적 단계에서 상징계적 단 계로 이행할 수 있는 계기를 마련해 주었기 때문이다.[21]

〈표 1〉 푸슈킨의 가족모델

범례	어머니성	어머니-자리	아버지-자리	아버지-기능
일반적인 경우	어머니(♀)		아버지(♂)	
푸슈킨	리체이	어머니(♀)	아버지(♂)	리체이

이 이행에서 중요한 것은 아버지-기능인데, 그것은 '아버지의 이름'Nom-du-Père이면서 '아버지의 금지'Non-du-Père를 상징한다(이 '이름'과 '금지'는 프랑스어로 발음이 같다).[22] 그래서 푸슈킨에게 유년기가 리체이 시절로 대체됐다는 말은 리체이 시절에 규범으로서의 금지의 언어를 내면화함으로써 그가 비로소 규범적 언어의 세계, 상징적 질서의 세계로 들어서게 되었다는 뜻이다. 그것은 다시 거꾸로 말하면, 푸슈킨의 부모가 부모로서의 역할과 기능을 제대로 하지 못했다는 의미가 된다. 이것을 일반적인 경우와 비교하여 도표화하면 〈표 1〉과 같다.

이 표에서 범례에 놓여 있는 '어머니성'은 어머니에게 기대되는 '실질'substance이고, '어머니-자리'는 그것에 배당된 '형식'form이다. 그에 대

---

21 라캉에게서 상상계(the imaginary)는 기본적으로 자기애적 단계, 나르시시즘적 단계이다. 이 시기에 자아는 거울 속 자기영상이나 유사물과의 2자적 관계에서의 동일시를 통해서 형성된다. 이와 대립되는 상징계(the symbolic)는 정신분석에 있어서 가장 중요한 계(order)로서, 오이디푸스 콤플렉스의 욕망을 규제하는 법의 영역이며, 자연의 상상계에 반대되는 문화의 영역이다. 법과 구조의 개념은 언어 없이는 상상할 수 없기 때문에, 상징계는 필연적으로 언어학적 영역이면서 근본적인 타자성의 영역이다(라캉에 의하면 무의식은 대타자의 담론으로 정의된다). 이 상징계가 중요한 것은 상징계의 우주에서만 우리의 주체성(subjectivity)이 결정되기 때문이다. 이에 대한 설명은 Dylan Evans, *An Introductory Dictionary of Lacanian Psychoanalysis*, London: Routledge, 1996, pp.82~84, 201~203[딜런 에반스, 『라깡 정신분석사전』, 김종주 외 옮김, 인간사랑, 1998, 175~181쪽]을 참조하라.

22 '아버지의 이름, 아버지의 금지'에서 중요한 것은 오이디푸스 콤플렉스에서 근친상간의 금기를 세워 놓는 사람으로서 금지하는 역할, 즉 상징적 아버지로서의 '기능'이다. 이러한 기능이 제대로 작동하지 않을 경우에 초래되는 결과가 정신병(Psychosis)이다. Evans, ibid, pp.119~120[같은 책, 152~153쪽].

응하여, '아버지-자리'는 아버지의 '형식'이고, '아버지-기능'은 그 '실질'이다. 어린아이에게 부모는 유일한 권위자이자 믿음의 근원이며, 어린 시절 아이들의 강렬하고 유일한 소원은 동성의 부모와 같이 되는 것, 즉 부모처럼 크게 되는 것이다.[23] 하지만 푸슈킨은 부모의 사랑을 받지 못했을뿐더러, 부모를 자아형성의 모델로 간주하지도 않은 듯하다. 때문에 그의 부모는 적어도 의미론적 차원에서는 부재했던 것이다.

특히 아버지 세르게이 리보비치 푸슈킨은 남성인 푸슈킨에게 아버지로서의 역할 모델이 되었어야 했지만, 17세기 프랑스 고전주의 작품들로 가득 차 있던 자신의 서재를 자유롭게 이용할 수 있도록 허용해 준 것 말고는 장래의 시인에게 아무런 적극적인 영향도 미치지 못한다. 말하자면, 그에게는 아버지-기능이 결여되어 있었던 것이다. 그리고 그것은 푸슈킨에게서 유년기의 상실과 대체라는 결과를 낳는다. 리체이 시절이 푸슈킨의 '대체된 유년기'라는 말은 단지 그 시절이 그에게서 가장 행복했던 시절이란 의미만은 아니다. 오히려 '리체이'란 빌리 포괄적으로 뜻하는 것은 일종의 이행이며, 그것을 가능하게 하는 것이 리체이의 규범성이다. 그리고 그 규범성을 지시하는 정신분석학적 개념이 바로 아버지-기능이다.

물론 형식적 층위로서의 '아버지-자리'와 '아버지-기능' 중에, 여기서 더 중요한 것은 실질적인 층위의 아버지-기능이다. 바람직한 경우라면 이 두 가지 층위가 일치하는 것이지만, 푸슈킨의 경우처럼 불일치하는 경우들도 생겨난다. 대개 이런 경우에 처한 아이들은 자기들이 낮게

---

23 지그문트 프로이트, 「가족로맨스」(1909), 『성욕에 관한 세 편의 에세이』(프로이트 전집 9권), 김정일 옮김, 열린책들, 1996, 59쪽.

평가한 부모에게서 벗어나기 위해 사회적 지위가 높은 사람들이 진짜 자기 부모라는 상상을 하게 된다. 혹은 아버지를 거물로 상상하기도 한다.[24] 프로이트에 의하면, 이러한 상상은 아버지를 제거하려는 것이 아니라 더 높이려는 것이다. "지금보다 나은 아버지로 바꾸려는 노력은 가장 고상하고 힘센 사람이 바로 아버지이며, 가장 아름답고 여성다운 사람이 어머니라고 느꼈던 사라져 간 행복한 시절에 대한 갈망의 표현인 것이다. 지금 알고 있는 아버지에게서 더 어린 시절 믿었던 아버지에게로 돌아가는 것이다."[25]

'더 어린 시절 믿었던 아버지'란 지금보다 훨씬 강한 능력과 권위를 가진, 거물로서의 아버지이다. 그렇다면, 아버지에 대한 가족로맨스적인 상상은 원초적 아버지, 즉 상상계적 단계에서의 아버지-이미지의 상실을 전제로 한다고 말할 수 있을 것이다.[26] 이것을 푸슈킨의 경우에 대입시키면, 그에게는 강력한 아버지의 상실과 그에 대한 향수가 존재하다고 말할 수 있나. 그에게 상실된 것은 '알렉산드르 세르게예비치 푸슈킨'이라는 그의 이름에 부칭으로만 흔적이 남아 있는 아버지-이미지이다. 그리고 리체이는 그 완벽한 이미지에 대한 향수가 만들어 낸 아버지-이미지의 구성적 대체물이며, 이것이 아버지-기능의 자리를 차지하게 되는 것이다. 이것을 표에 반영하면 다음 쪽의 〈표2〉와 같다.

여기서 '아버지-이미지', '세르게이 푸슈킨', '리체이'는 순차적·단계적이다. 그리고 이 순차적·단계적 이행은 상상적 이야기로서 가족로

---

24 같은 글, 59~60쪽.
25 같은 글, 60쪽.
26 모든 유토피아적 상상이 미래 지향적인 동시에 과거 지향적이며 회고적인 성격을 띠게 되는 것도 이러한 맥락에서일 것이다.

〈표 2〉 푸슈킨의 아버지 계열체

아버지	아버지-자리	아버지-기능
아버지-이미지	+	+
세르게이 푸슈킨	+	−
리체이	−	+

맨스가 갖고 있는 구조에 대응하며, 이 구조는 $F(S)=(S \cap O_1) \rightarrow (S \cup O_1)$ $\rightarrow (S \cap O_2)$라는 전형적인 서사 함수에서 벗어나지 않는다. 단, 여기서 대상(O)의 자리에 '아버지'가 놓이게 되는 것이며, 주체(S)로서의 아들 이 되찾는 아버지, 재결합하는 아버지는 그가 상실한 상상적 아버지-이 미지가 아니라 아버지-기능이란 점이 다를 뿐이다. 그렇다면 푸슈킨의 가족로맨스는 이미 앞에서 제시한 바 있는, 전형적인 애도의 서사이다.

주의할 것은 어떠한 상징적 '아버지-기능'도 상상적 '아버지-이미 지'를 대신하지는 못한다는 점이다('아버지-이미지'−'아버지-기능' > 0). 때문에 거기에는 언제나 차이와 잉여(우수리)가 발생한다. 이 차이와 잉 여가 바로 기원에 대한 이야기로서의 가족로맨스를 다 소진되지 않는 이야기, 결코 다 소진될 수 없는 이야기로 만드는 원동력이다. 그리고 이 차이와 잉여에 대한 정서적 대응물이 애도이며, 그것의 병리적인 양 상이 신경증이다(때문에 프로이트는 가족로맨스를 더 정확하게는 '신경증 환자의 가족로맨스'라고 이름 붙였다). 이런 관점에서 볼 때, 푸슈킨의 창 작에 대한 열정은 거꾸로 그의 외상적 상실의 크기를 가늠하게 해준다.

사실 이러한 가족로맨스가 푸슈킨만의 것은 아니다. 어린 시절에 누구나 가공적인 이야기들을 의식적으로 생각해 낸다. 하지만 인성의 발달과 진화에 대한 요구가 더 이상 그러한 이야기에 집착하는 것을 허용하지 않기 때문에, 그런 이야기들은 곧 잊혀진다. 즉 억압된다.[27] 반면에, 시인이나 작가들의 경우에는 그러한 이야기들이 문학적인 변형을 얻는다는 점에서 보통의 경우와는 차별적이다. 특히 "환상적이고, 신기하고, 이상하고, 기이하고, 무시무시하고, 잔인한 옛날이야기들"을 주로 만들어 내는 낭만주의 시인이나 작가들의 경우는 이런 점에서 특권적이다. 마르트 로베르에 의하면, '유년기의 예술'과 혈연관계에 놓여 있는 낭만주의에게 "이 유년기의 예술은 모든 책이 다시 돌아가야 하는 책들 이전의 황금시대, '예술의 유년기'이기도 하다. 그래서 전형적인 낭만주의 작가는 무엇보다 옛날이야기의 제작자이다".[28] 물론 이때의 옛날이야기라는 것은 무엇보다도 '이야기의 기원'을 말하는 '기원의 이야기'이다.[29]

로베르는 더 나아가서, '필수적인 내용'과 '결정되지 않은 형식'을 가진 장르로서, 상상력이 만들어 낼 수 있는 만큼의 변형이 가능한 '소설'을 두 가지 세별로 나눈다. '업둥이' 소설과 '사생아' 소설이 그것이다. 그에 따르면, 낭만주의적인 작가들은 오이디푸스 이전의 잃어버린 낙원으로 돌아가길 원하며 부모 양쪽을 모두 부정하는 업둥이이다. 반면에 사실주의적인 작가들은 오이디푸스의 투쟁과 현실을 수락하여 아버지를 부정하고 어머니를 인정하며 아버지와 맞서 싸우는 사생아이

---

27 Marthe Robert, *Origins of the Novel*, Bloomington: Indiana University Press, 1980, p.22[마르트 로베르, 『기원의 소설, 소설의 기원』, 김치수·이윤옥 옮김, 문학과지성사, 1999, 41~42쪽. 우리말 번역본에서는 '가족로맨스'를 '가족소설'로 옮기고 있다].

28 ibid., p.64[같은 책, 96쪽].

29 여기서 '기원의 이야기'는 단순히 한 개인의 유년기 이야기만을 뜻하지는 않는다. 그것은 한 종족, 한 민족의 기원의 이야기이기도 하다. 그런 점에서 한 국민문학(민족문학)의 발흥이 역사적 낭만주의와 때를 같이하는 것은 우연이 아니다. 푸슈킨과 레르몬토프의 낭만주의 시대는 동시에 러시아 국민문학의 유년기이면서 '황금시대'였던 것이다.

다.[30] 여기서 이 두 계열을 가르는 주된 기준은 오이디푸스 콤플렉스에 대한 반응기제이다. 때문에 이 업둥이 소설이나 사생아 소설은 '오이디 푸스적' 장르로 총칭될 만하다. 로베르는 주로 '정의되지 않는' 장르인 소설에 기대어 이러한 자신의 주장을 펼쳐 나가지만, 소설만이 이 오이 디푸스적 장르에 속하는 것은 아니다. 가족로맨스는 서사성을 갖는 모든 장르에서 찾아질 수 있기 때문이다. 이런 맥락에서 2장에서는 푸슈킨의 시인으로서 데뷔작으로 여겨지는 「차르스코예 셀로의 회상」을 다시 읽을 것이다. 이제 살펴보아야 할 것은 푸슈킨의 경우와 대비되는 레르몬토프의 유년기이다.

3. 레르몬토프의 가족비극

푸슈킨이 자신의 인생을 결정지을 「차르스코예 셀로의 회상」에 몰두할 무렵, 즉 리체이에서 행복한 '유년기'를 보내며 자신의 제2의 탄생을 준비할 무렵인 1814년 가을에, 모스크바에서는 장래에 푸슈킨의 죽음 때문에 유명해질 또 다른 미래의 시인이 태어났다. 가난한 퇴역 보병 대위인 아버지 유리 페트로비치 레르몬토프Yuri Petrovich Lermontov, 1787~1831와 부유한 귀족가문 출신의 어머니 마리야 미하일로브나 아르세니예바Maria Mikhailovna Arsenieva, 1795~1817 사이에서 태어난 미하일 유리예비치 레르몬토 프가 시인의 이름이다. 미남형이었던 유리 레르몬토프와 낭만적 사랑

---

30 이러한 분류기준에 따른다면, 푸슈킨은 사생아에, 레르몬토프는 업둥이에 가깝다. 그걸 입증하는 것은 흥미로운 작업이겠지만, 이 책에서는 푸슈킨이 애도적 시인이고, 레르몬토프는 우울증적 시인이라는 걸 입증하는 걸로 대신하겠다. 상실에 대한 애도적 반응이 보다 사실주의적이고, 우울증적 반응은 보다 낭만주의적이라는 점을 고려한다면, '푸슈킨=사생아', '레르몬토프=업둥이'라는 분류가 어느 정도 뒷받침될 수 있을 것이다.

에 빠진 마리야는 어머니의 반대를 무릅쓰고 자신의 성을 레르몬토바로 바꾸지만, 어머니 아르세니예바 부인Elizaveta Alekseevna Arsenieva, 1773~1845의 우려대로 이 젊은 부부의 결혼생활은 불행의 연속이었다. 아들 미하일을 낳고 병을 얻은 마리야는 아들이 미처 세 살도 되기 전에 22세의 나이로 세상을 떠나고 만다. 이후에 미셸(미하일의 프랑스식 애칭)은 돈을 주고 가난한 아버지에게서 양육권을 얻어 낸 외조모 아르세니예바 부인의 슬하에서 자라게 된다. 로트만의 말을 빌리면,

> 레르몬토프의 어린 시절은 기형적으로 무거운 가족비극이었다. 그는 가장 가까운 가족 간의 반목 속에서 진정한 가정이란 걸 알지 못하면서 자랐다. 그럼에도 그는 평생 어린 시절과 가족에 대한 시를 썼다.[31]

이러한 그의 어린 시설은 불행했다는 점에서는 푸슈킨의 경우와 유사하지만, 양상은 많이 다르다.[32] 푸슈킨에게서 문제가 되었던 것은 부모의 부관심이었고, 이 때문에 상실한 유년기는 다행히도 리체이 시절로 대체되면서 보상받는다. 때문에 그는 지체되긴 했지만, 사적인 유년 시절을 공적인·국가적인 차원에서의 유년 시절과 동일시하면서 정상적인 오이디푸스 콤플렉스의 과정을 경험한다. 하지만 레르몬토프가 유년기에 경험하는 것은 가족로맨스가 아니라 '가족비극'이었다. 그 비

---

31 Lotman, *Pushkin*, p.29.
32 문학사가인 윌리엄 브라운에 의하면, 레르몬토프는 가장 덜 객관적인 작가이고, 대부분의 그의 작품들은 지극히 개인적이다. 그럼에도 그의 내적 전기나 세계관과 예술적 신념의 실질적인 진화 과정을 알려 주는 자료가 거의 없기 때문에 에이헨바움의 표현을 빌리자면, 레르몬토프는 말 그대로 수수께끼이다. William Edward Brown, *A History of Russian Literature of the Romantic Period*, vol.4, Ann Arbor: Ardis, 1986, p.139 참조.

그림3 에곤 실레, 「죽은 어머니」(1910). 어린 나이에 어머니를 잃은 레르몬토프는 상실을 회복하지 못한 채, 극심한 우울에 시달리게 된다. 이러한 우울증적 정념은 그의 텍스트 전반에 걸쳐 드러닌다.

극의 발단은 무엇보다도 어머니의 이른 죽음이었다. 그리고 자기 딸의 죽음을 순전히 사위의 탓이라고 생각한 외조모 아르세니예바는 아버지 유리 레르몬토프를 손자에게서 떼어 놓으려고 했고, 경제력이 없었던 유리는 아들의 장래를 위해서라도 아르세니예바의 제안을 수용하는 수밖에 없었다. 외조모와 아버지, 모두의 극진한 사랑의 대상이었던 레르몬토프로서는 이 두 사람의 반목과 불화가 무척이나 고통스러웠을 것이다. 흔히 이러한 가정환경 때문에 시인 레르몬토프의 음울한 성격이 형성되었을 것이라고 지적된다.[33]

요컨대 레르몬토프는 '진정한 가정'이란 걸 경험해 보지 못한 것이

범례	어머니성	어머니-자리	아버지-자리	아버지-기능
일반적인 경우	어머니(우)		아버지(♂)	
레르몬토프	상실	아버지(♂)	외조모(우)	부재/약화

다. 이러한 가족비극을 좀더 분석적으로 따져 보기로 하자. 정상적인 경우라면 어머니와의 애착관계를 통해서 형성되어야 할 2자적 관계가 레르몬토프에게는 결여되어 있었다. 그리고 아버지의 자리는 자식과 손자에 대한 집착이 강하여 아버지 유리로부터 양육권을 획득한 외조모 아르세니예바가 실질적으로 차지하고 있었기 때문에, 아버지 유리는 3자적 관계에서 비어 있는 어머니-자리에 머무는 수밖에 없었다. 하지만 그 자리에서도 그는 곧 떠나고 만다. 그리고 이렇듯 부모가 부재하는 공간에서 아르세니예바 부인은 '불쌍한' 손자에 대한 맹목적인 사랑 때문에 손자를 위해서는 어떠한 시술도 감수했고, 많은 비용을 들여 가며 가정교사들을 두고 교육시켰다. 당연히 그녀는 손자에게는 어떠한 금지도 행사하지 않았는데, 여기엔 손자의 잦은 병치레도 한몫했다. 때문에 레르몬토프는 아버지-기능과의 대면을 통해서 3자적 관계로 진입할 기회를 얻지 못한다. 이것을 푸슈킨의 경우와 마찬가지로 도표화해서 나타내면 〈표3〉과 같다.

푸슈킨과 레르몬토프의 유년 시절에서 공통적인 것은 그것이 부분적으로 상실되었다는 점이다. 일반적인 경우와는 달리 두 시인에게서

---

33 Viktor A. Manuilov, *Lermontov*, Leningrad, 1964, p.16; John Garrard, *Mikhail Lermontov*, Boston: Twayne Publishers, 1982, p.4.

'어머니성'과 '아버지-기능'은 대체되었거나(푸슈킨), 상실·약화되었다
(레르몬토프). 차이점이 있다면, 푸슈킨은 리체이 시절이 그에게서 상실
된 부분을 보충해 줌으로써 다소 특이하긴 하지만 안정된 방식으로 상
징계에 진입할 수 있었던 반면에, 레르몬토프는 '어머니'와 '아버지'의
실질은 상실되거나 약화된 상태에서 형식적인 '어머니'와 '아버지'를,
그것도 성역할이 도치된 형태로 갖게 되었기 때문에[34] 정상적인 오이디
푸스 콤플렉스 단계를 통과하지 못했다는 점이다. 때문에 그는 상당히
오랫동안 상상계적 단계에 머문 듯 보인다. 그가 의식의 성장에 있어서
새로운 단계, 즉 상징계적 현실로 진입하게 되는 것은 1837년 푸슈킨의
죽음 이후이다(그래서 푸슈킨의 죽음은 레르몬토프의 탄생과 맞물린다).

　이러한 윤곽을 바탕으로 하여, 위에서 제시한 표를 좀더 자세히 분
석해 보자. 레르몬토프에게서 가족비극이란 무엇이었나? 먼저, 어머니
의 너무 이른 죽음이 있다. 이것은 그에게서 근원적인 상실의 체험이었
다. 그런데 불행은 거기에서 끝나지 않았다. 어머니를 대신해서 남은 아
버지와 시인 아들의 관계는 일종의 2자적 관계(=상상계적 관계)인데, 거
기에 외조모 아르세니예바가 제3자로 개입하여, 아버지와 아들을 떼어
놓는다. 일반적인 경우라면, 상징계적 질서의 대표자로서 아버지가 제3
자로 개입하여 엄마와 아이 간의 2자적 관계를 3자적 관계로 변형시키
고, 오이디푸스 콤플렉스를 유도한다. 그리고 이 단계를 통과하면서 아
이는 상징계로 편입되어 어른이 되어 간다. 그런데 레르몬토프의 경우

---

34 물론 아버지 유리 레르몬토프가 '어머니-자리'에 놓이는 것에 대한 반론이 가능하다. 외조모 아
르세니예바에게 '아버지-자리'를 내주었다고 해도, (레르몬토프에게서) 그의 '아버지임'이 완전히
제거될 수는 없었을 것이기 때문이다. 하지만 이것은 모든 도식화가 갖는 불가피한 손실이다. 다
만, 이러한 도식화가 갖는 이해의 용이성이 그 손실을 충분히 보상해 줄 수 있으리라고 본다.

〈표 4〉 레르몬토프의 어머니 계열체

어머니	어머니성	어머니-자리
어머니-이미지	+	+
마리야 아르세니예바	-	-
유리 레르몬토프	-	+

에는 제3자의 역할을 담당해야 할 그의 아버지이자 남성인 유리 레르몬
토프가 어머니의 무기력한 유사체로 남고, 외조모이자 여성인 아르세
니예바가 아버지의 역할을 대신하게 된 것이다.

물론 마리야는 레르몬토프가 세 살 때 죽었으므로, 그에게 어머니
성이 완전히 부재한다고는 말할 수 없다. 하지만 어렸을 때부터 병약해
서 병치레가 잦았던 마리야는 남편과의 불행한 결혼 이후에 미하일을
낳고 내내 기력을 회복하지 못하다가 결국 젊은 나이에 폐결핵으로 사
망한다. 레르몬토프의 「선사」에서도 어렴풋이 회상되고 있지만, '음악
적 영혼'을 타고났던 그녀는 아들을 무릎에 올려놓고 피아노를 연주하
며 노래 부르는 걸 좋아했다고 한다.[35] 그러한 어머니의 상실은 레르몬
토프에게서 근원적인 상실이며, 상상계적 차원에서 모성 결핍에 대한
대응물로서 완전한 어머니상을 그리워하게 된다. 그것을 '어머니-이미
지'라고 한다면, 레르몬토프에게서 어머니는 〈표 4〉와 같이 계열화된다.

'아버지'의 경우에 중요한 것은 형식으로서의 '아버지-자리'보다는
실질로서의 '아버지-기능'이었듯이, '어머니'의 경우에도 중요한 것은

---

35 O. P. Popov, "Lermontova, Yuri Petrovich", *Lermontovskaya Entsiklopediya*, p.242 [「레르몬토프,
유리 페트로비치」, 『레르몬토프 백과사전』].

형식으로서의 '어머니-자리'가 아니라 실질로서의 '어머니성'이다. 이미 앞에서 살펴보았듯이, 푸슈킨의 경우에는 상실한 아버지-이미지가 리체이에 의해서 대체·보상되며, 따라서 그 상실과 회복의 과정이 애도적 서사를 따른다. 그런데 레르몬토프가 기대하는 어머니상으로서 어머니-이미지의 상실은 마리야 아르세니예바에 의해서도, 그리고 어머니의 유사체로서 '어머니-자리'에 놓인 아버지 유리 레르몬토프에 의해서도 회복되지 않는다. 즉 그것은 회복되지 않는 상실이다. 이것을 도식화하면, 우울증의 함수도식과 일치하게 된다.

$$F_M(S)=(S\cap O) \rightarrow (S\cup O) \rightarrow (S\leftrightarrow \$)$$

여기서 대상 O에 해당하는 것은 아이와의 2자적 관계의 한 축인 어머니이다. '어머니-이미지'는 실제의 어머니 마리야와 반드시 일치할 필요는 없다. 그것은 레르몬토프의 '어머니'에 대한 무제한적인 요구가 만들어 낸 이미지일 뿐이기 때문이다. 마리야는 그것의 현실태인데, 애석하게도 레르몬토프는 어머니 마리야를 일찍 여읜다. 그리고 아버지 유리 레르몬토프는 장모에게 아버지의 자리를 넘겨주고 어머니의 유사체로 남는다. 레르몬토프가 이 유리 레르몬토프에 대해서 애증의 감정을 갖는 것은 우울증 도식에 따르면 필연적이다.[36]

이어서 아버지의 경우를 살펴보자. '아버지-자리'와 '아버지-기능'이라는 범주에 따라 이 같은 관계를 도식화하면 〈표5〉와 같은데, 특이한 것은 유리 레르몬토프의 경우 어머니의 계열체이면서 동시에 (당연하지만) 아버지의 계열체라는 점이다.

이 표에서는 아버지-기능이 '유리 레르몬토프'와 '아르세니예바'

〈표5〉 레르몬토프의 아버지 계열체

아버지	아버지-자리	아버지-기능
유리 레르몬토프	–	–
아르세니예바 부인	+	–

둘 다에게서 부재하는 걸로 표시됐지만, 엄밀하게 말하자면 약화된 것이라고 해야 한다. 아버지-기능의 완전한 부재, 즉 그것의 폐제foreclosure는 곧바로 정신병psychosis을 구성하게 되기 때문이다.[37] 적어도 레르몬토프가 정신병자가 아닌 이상, 아버지-기능은 어느 정도 작용했다고 보아야 할 것이다. 하지만 그렇다 하더라도 정상적인 아버지-기능을 레르몬토프에게서는 기대할 수 없는데, 그것의 가장 중요한 기능인 '금지'Non가 레르몬토프에게서는 각인되지 않았기 때문이다.

아버지-기능('아버지의 이름'이면서 '아버지의 금지')에 의한, (상상적 타인, 혹은 실제적 타자로서의) 엄마와의 관계 혹은 그 관계에서 아이가 얻는 주이상스jouissance[38]에 대한 금지 여부는 정신분석적 진단에서

---

36 레르몬토프는 자전적인 요소들이 많이 투영된 작품들에서 아버지에 대한 이중적인 태도를 보여준다. 그가 아버지의 사망(1831) 이전에 쓴 희곡 「이상한 사람」(Stranny chelovek, 1831)에서는 아버지 형상의 인물을 부정적으로 묘사하며, 서사시 「사슈카」(Sashka, 1835~1836)에서는 일찍 어머니를 여읜 사슈카가 타락하게 되는 것이 아버지의 탓인 것으로 암시된다. 한편, 아버지의 사망 직후에 쓴 「아버지와 아들의 끔찍한 운명」(Uzhasnaya sud'ba ottsa i syna……, 1831) 등의 시에서는 아버지와의 정서적 유대감을 표시하고 있기도 하다(이 시는 나중에 2장에서 더 자세하게 검토될 것이다). O. P. Popov, "Lermontov, Yuri Petrovich", p.242 참조.

37 Evans, *An Introductory Dictionary of Lacanian Psychoanalysis*, pp.64~66[에반스, 『라깡 정신분석 사전』, 409~412쪽].

38 프랑스어 'jouissance'는 영어로는 'enjoyment'로 옮겨지는데, 영어에는 없는 성적 함축을 갖는 개념이다. 우리말로는 '향락' 혹은 '향유' 등으로 옮겨진다. 그것이 갖는 기본적인 의미는 쾌락원칙의 한계를 넘어서는 '고통스러운 쾌락'(painful pleasure)이다. 이것은 죽음충동과도 관계가 있기 때문에 '죽음으로 가는 통로'라고도 말해진다. ibid., pp.91~92[같은 책, 430~433쪽].

중요한 판단기준이 된다. 정신병의 경우 엄마는 결코 아버지-기능에 의해 금지되지 않으며, 따라서 정신병자는 결코 엄마로부터 벗어난 분리된 주체가 될 수 없다.[39] 신경증은 엄마가 아버지-기능에 의해 금지된 채로 존재하며, 따라서 신경증자는 분리된 주체로서 존재한다. 도착증은 엄마를 완전히 금지시키기 위해서 상징적인 타자가 존재하도록 만들어야 하는 경우이며, 도착증자는 이러한 인위적인 설정을 통해서 엄마와의 상상적인 관계에서 벗어날 수 있게 된다.

레르몬토프에게서 특징적인 것은 엄마와의 관계가 결코 아버지-기능에 의해서 '금지'된 것이 아니라(오히려 외조모에 의해서 엄마와 아버지 유리 레르몬토프와의 관계가 금지되었다), 이른 죽음이라는 운명에 의해서 '상실'되었다는 점이다. 즉 그에게 엄마와의 관계는 역설적이게도 금지되지 않았지만 (상실로 인하여) 금지되었다. 때문에, 그에겐 그러한 아버지의 '금지'를 내면화하여 상징적 질서로 편입할 수 있는 일반적인 여건이 주어지지 않았다. 그 금지의 주체는 누구인가? 아버지 유리 레르몬토프도 아니고, 외조모 아르세니예바도 아니다. 그럼 누구인가? 케 보이?Che Vuoi?[40] 즉 당신이 원하는 것은 무엇인가? 이것은 레르몬토프가 어머니의 상실과 그 극복을 자기정립의 근거로 놓고자 할 때 마주쳐야만 하는 운명적인 질문, 하지만 대답되지 않는 질문이다. 이러한 질문과 맞서는 판타지(환상)로서의 시적 정황들을 우리는 레르몬토프의 아버지가 사망한 해이기도 한 1831년의 시편들에서 찾아볼 수 있는데, 이 시

---

39 브루스 핑크, 『라캉과 정신의학』, 맹정현 옮김, 민음사, 2002, 334~335쪽.
40 '케 보이?'는 타자의 욕망에 대한 물음이다. "당신이 정말로 (나에게서) 원하는 것은 무엇인가?"라는 타자의 욕망에 대한 수수께끼는 주체에게서 환상을 낳는다. 환상을 낳는 욕망은 (타자의) 욕망에 대한 방어이다(슬라보예 지젝, 『이데올로기라는 숭고한 대상』, 이수련 옮김, 인간사랑, 2002, 206쪽).

들에 대한 분석은 다음 장에서 이루어질 것이다.

　이상에서 몇 가지 전기적 사실을 준거로 하여, 푸슈킨과 레르몬토프의 유년기에 나타난 상실 체험의 특이성과 차별성을 비교 검토해 보았다. 이러한 검토 작업은 그 자체로 흥미로울 수는 있지만, 두 시인의 비교시학을 구성하고자 하는 이 책에서는 예비적인 작업의 성격만을 가질 따름이다. 다음 장에서는 두 시인의 전기적 상실 체험이 문학작품 속에서 어떻게 반영되고 있는가를 확인해 보면서, 앞에서 전제한 시인의 자기정립 조건으로서 상실이 두 시인에게서 어떻게 관철되고 있는가를 보이고자 한다. 즉 두 시인이 자신의 근원적 상실을 어떻게 자기정립의 계기로 만들어 나가는가를 살펴보고자 한다. 이 자기정립의 장면은 달리 말하면 '시인으로서의 탄생' 장면인데, 분석의 초점은 두 시인의 '데뷔작'에 맞춰질 것이다. 거기에 해당하는 것이 푸슈킨에게서는 「차르스코예 셀로의 회상」이고, 레르몬토프에게서는 「천사」를 중심으로 한 몇 편의 시이다.

상실에 대한 회상과 시인의 탄생

†

아, 벽력 같은 전투 대열을 노래했던
영감에 찬 러시아의 시인이여
벗들 가운데 우뚝 솟아 타오르는 영혼으로
황금의 하프를 켜 다오!
— 푸슈킨, 「차르스코예 셀로의 회상」

불가사의한 욕망으로 가득 찬 어린 영혼은
오랫동안 세상에서 괴로워했다.
지상의 지루한 노래들은
천상의 소리를 대신할 수 없었다.
— 레르몬토프, 「천사」

상실에 대한 회상과 시인의 탄생

1. 국가적 회상과 국민시인의 탄생: 푸슈킨

「차르스코예 셀로의 회상」은 푸슈킨 자신에게서나 러시아 문화사에서 단순한 데뷔작 이상의 의미를 갖는다. 잘 알려진 대로, 이 시는 1815년 1월 8일 리체이의 상급반 진급시험에서 당대의 최고 시인인 데르사빈 Gavrila Derzhavin, 1743~1816이 참석한 가운데 공개적으로 낭송되었고, 곧이어 '알렉산드르 푸슈킨'이라는 이름으로 잡지 『러시아 박물관』 제4호에 정식 발표된다. 이 작품은 푸슈킨이 비교적 이른 나이에 시인으로서의 자기정립을 공표한 시라고 할 수 있으며, 시 낭송 장면은 곧 일종의 문화적 신화가 되었다. 그것이 문화적 신화가 되었다는 것은 시 낭송 장면이 푸슈킨 자신의 회고뿐 아니라, 동시대인들의 여러 회상 속에서 '제2의 데르자빈의 탄생'을 의미하는 것으로 기억된다는 점에서도 확인된다.[1]

---

1 이 시를 둘러싼 여러 반응과 회고에 대해서는 푸슈킨의 전기나 여러 2차문헌을 참고할 수 있다. 여기서는 주로 Dmitry Blagoi, *Tvorcheskii put' Pushkina*(1813-1826), Moskva, 1950, pp. 99~109를 참조했다 [『푸슈킨의 창작세계(1813~1326)』].

그림 4 일리야 레핀, 「1815년 1월 8일, 차르스코예 진급시험날 데르자빈 앞에서 시를 암송하는 알렉산드르 푸슈킨」(1911).

그리고 이러한 문화적 신화는 비단 19세기만의 것이 아니다. 러시아의 거장 일리야 레핀의 그림은 그 신화의 연속성을 확인시켜 준다(그림 4).

　이 그림에서 주목을 끄는 인물은 단연 '무대'에서 당당하고 자신감 있게 자신의 시를 낭송하는 곱슬머리의 소년시인 푸슈킨이다. 왼편에는 그와 키를 맞추기 위해 구부정하게 서서 마치 자신의 시에 대한 메아리[2]를 들으려는 듯, 귀를 기울이며 시 낭송을 경청하고 있는 노시인 데르자빈이 그려져 있다. 꼿꼿하게 다리를 펴고 턱을 세운 푸슈킨과, 팔과 허리를 구부리고 절반쯤 고개를 숙인 데르자빈의 대비가 이 그림의 주안점이면서, '차르스코예 셀로' 신화의 핵심이다.

2 성숙기의 푸슈킨은 실제로 1831년의 시 「메아리」(ekho)에서 시인을 '메아리'에 비유하기도 한다. 이 시는 "확연한 시적 마니페스토로서, 거기에는 고독한 시인의 운명에 대한 자기연민과 시의 절대적 자율성에 대한 도도한 신념이 동시에 배어 있다"고 평가된다. 이 시에 대한 자세한 분석과 메아리로서의 시인관에 대해서는 김진영, 「메아리로서의 시인」, 『러시아연구』 제11권 제1호, 서울대학교 러시아연구소, 2002, 21~47쪽을 참조하라.

그림에서도 엿볼 수 있지만, 데르자빈은 이미 일흔을 넘긴 나이였고, 이듬해 세상을 떠날 정도로 노쇠한 상태였다(두 사람은 56년이라는 많은 나이 차를 두고 있다). 하지만 푸슈킨이 '제2의 데르자빈'이란 별칭을 얻은 데에서 알 수 있듯이 두 사람은 문학적인 부자관계이다. 데르자빈에 의해서 푸슈킨은 시인으로서 호명된 것이기 때문이다. 이 호명은 시적 상징계의 호명이기도 하다. 이에 의해서 푸슈킨은 혼자만의 상상계적 시인에서 자기 몫의 이름과 역할을 가진 상징계적 시인으로 이행한다. 그리고 러시아 문학을 이끌어 갈 시인, 국민시인으로서의 자리를 데르자빈으로부터 계승한다. 따라서 이 그림은 바로 이 러시아 문학사의 세대교체 장면을 묘사함과 동시에, 푸슈킨의 시인으로서의 탄생과 함께 나란히 나이를 먹어 가게 되는 러시아 국민문학의 탄생을 증언하고 있다고도 할 수 있다(이제 푸슈킨 이후의 문학은 결코 그 이전과는 같지 않게 될 것이다).

푸슈킨 자신이 문학적 전성기에 회고하고 있는 리체이 시절에 대한 묘사에서도 이 시 낭송 장면은 핵심적인 기억으로 자리하고 있다. 그의 대표작인 『예브게니 오네긴』을 마무리하는 제8장 서두 부분에서 그는 처음 시에 입문하던 시절(1813~1814년), 처음 뮤즈[3]의 방문을 받던 리체이 시절을 떠올린다.

기숙사의 내 방은 홀연히 빛났었네,

거기서 뮤즈는 젊은 공상의 향연을 벌이고,

---

3 그리스 신화에서 뮤즈는 제우스와 기억의 여신 므네모시네의 딸들로 보통 9명으로 이루어져 있으며 학예(學藝)를 담당한다. 푸슈킨은 시(음악)의 여신 혹은 뮤즈의 영감을 얻은 시인이란 뜻의 보다 제한적인 의미로 '뮤즈'란 말을 사용하고 있다.

어린애다운 명랑함과,

우리의 먼 옛날의 영광과, 떨리는 가슴의 꿈을 노래했었지.[4]

　자기만의 방 안에서 시적 공상에 빠져 있던 시기는 달리 말하면 상상계적 단계라고 보아도 무리가 없다. 그리고 뮤즈는 시적 자아의 일종의 자기-이미지라고 할 수 있을 것이다. 시인은 그러한 타자적인 자기-이미지(뮤즈)와 자신을 동일시해 감으로써 시인으로서의 자아를 형성해 나가게 된다. 하지만 이 단계의 시적 자아는 2자적 관계에 의존하고 있기 때문에 아직은 나르시시즘적이며, 상상계의 테두리를 벗어나지 못한다. 이 시적 자아가 상징계로 나아가기 위해선 제3자가 필요하다. 이 제3자, 아버지-기능의 자리에 놓이는 이가 다음 연에서 거명되는 데르자빈이다.

　세상 사람들은 미소로 그녀를 맞이하고,

첫 성공은 우리의 용기를 북돋아 주었지.

연로한 데르자빈은 우리를 알아보고

무덤으로 가며 우리를 축복해 주셨네……

　여기서 '우리'는 물론 화자-푸슈킨과 시의 뮤즈이다. 공개 시 낭송의 성공으로 시인 푸슈킨은 크게 고무되고(동급생들까지 그를 위대한 천재로 대우한다),[5] 대시인 데르자빈의 격려는 그에게 새로운 앞날을 열어 준다. 푸슈킨은 비로소 '세상'에 나오게 되고, 자신의 후계자를 '알아본'

---

4 우리말 번역은 허승철이 옮긴 『예브게니 오네긴』, 솔, 1999를 참고했으며, 부분적으로 수정했다.

데르자빈은 이제 무덤으로 들어가게 된다. 푸슈킨이 비워 둔 2연의 나머지 행들은 그런 데르자빈에 대한 감사와 경의의 뜻을 담고 있을 것이다. 여기에는 일종의 메아리적인 대구가 성립한다. 미래의 시인 푸슈킨은 '러시아의 영광된 과거를 노래하고', 과거의 시인 데르자빈은 그런 '그의 미래를 축복한다'. 요컨대 푸슈킨은 데르자빈이라는 '아버지-기능'에 대한 오이디푸스 콤플렉스를 통과하고, 고전주의의 대표적인 장르인 송시ode를 관통해서 이제 시인으로서 자신을 정립하게 된다.[6] 그리고 이것이 그의 데뷔작인 「차르스코예 셀로의 회상」이 갖는 전기적·정신분석적 맥락의 의미이다.[7]

앞에서 인용한 『예브게니 오네긴』의 한 대목에 따르면, 푸슈킨이 리체이 시절 초기에 쓴 시들은 ①어린애다운 명랑함, ②조국의 먼 옛날의 영광, ③떨리는 가슴의 꿈을 노래한 것들로 크게 구분할 수 있다. 이

---

5 푸슈킨의 진정한 시적 재능은 리체이를 졸업한, 1818년 이후에야 비로소 나타나는 걸로 보는 미르스키는 푸슈킨의 시적 재능에 대한 평가와 인정이 다소 일찍 찾아왔다고 냉정하게 평가한다. 그에 의하면, 근대문학사에서 푸슈킨보다도 일찍 시인으로서의 재능을 성공적으로 인정받은 경우는 없었다. 그에 대한 열광은 리체이 친구인 델비크(Delvig)가 푸슈킨에 대해 쓴 (과장된) 호라티우스풍의 송시가 잡지에 게재될 정도였지만, 리체이 시절의 시들은 엄밀하게 말해서 '재능 있는' 습작시들이다. Mirsky, *Pushkin*, pp.21~23을 참조하라. 하지만 그렇다고 해서 이 시들이 갖는 전기적 자료로서의 의미가 반감되는 것은 아니다.

6 오이디푸스 콤플렉스는 상상적, 2자적 관계에서는 성립하지 않는다. 그것은 엄마와 아이 외에 제3자를 필요로 하는 삼각구조를 전제로 하기 때문이다(에반스, 『라깡 정신분석사전』, 264쪽). 이때 2자 관계를 3자 관계로 변형시키는 것이 아버지의 기능이며, 그것의 기능적 대체물이 아버지-기능이다. 푸슈킨의 경우, (여성적) 뮤즈와의 2자적 관계하에 골방에서 습작하던 시기를 상상적 시인의 단계라고 한다면, 그가 상징적 시인의 단계로 이행하는 것은 데르자빈이라는 제3자 혹은 대타자(the Other)의 개입과 인정 이후에 가능했다.

7 이 시에 나타난 데르자빈의 강한 영향은 1841년 셰브이료프(I. S. Shevyrev)에 의해 처음 지적되었다. 푸슈킨이 데르자빈 앞에서 이 시를 낭송했던 걸 고려하면, 그러한 영향관계는 충분히 이해할 만한 것이다. 한편, 토마셰프스키는 그럼에도 불구하고, 이 시에 데르자빈만의 '특별한' 운율이 부재하다는 점을 들어서 푸슈킨의 자립성을 어느 정도 인정하고 있다. B. Tomashevsky, *Pushkin*, Moskva, 1999, vol.1, pp.52~53. 물론 데르자빈에 대한 푸슈킨의 이러한 이중적 관계는 오이디푸스 콤플렉스의 전형적인 특징으로 이해될 수 있다.

중 「차르스코예 셀로의 회상」은 물론 두번째 계열에 속한다.[8] 이 시는 8행을 1연으로 해서 전체 22연, 176행으로 이루어진 비교적 긴, 애국적인 송시풍의 시이다. 리체이의 철학 담당 갈리치 선생이 1814년 가을에 내 준 작문시험 과제로 작성된 것이라고 하는데, 푸슈킨은 공개시험 장소에 참석하기로 예정돼 있던 데르자빈도 염두에 두고 시를 쓴 것으로 전해진다. 1819년에 푸슈킨은 2연과 21연을 삭제하고 약간의 수정을 가하지만, 이 수정본은 그의 생전에 발표되지 않았다. 여기서는 1815년에 발표된 시를 대상으로 주로 시상詩想의 전개 과정에 초점을 맞춰 분석해 보기로 한다.[9]

이 시에서 주로 노래하는 것은 예카테리나 2세 때의 여러 전쟁들과 특히 1812년 나폴레옹 전쟁(조국전쟁)에서의 승리이다. 전체 22연의 내용 전개를 표를 통해 제시하면 〈표6〉과 같다. 이러한 구성을 전제로 할 경우 2연과 21연의 삭제는 전체적인 균형에 큰 무리를 주지는 않는다.

앞서 지적한 대로, 이 시에서 핵심적인 역사적 사건은 1812년 나폴레옹의 러시아 침공과 패퇴이고, 주제는 그러한 역사적 배경 속에서 러시아 시인이 '전쟁시인'으로서 갖는 사명이다. 직접 참전할 수는 없었지만, 또래의 동급생들과 마찬가지로 13세의 소년 푸슈킨은 리체이 하급반 시절에 경험한 1812년의 조국전쟁으로부터 많은 영향을 받으며 애국심이 고취된다. 그리고 사실 1812년의 전쟁이 개개인에게서

---

8 메일라흐에 따르면, 「차르스코예 셀로의 회상」은 편차가 고르지 않은 이 계열의 전쟁시들 가운데 가장 우수하다. B. Meilakh, *Zhizn' Aleksandra Pushkina*, Leningrad, 1974, pp.44~45 [『알렉산드르 푸슈킨의 생애』].

9 여기서는 자세히 다루지 않지만, 이 시와 데르자빈, 주코프스키, 그리고 특히 바튜슈코프 시와의 연관성은 블라고이(Blagoi), 비노그라도프(Vinogradov), 바추로(Vatsuro) 등 여러 연구자들이 지적하는 부분이다. David M. Bethea, *Realizing Metaphors: Alexander Pushkin and the Life of the Poet*, Madison: The University of Wisconsin Press, 1998, p.162 참조.

연	구성	내용	서사시점
1~2	프롤로그	차르스코예 셀로의 밤 풍경	현재
3~5	러시아의 영광	러시아의 황금시대에 대한 회상	18세기
6~8		예카테리나 시대의 영광	
9~11	러시아의 시련	나폴레옹 군대의 침공	1812 ~ 1814
12~14		러시아군의 반격과 승리	
15~17	러시아의 승리	폐허가 된 모스크바에 대한 비탄	
18~20		러시아군의 파리 입성과 되찾은 평화	
21~22	에필로그	러시아 시인의 사명	미래

갖는 의미보다 더 중요한 것은 그것이 근대 러시아의 국가적 자기정체성 정립에 끼친 영향이다. 18세기 초 표트르 대제(재위 1682~1725)에 의해 비로소 서구화의 길로 내달았던 러시아는 예카테리나 여제(재위 1762~1796) 치세에 와서야 비로소 근대국가로서의 규모와 제도를 갖추게 된다. 그러나 러시아의 18세기는 러시아의 자기정체성 형성 과정에서 아직은 '거울단계' 정도에 머무르고 있을 따름이었다. 비록 서구라는 타자를 의식함으로써 이전의 유아적인 상상계적 단계로부터는 벗어나게 되었지만, 러시아가 경험한 것은 서구의 '실재'가 아니라 서구라는 거울에 비친 자기-이미지에 불과했기 때문이다. 따라서 서구화가 가져온 충격이 도대체 어떤 역사적 맥락과 의미를 갖는 것인지 러시아는 알 수 없었다. 그러한 맥락과 의미가 의식화되는 것은 1812년의 조국전쟁과 그 여파로서 1825년의 데카브리스트 봉기를 거치면서부터이다.

러시아가 서구를 모방한다고 할 때, 모방의 전범인 서구는 러시아의 '아버지' 역할을 하게 된다.[10] 그러한 부자관계를 가정한다면, 1812년의 전쟁은 일종의 '거세위협'이다. 거세에 대한 위협과 그에 대한 불안은 오이디푸스 콤플렉스의 핵심이며 그것을 구성하는 필수적인 요소이다.[11] 이런 맥락에서 보자면, 1812년의 조국전쟁, 그리고 1814년 알렉산드르 1세의 파리 입성이 상징하는 것은 오이디푸스 콤플렉스 단계를 통과한 자아(=러시아)의 자기정립이다. 말하자면, 러시아의 제2의 탄생이라고 할 수 있을 것이다. 미래의 국민시인 푸슈킨이 시인으로서의 자기정립, 즉 그의 제2의 탄생을 인정받게 한 이 시 「차르스코예 셀로의 회상」에서 노래하고 있는 것이 러시아의 제2의 탄생이라는 사실은 흥미롭다. 물론 더 흥미로운 점은 개인의 자아정립 과정에서 겪게 되는 상실과 애도의 과정이 러시아라는 국가적·민족적 자아의 정립 과정에서도 그대로 반복된다는 점이다. 이것을 애도의 서사 함수에 적용해 보면 다음과 같다.

$$F_T(S) = (S \cap O_1) \rightarrow (S \cup O_1) \rightarrow (S \cap O_2)$$

$$\Leftrightarrow (\text{러시아의 영광}) \rightarrow (\text{러시아의 시련}) \rightarrow (\text{러시아의 승리})$$

$$\Leftrightarrow (\text{예카테리나 2세}) \rightarrow (\text{나폴레옹}) \rightarrow (\text{알렉산드르 1세})$$

---

10 가족적 영역과 국가적·정치적 영역은 긴밀한 상호연관성을 갖는다. 프로이트 이후의 정신분석학은 개인의 자아형성뿐 아니라 국가와 민족의 자기형성 과정에 대해서도 생산적인 설명 모델을 제공해 준다. 실제로 역사학자 린 헌트(Lynn Hunt)는 프랑스 혁명의 전개 과정을 가족로맨스의 틀로 흥미롭게 설명하고 있기도 하다. 린 헌트, 『프랑스 혁명의 가족 로망스』, 조한욱 옮김, 새물결, 1999를 참조하라.

11 Evans, *An Introductory Dictionary of Lacanian Psychoanalysis*, pp.20~23[에반스, 『라깡 정신분석 사전』, 39~45쪽] 참조. 라깡 정신분석학에 의하면, 거세 콤플렉스는 생물학적·해부학적 차원을 넘어선다.

이러한 과정이 시에서 어떻게 형상화되고 있는지 좀더 자세하게 살펴보기로 하자. 먼저 1연에서 2연까지는 차르스코예 셀로의 밤 풍경에 대한 묘사이다.

> 음울한 밤의 장막이
> 잠이 든 창공에 드리워졌다
> 골짜기와 수풀은 말 없는 정적 속에 잠들고,
> 멀리 있는 숲은 잿빛 안개 속에 드러누웠다.
> 참나무 숲 그늘로 흘러가는 시냇물 소리 들릴 듯하고,
> 잎새 위에 잠든 산들바람 조곤조곤 숨 쉬는 듯하다.
> 고요한 달은 아름다운 백조처럼
> 은빛 구름 속을 떠다닌다.[12]

고요한 달빛 아래 펼쳐지는 '형제 마을'의 밤 풍경은 2연에서도 이어진다. '창백한 달빛' 아래 "들판의 여왕 오만한 백합꽃이 / 수려한 용모를 자랑하며 피어"나는 모습을 "이곳에서, 나는 본다"라고 노래하고 있는 것이다. 하지만 이런 대목은 '창백한 달빛' 아래라고 하기엔 너무 자세한 풍경 묘사로 이루어져 있으며, 표현의 미숙성을 보여 주는 예이다(아마도 그래서 나중에 삭제되었을 것이다).

다음의 3연과 4연은 이러한 밤 풍경을 매개로 하여 과거 영광스러운 러시아를 떠올리는 장면들이다. 3연에서는 데르자빈의 시를 연상케

---

12 푸슈킨 인용시의 번역은, 우리말 번역이 있는 경우 푸슈킨, 『잠 안 오는 밤에 쓴 시』, 석영중 옮김, 열린책들, 1999 등을 참고하여 필자가 부분적으로 수정한 것이다.

하는 폭포수 풍경을 묘사하면서 현재와 과거를 이어 주는 연상의 고리를 찾는다. 3연의 마지막 두 행과 4연의 첫 행은 "이곳이 바로 지상의 신들이 화평한 세월을 누리던 곳이 아니던가? / 이곳이 바로 러시아 미네르바의 신전이 아니던가?"와 "이곳이 바로, 북방의 낙원, 아름다운 차르스코예 셀로가 아니던가?"로 동일한 통사적 구문을 통해 자연스레 연결되면서, "러시아의 힘센 독수리가 사자를 정복"하던 시절, 그러니까 표트르 대제의 치세 때인 북방전쟁에서의 승리를 떠올린다. 하지만 이 시에서 '황금시대'로 지칭되는 시대는 표트르 대제의 시대가 아니라 예카테리나 여제의 시대이다.[13]

> 슬프도다! 저 황금시대는 지나가 버렸구나,
>
> 위대한 여인의 권력 아래
>
> 행복한 러시아가 영예의 왕관을 쓰고
>
> 평온하게 꽃피던 그때!

여기서 '위대한 여인'은 예카테리나 2세를 가리킨다. 33세에 남편인 표트르 3세를 폐위시키고 황제의 자리에 오른 그녀는 계몽군주를 자처하면서 서구의 계몽주의 사상가들과 적극 교류하였고, 교육제도와 지방행정제도를 개선하고 많은 학교를 설립하는 등의 공적을 남겼

---

13 이 시에서 특이한 것은 표트르 대제가 언급되지 않는다는 점이다. 이것은 성숙기의 푸슈킨이 표트르 대제에 대해 갖게 된 집요한 관심과 대조된다. 그는 이 시에서 18세기 러시아사의 기념비적인 영웅과 영광을 나열하면서도 유독 러시아의 18세기와 페테르부르크의 건설자인 표트르 대제에 대해서는 침묵하고 있다. 즉 표트르 대제는 이 시에서 '억압'되어 있다. 이러한 억압은 '황금시대'에 대한 회상을 '모성적인 것'에 대한 회상과 겹치도록 해준다. 표트르 대제는 '모성적인 것'과는 가장 거리가 먼데, 2미터가 넘는 거구의 대제는 러시아사에서 가장 권위적이고 강력한 아버지상을 대표하는 인물이기 때문이다.

다.[14] 그래서 흔히 표트르 대제가 근대 러시아의 육체를 만들었다면, 예카테리나 2세는 거기에 영혼을 불어넣은 것으로 평가되기도 한다. 하지만 그녀는 1773년의 푸가초프 반란 이후에는 반동적인 현실주의자가 되어 자유사상을 억압하였고, 귀족들과의 협력체제를 강화하는 과정에서 농노제를 더욱 확장시켰다. 물론 이 시에서 소년 푸슈킨이 예찬하고 있는 '위대한 여인'은 이러한 역사적 평가와는 다소 무관한, 시적 관습에 가까운 것이다. 무엇보다도 예카테리나 2세의 치세 기간은 푸가초프 반란 때의 공훈으로 이름을 얻은 데르자빈에게 시인으로서의 전성기였다. 여제의 총애를 받았던 그의 명성은 1780년경에 정점에 이르렀는데, 이 시에서의 '황금시대'는 바로 그러한 데르자빈의 황금시대이며, 그의 '화려했던 시절'이라고도 할 수 있다(이 시가 데르자빈을 청자로서 어느 정도 염두에 두고 쓰였다는 점을 고려해야 할 것이다). 이 시는 그러한 황금시대의 상실을 노래하고 있다.

　이어지는 5연에서는 한 러시아인을 시적인 배역으로 등장시켜서 과거에 대한 영탄을 더욱 직접적으로 토로하게 한다. '그'는 차르스코예 셀로를 가로질러 흐르는 물결(이면서 동시에 세월의 물결) 한가운데 솟아오른 여러 전승 기념비들을 바라본다. 그 기념비들은 조국 러시아의 영광의 상징물이다. 7연은 그것들을 통해서 "예카테리나 여제의 공신이자 전우인 그대들의 전설 / 대대손손 길이 이어질 것이다"라고 노래한다. 그리고 8연에서는 "나팔소리 드높던 전쟁의 시절"에 그 공신들, "오를로프Gregory Orlov, 루만체프Pyotr Rumyantsev, 수보로프Aleksandr Suvorov"

---

14 로마노프 가계 출신이 아니었던 그녀는 다른 황제들에 비해서 상대적으로 권력기반이 약했고, 때문에 무엇보다도 제도와 법에 많은 관심을 두었다(Geoffrey Hosking, *Russia and the Russians: A History*, Cambridge: Harvard University Press, 2001, pp.214~215).

가 거두었던 영광스런 승전들을 당대 송시의 대가들인 데르자빈과 페트로프Vasily Petrov가 리라를 타며 찬미했다고 말한다. 그리고 사실 이 시에서의 푸슈킨 자신 또한 그들과 같은 계보에 속해 있다.

　　이 계보의 시인들에게서 시와 국가는 일체화되어 있다. 시인은 자신의 과거가 아닌 국가와 민족의 과거를 노래하고 예찬한다. 그들은 정제된 시적 형식 속에서 국가라는 대타자의 법과 이념을 복창한다. 이러한 시와 시인의 역할은 18세기에 새로운 담론으로 태어난 미학의 역할이기도 하다. 독일의 철학자 바움가르텐Alexander Gottlieb Baumgarten, 1714~1762에 의해 정식화된 미학은 사실상 감각의 전 영역을 이성의 식민지화하고자 하는 기획이다(그의 주저인 『미학』Aesthetica은 1750년에 나왔다). 즉 미학은 물질적이고, 육체적이고, 주관적인 것이 갖는 감각적 특수성과 이성의 보편성을 매개하고자 한다. 이러한 미학이 18세기 독일에서 요구된 것은 "정치적 절대주의에 대한 대응"[15]으로서였다. 당시 독일은 봉건적 절대주의 소국들로 분할되어 지방분권주의적인 특수성을 드러내고 있었고, 때문에 보편적인 문화에 대한 요구가 강하게 제기되고 있었다. 그러한 현실의 학문적 번안으로서 미학은 뭔가 모호하고 뒤죽박죽인 영역을 합리적 분석에 개방시키고자 했던 것이다. 그래서 테리 이글턴이 요약하는 바에 따르면, "바움가르텐은 미학이 논리학의 자매이자, 감각적 생이라는 저급한 수준에 작용하는 일종의 열등한 이성 또는 이성의 여성적 유사체라고 말한다. 미학의 할 일은 이성 자체의 작용들과 유사한 방식으로 그런 영역을 명료한 또는 완전히 확정된 표상들로 정

---

15 Terry Eagleton, *The Ideology of the Aesthetic*, Cambridge, Mass.: Blackwell, 1992, p.14[테리 이글턴, 『미학사상』, 방대원 옮김, 한신문화사, 1995, 2쪽].

리하는 것이다. …… 미적인 것은 여성으로 태어나 남성에 종속적이지만, 행해야 할 자체의 소박한 필연적 임무를 지니고 있다".[16]

여기서 '미적인 것'은 '시적인 것'과 동일 개념으로 호환될 수 있다. 즉 시의 역할 또한 '여성으로서' 자신만의 특수한 임무를 지니고는 있지만, '남성으로서의' 절대이성과 국가권력에 종속적이어야 한다. 이것이 고전주의에서의 시에 대한 이념이며, 이러한 이념은 표트르 대제 이후에 강력한 중앙집권적 근대 러시아를 건설하고자 했던 18세기 러시아의 국가적 요구와도 맞아떨어진다.[17] 푸슈킨의 시에서 데르자빈과 페트로프는 그러한 이념의 대변자로서 제시되고 있는 것이다.[18] 오를로프, 루만체프, 수보로프 등의 장군들이 전장에 나가서 승전보를 올릴 때, 데르자빈과 페트로프 같은 시인들은 리라를 타며 이 영웅들을 노래한다. 이럴 경우 시인의 역할은 '이성의 여성적 유사체'로서 미학이 갖는 역할에 상응하며, 따라서 시인의 문법적인 성性은 국가권력과의 관계에서 언제나 여성이다(아무리 남성적인 어조로 딩딩하게 송시를 노래한다 할지라

16 ibid., p.16[같은 책, 4쪽].
17 사실 근대 러시아에서 가장 핵심적인 철학적 영역은 미학이 아니라 역사철학이었다. 이러한 차이는 독일과 러시아의 서로 다른 역사적 배경에서 나오는 것이지만, 공통된 국가적·국민적 요구에서 발원한 것이기도 하다. 1830년대 차다예프에 의해서 논쟁적으로 제기된 그 역사철학적 문제란 러시아라는 '특수성'을 유럽이라는 '보편성'과의 관계에서 어떻게 자리매김시킬 것인가 하는 것이었다. 그것은 러시아 인텔리겐치아들에게서 '러시아 이념'이란 문제로 변형된다. '러시아 이념'에 대해서는 Nikolai Berdyaev, The Russian Idea, Boston: Beacon, 1962를 참조하라.
18 러시아 고전주의는 미하일 로모노소프(Mikhail Lomonosov, 1711~1765)에서 데르자빈을 거쳐 푸슈킨으로 계승되면서, 점차 시인의 개성과 시(=미적인 것)의 자율성에 대한 관심과 주장이 확대되는 방향으로 간다. 때문에 고전주의와 낭만주의를 이어 주는 다리 역할을 했던 데르자빈에 대한 문학사적 평가는 다양하다. 그는 고전주의자이면서, 낭만주의자였고, 심지어 바로크의 대표자였다고도 평가받는다. 그에 대한 평가에 대해서는 William E. Brown, A History of 18th Century Russian Literature, Ann Arbor: Ardis, 1980, pp.381~415를 참조하라. 데르자빈에 대한 이러한 혼란스런 평가는 낭만주의자인가 사실주의자인가를 놓고 벌어지는 푸슈킨에 대한 혼란스런 평가를 앞지르고 있다. 그런 점에서도 이 두 시인은 많이 닮았다.

도 말이다).[19]

18세기의 끝자락에 태어난 푸슈킨은 그러한 시적 계보의 끄트머리에서 자신의 경력을 시작한다. 그는 송시풍으로 이 시를 쓰고 있지만, 정작 노래해야 할 황금시대는 서정적 자아의 회상 속에서만 존재한다. 러시아의 황금시대는 어디로 갔는가? 무엇이 황금시대를 가져가 버렸는가? 황금시대의 상실은 마치 인간의 유년기처럼 필멸의 운명이 아닐까? 혹은 언제나 이미 과거로서만 존재하기에, 회고적인 상상 속에서만, 미적 가상 속에서만 존재하는 것이 아닐까? 이어지는 9연에서는 지나간 황금시대를 대체하는 새로운 시대에 대해서 노래한다.

> 잊지 못할 시절이여, 너 또한 가 버렸구나!
> 새로운 시대가 도래하여
> 새로운 전쟁과 싸움의 공포를 보았으니
> 고통은 인간의 숙명이던가.

여기에서 말하는 "새로운 시대" 혹은 새로운 세기의 문턱은, 정신분석학의 용어로 말하자면, 이미 앞에서 지적한 대로 오이디푸스 콤플렉스의 문턱이다. 그리고 이 문턱의 '문지기'로 서 있는 이가 바로 강력한 '아버지'로서 '세계사적 인물'인 황제, 나폴레옹 보나파르트(재위 1804~1814/5)이다. 사실 황금시대라는 것은 상상계와 마찬가지로 우리가 상징계로 진입한 이후에 사후적으로 재구성되는 것이다. 상상계는 시간적 순서상 상징계에 앞서는 것이지만, 그것은 어떠한 인식의 언어

---

19 이 점은 푸슈킨과 전제군주들, 특히 니콜라이 1세와의 관계를 따져 볼 때 유의할 만한 부분이다.

도 갖고 있지 못하기 때문에, 그리고 어떠한 제3자적 타자성도 배제된 상태이기 때문에, 자신을 '자기'로서 인식하지도 규정하지도 못한다. 때문에 그것은 상징계 뒤에 남겨지며, 회고적으로만 재구성된다. 마찬가지로 황금시대에 대한 인식도 우리가 그 시대로부터 떠난 뒤에야, 그 시대로부터 분리되고 소외된 이후에야 가능하다. 비록 푸슈킨이 나폴레옹을 "계략과 파렴치로 왕관을 쓴 황제"라고 소개하고는 있지만, 만약 나폴레옹이 없었다면 러시아의 '황금시대'에 대한 인식과 애도는 가능하지도 않았을 것이다. 따라서 그의 역할은 러시아가 러시아로서 구성되고 규정되기 위해서는 필수적으로 요구되는 요소이다.[20] 요컨대 나폴레옹은 러시아 황금시대(이 시에서는 예카테리나 2세의 치세)의 불가능조건이면서 동시에 가능조건이다.[21]

이어서 9연의 후반부부터 묘사되는 것은 1812년의 나폴레옹 전쟁, 즉 조국전쟁이다. 10연에서는 나폴레옹의 군대 앞에서 파괴되어 가는 러시아를 묘사하는데, 무고한 마을과 도시들이 불길에 휩싸인다. 이어지는 11연은 그들이 저지르는 만행을 규탄하며, 12~14연은 나폴레옹의 프랑스군을 패퇴시키는 러시아군의 모습을 스펙터클하게 묘사한다. 하지만 전투에서 승리하더라도 전쟁의 상처는 남는다.

　　모스크바, 나의 고향,

---

20 실제로 유럽인들이 비로소 '역사'를 체험하도록 해준 인물이 바로 나폴레옹이기도 했다. "프랑스 혁명, 혁명전쟁, 그리고 나폴레옹의 등장과 몰락이 비로소 역사를 '대중적 체험'으로, 그것도 전 유럽적 규모에서 그렇게 만들었다. 1789년에서 1814년간의 수십 년 동안에 유럽의 모든 민족은 다른 수세기 동안보다도 훨씬 더 많은 변혁을 체험했다"(게오르그 루카치, 『역사소설론』, 이영욱 옮김, 거름, 1999, 22쪽).
21 푸슈킨은 「엘바 섬의 나폴레옹」(Napoleon na El'be, 1815), 「나폴레옹」(1821) 등 나폴레옹을 제재로 한 여러 편의 시를 남기고 있다. 그의 창작에서 프랑스의 황제 나폴레옹과 영국의 시인 바이런이 갖는 의미를 추적해 보는 것은 충분히 흥미로운 작업이지만, 이 책에서는 따로 다루지 않는다.

막 꽃피어나던 나이에

아무런 근심도 불행도 모르고

무사태평한 황금의 시간들을 보내던 곳이여,

이제 당신은 내 조국의 원수를 보았다!

핏물에 잠기고, 불길이 당신을 집어삼켜 버렸다!

나 이 한 목숨 다 바쳐 복수하지 못하고

마음은 헛된 분노로만 불타올랐다!……

위에서 인용한 15연은 13세의 어린 나이 때문에 참전할 수 없었던 푸슈킨의 안타까움과 적에 대한 분노, 시인의 애국적인 열정 등을 드러내 준다. 관습적이긴 하지만, 여기서도 똑같이 '황금의 시간'이라는 표현이 사용되고 있다. 이 '황금의 시간'은 물론 앞에서 노래했던 러시아의 '황금시대'와 등가적인 것이다. 모스크바가 시인의 고향이면서 동시에 조국 러시아의 상징인 것도 같은 맥락이다. 때문에 '시인'(나)과 '모스크바'는 적들의 침입에 똑같이 불타오른다. 그들은 대칭적이며 동형적인isomorphic 것이다. 뒤이어 16~17연은 1812년 9월 나폴레옹 군대에 의해 잿더미가 된 모스크바를 묘사한다 ──"모든 것이 죽고 정적만 남았다". 때문에 시련과 상실 이후에 되찾은 시간은 결코 이전의 '황금시대'에는 미치지 못한다. 이미 지적한 대로, 그 차이와 잉여에 대한 정서적 등가물이 애도이다. 비록 점령지 모스크바에서 퇴각하며 패주하는 프랑스군을 전멸시킨다 하더라도 애도의 잔여물은 남게 될 것이다.

그리고 "러시아 도시들의 어머니여, 기뻐하라"로 시작되는 18연과 19연은 프랑스군의 궤멸[22]과 패장 나폴레옹에 대한 조롱을 담고 있다.

너 어디 있는가? 행운의 여신과 벨로나의 귀염둥이 아들이여,

정의의 목소리와 법을 무시하고

총칼로 왕위를 뒤엎으려 교만스레 꿈꾸던 자여

너는 새벽녘의 악몽처럼 사라졌구나!

이 19연의 후반부에서 2행과 4행의 각운을 맞추고 있는 '법'zakon과 '악몽'son은 러시아군과 프랑스군(갈리아군) 간의 대립을 집약해 주고 있는 의미론적 대립쌍이다. 법의 상실과 회복이라는 관점에서 애도의 서사를 재구성하면, 그것은 '악몽'에 의해서 훼손되고 상실된 법을 다시 회복하는 과정이고 상징계적 질서를 다시 복원하는 과정이다. 즉 애도는 그러한 법과 질서를 다시 만들어 나가는 작업이기도 하다. 그리하여 모든 의미(부여)는 애도의 몫이 된다. 질리언 로즈에 의하면, "만약에 모든 의미가 애도라면, 그리고 종결되지 않는 죽음이 아니라 새로운 아침(새벽 혹은 미래)이 도래하기 위해서 애도(혹은 부재)가 우리의 규범(혹은 현존)이 되어야 한다면, 모든 의미와 모든 애도는 도시, 즉 폴리스에 속한다".[23] 여기서 폴리스polis는 정치Politics의 어원으로서 도시공동체 폴리스이다.

이 시에서 '러시아 도시들의 어머니' 모스크바는 러시아인들의 애도의 정서를 집약하고 있는 도시이다. 흔히 남성적인 페테르부르크와 비교하여 여성적인 도시로 분류되어 온 모스크바는 벨로나(전쟁의 여

---

22 승승장구하던 나폴레옹 군대가 러시아 전선에서 패배한 것은 대규모의 군대가 넓은 영토에 비해 인구가 너무 적은 지역에서 싸우면서 적절한 보급을 받지 못한 데 있었던 것으로 평가된다. 무려 61만 명이 러시아로 진주해 들어갔지만, 생환한 병사들은 10만 명이 채 못 되었고, 결국 나폴레옹은 계속 뒤를 치며 따라온 러시아와 영국, 오스트리아 등의 동맹군에게 항복하고 1814년 4월 6일 퇴위한다(에릭 홉스봄, 『혁명의 시대』, 정도영·차명수 옮김, 한길사, 1998, 198쪽 참조).

23 Gillian Rose, *Mourning becomes the Law*, Cambridge: Cambridge University Press, 1996, p.103.

신)의 돼먹지 않은 아들(나폴레옹)에게 뜻하지 않은 모욕을 입고 폐허가 되었다. 때문에 모스크바는 러시아의 아들들에게 정의와 법의 회복을 요구한다. 1812년에 나폴레옹의 군대가 모스크바까지 진격해 들어가면서 시작된 전쟁은 1814년 러시아군이 파리에 입성하면서 마무리되는데, 이 전쟁에 대한 서술이 파리에서 종결되는 것은 그래서 당위적이다. 거기에서 어떤 균형이 맞춰지고 있기 때문이다. 파리에서 시작된 '악몽'은 모스크바를 반환점으로 해서 결국 파리에서 종결되었다. 유럽세계는 나폴레옹이라는 '악몽' 이후에 이제 다시 새로운 질서를 구축하게 될 것이다.

이제 남은 것은 조국전쟁의 피날레를 따라가 보는 것인데, 그러기 전에 한 가지 음미해 볼 것이 있다. 그것은 조국전쟁에서, 그리고 이 시에서 모스크바가 갖는 의미이다. 여기서 모스크바는, 줄리아 크리스테바의 용어를 빌리자면, 비천한 어머니로서의 아브젝트abject이다. 이 아브젝트와의 분리 과정인 아브젝시옹abjection을 통해서만, 즉 모성과의 분리를 통해서만, '나'는 비자아에서 자아로 이행해 갈 수 있다. "결국 아브젝시옹이란 일종의 나르시시즘의 위기이다."[24] 그것이 위기인 것은 아브젝시옹이 나르시시즘이라고 불리는 상태의 덧없음을 증언하기 때문이다. 즉 더 이상 자아와 구별·분리되지 않는 어머니-대상은 존재하지 않는다는 것을 그것은 확인시켜 준다.[25] 그런 의미에서 아브젝시옹은 원초적·근원적 상실에 대응하는 원초적·근원적 애도로서 재정의될 수

---

24 Julia Kristeva, *Powers of horror: An Essay on Abjection*, New York: Columbia University Press, 1982, p.14[줄리아 크리스테바, 『공포의 권력』, 서민원 옮김, 동문선, 39쪽].

25 Kristeva, *Powers of horror: An Essay on Abjection*, p.15. 때문에 아브젝시옹은 일종의 애도이다. 크리스테바는 "아브젝트는 이미 항상 상실한 어떤 '대상'에 대한 애도의 폭력이다"라고 말했다.

있다.

그렇다면 '1812년'이 근대 러시아사에서 갖는 의미는 그것이 나르시시즘의 위기를 표명하면서 동시에 러시아라는 국가적 '자아'를 비로소 일깨워 주었다는 데 있다. '나폴레옹'은 러시아적 나르시시즘의 위기를 가능하게 한 외상trauma이었다. 이제 '나폴레옹'이 러시아 황금시대(나르시시즘)의 불가능조건이면서 동시에 가능조건이라고 한 앞서의 주장을 토대로 한 걸음 더 나아가 볼 수 있다. '나폴레옹'은 러시아라는 국가적 자아의 자기정립 조건이다. 푸슈킨의 시에서 중요한 것은 그가 바로 그러한 러시아의 제2의 탄생 순간을 포착하고 있다는 점이고, 또 이 시를 통해 시인으로 인정받음으로써 거꾸로 자신의 제2의 탄생을 가능케 했다는 점이다. 이렇듯 시인과 국가(러시아)는 상호의존적이고, 상호규정적이다. 따라서 푸슈킨이 '국민시인'으로 호칭되는 것은 우연이 아니다. 그것은 1812년에, 황제(=국가)가 세운 학교 리체이에서 지체된 유년기를 경험해야 했던 한 시인에게만 가능했던 호칭이기에 그러하다. 때문에 진정한 국민시인은 푸슈킨 이전에도 이후에도 가능하지 않았다. 이제 시의 종반부이다.

파리의 러시아인! 복수의 횃불은 어디에 있는가?
갈리아여, 고개를 숙여라.
그러나 저기 보이는 게 무엇인가? 화해의 미소를 머금은 영웅이
황금빛 올리브 가지를 들고서 다가와
먼 데서는 아직도 전쟁의 포성이 울부짖고
모스크바는 북극 안개 속의 초원처럼 음산한데
그는 적에게 파멸이 아닌 구원을

이 땅엔 복된 평화를 가져왔구나.

이 20연의 주인공이자 진정한 '영웅'은 알렉산드르 1세이다. 나폴레옹이 프랑스의 제유이듯이 러시아의 제유로서 그는 반영웅antihero인 나폴레옹을 응징하기 위해 파리에 입성했다. 하지만 그가 가져온 것은 복수의 횃불이 아니라 관용과 화해의 미소였고, 전쟁과 파멸이 아니라 평화와 구원이었다. 비록 모스크바는 아직 전쟁의 상처가 다 치유되지 않았지만('황금시대'는 '황금빛 올리브 가지'로 축소·변형되었다), 러시아는 '갈리아'를 용서하고 포용한다. 사실 그것은 진정한 영웅의 조건이기도 하다. 이 시의 마무리인 21~22연의 내용이 그 진정한 영웅에 대한 예찬[26]과 러시아 시인의 사명에 대한 확인으로 되어 있는 것은 당연한 일이다.

예카테리나의 당당한 손자여!

어찌하여 천상의 아오니드는

우리 시대의 가수, 슬라브 군대의 음유시인처럼

내 영혼을 환희로 불태우지 않는가?

아, 아폴론이 시인의 놀라운 재능을

지금 내 가슴에 넣어 준다면! 나 너를 찬양하여

---

26 이 시에서 알렉산드르 1세에 대한 푸슈킨의 예찬은 다소 과장된 듯 보이지만, 그럼에도 관례에 비추어 예외적으로 작은 비중을 차지하고 있다(Blagoi, Tvorcheskii put' Pushkina, 1813-1826, p.107). 21연에서 보듯이 푸슈킨은 그것을 자신의 부족한 시적 재능의 탓으로 돌린다. 하지만 그것은 핑계일 수도 있다. 황제에 대한 시인의 태도는 리체이 시절부터 그다지 우호적이지 않았고, 점차 더 부정적으로 변해 간다(알렉산드르 1세가 죽었다는 소식을 듣고 푸슈킨이 휘파람을 불었다고 한다). 푸슈킨이 예찬하고자 하는 것은 황제 개인이 아니라 '러시아의 상징'과 '법의 대표자'로서의 알렉산드르 1세이다.

천국의 화성처럼 리라 위에 울려 퍼지고
시대의 어둠을 비추련만.

    1819년의 수정본에서는 삭제된 이 연에서 '예카테리나의 손자'는 물론 알렉산드르 1세이다. 그리고 "우리 시대의 가수"는 황제 알렉산드르를 예찬하는 장시(전체 484행)를 쓴 바실리 주코프스키Vasily Zhukovsky이다.[27] 푸슈킨이 이 시를 낭송할 당시 32세였던 주코프스키는 바튜슈코프Konstantin Batyushkov와 함께 러시아 시의 전기 낭만주의를 주도한 젊은 세대의 대표적인 시인이었다. 이 연에서 소년 푸슈킨은 그런 주코프스키와 자신을 대비시키고 있다. 그리고 이는 마지막 연에서 러시아 시인의 사명에 대한 당부로 이어진다.

아, 벽력 같은 전투 대열을 노래했던
영감에 찬 러시아어 시인이여
벗들 가운데 우뚝 솟아 타오르는 영혼으로
황금의 하프를 켜 다오!
그러면 또 다시 영웅을 찬양하는 낭랑한 목소리 흘러나오고
떨리는 현이 가슴에 불을 지펴
전쟁시인의 목소리에
젊은 병사의 가슴은 전율하며 들끓어 오르리.

    '시인'으로 옮겨진 2행(원문에서는 1행)의 '스칼드'Skal'd는 고대 스칸

---

27 Blagoi, *Tvorcheskii put' Pushkina, 1813-1826*, p.108.

디나비아의 음창吟唱시인이다. 이것은 21연에서의 음유시인Bard과 같은 의미연관을 갖는 말이다. '바르드'Bard는 고대 켈트족의 음유시인으로, 주로 영웅이나 군대의 공로를 찬미하는 역할을 했다. "영감에 찬 러시아의 시인"은 앞의 연에서와 마찬가지로 주코프스키를 가리킨다. 보다 구체적으로는 「러시아군 진영의 음유시인」Pevets vo stane russkikh voinov, 1812을 쓴 주코프스키이다.[28] 이 시에서 시인은 보로디노 전투의 전야에 러시아 병사들에게 건배를 권하며 독려한다. 푸슈킨에게 시인의 모델은 이렇듯 고대의 스칼드나 바르드같이 전투의식을 고무하고 전쟁에서의 공훈을 찬양하는 주코프스키류의 '전쟁시인'들이다. 푸슈킨의 이 시가 애국적인 파토스를 바탕에 깔고 있기 때문에 시인에게 이러한 공적인 역할과 의무를 부여하는 것은 어색하지 않다.

물론 이러한 시와 시인의 목적성에 대해서 푸슈킨은 나중에 부정하게 되지만, 그의 시인으로서의 출발이 이러한 시인관에서 비롯하고 있다는 점은 중요하다.[29] 국가적인 '전쟁시인'으로 자신을 규정하기엔 (어린 나이이긴 하지만) 아직 재능이 부족하다고 푸슈킨은 21연에서 노래한 바 있지만, 그것은 재능의 문제라기보다는 시대의 문제라고 해야 할 것이다. 그는 '시대의 어둠', 즉 '어둠의 시대'에 시로써 밝은 빛을 비추고자 한다. 그의 시대가 어둠의 시대인 것은 이미 러시아의 황금시대, 아폴론의 시대는 지나가 버렸기 때문이다. '창백한 달빛' 아래에서의 밤

---

28 푸슈킨에게 데르자빈이 문학적 아버지뻘이라면 주코프스키는 숙부뻘 된다. 실제로 푸슈킨의 아버지 세르게이와 숙부 바실리는 모두 아마추어 작가였고, 특히 바실리는 시인으로서 어느 정도 명성도 누렸다. 푸슈킨은 두 명의 바실리, 즉 바실리 푸슈킨과 바실리 주코프스키를 숙부로 두었던 셈이다.
29 이러한 그의 시인관은 '시를 위한 시'를 주장하는 후기에도 어느 정도 유지된다. 「예언자」(1826) 같은 시가 대표적이다. 푸슈킨의 시인관의 변모 과정은 단선적이지 않으며 매우 복합적이다.

풍경에 대한 묘사로 이 시가 시작되었던 것을 상기해 보라. 시의 초반부에서 노래한 것이 바로 그러한 황금시대의 상실이었다. 예카테리나 여제 치세의 '황금시대'는 알렉산드르 1세 시대를 배경으로 하고 있는 20연에서는 '황금빛 올리브 가지'로, 그리고 여기 22연에서는 '황금의 하프'로 축소·변형되었다. 다시 말하면, 황금시대는 오직 시인이 황금의 하프를 켤 때에만 시적인 환각으로서, 예술적인 가상으로서 재현되는 것이다. 푸슈킨의 시대는 더 이상 스칼드나 바르드의 시대가 아니다. 데르자빈이나 페트로프의 시대도 아니다. 시인이 노래해야 할 대상으로서의 황금시대는 더 이상 존재하지 않는, 이미 사라져 버린 시대이다. 그의 시대는 애도의 시대이다. 더불어 사라진 유년기를 애도하는 그의 나이 또한 애도의 나이이다.

이 애도의 시대와 나이에 가장 잘 부합하는 시의 장르는 비가(엘레지)이다.[30] 따라서 러시아 시의 중심 장르가 18세기의 송시에서 1810년대를 전후로 하여 비가로 전환되는 것은 시대의 변화에 대응하는 필연이다. 푸슈킨은 그러한 이행기의 한복판에 서 있었던 것이며, 그의 시인으로서의 데뷔작이 그에 걸맞게 송시풍의 비가, 비가풍의 송시인 것은 당연하다. 여기서 알 수 있는 것은 그의 시인으로서의 개체발생이 러시아 시의 계통발생을 그대로 반복하고 있다는 점이다. 그렇다면 러시아 시의 계통발생이란 무엇인가? 「차르스코예 셀로의 회상」에서의 '황금시대'와 '황금하프'를 범주로 하여 러시아 시의 계통을 도표로 만들면

---

30 파벨 안넨코프(Pavel Annenkov)가 처음 정식화한 바에 따르면, 이 시 이후에 쓰인 1816년의 비가들은 푸슈킨에게서 시적 성숙을 향한 전환점이 된다. 애도의 장르로서 비가를 통해 상실을 극복하고 성숙하게 되는 것은 지극히 자연스러운 경로이며 푸슈킨은 이에 따르고 있다(James L. Morgan IV, "Love, Friendship, and Poetic Voice in Aleksandr Pushkin's Lycee Elegies", *Slavic Review* vol. 58, no.2, 1999, pp.352~370 참조).

〈표7〉 러시아 시의 계통발생 과정

시인	황금시대	황금하프	문예사조	중심 장르
데르자빈	+	+	고전주의	송시
주코프스키	−	+	전기 낭만주의	비가
푸슈킨	−	−	낭만주의	서정시

위의 〈표7〉과 같다.

여기서 '황금시대'란 시인이 마땅히 고무하고 찬양해야 할 시적 대상을 말한다. 그리고 '황금하프'는 그러한 시대를 노래해야 할 시인의 공적인 임무를 가리킨다. '황금시대'와 '황금하프'가 나란한 첫번째 시대는 정치와 시(예술)가 분리되지 않는 시대이다.[31] 때문에 국가적 공적은 시인의 기쁨이며 국가적 영광은 곧 시인의 영광이기도 하다. 러시아의 18세기, 적어도 예카테리나 2세의 치세는, 푸슈킨이 볼 때 그러한 시대의 모델이다. 그리고 이 시대를 대표하는 시인이 데르자빈이다. 하지만 '황금시대'는 그러한 시대로 인식되는 순간 이미 언제나 현재가 상실한 과거의 시대이며, 이미 사라져 버린, 부재하는 시대이다. 어느새 태양은 창백한 달빛으로 바뀌어 있는 것이다. 두번째가 바로 그러한 시대이며, 러시아에서 이 시기를 대표하는 시인은 전기 낭만주의의 대표자 주코프스키이다. 그리고 세번째 시대는 '황금시대'의 상실에 대응하여 시의 목적성('황금하프')마저 상실한 시대이다. 시는 공적인 의무로부터 해방되어 개인의 내면으로 침잠한다. 이 시대의 시는 사적인 영역으로

31 루카치는 『소설의 이론』(1916)에서 그러한 시대를 인류사의 황금시대라고 부른다. 고전 그리스 시대가 인류사의 유년기이자 바로 그러한 시대이다.

후퇴하여 자유를 얻은 대신에, 사적인private이라는 말의 어원이 가리키 듯이, 공적인 영역(정치)을 '박탈'당한다. 레르몬토프를 거쳐서, 아파나 시 페트Afanasy Fet, 1820~1892나 표도르 튜체프Fyodor Tyutchev, 1803~1873에 이르는 후기 낭만주의 시대가 바로 그러한 시대이다.

중요한 것은 푸슈킨의 경우 이 모든 이행 과정을 자신의 시적 진화 과정을 통해서 보여 준다는 점이다. 그리고 그의 리체이 시절은 고전주 의의 송시에서 전기 낭만주의의 비가로의 이행을 보여 주는데,[32] 그것은 한 시인이 오이디푸스 콤플렉스를 통과해서 성숙해 가는 대체된 유년 기의 이행 과정이면서, 동시에 1812년을 전환점으로 하여 오이디푸스 적 상황을 통과해 가는 러시아의 국가적 자아의 성숙 과정에 상응한다. 바로 그런 맥락에서 데뷔작인 「차르스코예 셀로의 회상」은 앞에서 전제 했듯이, 단순한 데뷔작 이상의 의미를 갖는다고 할 수 있다.

흥미로운 것은 푸슈킨이 1829년에 똑같은 제목과 형식으로 되어 있는 시를 남기고 있다는 점이다. 미완성으로 끝난 이 시 역시 「차르스 코예 셀로의 회상」인데, 푸슈킨은 시를 쓴 날짜를 정확하게 12월 14일 이라고 적었다. 이날은 1825년에 있었던 데카브리스트 봉기 4주년이 되는 날이다. 봉기 이후에 처음으로 그는 차르스코예 셀로를 방문하게 되고, 다소 감상적인 기분으로 봉기에 참가하여 희생되거나 유배된 친 구들을 떠올리며 시를 써 나간다. 시의 1, 2연에서는 오랜 방황 끝에 '어 리석은 탕아처럼' 회한의 얼굴로 다시금 차르스코예 셀로의 정원을 찾

---

32 푸슈킨은 「차르스코예 셀로의 회상」 이후에 「친구들에게 남기는 유언」(Moe zaveshchanie. Druz'yam, 1815), 「아나크레온의 관」(Grob Anakreona, 1815) 등을 거쳐서 「나의 사랑은 영원히 사 라져 버렸다고 생각했다」(Ya dumal, chto lyubov' pogasla navsegda, 1816), 「이별」(Razluka, 1816) 「다시 한번 나는 당신의 것이다, 오, 젊은 날의 친구들이여!」(Opyat' ya vash, o yunye druz'ya!, 1817) 등의 비가들을 쓴다.

은 소감을 노래한다. 그러니까 시인에게서 차르스코예 셀로의 리체이 시절은 삶의 원점(유년기)으로서 의미를 갖는다. 이런 사실을 전제로, 비록 미완성이긴 하지만, 두어 대목만을 확인해 보기로 하자. 먼저, 시의 3연이다.

> 너희들 사이에 리체이가 세워졌던
> 그 행복한 날을 그리니
> 또다시 우리가 장난치며 깔깔대던 소리 들리고
> 형제 같던 친구들의 모습 보인다.
> 또다시 때론 불 같고 때론 게으른 정다운 소년이 되어
> 어렴풋한 꿈들 가슴속에 숨기고
> 초원을, 말 없는 수풀을 내달릴 때
> 나는 내가 시인임을 잊는다.

전반부 4행은 리체이 시절에 대한 회상이다. 그리고 후반부 4행에서 주목할 것은 서정적 화자인 '나'(푸슈킨)의 주격 보어로 쓰이고 있는 '소년'과 '시인'의 의미론적 대립이다. 이 후반부 4행의 요지는 내가 다시 소년이 될 때(내 마음이 다시 소년으로 돌아갈 때) 나는 내가 시인임을 잊는다는 것이다. 여기서 '시인'은 '소년' 이후에 오는 것이며, '시인'에 의해서 '소년'은 숨겨지고 억압된다. 푸슈킨에게 '시인'은 자신이 상징계에서 획득한 주체이다. 다시 말해서, 그는 시인으로 호명된다. 그에게서 시인은 그가 동일시하고자 하는 이상적 자아ideal ego이다. '소년'은 그러한 자아 이전의 익명적 자아이며, 전前오이디푸스기의 상상계적 자아이다. 라캉의 표현을 빌리자면, 소년은 인간homme 이전의 작은 인간, 오

믈렛hommelette이다. 이것이 암시하는 바는 리체이 시절이 푸슈킨에게 있어서 일종의 요람기로서의 유년기였다는 사실이다. 따라서 리체이 시절의 친구들은 그에게서 3자적(상징계적) 관계가 아닌, 2자적(상상계적) 관계를 구성한다. 달리 말하면, 리체이의 친구들이 차지하고 있는 자리는 모성의 자리, 어머니의 자리이다. 리체이가 모성의 공간이라는 점은 푸슈킨의 기억 속에서 그곳이 예카테리나 여제의 기억으로 가득 찬 공간이라는 데에서도 확인된다. 시의 4연을 보라.

> 내 눈앞에 생생하게 지나간 세월의
> 자랑스러운 흔적들이 펼쳐진다.
> 아직 위대한 여인의 기억 가득 찬
> 그녀가 사랑하던 정원들 사이에
> 도도하게 버티고 서 있는 궁전과 성문
> 첨탑과 탑과 신상神像들
> 예카테리나 궁전의 독수리가 부르는
> 청동의 찬가와 대리석의 영광.

여기서 '위대한 여인'은 예카테리나 2세이며 '지나간 세월'은 1814년의 시에서 '황금시대'로 지칭되었던 시대이다. 그리고 5연에서는 바로 그 시대를 주름잡던 영웅들에 대한 회고가 이어지는데, 이 영웅들에는 그의 외증조부인 한니발도 포함된다—"또 여기 그의 충실한 형제, 다도해의 영웅 / 여기 바로 나바리노의 한니발도 있다". 여기서 '그'는 1770년에 터키와의 해전을 승리로 이끈 오를로프 장군이고, 한니발은 그를 도와 터키군의 나바리노 요새를 함락시켰다.[33] 바로 이들의 시대가 푸슈킨에게서 '황금시대'이며 지금은 지나가 버린 시대, 상실한 시대이다. 그는 그 시대를 성화聖化한다. 제대로 남아 있는 마지막 6연을 보라.

> 성스러운 회상들에 둘러싸여
> 나 어린 시절 이곳에서 자랐지,
> 민족 간의 전쟁의 물결은 도도하게 흐르다가
> 어느새 미친 듯이 콸콸 흘렀다.
> 피비린내 나는 일들이 조국을 덮쳤고
> 러시아는 꿈틀거렸다, 우리의 곁을 마치 물결처럼
> 말발굽에서 일어나는 먹구름과 덥수룩한 보병부대와
> 반짝거리는 청동대포의 행렬이 지나갔다.

여기서 다시 서술하고 있는 사건은 1812년의 조국전쟁이다. 이 전쟁 이후에 러시아는 더 이상 이전의 러시아가 아니며 푸슈킨은 더 이상 유년기의 푸슈킨이 아니게 된다. 그들 사이를 지나간 먹구름, 털이 덥수룩한 보병부대, 청동대포의 행렬들은 모두 강한 남성의 상징이며, 오이디푸스적 상황에서의 거세 콤플렉스를 연상시키는 것들이다. 시인과 러시아 모두 이 외상적인 전쟁으로 인해 보다 성숙해질 것을, 어른이 될 것을 요구받고 있는 것이며, 실제로 그들은 이 시기를 통과하면서 보다 성숙한 시인의 길과 보다 강성한 전제주의 국가로의 길로 들어서게 된다. 문제는 '푸슈킨이 왜, 의도적으로 데카브리스트 봉기 4주년이 되는

---

33 푸슈킨, 『잠 안 오는 밤에 쓴 시』, 280쪽, 각주 172, 173번 참조.

해 12월 14일에 이 시를 썼는가' 하는 것이다. 앞에서 살펴보았듯이 「차르스코예 셀로의 회상」은 오이디푸스적 장르에 속하는 시였다. 시인에게 이러한 장르의 시가 다시 필요했다는 것은 그가 처해 있던 상황이 또 다른 오이디푸스적 상황이었다는 걸 암시한다. 그리고 그에겐 또 다른 애도의 작업이 필요했다는 것을 말해 준다. 무엇에 대한 애도인가? 바로 데카브리스트들에 대한 애도이다(이에 대해서는 4장에서 자세히 다룰 것이다).

요컨대 이 두 편의 「차르스코예 셀로의 회상」에는 어떤 반복이 있다. 두 시는 차르스코예 셀로라는 '국가적' 공간이 갖는 공적인 기억과 역사적 회상을 다루면서, 공통적으로 푸슈킨의 외증조부인 한니발의 시대, 18세기 '위대한 여인' 예카테리나 2세의 치세를 황금시대라고 부른다. 하지만 이미 그 시대는 지나가 버린 시대이고 상실한 시대이다. 그리고 이에 대한 현실 인식이 애도의 정서를 낳는다. 그렇지만 이 애도는 과거 함몰적인 것이 아니라 미래 지향적인 것이다. 그것은 1814년에 쓰인 「차르스코예 셀로의 회상」의 마지막 연이 현재에서 미래로 나아가는 것에서 알 수 있다. 푸슈킨은 시인이 국가적 영광을 노래하면서 '황금하프' 역할을 하던 시대는 이미 과거의 시대임을 알고 있다. 그는 그러한 시대에 대한 향수를 갖고는 있지만, 거기에 집착하지는 않는다. 그는 곧 시인으로서 새로운 자기정체성을 찾게 될 것이다. 그리고 이러한 일련의 과정은 푸슈킨이 자신의 상실, 혹은 심리적 외상을 처리하는 방식이고, 그 방식의 반복이다. 이러한 반복(강박)에 대한 고찰은 푸슈킨의 창작 전반을 새롭게 조망해 볼 수 있는 시야를 제공해 줄 것이다. 이상이 푸슈킨의 대체된 유년기 체험에 대한 고찰을 통하여 얻을 수 있는 내용이다. 그렇다면 이제 레르몬토프의 경우를 살펴볼 차례이다.

2. 개인적 회상과 '어린 영혼'으로서의 시인: 레르몬토프

푸슈킨의 '국가적 회상'과 대비되는 것이 레르몬토프의 '데뷔작' 「천사」[34]에서의 '개인적 회상'이다. 물론 그가 시인으로서 확실하게 자신을 정립하게 되는 것은 1837년의 「시인의 죽음」을 계기로 해서이지만, 그렇다고 「천사」가 갖는 의미를 과소평가할 필요는 없을 듯하다. 무엇보다도 이 시는 어머니에 대한 시인의 '회상'을 담고 있다는 점에서 주목할 만하다.[35] 하지만 「천사」를 자세하게 읽기 전에, 예비적으로 같은 해에 쓴 「자유」Volya를 먼저 읽어 보기로 한다. 아버지가 죽은 해인 1831년, 레르몬토프의 나이 17세에 썼던 몇 편의 시들은 불행한 가족관계에 대한 시인의 태도를 명시적으로 드러내 주는데, 이 시도 그 중의 한 편으로 읽을 수 있다. 전체 2연 31행으로 이루어진 시의 1연이다.

> 나의 어머니는 지독한 슬픔
>
> 비운은 나의 아버지였다.
>
> 나의 형제는, 비록 사람들이어도
>
> 나의 가슴에 안기고
>
> 싶어 하지 않는다.

34 이 시는 1831년 늦가을에 쓰였으며, 1839년 『오데사 연감』(Odessky al'manah)에 처음 발표되었다. 이 시가 1840년의 시선집에 빠진 데에는 벨린스키의 부정적인 평가가 영향을 미쳤다고 한다. 벨린스키는 이 시가 아직 미성숙하며 '레르몬토프적인 요소'가 빠져 있다고 평했다. 이에 대해서는 Lermontovskaya entsiklopediya, p.29를 참조하라. 하지만 여기서는 이 시를 지극히 레르몬토프적인 시로 재평가하고자 한다.

35 1830년 자신의 비망록에다 시인은 "내 나이 세 살 때 난 노래를 듣고 눈물을 흘렸다. 지금은 정확하게 기억이 나진 않지만, 이제는 고인이 된 어머니가 불러 주신 노래였다"는 기록을 남긴다 (Garrard, Mikhail Lermontov, p.3; Lermontovskaya enciklopediya, p.242).

그들은 나와,

불쌍한 고아와

껴안는 것이 창피하다!

1행에서 '나의 어머니'가 '지독한 슬픔'이라는 건 어머니의 부재에 대한 서정적 화자의 정념을 나타낸다. 시인의 전기를 고려하면, 어머니의 이른 죽음, 즉 어머니의 부재는 서정적 화자인 '나'에게서 받아들일 수 없는(그래서 뭔가 '악의적인') 것이고, 그래서 쉽게 헤어날 수 없는 '지독한 슬픔'을 낳는다. 여기서 '아버지'를 대신한 '비운'은, 전기적으로 볼 때, 유리 레르몬토프가 어쩔 수 없이 '아버지-자리'를 외조모 아르세니예바에게 넘겨준 정황을 함축하고 있는 시어라고 볼 수 있다. 결론적으로 '나'에겐 '슬픔'과 '비운'이 부모인 셈이다. 아니, 그들이 부모의 대행자인 셈이다. 거꾸로 말하면, '나'는 '고아'이다.

아버지와 어머니를 제외한 '나'의 가족은 형세들, 보다 구체적으로 외아들인 시인에게는 친족들일 텐데, 자신을 '불쌍한 고아'로 규정하고 있는 서정적 화자는 이들이 자신을 배제한다고 간주한다. 이것이 나머지 행의 내용인데, 여기서 '형제들'에게 거부되고 있는 '껴안다/안기다'란 두 동사는 애정에 대한 서정적 화자의 결핍과 갈증을 이중적으로 동시에 보여 준다.[36] 이러한 시행들에서 징후적으로 드러나는 것은 서정적

---

36 "어머니를 잃은 아이는, 단지 사랑의 결핍뿐만 아니라 그의 생활에 있어서 자신의 행동에 따라 나타나는 가장 중요한 결과를 스스로 통제하지 못하는 아이다. …… 어머니가 없으면, 당신이 껴안으려고 할 때 함께 당신을 껴안아 줄 수 있는 사람이 없게 된다. 그리하여 당신이 기분 좋은 소리를 내고 미소를 짓더라도 상대방으로부터 아무런 응답을 받지 못하게 된다." 그리고 이러한 반응의 상실은 아이를 무기력과 우울증에 빠지게 한다(마틴 셀리그먼, 『무기력의 심리』, 윤진·조긍호 옮김, 탐구당, 1983, 219쪽).

화자의 애정결핍증이다. 더 정확하게는 바람직한 애착관계 형성의 결핍으로 인한 애착장애라고 해야 할 것이다. 이를 흔히 아동심리학에서는 '반응성 애착장애'라고 부르는데, 여기서 '반응성'이란 말은 그것이 애착장애의 다른 유형인 자폐증처럼 선천적인 소인을 갖고 있는 것이 아니라, 아이가 주어진 환경에 반응하는 가운데 형성된다는 의미이다.

이러한 반응성 애착장애의 일반적인 원인은 '모성 결핍'인데, 주로 부모가 아이를 학대하거나 방임하는 등 아이를 제대로 돌보지 못해서 일어난다. 특히 아이가 정상적으로 태어나기는 했지만, 자기를 돌봐 주는 엄마와 애착관계를 제대로 형성하지 못할 때 생기는 증상이 반응성 애착장애이다. 물론 어린 시절의 레르몬토프를 반응성 애착장애아로 단정 지을 수는 없지만, 그의 가정환경은 그럴 만한 가능성을 충분히 제공했으며, 적어도 이 시에서 그러한 증상을 포착하는 것은 어려운 일이 아니다. 그렇다면, 시의 2연을 계속해서 보기로 하자.

그러나 신은 나에게
젊은 아내를 주셨다,
볼랴-볼류슈카['자유'라는 뜻],
사랑스러운 자유,
무엇과도 비교할 수 없는.
그녀와 함께 나에겐 다른 이들도 있었으니
어머니, 아버지와 가족.
나의 어머니는 광활한 초원
나의 아버지는 아득한 하늘.
그들이 나를 키우셨으니,

먹이고, 젖을 주고, 어루만져 주셨다.

나의 형제들은 숲에 있다—

자작나무에서 소나무까지.

내가 말을 타고 질주할라치면—

초원이 나에게 응답한다.

때때로 밤늦도록 헤맬라치면—

하늘은 환한 달로 나를 비춰 준다.

나의 형제들, 여름날에는

그늘 아래로 부르며

멀리서 손을 흔들고

나에게 고개를 끄덕인다.

그리고 자유는 나에게 보금자리를 엮어 주었다,

세상만큼 끝없는 보금자리를!

2연의 시작은 역접 접속사 '그러나'이다. 1연의 핵심적인 전언을 "나는 고아다"로 요약할 수 있다면, 2연의 전언은 "나는 자유다"로 집약할 수 있다. 두 전언의 지시적 외연은 동일하지만, '그러나'가 환기하는 것처럼, 그에 대한 정념적 양태는 정반대이다. 이 시에서 정동情動은 수동에서 능동으로 이행한다. 그리고 이러한 이행은 시행에 있어서의 비대칭(1연은 8행, 2연은 23행으로 되어 있다)을 낳으며, 수동적인 자기방어에서 능동적이고 다변적인 자기과시로 시행을 이끈다. 2연에서 주로 얘기되는 것은 1연에서 상실한 '나의 가족'에 대한 '대체 가족'이다.[37] 그리

---

37 이 '대체 가족'은 푸슈킨의 리체이가 상징(계)적인 것과 비교하여 상상(계)적인 것이다.

고 그러한 새로운 '가족'의 품에서 "나는 자유다"라는 자기주장은 긍정적인 가치를 함축하게 된다. '고아'에게서 자유란 일차적으로 고립과 소외의 동의어로서 소극적인 가치만을 갖는 것이지만, 그것을 '나'는 신의 선물로서 적극적으로 재해석한다. 이때의 자유는 '~로부터의 자유'라는 수동적인 자유가 아니라 '~로의 자유'라는 능동적인 자유이다. 그것은 '자유의지'라는 말에 값하는 자유이다.

이 '자유'는 시에서 '젊은 아내'로 의인화된다. 그리하여 '자유'는 서정적 화자에게 무엇과도 비교할 수 없고, 바꿀 수도 없는 소중한 존재, 즉 삶의 동반자가 된다. 마지막 두 행에서 얘기되듯이, '자유'는 '나'에게 삶의 터전이자 근거로서의 '보금자리'를 마련해 준다. 이 '보금자리'는 가정의 은유일 것이다. 그런데 이 '보금자리'는 세상만큼 크고 넓다. 여기서 '끝없는'이라고 옮긴 단어는 그 어근을 고려해 보았을 때, '다 껴안을 수 없는'이란 뜻으로 해석될 수 있다(세상은 너무 넓기 때문에 두 팔로 다 껴안을 수 없다). 2연의 '끝없는'은 물론 1연의 '껴안다'를 받는 말이다. 1연에서 가족(친족)들은 '불쌍한 고아'인 '나'를 창피하다고 껴안아 주지 않는다. '나'는 그들에게서 배척되는 대상, 즉 아브젝트이다. 그때의 '나'는 그들에게서 수동적 대상에 머물러 있다. 그런데 이미 지적했듯이, 2연에서는 수동에서 능동으로 정념의 양태가 이동하며, '끝없는'이라는 표현은 1연의 시적 정황에 대한 적극적인 재해석의 결과로 볼 수 있다. 즉 '나를 껴안아 주려 하지 않음'이 (내가 세상만큼 너무 크고 넓기에) '나를 껴안아 줄 수 없음'으로 전환되는 것이다. 여기서 두 언표가 갖는 지시적 외연은 동일하다. 하지만 전자가 '껴안아 주려는 의지의 결핍'이 불러온 결과라면, 후자는 '껴안아 주려는 능력의 부족'이 불러온 결과이다. 물론 서정적 화자로서 더 견딜 만한 것은 후자 쪽이다. 이 시에서 '젊은 아내'인 '자유'가 함축하는 바는 그러한 가치전도와 쾌락원 칙의 경제이다.

이런 맥락적 구도 속에서 이 시는 가족에 대한 시인의 강한 요구[38] 를 담고 있는 시로 해독될 수 있다. 이 요구는 '젊은 아내'가 갖는 성적인 함의를 넘어설 만큼 이 시에서는 압도적이다. 그러한 관점에서 2연을 재구성해 보자. 먼저 1행에서 7행까지는 1연에 대응하는 일종의 총론으 로서, (1연에서 보듯이) '나'는 부모가 없는 '고아'이지만, 신께서 '나'에 게 '젊은 아내'와 함께 가족을 주셨다는 내용이다. 이어지는 내용이 가 족 소개인 것은 당연하다. 8~11행까지가 부모에 대한 소개이고, 12~13 행은 형제들에 대한 소개이다. 먼저 부모에 대한 소개이다. "나의 어머 니는 광활한 초원 / 나의 아버지는 아득한 하늘"이 관습적으로 뜻하는 것은 어머니의 넓은 사랑과 아버지의 높은 권위이다. 여기서 민요적인 대구 형식은 이 시에서 시인의 개인적이고 고립적인 정서를 보편화시 키는 역할을 하는데, 물론 이 시행들의 함축적 의미는 "나는 대자연 속 에서 자라났다"쯤이 될 것이다. 하지만 우리는 시인이 대자연을 어머니 와 아버지에 비유하고 있는 것이 아니라, 어머니와 아버지에 대한 요구 를 자연 이미지에 투사하고 있는 것으로 보고자 한다. 그리고 형제들에 대한 소개이다. 대자연을 부모로 하여 자라나는 형제들이 '자작나무에

---

38 요구(demand)는 라캉 정신분석학에서 아이가 자신의 생물학적 욕구(need)를 다른 사람(어머니) 이 대신 수행해 주도록, 음성적 형식으로 욕구들을 표명하는 걸 말한다. 욕구를 만족시키는 대상 이 다른 사람에 의해 공급되기 때문에 요구는 대타자의 사랑이 증명되는 부가적인 의미도 획득하 게 된다. 즉 아이가 요구하는 것은 욕구의 충족 이외에 어머니의 절대적 현존과 사랑이다. 이러한 요구와 욕구 간의 차이에서, 즉 요구와 욕구가 완전히 일치할 수 없다는 사실로부터 발생하는 결 여의 체험에서 생겨나는 것이 욕망(desire)이다. 이에 대해서는 Evans, *An Introductory Dictionary of Lacanian Psychoanalysis*, pp.34~35[에반스, 『라캉 정신분석사전』, 270~272쪽]; 홍준기, 「자끄 라깡, 프로이트로의 복귀」, 『라깡의 재탄생』, 김상환·홍준기 엮음, 창작과비평사, 2002, 73~85쪽 을 참조하라.

서 소나무까지' 숲 속의 나무들인 것은 자연스럽다. 그리고 14~21행까지는 나에 대한 이 부모와 형제들의 보살핌이 서술되고 있다. 초원(어머니)과 하늘(아버지)은 낮과 밤을 가리지 않고, '나'의 일거수일투족을 지켜 준다. 그리고 형제들은 언제나 나를 환대한다. 이어지는 맨 마지막 22~23행에서는 처음 1~2행과 수미상응하게 다시 '젊은 아내'인 '자유'에 대한 내용이다.

이 시에 쓰인 자유volya는 철학적·이념적 자유가 아니라, 생에 밀착된, 자기 존재와 개성의 자기주장으로서의 자유이다.[39] 그런데 그러한 자유가 가능한 공간은 다름 아닌 가정이다. 정작 이 시의 서정적 화자가 노래하고 있는 것은 '자기만의 자유'가 결코 아니다. 그는 자유를 위해서 고립과 일탈을 선택하는 것이 아니라, 가족의 품으로 귀환한다. 또한 시에서 노래되고 있는 것도 일상적인 의미에서의 자유와는 거리가 먼, 가족들의 지극한 보살핌과 환대이다. 이 시가 가족에 대한 시인의 강한 '요구'를 담고 있다는 주장은 이러한 맥락에서 정당화될 수 있다. 그리고 이때 가정이라는 '보금자리'를 세상 전체로 확장시켜 나가는 힘으로서의 '자유'는 욕망과 동의어이다.[40]

라캉의 정식화에 따르면, 욕망은 요구에서 욕구를 뺀 값인데(욕망=요구-욕구), 이것을 이 시에 적용해 보면, 먼저 서정적 화자의 요구는 말 그대로 '세상만큼 끝없는 보금자리'를 갖는 것이다. 즉 세상 전체가 자신의 보금자리가 되는 것이다. 그리고 현실적으로 충족될 수 있는 욕구

---

39 철학적·이념적 자유인 'svaboda'와 자기 존재와 개성의 자기주장으로서의 자유인 'volya'는 레르몬토프에게서 가장 중심적인 모티브이다. 이에 대해서는 *Lermontovskaya Entsiklopediya*, pp.291~292를 참조하라.

40 타자의 욕망에 의해 소외된 욕망으로부터 벗어나 자신의 고유한 욕망을 되찾아야 한다는 의미에서 "라캉에게 욕망이란 또한 '자유'를 의미한다"(홍준기, 「자크 라깡, 프로이트로의 복귀」, 78쪽).

란 건 지극히 한정적인 '보금자리'일 수밖에 없다(시인에게서는 이마저도 충족되지 않았지만). 이 요구와 욕구 간의 차이에서 발생하는 것이 바로 욕망이고, 자유이다. 만약에 그러한 차이가 부재한다면, 즉 모든 것이 완벽하게 충족된다면, 자유란 불필요한 것, 잉여적인 것일 수밖에 없을 것이다. 이런 관점에서 보면, 2연의 마지막 두 행에서 '자유'가 '나'에게 '세상만큼 끝없는 보금자리'를 엮어 주었다는 건 소망의 표현이거나 환상이다. 시인의 자유, 곧 욕망은 고작해야 이제 문턱을 넘어서고 있을 따름이다. 시 「자유」는 그런 의미에서 레르몬토프의 욕망의 뿌리와 공간을 지시해 주는 작품으로 읽을 수 있다. 그에게서 욕망의 뿌리, 즉 자유의 근거는 자신이 가족을 상실한 고아이기에 가족을 회복해야 한다는 것이고, 그 욕망의 공간이란 그의 무한정한 요구와 한정적인 욕구 사이의 간극이다.

이러한 상실과 간극의 체험은 이제 읽어 볼 「천사」에서도 반복된다. 나반, 이 시에서는 자신의 불행한 가족사(가족비극!) 속에서 시인으로서의 자기정립이 갖는 의미란 무엇인가를 살펴볼 수 있다는 점이 다를 뿐이다. 시를 자세히 검토해 보기 전에 먼저 고려해야 할 것은 이미 지적한 대로, 1839년에 발표된 이 시가 1836년까지 창작된 시들 가운데 유일하게 공개적으로 발표된 작품이라는 사실이다. 레르몬토프의 초기 시세계를 규정할 때 이 시를 빼놓을 수 없는 이유가 여기에 있다. 조금 과장하자면, 이 시는 그의 창작의 원점이다. 먼저 4연으로 구성된 시의 전문이다.

한밤의 하늘을 천사는 날아다니며,
조용한 노래를 그는 불렀다.

달도 별도, 그리고 구름도

그 성스런 노래에 귀를 기울였다.

그는 순결한 영혼들의 행복을

낙원의 나무 아래에서 노래했다.

위대한 신을 그는 노래했고,

그의 찬미에는 거짓이 없었다.

그는 어린 영혼을 껴안고

슬픔과 눈물의 세상에 데려다 놓았다.

그의 노랫소리는 어린 영혼에게

남았다 — 말 없이, 생생하게.

불가사의한 욕망으로 가득 찬 어린 영혼[41]은

오랫동안 세상에서 괴로워했다.

지상의 지루한 노래들은

천상의 소리를 대신할 수 없었다.

보리스 에이헨바움이 지적하고 있듯이, 레르몬토프의 시작詩作에서 특징적인 것은 다른 시들에 대한 그의 모방과 인용이다. 그는 드미트리예프, 바튜슈코프, 주코프스키, 코즐로프, 마를린스키, 푸슈킨, 심지어

---

41 '어린 영혼'은 여기서 '그것'을 받는 여성 대명사 'ona'를 옮긴 것이다. 3행에서의 '지상의 지루한 노래들'도 '그'(어린 영혼)가 지상에서 부르는 노래이다.

18세기 고전주의 시인 로모노소프의 시에서까지 시구들을 가져와서 새롭게 조합하여 자신의 시를 지어 낸다.[42] 그리고 나중에는 자기 자신의 시들까지도 새로운 시작의 재료로 이용한다. 하지만 이 시는 그만의 개성이 두드러진 시로 평가된다.[43] 그만큼 개인적인 시라는 의미이다. 무엇이 그에게서 그만큼 개인적인 것인가? 그의 전기로부터 유추할 수 있는 핵심적인 사건은 어머니와의 너무 이른 사별인데, 이 시에서 핵심적으로 노래하고 있는 것도 '천사'와 '어린 영혼'의 분리 체험이다. 그 분리 체험을 노래하고 있는 것이 3연인데, 어린 영혼을 '껴안아' 세상에 데려다 놓았다는 진술에서 '그'(천사)와 어머니는 유비적인 관계에 있음을 확인할 수 있다. '껴안다'라는 동사군에서 파생된 어휘들이 갖는 의미는 이미 「자유」에서 살펴본 바와 같다. '껴안다'는 아이와 어머니 간의 2자적 관계를 표시하는 대표적인 동사이며, 따라서 그것은 모성과 그 결핍을 징후적으로 드러내 주는 어휘이다. 때문에, 비록 이 시에서 '천사'의 문법적 성은 남성이지만, 그는 여성적 자질을 갖고 있다.

　사실 천사의 문법적인 성이 남성으로 표시되는 것은, 숨겨진 서정적 자아(레르몬토프)의 문법적 성이 여성인 '어린 영혼'으로 표시되는 것과 교차적이다. 물론 더 주목해야 하는 것은 표면상의 문법적인 성이 아니라, 구조적인 대립이다. 그러한 젠더의 전도는 '꿈의 작업'과 유사한, 시적 가장假裝 혹은 변용에 속한다. 그리고 이 시에서 숨겨진 서정적 자아가 아직 주체로서 명시적으로 표시되지 않는 것은 '나'라는 주체

---

42 Boris Eikhenbaum, *Lermontov*, München: Wilhelm Fink Verlag, 1967, p.24; Eikhenbaum, *Lermontov*, Ann Arbor: Ardis, 1981, p.23.
43 A. Glasse, "Lermontov", Victor Terras ed., *Handbook of Russian Literature*, New Haven: Yale University Press, 1985, p.249.

정립 이전의 단계를 노래하고 있기 때문이라고 볼 수 있다. 바로 그러한 맥락에서도 이 시는 아이와 어머니 간의 2자적 관계와 거기서 일어나는 분리·상실의 체험을 노래하고 있는 것으로 이해된다.

보다 자세하게 내용을 따라가 보기로 하자. 먼저, 시의 1, 2연에서 노래하고 있는 것은 천상의 세계, 낙원의 세계이다. 그리고 이 세계를 특징짓고 있는 것이 천사의 '노래'이다. 천사는 순결하고 죄 없는 영혼 들을 위하여 거짓 없는 노래를 부른다. 하지만 무슨 이유에서인지 3연 에서 천사는 '어린 영혼'을 껴안다가 슬픔과 눈물의 세상에 데려다 놓 는다(1, 2행). 그리고 명시적이진 않지만, '어린 영혼'에게는 그의 노랫소 리만이 남았다고 하는 걸로 봐서 천사는 다시 천상으로 되돌아갔다. 그 리고 이제 천사를 대신하는 것은 그가 '어린 영혼'의 기억과 가슴속에 남긴 '소리'뿐이다(3, 4행). 여기서 '노랫소리'는 천사의 부분대상이기에 그것은 천사의 제유가 된다. 이것이 3연의 내용이다.

주목할 것은 3연 3, 4행에서의 '소리'와 '말'의 대립이다. 이때의 '말' 혹은 '단어'는 일상적인 어휘적 의미의 담지체를 뜻할 것이다. 이 '말' 에 의해서 '소리'는 의미를 전달할 수 있는 '분절적인 소리'가 된다(이 둘 의 결합으로 '말소리'가 된다). 일반적으로 말해서, 모든 소리는 의미 있 는/분절적인 소리(=살아 있는 소리)와 의미 없는/비분절적인 소리(=죽 은 소리)로 나뉜다. 그런데 이 시에서는 천사의 소리가 "말 없이 (그러나) 생생하게 남았다"고 한다. 그렇다면 여기에선 어휘적/분절적 의미성과 생명성이 동반적인 관계에 놓이지 않는 것이고, 낭만주의에서의 이원 론적인 세계관을 고려한다면, 보다 복잡한 '소리'의 유형학이 전제돼 있 음을 알 수 있다. 보다 높은 차원(초언어학)에서의 의미성, 즉 의미의 진 정성을 표시하는 '생명성'과 기표와 기의의 결합이라는 낮은 차원(언어

<표8> 레르몬토프의 「천사」에 나타난 소리의 유형

소리의 유형	생명성	의미성	사례
I	+	+	천상의 노래
II	+	-	천사의 소리
III	-	+	지상의 노래
IV	-	-	소음

학)에서의 '의미성'을 기준으로 하여 이러한 소리의 유형학을 제시하면 <표8>과 같이 될 것이다.

여기서 '생명성'의 범주는 기표/기의라는 차원을 넘어서는 것이다. 때문에 그것은 언어학적 범주가 아니라 초언어학적 범주이다. 생명성은 일상적인 의미성에 수반되는 것이 아니다. 그것은 다른 세계, 다른 존재와의 영적인 관련성을 뜻한다.[44] 따라서 이 기준에 따라 분류되는 것은 보통 유형 I, II와 III, IV의 경우처럼, 그것이 천상의 언어인가, 지상의 언어인가이다. 그렇다면, 똑같이 유표적 생명성을 갖고 있는 유형 I과 II를 구분하는 기준은 무엇인가? 그것은 천상의 언어를 이해할 수 있는 코드의 유무이며, 그에 따라 의미성의 유무가 가려진다. 시의 2연에서 화자는 천상(낙원)에서 천사가 부르던 노래의 내용들을 적시하고 있다. 천사는 순결한 영혼들의 행복을 노래했으며, 위대한 신을 노래하고 찬미했다. 그러나 3연에서, 같은 천사의 노랫소리는 어린 영혼에겐 이제는 말 없는 '소리'로만 남았다. 지상으로 버려진 어린 영혼은 천상

44 종교적인 경전의 언어를 흔히 '생명의 말씀'이라고 하는 것은 그것의 근원이 '이 세계'가 아니라 '저 세계'에 있기 때문일 것이다.

의 언어를 이해할 수 있는 코드를 더 이상 갖고 있지 않은 것이다. 따라서 그가 상기해 내는 천상의 언어는 온전한 것이 아니라, '천상의 노래'의 부분대상으로서 '천사의 소리'일 따름이다. 그렇듯 그에게는 '천상의 노래' 대신에 '천사의 소리'만이 남았다. 이제 그가 알고 있는 것은 다만, (그가 부르는) 어떠한 지상의 소리도 천상의 소리를 대신할 수 없다는 사실뿐이다(4연). 그것이 유형 I과 II의 차이에 대응한다.

한편, '의미성'은 분절적인 소리가 갖는 어휘적 의미성을 말한다. 이미 지적했듯이, 일반적으로 소리의 유형은 그러한 의미성의 담지 여부에 따라서 규정된다. 이 의미성을 기의라고 한다면, 기표로서의 소리와 기의로서의 의미가 적절하게 결합돼 있는가, 즉 기표의 연쇄와 기의의 연쇄가 적절하게 맞물려 있는가가 그 의미성 유무를 판별하는 기준이 된다. 그에 따라 지상의 모든 소리는 의미 있는/분절적인 소리(유형 III)와 의미 없는/비분절적인 소리(유형 IV), 즉 소음으로 나뉘게 된다. 그 분절성과 비분절성을 가르는 기준이 코드의 유무이다. 발신자가 보내는 일련의 소리 연쇄가 코드를 공유하고 있는 수신자에게는 분절적인 소리로 들리겠지만, 그렇지 않은 수신자에게는 비분절적인 소리, 즉 무의미한 소리로 들릴 것임은 자명하다. 일상적인 발화 커뮤니케이션은 유형 III처럼 그러한 공통적인 코드의 공유를 전제로 한 분절적인 소리 연쇄의 상호교환 과정이라고 할 수 있다.

이러한 맥락에서 「천사」에 나타나는 두 단계의 상실을 지적할 수 있다. 이 상실은 유형 I에서 유형 II로, 유형 II에서 유형 III으로의 전환 국면에 각각 대응하는데, 먼저 '천상의 노래'로부터 '어린 영혼'에게서 상기되는 '천사의 소리'로 전환되는 과정에서 어휘적 의미성이 상실된다. 그에게 노래가 갖는 가락은 남았지만, 그 내용은 지워져 망각돼 버린 것이다. 그리고 다음 단계는 '지상의 노래들'이 갖는 생명성의 상실이다. 이 상실은 보다 근원적이어서, '지상의 노래들'로는 보상되거나 대체될 수 없다. 이러한 단계적 상실은 레르몬토프에게서 '어머니'의 계열체를 구성했던 '어머니-이미지→마리야 아르세니예바→유리 레르몬토프'로의 이행 과정에 견줄 수 있다. 두 경우 모두에서 서정적 화자, 곧 시인 레르몬토프가 궁극적으로 지향하는 것은 '천상의 노래'와 '어머니-이미지'의 회복이다. 그리고 그것의 지상적 대체물이 각각 '천사의 소리'이고 어머니 '마리야 아르세니예바'이다. 문제는 이 둘의 근원적 상실이고, 이것은 4연에서 드러나고 있듯 '어린 영혼'에게 고통을 낳는다.[45]

　　마지막 4연의 1, 2행은 '어린 영혼'이 다시 천상의 세계로 가고자 하는, 천상의 노래를 다시 듣고자 하는 '불가사의한 욕망'[46]으로 가득 차 있으며, 따라서 너무 오랜 지상에서의 삶에 괴로워한다는 내용이다. 병렬적으로 이어져 있지만, 거기에 이어진 3, 4행은 그 괴로움의 논리적인 근거를 암시한다. (그가 부르는) '지상의 지루한 노래들'은 결코 '천상의 소리'를 대신하지 못한다는 것이다. '천상의 소리'를 지상에서 '어린 영혼'이 욕망하는 '전부'All라고 한다면, '지상의 지루한 노래들'은 '전부가 아님'not-All이며, 이 차이가 욕망의 발생 근거이다. 그리고 이 욕망이 바로 시 「자유」에서의 '자유'와 등가적인 것이다. 그때의 자유는 '(세상만큼) 무한한 보금자리'All와 '(나의) 유한한 보금자리'not-All 간의 간극에서

---

45 여기서 '의미의 상실'은 앞에서 제시한 소리의 유형 중 유형 I과 유형 III의 차이, 차액이다.
46 이 '불가사의한 욕망'은 획득할 수 없는 대상에 대한 욕망이란 의미에서 '무모한 욕망'으로 의역할 수도 있다. 영어 번역의 경우를 보면, C. E. L'Ami and Alexander Welikotny, *Michael Lermontov*, Winnipeg: The University of Manitoba Press, 1967, p.126에서는 'wild desire'라고 옮겼고, 예브게니 본베르(Yevgeny Bonver)는 http://www.poetryloverspage.com/poets/lermontov/angel.html 에서 'wonderful thirst'로 옮겼다.

그림5 미하일 브루벨, 「앉아 있는 악마」(1890). 미하일 브루벨은 레르몬토프의 서사시 「악마」에서
모티브를 따서 이 그림을 그렸다. 앉아 있는 악마의 우울한 표정은 천상의 세계로부터 홀로 버려
졌다고 느끼는 레르몬토프의 자아상을 연상케 한다.

발생하는 것이었기 때문이다. '전부'에 대한 욕망이 강렬할수록 그것은
더 많은 상실감을 유발하며, 그때의 상실감이 애도를 초과할 때, 즉 그
애도가 다 진정될 수 없는 애도일 때 그것은 우울증으로 향한다. '어린
영혼'은 '천상의 소리'를 오랫동안 기다리며 그리워하고 괴로워했지만,
(적어도 이 시에서는) 자신의 갈증과 욕망을 포기하지 않는다. 그러면서
자신에게 남아 있는 부분대상으로서의 소리에 집착한다. 이러한 그의
태도가 프로이트가 말하는 전형적인 우울증의 태도이다.

　이런 관점에서 볼 때, 이 시는 레르몬토프적인 우울증의 기원을 보
여 주는 시이기도 하다. 그 기원은 '어머니'(천사)의 상실/분리를 그가
현실로서 수용하지 않는다는 데 있다. 이 시에서는 명시적으로 드러나
지 않지만, 그러한 태도는 곧 ①천상에서 죄 많은 영혼들은 지상에 버려
진다, ②따라서 지상에 버려진 영혼은 죄 많은 영혼이다, 라는 죄책감,
혹은 부정적인 자기 인식으로 발전해 나가게 된다. 이것은 우울증의 서

사 함수 $F_M(S)=(S \cap O) \rightarrow (S \cup O) \rightarrow (S \leftrightarrow \$)$의 마지막 단계에서 자아와 초자아의 애증관계, 대립관계를 떠올리게 하는데, 이렇듯 해소되지 않는 갈등과 애증은 레르몬토프 창작 전반에서 두드러지게 나타난다.

이제 시의 내용을 정리해 보자. 이 시에서 천상과 지상의 의미론적 대립은 도식적일 만큼 분명하게 드러난다. '행복↔슬픔과 눈물', '조용하고 성스러운 노래↔지상의 지루한 노래' 등이 그것이다. 이러한 대립 구도가 보여 주는 것은 천상과 지상이 공간적인 높이에 있어서뿐만 아니라 가치론적으로도 위계적이라는 것이다. 문제는 천상에서 지상으로 '어린 영혼'이 버려졌다는 사실인데,[47] 이 전략의 이유에 대해서 화자는 말하지 않는다. '어린'이라는 말은 의미상 '순결한, 죄 없는'이란 뜻을 함축하지만, 이 시에서 '어린 영혼'은 천상의 세계에서 지상의 세계로 버려졌다. 자신이 왜 지상에 보내졌는지 알지 못하지만, 천상에 대한 기억을 간직하고 있는 '어린 영혼'은 끊임없이 자신이 되돌아가야 할 낙원이 세계, 천사의 품 을 그리워한다. 하지만 선택의 이유에 대해서 알지 못한다는 사실이 암시해 주듯이, '어린 영혼'은 다시 돌아갈 방도 또한 전혀 알지 못한다. 보다 실질적으로 그는 자신을 남겨 두고 천사가 되돌아간 사실, 즉 '어머니의 죽음'이 갖는 실제적인 의미를 이해하지 못한다. 그는 '순결한 영혼'(1, 2연)과 '어린 영혼'(3, 4연)이 왜 대립적인지 이해하지 못하며, '천사'(어머니)의 상실을 수용하지 못한다. 때문에 그에게 '천사'는 그 부분대상인 '소리'의 형태로 내면화된다. 이제 어린 영혼은 그

---

47 자신이 '버려진 존재'라는 건 이 시에서 억압되어 있는 자기의식이다. 크리스테바의 용어를 빌리면, 자신이 비천한 존재, 즉 아브젝트이기 때문에 버려졌다는 생각은 모체와의 자연스러운 '분리'를 부자연스런 '상실'로 간주하며, 이것은 자책과 죄의식을 불러오게 된다. 레르몬토프에게서의 비극은 그가 그러한 자연스러운 분리의 과정을 경험하지 못했다는 것이다.

'소리'와의 동일시를 통해서만 천사의 부재를 견뎌 낼 것이다.

여기서 핵심은 '소리'이다. 그리고 천사의 부분대상으로서의 '소리'는 시의 은유이다. 그렇다면 그가 상기해 내고자 하는 천사의 노랫소리는 곧 시의 이데아이며, 지상에서 그것을 고대하며 찾아 헤매는 '어린 영혼'은 바로 시인의 영혼이다. 라캉 정신분석학의 용어를 빌려 말하면, 레르몬토프에게서 '시'는 어머니(천사)와의 결합을 가능하게 할지도 모르는 '대상a'이다.[48] 여기서 '대상a'는 상상적인 것으로서 결코 획득할 수 없는 대상을 지시하는데, 욕망의 결과가 아니라 욕망의 원인이라고 말할 수 있다.[49] 또 이 '대상a'로서의 시는 레르몬토프에게서 정신분석학자 도널드 위니콧이 말하는 '중간대상'transitional object의 성격을 갖는다.[50] 중간대상은 유아가 일차적인 애정대상(어머니)으로부터 분리해 가는 과정에서 사용하는 물건으로서, 어머니가 옆에 없을 때 위로해 주고 달래 주는 역할을 하며 어머니에 대한 환각을 유지시켜 준다. 즉 그것은 부재하는 대상을 존재하는 것처럼 인지하는 긍정적 환각의 매개물이다. 그리고 그것은 어머니의 존재와 부재를 동시에 표시하기 때문에 양가적인 감정을 유도한다. 「천사」에서 '소리'가 갖는 역할이 바로 그 중간대상의 역할이며, 이 시 전체는 그것을 둘러싼 판타지(환상)이다. 지상에 남아 있는 '소리'는 어머니의 부분대상으로서 어머니를 상기시키면

---

48 라캉에게서 '대상a'(object a)는 대상의 결핍을 대신해서 생겨난, 기만적인 영상적 대상이다(알랭 바니에, 『정신분석의 기본원리』, 김연권 옮김, 솔, 1999, 100쪽). 바니에에 의하면, '대상a'는 도널드 위니콧(Donald W. Winicott)의 중간대상 혹은 과도대상과 유사하다. 중간대상이란 유아가 어머니와 분리된 이후 그 잔재물에서 선택한 하찮은 대상을 말한다.

49 Evans, *An Introductory Dictionary of Lacanian Psychoanalysis*, pp.124~126[에반스, 『라깡 정신분석사전』, 400~402쪽 참조].

50 위니콧의 정신분석이론과 중간대상에 대한 설명은 미국정신분석학회 엮음, 『정신분석 용어사전』, 이재훈 외 옮김, 한국심리치료연구소, 2002, 317~329쪽을 참조하라.

서 동시에 어머니의 부재를 확인시켜 준다. 그 양가적인 성격의 중간영역intermediate area이 시에서 '어린 영혼'이 놓여 있는 자리이며, 레르몬토프가 집착하는 공간이다.

물론 이 중간대상은 원래 방향성을 갖는, 말 그대로 과도(기)적인 것이다. 그래서 애도의 과정에서도 중간대상에 대한 경험, 중간현상이 나타나는 것은 자연스러운 일이다. 애도에서 중간대상이 갖는 역할은 대상 리비도의 철회 시에 거점을 제공하는 것이다. 문제는 현실성 검사를 무시하고, 중간대상에 집착하는 현상이 어느 정도의 기간 이후에도 지속되는 것이며, 따라서 애도의 차원을 넘어서는 경우이다. 그럴 경우 중간대상은 물신화되고, 시간적인 방향성도 상실하게 된다. 「천사」의 시공간은 '오랫동안'이라는 시간부사에도 불구하고 시간의 흐름이 명시적이거나 구체적이지 않은 무시간적인 시공간이며, 4연에서 어떠한 지상의 노래도 천상의 소리를 대신할 수 없다고 할 때의 그 '소리'는 '물신화된 소리'이다. '시'의 이데아로서, 상기의 대상으로서의 그 소리는 그 자체로 이미 숭고하고 성스러운 것이다. 게다가 천상과 지상의 거리는 결코 극복되지 않기 때문에 당연히 그러한 '소리'를 되찾고자 하는 욕망은 불가능한 것에 대한 욕망이며, 이 욕망은 주체를 우울증에 빠뜨리게 될 것이다.[51]

「천사」에 근거하여 다시 정리해 보면, '어린 영혼' 레르몬토프에게서 시는 모성 지향적이며, 모성의 대체물로서의 부분대상이다. 아주 어린 시절[52]에 어머니가 들려주던 노랫소리가 그에게서 시의 모델이며, 그

---

51 그러한 우울증적 주체를 잘 보여 주는 서사시가 「악마」이다.
52 이 어린 시절의 공간적 표상이 '낙원'이다.

의 시가 지향하는 것은 그 노랫소리를 재현, 재생하는 것이다. 따라서 어머니성, 혹은 어머니-자리에 대한 그리움이 클수록 시작詩作에의 열망도 그만큼 강해질 것이다.[53] 거꾸로 그가 모성적인 것으로부터 멀어지고, 차츰 자립해 나갈수록 시작에의 요구는 줄어들 것이다. 그의 창작에서 시작 편수가 점차 줄어드는 과정은 그런 맥락에서도 이해해 볼 수 있다. 1828년(14세)경부터 시를 쓰기 시작한 레르몬토프는 시작 초기인 1828~1832년에 200여 편의 시를 쓴 반면에, 후기인 1836~1841년에는 100여 편 정도를 쓰는 데 그쳤다.[54] 1833~1835년에는 단지 13편만의 시를 썼을 뿐인데, 이 시기가 시인이 페테르부르크에 있는 근위기병학교에 다니던 때라는 점을 고려하면 이해할 만하다. 시에서 드라마나 소설로의 장르 전환이 서정시란 장르가 가진 가능성의 소진이란 관점에서 이해될 수도 있지만, 그에게서 시가 갖는 이러한 모성적 부분대상으로서의 성격도 고려해 볼 수 있을 것이다.

　「천사」를 레르몬토프의 '데뷔작'으로 읽을 수 있는 근거는 이상과 같은 의미에서 그의 시의 발생론을 읽을 수 있기 때문이다. 그의 시에서 '나'('어린 영혼')는 현재의 존재가 아닌 과거의 '다른 존재'[55]가 되고 싶어 하고, 그와 연접하고 싶어 하지만, 그 '다른 존재'(=천사=어머니)의 상실은 현실에서 결코 회복되지 않는다. 그리고 더 불운한 것은 다른 것으로

---

53 이 어머니-자리에 대립되는 것은 그에게서 아버지-자리의 외조모이고, '세상'이고, '사회'(사교계)이다. 사회(사교계)에 대한 적대감은 「시인의 죽음」에서 두드러진 주제이기도 하다.

54 Eikhenbaum, *Lermontov*, pp.23~24.

55 파리노는 레르몬토프 시에 등장하는 서정적 자아의 두 가지 모델을 제시하는데, 「천사」는 '다른 존재'가 개인성의 형성에 있어서 중심적인 역할을 하는 첫번째 유형에 속한다(두번째 유형은 현재의 '나'만이 존재하는 경우이다). Ezhe Farino, "Dve modeli liricheskogo 〈Ya〉 u Lermontova", Nils A. Nilsson ed., *Russian Romanticism: Studies in the Poetic Codes*, Stockholm: Almqvist & Wiksell, 1979, pp.167~185 [「레르몬토프의 서정시에서 '나'의 두 가지 모델」].

대체되지도 않는다는 것이다. 이 근원적인 상실과 그것의 대체 불가능성, 이것이 더 이상 성장하지 않는, '어린 영혼' 레르몬토프에게 각인된 우울증의 기원이다.

「천사」의 창작 이후에 레르몬토프가 경험하게 되는, 전기적으로 중요한 사건은 그의 아버지 유리 레르몬토프의 죽음이다. 그리고 1831년의 이 죽음과 관련된 시들은 그의 초기 시들이 보여 주는 우울증의 기원을 되새겨 보는 데 요긴한 자료가 된다. 시 「천사」가 어머니 마리야 아르세니예바에 대한 기억과 회상을 노래하고 있다면, 앞에서 '어머니의 유사체'라고 규정한 바 있는, 아버지 유리 레르몬토프의 죽음에 바쳐진 시 「아버지와 아들의 끔찍한 운명」Uzhasnaya sud'ba ottsa i syna……,1831은 시인과 그의 아버지와의 관계를 보여 주면서, 그가 겪고 있는 세상과의 불화에 대한 암시적 단초를 제시해 준다. 이 시를 썼던 직접적인 계기는 앞서 지적했다시피 1831년 10월 1일 눈을 감은 아버지 유리 레르몬토프의 죽음이나. 그는 장모인 아르세니예바 부인과의 불화로 아들과 함께 살 수 없었고, 이것은 물론 아들 미하일에게도 큰 고통이었을 것이다. 이 시는 그런 아들이 아버지에게 바치는 일종의 비가(엘레지)이다.

전체 35행으로 비교적 긴 이 시의 초반부는 아버지의 불행한 삶을 회고하고, 명복을 비는 내용이다. 그 다음 대목(9~15행)을 읽어 보기로 하자.

하지만 당신은 저를 용서하셔야 합니다! 그게 저의 잘못일 수 있나요?
사람들이 요람에서부터 제 영혼에서 타고 있던,
창조주께서 보증한 신성한 불꽃을 꺼뜨리고 싶어 한 것이.
하지만 그들의 바람은 헛된 것이었죠.

우리는 서로 반목하지 않았습니다.

비록 둘 다 고통의 제물이 되었지만!

여기서 '신성한 불꽃'으로 비유되고 있는 것은 부자지간이라는 천
륜이다. 그런데 사람들은 이 천륜을 끊으려고 했던 것이고, 거기에 대해
서 자신은 아무런 잘못이 없음을 시인은 강변하고 있다. 그리고 사람들
의 그러한 심술궂은 바람에도 불구하고, 부자간의 관계는 끊어지지 않
았고, 서로 반목하지도 않았다고 덧붙인다. 물론 그 과정에서 두 사람
모두 많은 고통을 받았지만 말이다. 그런데 여기서 '사람들'이라고 모
호하게 통칭되고 있는 것은 사실상 외조모인 '아르세니예바' 한 사람이
다. 아버지 유리에 대한 증오와 불신 때문에 그를 어린 레르몬토프에게
서 떼어 놓음으로써 '가족비극'을 불러온 사람이 바로 외조모이며, 따
라서 아버지에겐 이 외조모야말로 가장 큰 반목과 불화의 대상이다. 하
지만 레르몬토프에게 외조모는 부모를 대신하여 자신을 극진하게 키워
준 장본인이기도 하다. 이러한 사정이 레르몬토프가 두 사람에게 양가
적인 태도를 가질 수밖에 없도록 한다. 여기서 말하지 않고(혹은 못하고)
있는 것, '억압'돼 있는 것이 바로 이러한 진실이다. 외조모는 아버지가
떠안은 불행의 원인이지만, 또한 레르몬토프 자신의 존립 근거이기에,
그는 불화의 원인을 똑바로 직시하지 못한다. 혹은 그 원인은 그에게서
결코 말해질 수 없는 진실이기에 억압돼 있는 것이다. 그래서 그는 단지
주변에서 아버지와 자신을 이간질하는 '사람들'이라고만 말하는 것이
다. 이어지는 대목(16~20행)을 보자.

당신에게 잘못이 있는지 없는지 저로선 판단할 수 없습니다.

세상이 그런 판결을 내리는 건가요? 하지만 세상이란 게 뭔가요?

사악하기도 하고 선량하기도 한 사람들의 무리고,

공연한 칭찬과 또 그만큼의

조소 어린 비난이나 늘어 놓는 집단이죠.

여기서 얘기되고 있는 것은 아버지와 아들 대對 사회[56]의 대립 구도이다. 시인이 보기에 주변 '사회'는 변덕스런 의견의 집단일 따름이고, 따라서 신뢰할 수가 없다. 때문에 사회의 의견만을 좇아서 아버지를 비판할 수는 없다는 게 그의 생각이다.[57] 아버지에게 잘못이 있는지 없는지 그로선 판단할 수 없다는 것이다. 하지만 이미 지적한 대로, 그의 이 모호한 입장이 드러내지 않는 것, 숨기고 있는 것은 아버지와 외조모의 불화이다. 그는 이 '실재적 불화'[58]를 아버지와 아들 대對 사회의 '상징계적 불화'로 대치시킨다. 그러한 대치는 쾌락원칙의 경제 안에서 유두, 기둥피는 셈인데, 전자보다는 후자가 더 견딜 민한 불화이기 때문이다. 이러한 관점을 더 밀고 나가자면, 레르몬토프에게서 시인과 사회의 대립은 '아버지-나'와 '외조모-나' 사이의 이러한 근원적 대립, 혹은 근원

---

56 여기서 말하는 '사회'는 번역문에서는 '세상'으로 옮긴 것인데, 이 말은 '사교계'란 뜻도 함축하고 있다. 때문에 우리말에서 '사회'라는 말의 쓰임보다는 조금 제한적인 범위의 의미를 갖는다. 영어의 'society'가 비교적 거기에 잘 대응하는 말이다. 이 책에서 '사회', '세상'이라는 말은 주로 '귀족사회', '사교계'를 지칭하는 의미로 사용된다.

57 정황적으로 볼 때, 레르몬토프는 자신의 아버지에 대해서 잘 알지 못했으며, 주로 주변의 나쁜 소문 등에 근거해서 아버지를 판단한 듯하다(Garrard, *Mikhail Lermontov*, p.3 참조).

58 '실재'(the real)는 라캉 정신분석의 개념이다. 이 실재는 상징화, 상징적 질서 바깥에 존재하는 어떤 것, 그래서 상징계 안에서는 불가능한 어떤 것을 지시한다. 그러면서도 그것은 상징화(symbolization), 즉 상징계로의 편입에 절대적으로 저항하는 것이다. 때문에 그것은 본질적으로 외상적인 성격을 갖는다. 이에 대한 설명으론 Evans, *An Introductory Dictionary of Lacanian Psychoanalysis*, pp.159~161[에반스, 『라캉 정신분석사전』, 216~220쪽]을 참조하라.

적인 적대 관계를 은폐하고 억압하는 알리바이로 작동한다. 이 점은 그의 문학적 '아버지' 푸슈킨의 죽음에 직면하여 쓴 「시인의 죽음」에서도 확인된다.[59] 그것은 레르몬토프에게서 개인적인 '가족비극'의 연장선상에 놓여 있다. 때문에 그에게서 푸슈킨의 죽음은 공적인 사건이면서 동시에 지극히 사적인 사건이라고 말할 수 있다.

이어지는 시의 후반부에서 서정적 화자 레르몬토프는 아버지가 이제 '세상'으로부터 멀리 떠나게 됐으므로, 지상의 일들에 대해서는 모두 잊고 지옥에서든 천국에서든 자신보다 더 행복할 거라고 말한다. 시의 마지막 대목(26~35행)이다.

> 정말로 당신은 이제는 유감스럽지 않으신가요,
> 불안과 눈물 속에서 잃어버린 날들이?
> 암울했지만 동시에 아름다웠던 날들이?
> 당신이 마치 황야에서처럼 마음속에서
> 지난날의 감정과 꿈의 잔재들을 찾던 때 말입니다.
> 정말로 지금은 저를 당신은 전혀 사랑하지 않으시나요?
> 아, 만약에 그러시다면, 저는 하늘을
> 제가 삶을 버텨 내고 있는 이 지상과 비교하지 않겠습니다.
> 거기에서 지극한 행복을 알지는 못할지라도
> 적어도 저는 사랑합니다!

---

59 "시인의 영혼은 사소한 모욕의 / 불명예를 참지 못하고, / 그는 세상의 소문에 대항하여 일어섰다 / 혼자서, 예전처럼······ 그리고 살해당했다!" 인용한 부분에서 알 수 있듯이, 레르몬토프는 푸슈킨을 죽음으로 몰고 간 원인으로 세상의 여론을 지목한다. 그리고 이 여론, 혹은 세상의 쑥덕공론에 대한 레르몬토프의 적개심은 이미 「아버지와 아들의 끔찍한 운명」에서 확인된다.

이 마지막 대목은 '정말로'가 이끄는 구문의 반복을 준거로 하여 내용상 두 부분으로 나뉜다. 여기서 전제가 되는 것은 '아버지'(당신)와 '나'(저)가 위치하고 있는 상이한 공간이다. 세상을 떠난 '아버지'는 천상에 있고, 아들인 '나'는 지상에 있다. 시의 전반부에서 '우리'로 지칭하며, 일체감을 표시했던 서정적 화자는 이 후반부에서 이제는 고인이 된 아버지와 자신의 길이 각기 다름을 분명히 한다. 즉 '나=아버지'(동일시)에서 '나≠아버지'(분리)로 나아가는 것이 이 시 전체의 구도이다. 아버지와의 동일시가 가능했던 것은 '세상'이라는 공동의 적이 있었기 때문이었다. 그러나 아버지가 '세상'을 뜬 이상, 그리고 천상의 세계란 이 지상에서의 삶에 대한 망각을 전제로 하는 이상(21~22행) 더 이상의 동일시는 가능하지 않다. 지상이 감성적인sensible 세계라면, 천상은 꿈도 감정도 존재하지 않는 초감성적인supersensible 세계, 영적인 세계이다. 때문에 천상에서는 사랑도 미움도 부재한다. 그리고 그런 천상의 세계보다는 힘들게 버텨 내고는 있지만, 아직은 이 지상과 지상의 삶을 '나'는 사랑한다는 것이 나머지 시행의 내용이다. 자아의 대상과의 동일시를 전제로 하는 우울증과는 달리, 애도는 자아와 대상의 분리를 바탕으로 하는데, 그런 의미에서 보자면, 이 시는 죽은 아버지에 대한 '애도'에 충실하다고 할 수 있다. 이 점은 「천사」에서 그려지는 '천사'(어머니)에 대한 갈망, '불가사의한 욕망'과 대비된다.

비록 외조모에게 양육되고는 있었지만, 어머니의 죽음과 아버지의 죽음으로 레르몬토프는 정말로 고아의 처지가 된다. 레르몬토프의 초기 시들은 이러한 전기적 배경하에서 읽을 수 있는데, 그의 시는 지극히 개인적인 '모성에 대한 갈망'과 '세상과의 불화'를 동력으로 하여 전개돼 나간다. 그런 의미에서 「아버지와 아들의 끔찍한 운명」에 바로 이어지는 시 「내가 누군가를 사랑하더라도」Pust' ya kogo-nibud' lyublyu……, 1831 는 예견적인 시이다. 이 시는 원래 3연으로 이루어진 연시인데, 1연과 3연이 지워지고 2연만이 시인의 사후에 발표되었다. 여기서는 지워졌던 3연을 2연과의 연관 속에서 읽어 보기로 한다. 먼저 시의 2연이다.

> 내가 누군가를 사랑하더라도
> 사랑은 나의 삶을 채색하지 않는다.
> 그것은 페스트 반점처럼
> 가슴에서, 불탄다, 비록 어둡더라도.
> 다른 사람들의 적대적인 힘에 박해받으며,
> 나는 다른 이들의 죽음 때문에 살아간다.
> 나는 살아간다 ─하늘의 군주처럼─
> 이 아름다운 세상에서 ─다만 혼자서.

2연은 형식상 4행 연구聯句 2개의 결합으로 이루어져 있는데, 첫번째 연구의 핵심어가 '사랑'이라면, 두번째 연구의 핵심어는 '죽음 이후의 삶'이다. 1~4행에서 얘기하는 것은 '사랑'이 이제 서정적 화자에게서 전일적인 가치가 아니라는 것이다. 사랑이 '나'의 삶을 다 채색하지 않는다(못한다)는 말은 '사랑'이 유일한 삶의 이유가 되어 줄 수 없다는 의미이겠다. 사랑의 불꽃은 그저 가슴속에서 어둡게 불타오를 따름이다. 그렇다면 '사랑' 대신에 삶의 이유가 되어 줄 수 있는 다른 것이 요구되는데, 그것이 5~8행의 내용이다.

시의 내용 전체를 집약하는 단어는 8행의 마지막 단어인 '혼자서' 이다. '나'가 혼자서 세상을 살아갈 수밖에 없는 것은 '다른 이들의 죽음'

때문이다. 여기서 삶과 죽음은 서로 교체되고 있다. '다른 이들'의 죽음 이후의 삶은 '다른 이들'의 삶을 대신하는 삶이거나 '다른 이들'의 죽음을 복수하는 삶이다. 이 시에서는 그 두 가지를 다 함축하는 것으로 보인다. '다른 사람들'의 '적대적인 힘'에 박해받으며 살아가는 '나'의 모습을 고려해 본다면, '다른 이들'의 죽음 또한 그러한 박해와 관련된 것으로 판단되기 때문이다. 여기서의 '적대'는 이미 살펴본 「아버지와 아들의 끔찍한 운명」에서의 '반목'과 같은 것이다.

그런데 이 시가 아버지의 죽음을 배경으로 쓰였다는 사실을 고려하면, '다른 이들'(복수)이 아니라 '다른 이'(단수)가 되어야 할 것 같지만, 여기서 복수형이 사용된 것은 무슨 이유에서인가? 그것은 적어도 아버지 외에 이미 오래전에 세상을 뜬 어머니를 포함했기 때문이라고 보인다. 그럴 경우, 이 두 사람의 죽음으로 인하여 세상에 혼자 남겨지게 된 시인의 고아의식이 이 시의 창작 동기를 이룬다. 그러한 사정이 보다 명료하게 제시되는 것은 지워진 3연에 와서이다.

나는 고통의 아들. 나의 아버지는
죽을 때까지 평안을 알지 못했다.
나의 어머니는 눈물 속에서 돌아가셨다.
두 분을 보내고 혼자 남은 나,
사람들의 주연酒宴에 불필요한 손님,
메마른 그루터기의 어린 가지.
잎은 푸르지만, 더 이상 수액이 없다.
죽음의 딸―그녀의 죽음은 정해졌다!

첫번째 연구聯句인 1~4행은 '나'로 시작해서 '나'로 끝난다. 그 이행 과정에서 얘기되는 것은 아버지와 어머니의 죽음이다. 부모의 죽음으로 '나'는 고아가 됐고, 따라서 '나'는 '고통의 아들'이다. 그 고통은 너무 일찍 부모를 여읜 아들의 고통이다. 부모의 죽음 이후에 서정적 화자인 레르몬토프가 느끼는 것은 잉여적인 존재감이다. 그것은 자기 존재 근거에 대한 상실감과 겹친다. 두번째 연구는 그러한 '나'의 처지에 대한 은유들을 도입함으로써 첫번째 연구를 수사적으로 보충하는 역할을 한다. 이 은유들에 따르면, 혼자 남은 외톨박이로서 '나'는 이제 사람들의 떠들썩한 주연의 '불필요한 손님'이고, 메마른 그루터기에 남은 '어린 가지'이다. 전자가 사회적인 소외감이라면, 후자는 존재론적인 상실감이라고 말할 수 있을 것이다. 흥미로운 것은 자신을 문법상 여성인 '어린 가지'에 비유함으로써 '고통의 아들'이 '죽음의 딸'로 전치된다는 점이다.[60] 나무(가계)의 그루터기가 메말라 버렸으므로, 거기에 매달린 어린 가지의 연약한 푸름(생명)이 오래갈 수 없다는 것은 자연스런 이치이다. 때문에 '죽음의 딸'로서 '어린 가지'의 죽음은 이미 정해져 있다. 즉 '나'는 필멸적인 죽음을 향해 가는 존재이다.

그런데 이러한 '나'의 성 정체성이 아들이면서 동시에 딸인 것으로, 남성이면서 동시에 여성인 것으로 표시되는 것은 단순한 문법적인 성gender 이상의 의미를 갖는다. 이미 시인의 가족사와 관련하여 지적한 바 있지만, 남자 아이로서의 레르몬토프가 남자로서의 성 정체성을 획득해 나가는 것은 오이디푸스 콤플렉스를 통과하면서 아버지를 자신의

---

60 이러한 전치는 '나'(아들)의 죽음을 '그녀'(딸)의 죽음으로 대상화함으로써 죽음으로부터 가능한 한 거리를 두는 심리적 효과를 갖는다.

(남성) 모델로 수용할 때 가능하다. 즉 아버지는 그에게 이상적 자아의 역할을 해주어야 하는 것이다. 그런데 레르몬토프의 경우에, 양육권을 상실한 아버지 유리 레르몬토프는 그런 역할을 할 만한 위치에 있지 않았다. 대신에 시인의 아버지-자리에는 외조모인 아르세니예바 부인이 놓여 있었다. 이러한 역할 모델의 혼란이 성 정체성의 혼란을 야기할 가능성은 충분하다.[61] 「천사」에서의 '어린 영혼'과 이 시에서의 '어린 가지'의 문법적 성이 여성인 것은 그런 점에서 주목할 필요가 있다. 그것은 자신의 생물학적 성의 상실에 대한 징후, 혹은 생물학적 성으로부터의 소외를 함축하기 때문이다.

이상에서 「천사」를 중심으로 한 몇 편의 시를 통해 레르몬토프의 시적 여정이 어디에서 시작되고 있는지, 그의 근원적 상실과 소외, 분리의 체험이 초기 시들에서 어떤 식으로 형상화되고 있는지 훑어볼 수 있었다. 이러한 레르몬토프 시의 발생론은 「차르스코예 셀로의 회상」을 중심으로 살펴보았던 푸슈킨의 그것과 대비된다. 푸슈킨에게서 시와 시인의 자리는 아직 고전주의적인 전통 안에서 규정되고 이해된다. 즉 시란 '황금시대'를 노래하는 '황금하프'이고 '황금리라'이며, 시인의 역할이란 고전주의 시대의 송시가 맡았던, 국가적 영웅과 전쟁에서의 공훈을 예찬하고 찬미하는 '전쟁시인'으로서의 역할이다. 「차르스코예 셀로의 회상」의 종반부에서 푸슈킨이 그러한 시인의 동시대적인 모델로서 제시하고 있는 이가 주코프스키이다. 푸슈킨은 주코프스키에게 경의를 표하면서도, 시인으로서의 자신의 이름을 얻기 위해 그와 경쟁한

---

61 레르몬토프의 분신적 형상이기도 한 『우리 시대의 영웅』의 주인공 페초린 또한 여성적인 외모를 갖고 있으며, '요부'에 비유되기도 한다.

다.[62] 그리고 그러한 경쟁에 동반자가 되어 주는 것이 바로 시인의 '뮤즈'이며, 푸슈킨의 리체이 시절은 뮤즈와의 최초의 만남을 가능하게 해준 공간이었다는 점에서도 그의 시적 유년기에 값한다.[63]

푸슈킨의 후배 시인으로서 또 '아들'로서 푸슈킨과 경쟁해야 했던 레르몬토프의 경우는 사정이 다르다. 「천사」에서 볼 수 있듯이, 레르몬토프에게서 시는 천상의 시에 대한 모방이자 재현이며, 시인의 모델은 이 세계가 아닌 다른 세계에 속하는 '천사'이다. 시인, 즉 '어린 영혼'은 이 지상의 세계에서 천상의 소리를 상기해 내고 재현해야 할 의무를 지는데, 레르몬토프가 시인으로서 자신을 정립하기 위해 경쟁해야 하는 존재가 바로 그 천사이다. 그러나 이 경쟁에서 승리하기란 무망한 일이다. '어린 영혼'에게 이 지상의 세계는 낯설며, 천상의 낙원은 직관적으로만 감지될 뿐, 이미 제대로 기억해 낼 수가 없기 때문이다.[64] 그에게 남은 건 '소리'뿐이다. 시인에게 이 '소리'는 시인으로서의 자기정립의 계기이면서 동시에 그 불가능성의 조건이다. 레르몬토프의 '천사'가 그가 어릴 때 여읜 어머니의 은유라고 하더라도 사정은 마찬가지이다. 중요한 것은 그 둘 다 이 세계에는 더 이상 존재하지 않으며 지상의 다른 어떤 것도 그것을 대신할 수 없다는 점이기 때문이다. 이렇듯 두 시인은 출발점에 있어서, 비록 동시대에 속하긴 하지만, 각기 다른 세계 모델과

---

62 푸슈킨이 이 경쟁에서 승리하는 것은 불과 몇 년 후이다. 푸슈킨이 『루슬란과 류드밀라』(1820)를 발표하자 주코프스키는 푸슈킨에게 '패배한 스승으로부터 승리한 제자에게'라는 헌사가 담긴 자신의 초상화를 건넨다. 이것은 주코프스키의 겸양뿐 아니라, 그의 문학적 판단과 통찰까지도 보여 주는 에피소드이다. Alexander Pushkin, "Ruslan and Liudmila: Introduction", *Alexander Pushkin: Collected Narrative and Lyrical Poetry*, Walter Arndt trans., Ann Arbor: Ardis, 1989, p.119.
63 푸슈킨의 시인으로서의 탄생을 리체이에서의 습작시절로 잡으면, 푸슈킨과 레르몬토프의 시인으로서의 생애(기간)는 거의 엇비슷하게 된다.
64 V. I. Korovin, *Tvorcheskii put' Lermontova*, Moskva, 1973, pp.19~20 [『레르몬토프의 작품세계』].

시인관을 갖고 있다.

요컨대 푸슈킨 문학의 객관적 상관물이 '신성한 리라'라면, 레르몬토프의 경우는 '달콤한 목소리'이다. 이러한 차이는 이후에도 계속 보전되고 변주되는데, 다음 장에서 우리는 그 차이를 애도적 상상력과 우울증적 상상력의 차이로 대별하여 살펴볼 것이다.

애도적 상상력과 우울증적 상상력

†

모든 것이 끝났어요—너의 대답을 듣는다.
다시는 나 자신을 기만하지 않을 것이다,
너를 우수로 괴롭히지도 않을 것이다,
지난 일들은 아마도 다 잊게 되겠지—
　　—푸슈킨,「모든 것이 끝났다」

우리는 헤어졌지만, 너의 초상을
나는 가슴에 간직하고 있다.
좋은 날들의 창백한 환영처럼
그것은 내 영혼을 들뜨게 한다.
—레르몬토프,「우리는 헤어졌지만」

애도적 상상력과 우울증적 상상력

푸슈킨과 레르몬토프에게서 시적 상상력의 차이를 애도적 상상력과 우울증적 상상력으로 구분하는 것은 상실의 체험을 처리하는 각기 다른 문학적 방식에 근거한다. 시적 상상력은 시인의 외상적 체험이라는 '실재'the real와의 대면을 지연시키거나 대체하기 위한 일종의 밖어기제적 환상을 포함한다. 이때 이 환상이 잘 작동하는 경우와 그렇지 못하고 환상으로 제어되지 않는 어떤 잉여를 계속적으로 남기는 경우를 가정해 볼 수 있는데, 전자가 애도적 상상력이라면, 후자는 우울증적 상상력이라고 할 수 있다. 애도적 상상력은 대상의 상실이라는 현실reality을 수용함으로써 상징계적 질서 안에서 자신의 자리를 안전하게 유지해 나가는 상상력이고, 우울증적 상상력은 그러한 현실에 저항함으로써 대상에 대한 열망, 실재에 대한 유혹을 계속 간직해 나가는 상상력이다. 즉 애도적 상상력이 궁극적으로 자기보존적이고 자아지향적이라면, 우울증적 상상력은 자기파괴적이고 대타지향적이다. 때문에 애도적 상상력이 과잉에 대한 제한으로서 '법'적 실정성positivity에 집착한다면, 우울증적 상상력은 부정성negativity과 함께 머물며 그러한 한계에 대한 자기패배적인 도전을 감행한다.

이 장에서는 이러한 일반론적인 전제를 바탕으로 해서 푸슈킨과 레르몬토프의 각기 다른 동경의 대상, 그리고 시인으로서의 자기규정과 사랑의 상실에 대한 태도 등에서의 차이를 각각에 대응하는 작품들을 비교하여 읽음으로써 살펴보기로 하겠다. 이를 통해서 두 낭만주의 시인의 상상력이 갖는 공통점들만큼이나 분명한 차이점들이 부각되기를 기대한다.

1. 동경 대상의 두 유형: '바다'의 자유와 '하늘'의 노래

낭만주의적 세계 인식은 이원론적 세계 인식이다. '이 세계'와 '저 세계', 현실과 이상 사이의 이원적 대립이 낳는 갈등과 긴장, 동경과 환멸이 낭만주의의 주된 파토스(정조)를 이루는 것은 그러한 세계 인식에 근거한다. 러시아 낭만주의의 전성기를 통과했던 푸슈킨과 레르몬토프, 두 시인에게서 이러한 이원론적 세계 인식을 발견할 수 있는 것은 자연스럽다. 하지만 여기서는 그들 간의 공통적인 세계 인식보다는 차이점에 주안점을 두면서 비교해 보기로 한다. 이때 비교의 준거가 되는 것은 두 시인이 지상의 삶(현실)에 대한 대립항으로 무엇을 설정하고 있는가이다. 즉 그들에게서 이상적인 공간은 무엇인가? 흥미롭게도, 푸슈킨에게서 동경의 대상이 되는 것이 '바다'라면, 레르몬토프에게는 '하늘'이다. 물론 두 시인에게서 모두 '바다'와 '하늘'의 모티브를 발견할 수 있지만, 적어도 '바다'와 '하늘'은 그들의 이원론적 세계관의 지배소dominant로서 작용하며, 변별적 자질을 이룬다. 공간에 대한 푸슈킨의 상상력이 수평적이고 환유적이라면, 레르몬토프의 상상력은 수직적이고 은유적이라고 말할 수 있는 것은 이러한 전제에서 가능하다.

　푸슈킨의 낭만주의에 가장 큰 영감을 주었던 영국 시인 바이런은 푸슈킨의 창작에서 흔히 '바다'의 이미지로 표상된다. 대표적인 시가 바이런의 죽음(1824년 4월 19일)[1]에 부치고 있는 시 「바다에게」K moryu, 1824 이다.[2] 이 시는 '바다'가 푸슈킨에게서 갖는 의미를 풍부하게 증언해 준다. 하지만 그 의미를 따져 보기 전에 먼저 읽어 볼 시는 1821년에 쓰인 시 「육지와 바다」Zemlya i more이다. 이 시에는 「바다에게」에서 읽을 수 있는 내용이 선취되어 있다는 점에서 주목할 만하다.

　　푸른 바다를 따라서

　　서풍이 미끄러지며 조용히

　　오만한 돛을 부풀게 하고,

　　파도에 실린 배들을 너울거리게 할 때,

　　근심과 상념의 짐을 벗어 놓고

　　나는 더 즐거워진 마음으로 게으름을 부리고—

　　뮤즈의 노래도 잊어버린다.

　　나에겐 달콤한 바닷소리가 더 사랑스럽다.

　　파도가 해변을 따라서

　　울부짖고, 들끓고, 거품을 내며 철썩거리고

---

1 표트르 뱌젬스키(Pyotr Vyazemsky)에게 보낸 편지에서 푸슈킨은 "너는 바이런에 대해 슬퍼하지만, 나는 그의 죽음이 최상의 시적 대상이 되므로 매우 기쁘다"라고 쓴다. 김원한, 「『예브게니 오네긴』과 뿌쉬낀의 낭만주의: 화자와 인물분석을 중심으로」, 서울대학교 박사학위논문, 1999, 15쪽에서 재인용.

2 이 시는 흔히 '낭만주의와의 이별'(토마셰프스키), 혹은 보다 좁은 의미에서 '바이런적 낭만주의'와의 이별을 고하고 있는 시로 해석된다. 같은 글, 20쪽.

하늘에선 천둥이 내리치고,

번개가 어둠 속에서 번쩍일 때—

나는 바다로부터 떨어져

손님을 환대하는 참나무 숲으로 간다.

육지가 나에겐 더 믿음직해 보이고,

난폭한 어부는 불쌍해 보인다.

낡은 배에 몸을 실은 그는

눈먼 물 소용돌이의 장난감이다.

하지만 나는 안전한 정적 속에서

계곡물 소리에 귀 기울인다.

전체 20행으로 돼 있는 이 시는 4행 연구聯句 5개가 결합된 형태인데, 내용상으론 1~8행, 9~14행, 15~20행의 세 단락으로 나뉠 수 있다. 첫번째 단락은 통사적으론 '~할 때면 그땐 ~한다' 구문으로 되어 있는데, 내용을 요약하자면 "바다에 서풍이 불 때면, 나는 모든 근심을 덜고 시마저 잊어버린다"쯤이 될 것이다. 여기서 1~4행의 주어는 '서풍'이고, 5~8행의 주어는 '나'이다. 서풍이 불 때 가볍게 물결치는 바다는 '나'를 나른하게 하고 즐겁게 한다. 그것은 지상에서의 "근심과 상념"(5행)을 다 떨쳐 버리고 뮤즈의 노래(=시)마저 잊도록 만든다. 이것은 시인에게서 시가 지상(육지)에서의 삶, 근심과 상념의 삶과 긴밀한 관계에 놓여 있는 것임을 암시한다. 즉 시는 지상에서의 근심과 상념을 달래 주는 기능을 담당했던 것인데, 서풍이 부는 바다가 그 역할을 대신하게 됨으로써 굳이 또 다른 뮤즈(시)를 필요로 하지 않게 되는 것이다. 때문에 "달콤한 바닷소리"(8행)는 "뮤즈의 노래"(7행)와 등가적이다. 육지와 바다에서 그들은 서로를 대체하게 된다.

이러한 바다의 이미지는 9행에서부터 급격히 전환된다. 가볍게 일렁이던 파도가 울부짖고 들끓어 오르면서 잔잔했던 바다는 일시에 두려운 공간으로 변모한다. 즉 서풍이 불던 바다가 어느새 폭풍이 부는 바다로 바뀌는데, 이는 그저 바다가 가진 두 얼굴일 뿐이지만 '나'에게는 공포를 유발한다. 9~12행에서 묘사하고 있는 것은 천둥 번개가 치고 폭풍이 이는 사나운 바다이고, 13~14행에서 그리고 있는 것은 이에 대한 반응으로서 '나'의 도피이다. '나'는 바다에서 떨어져 나와 참나무 숲으로 간다. 그리고 마지막 단락인 15~20행에서 참나무 숲에서의 명상을 진술한다. 참나무 숲은 물론 육지의 제유이면서 시혼詩魂의 공간, 뮤즈와의 결합을 상징하는 공간이다.[3] 그리고 이 육지는 사나운 바다와는 대립되는 공간이다. 나에겐 이 육지가 바다보다 더 미더우며, 난폭한 바다와 싸우며 똑같이 난폭해져 가는 어부는 불쌍해 보인다. 어부는 낡은 배에 '살면서' 파도와 맞서지만, 결국은 물 소용돌이의 장난감에 불과하다. 그는 바다의 주인이 아닌 것이다. 그것이 시적 화자인 '나'의 현실 인식이다. 때문에 '나'는 사나운 바다가 아닌 '안전한 정적' 속에서 듣는 계곡물 소리로 바닷소리를 대체한다. 이것이 그의 현실감각이고 지혜이다.

이 시에서 핵심적인 것 두 가지는 첫째, 육지와 바다가 대립적인 공간으로 설정돼 있고, 서정적 화자는 바다를 동경한다는 것과 둘째, 그럼에도 불구하고 서정적 화자의 바다에 대한 낭만적 동경이 맹목적이지

---

3 유럽문화권에서 참나무(oak)는 최고신(러시아의 경우엔 페룬)의 상징목이기도 한데, 참나무를 가리키는 게일어(Gaelic) 계통의 공통어근은 'Duir'이며, 거기서 파생된 드루이드(Druid)족은 참나무를 신목(神木)으로 숭배하는 부족이기도 하다. 참나무를 뜻하는 러시아어의 'dub'는 어원이 'dub''이고, 이는 고대 러시아어에서 'derevo'(나무)와 같은 뜻이다. 그리스신화에서 참나무 숲은 태양의 신 아폴론의 쌍둥이 남매인 달의 여신 아르테미스(로마신화의 디아나)가 거처하는 곳이기도 하다.

않다는 것이다. 그것은 '나'와 '어부'의 대립 구도 속에서 잘 나타난다. '나'에게 동경의 대상인 낭만적 공간으로서의 바다는 '게으름의 공간'이지만(6행), '어부'에게는 그가 생존을 위해서 사투를 벌여야 하는 '삶의 공간'이요 '현실의 공간'이다(16행). 그리고 이미 삶의 터전이 돼 버린 공간은 더 이상 낭만적 동경의 대상이 될 수 없다. 그것은 이상의 공간이 아니라 현실의 공간이기 때문이다. 서정적 화자가 그 현실의 공간에 놓이게 될 때, 그 또한 '어부'처럼 불쌍해질 것이다. 이러한 통찰 덕분에 그는 '눈먼' 바다의 '장난감'이 되는 대신에 참나무 숲으로 피신한다. 그것은 그가 육지의 안전함과 바다의 낭만을 동시에 향유할 줄 안다는 의미이기도 하다. 그러한 향유가 가능한 것은 그가 대상에 대한 동경과 자발적 체념을 동시에 갖고 있기 때문이다. 덕분에 '바다'라는 동경 대상의 상실은 그에게서 우울증이 아닌 애도만을 낳을 뿐이다. 따라서 이 시의 시적 정황이 함축하는 내러티브가 애도의 서사인 것은 당연한데, 그것은 다음과 같이 표시될 수 있다.

$$F_T(S) = (S \cap O_1) \rightarrow (S \cup O_1) \rightarrow (S \cap O_2)$$
$$\Leftrightarrow (\text{나} \cap \text{바다}) \rightarrow (\text{나} \cup \text{바다}) \rightarrow (\text{나} \cap \text{참나무 숲})$$

이러한 내러티브의 진행을 압축적으로 보여 주는 것이 8행, 13행, 15행이다.

나에겐 바다가 더 사랑스럽다.　　　(8행)
나는 바다로부터 달아난다.　　　(13행)
나에겐 육지가 더 믿음직스럽다.　　　(15행)

'바다'에서 '참나무 숲'으로의 대상 전환을 용이하게 해주는 것은 무엇보다도 '소리'의 모티브이다. 즉 '계곡물 소리'(20행)의 '소리'는 '달콤한 바닷소리'(8행)의 '소리'를 대체하는 중간대상이다. '나'에게서는 '계곡물 소리'가 상실한 '바닷소리'를 대신하는 것이다. 덕분에 '나'는 난폭한 바다로부터 육지로, 믿을 만한 참나무 숲으로 안전하게 이행할 수 있게 된다.

그렇다면, 이러한 이행의 주제, 상실한 대상에 대한 애도의 주제가 「바다에게」에서는 어떻게 나타나는가? 전체 15연 중에서 1~4연을 먼저 보도록 하자.

> 잘 있거라, 자유로운 대자연이여!
> 마지막으로 내 앞에서
> 너는 푸른 파도를 일으키고
> 오만한 아름다움으로 빛나는구나.
>
> 친구의 침통한 탄식처럼
> 이별의 시간에 그가 부르는 외침처럼
> 너의 슬픈 소리, 너의 부르는 소리를
> 나는 마지막으로 들었다.
>
> 내 영혼이 갈망하는 극한이여!
> 얼마나 자주 너의 해안을 따라서
> 침묵과 우수에 잠겨 나 거닐었던가,
> 비밀스런 음모에 괴로워하며!

나 얼마나 사랑했던가, 너의 응답을,

먹먹한 파도소리와 심연의 목소리,

해질 무렵의 정적과

변덕스러운 격정을!

먼저 1연의 '잘 있거라'에는 시 전체의 시적 정황이 응축돼 있다. 이 시는 서정적 화자(=푸슈킨)가 "자유로운 대자연" '바다'에게 건네는 작별인사인 것이다. 여기서 '바다'(부분)를 지칭하는 '자연'(전체)은 일종의 제유이다. 그리고 '나'와 '바다'의 관계는 '나-너' 관계로 진술되는 아주 친근한 관계이고, "친구의 침통한 탄식처럼"이라는 비유가 말해 주듯이 우정 어린 관계이다. 따라서 '바다'가 어느 정도 인격화돼 있는 것은 어색하지 않다. 4연에서 볼 수 있듯이, '바다'는 '나'에게 이런저런 양태와 소리를 통해서 응답하는 존재이다. 중요한 것은 이 '바다'의 핵심적인 의미자질이 '자유'라는 점이고, 그것이 서정적 화자의 영혼이 갈망하는 '극한'이라는 점이다. '극한'은 어떤 극치이면서 한계이다. 종합하면, '바다'는 서정적 화자가 갈망하는 '극한적 자유'를 표상한다. 그리고 그것과 대조되는 것이 '침묵과 우수에 잠긴 나'이다. 그런데 이 모든 정황이 시에서는 과거로만 진술되고 있다. 즉 현재의 '나'는 이미 '바다'로부터 어느 정도 거리를 두고 있는 것이다. 그렇다면, 왜 '나'는 자유의 표상인 '바다'에게 작별을 고하는 것인가? 이어지는 5~8연이다.

어부들의 온순한 돛단배,

네 변덕의 보호를 받아

대담하게 물결 위를 미끄러지지만,

걷잡을 수 없는 너, 요동칠 때면
한 무리의 배들이 가라앉는다.

영원히 떠날 수도 없었다,
나에겐 단조로운, 꼼짝도 않는 저 바닷가를.
너를 기쁨으로 축복하지도 못했고,
너의 등성이를 타고서
나의 시적詩的인 도망을 가지도 못했다!

너는 기다렸다, 불렀다…… 나는 묶여 있었고,
나의 영혼은 헛되이 헤어나려 몸부림쳤다.
격렬한 열정에 사로잡힌 채
나는 바닷가에 남아 있었다……

무엇을 후회하랴? 이젠 어디로
나는 시름 없는 발길을 돌려야 할까?
너의 황량한 물결 속 한 가지만이
나의 영혼을 감동시킬 수 있다.

여기서 5연과 6연은 다소 변덕스럽게 다른 연들보다 한 행이 더 많은 5행으로 이루어져 있다. 5연에서 얘기하는 것은 '바다'의 변덕스러운 격정과 그것이 낳는 결과이다. 이것은 이미 「육지와 바다」에서 다루어졌던 주제이다. 어부들의 돛단배가 바다의 보호를 받기도 하지만, 바다의 걷잡을 수 없는 변덕 때문에 가라앉기도 한다. 그것이 바다의 이중적

그림6 일리야 레핀·이반 아이바조프스키, 「바다와 작별하는 푸슈킨」(1877).

인 진실이다. 즉 '바다'는 일상성의 테두리를 초과하는 '자유'의 표상이면서, 동시에 삶을 초과하는 '죽음'에의 유혹이다. 이러한 5연의 내용은 6연에서 '나'의 이중적인 제스처를 이해할 수 있게 해준다. 바닷가에 서 있는 '나'는 '바다'를 축복하면서 파도의 등성이를 타고 도망가는, 시적인 (낭만적인) 탈주를 감행하지도 못하고, 그렇다고 해서 아예 바닷가를 떠나지도 못한다. '(꼼작도 않는) 바닷가'와 '도망'은 의미상 대립하면서 서정적 화자의 양가적인 정서를 대변해 주는데, 물론 '시적인' 것은 바로 '도망'의 의미 계열에 속하는 것이다.

7연은 시인의 남방 유배 체험과 보다 밀접한 관련을 맺고 있다.[4] '바다'는 '나'를 부르고 기다렸지만, '나'는 자유롭지 못한 신분이었기 때문에, 그에 응할 수 없었다는 것. '나'에게 가능한 것은 그저 바닷가에 남아 있는 일뿐이었다. 여기서 서정적 화자가 회고하고 있는 것은 젊은 날에 가능할 수도 있었던 '다른 삶'이다. 하지만 그 가능성은 이루어지지 않았고, 8연은 그에 대한 현재의 소회를 담고 있다. 이젠 모두가 지나간 일

---

4 1824년 여름, 푸슈킨은 오데사로 유배를 떠나기 전에 콘스탄티노플로 도망치려고 기도한 적이 있다. 아마도 3연에서의 '비밀스런 음모'는 이 도주 계획을 가리키는 듯하며, 6연과 7연도 그와 관계되는 내용이다.

이고, '나'는 더 이상 후회하지 않는다. 따라서 '나'에겐 아무런 시름이나 근심이 남아 있지 않다. 이로써 '나'는 '바다'를 떠날 준비가 되었다. 다만 마음에 걸리는 것 한 가지가 있을 뿐이다. 그 '한 가지'가 '바다'와의 작별에서 중간대상에 해당한다. 그것은 무엇인가? 9~12연을 보라.

한 개의 바위, 영광의 무덤……
거기엔 한 위대한 인간의 추억이
차디찬 꿈이 되어 서려 있다.
거기서 나폴레옹이 죽었다.

거기서 그는 고통 속에서 숨을 거두었고,
그의 뒤를 좇아, 폭풍 소리처럼
우리들 가운데 또 한 사람의 천재,
우리 정신의 또 다른 군주가 나났다.

그는 사라졌다, 자유의 애도를 받으며,
자신의 월계관을 세상에 남겨 놓고.
통곡하라, 사나운 풍랑을 일으켜라,
오, 바다여, 그는 너의 가수였다.

너의 상像은 그에게 새겨졌고,
그는 너의 정신으로 창조되었다.
너처럼, 강하고 깊고 음울하였고,
너처럼 무엇으로도 길들여지지 않았다.

그것은 '바다'로 상징되는 두 영웅, 나폴레옹과 바이런이다. '자유로운 대자연'은 여기서 두 인물로 응축된다. 서정적 화자는 9연에서 1821년 5월에 세인트헬레나 섬에서 외로운 죽음을 맞은 시대의 영웅 나폴레옹의 죽음과 그의 무덤을 떠올리고 있고, 10연에서는 뒤이어 1824년 4월에 그리스에서 죽은 시인이자 '또 다른 군주' 바이런의 죽음을 애도하고 있다. 나폴레옹의 이름이 명시되고 있는 데 반해서 바이런의 이름은 암시만 되고 있는데, 그것은 12연에서 말해지듯이 바이런이 '바다의 상象'을 새기고 있는 '바다의 이미지' 자체이기 때문이다. '자유'는 그의 죽음을 애도하는데(11연), 앞에서 보았듯이 '바다'는 자유의 표상이었다. 그렇다면 그에 대한 '자유'의 애도는 '바다'의 애도이기도 하다. 나폴레옹의 생애에서 바다는 그의 유폐와 죽음하고만 연관되지만,[5] '바다의 가수'로서 시인 바이런은 그 자체로 바다와 동일시되기 때문에, 이 시에서 '바이런'이란 이름은 생략되고 '그'라고만 호칭된다. '그'(바이런)가 '세계사적 인물'인 나폴레옹과 나란히 거명되는 것은 물론 푸슈킨에게서 바이런이 차지하는 비중이 그만큼 크다는 의미이다.

10연에서 '폭풍 소리'와 '우리 정신'은 '바다'와 바이런의 일체감을 더 보강해 준다. 바이런과 바다가 그런 일체성을 갖게 된 것은 12연에서 언급되듯이 그가 바다의 정신으로 창조되었기 때문이다. 그렇다면 바이런은 바다의 '아들'이라고 할 수 있을 텐데, 여기서 쓰인 '바다'의 문법적 성은 중성이므로 바다는 바이런의 '아버지'이기도 하고 '어머니'이기도 하다. 거기에는 온순하면서도 난폭한 바다의 이중성이 반영돼 있다.

---

5 자유라는 프랑스 혁명 이념의 상징적 인물인 나폴레옹이 바다에 둘러싸인 고도(孤島)에서 죽어 간 사실은 자유의 극한이 곧 죽음과 맞닿아 있다는 걸 보여 준다. 그런 의미에서, 섬은 자유의 극한이 초래하는 고립과 죽음의 상징이다.

따라서 「육지와 바다」에서 바다가 푸슈킨에게서 갖는 이중적인 의미가 바이런의 이미지에 전이되는 것은 당연하다. 바다는, 바다가 상징하는 자유는, 그리고 '자유의 시인' 바이런은 그에게 동경의 대상이면서 동시에 두려움의 대상인 것이다. 데뷔작인 「차르스코예 셀로의 회상」이나 일련의 시에서 '나폴레옹'이 반反영웅으로 그려졌던 점을 고려하면, 바이런은 푸슈킨의 영웅이면서 동시에 그가 극복해야 할 대상이다. 시의 나머지 부분을 보자.

세상이 텅 비었다…… 이제, 어디로
너는 나를 데려가려느냐, 대양이여?
사람의 운명이란 어디서나 마찬가지다.
행복이 있는 곳엔 이미
계몽이, 혹은 폭군이 보초를 선다

잘 있거라, 바다여! 나는 잊지 않을 것이다,
너의 장엄한 아름다움을.
그리고 오래 오래도록 들을 것이다,
저녁 무렵의 너의 굵은 파도 소리를.

숲으로, 고요한 황야로
너로 가득 차서 나는 가져갈 것이다,
너의 바위, 너의 만灣과
반짝임과, 그림자와 파도의 속삭임을.

'바이런'의 상실은 '바다'의 상실이고, '자유'의 상실이다. 13연에서 좀더 포괄적인 의미의 '바다' 대신에 일시적으로 '대양'이란 단어가 사용된 것은 그러한 상실감의 반영으로 이해된다. "세상이 텅 비었다"는 표현 또한 서정적 화자가 느낀 상실감을 극대화시킨 것이다. 이 상실감은 '나'를 세상에 대한 체념 혹은 달관으로 이끈다. "사람의 운명이란 어디서나 마찬가지"라는 것. 따라서 이제 '어디로'라는 방향성은 더 이상 의미를 갖지 않는다. 그 근거로 서정적 화자가 제시하는 것이 13연의 4, 5행이다. 즉 행복이 있는 곳엔 이미 '계몽'과 '폭군'이 보초를 서고 있다는 것이다. '계몽'과 '폭군'은 반의어 계열에 속하는 것이지만, 이 시에서는 등가의 동의어로 쓰이고 있다. 여기서 '계몽'(문명)은 '자연'과, '폭군'은 '자유'와 대립하는 말로 본다면, 푸슈킨에게서는 다음과 같이 두 가지 의미의 계열이 서로 대립하고 있다.

바다 : 육지   자연 : 계몽
자유 : 폭군   불행 : 안락

여기서 중요한 것은 '자유'와 '안락'의 양립 불가능성이다(이 점을 잘 보여 주는 것이 5연에서 그려지고 있는 '어부들'의 운명이다). 이러한 도식하에서라면, 자유를 위해서는 안락을 희생해야 하며, 안락을 위해서는 어느 정도 부자유와 구속을 감수해야 한다. '바이런'의 죽음이 서정적 화자, 즉 푸슈킨에게 의미하는 것은 이제 그러한 자유의 시대가 끝났다는 점이다. 푸슈킨은 이 시를 경계로 하여, '자유-불행'의 이중성이라는 주제로부터 '폭군-안락'이라는 주제로 서서히 이행해 간다. 14연은 그러한 이행의 문턱에서 바다에게 건네는 또 한 번의 작별인사이다. 14

연의 내용만을 보자면, 이 시는 "'나'는 '바다'라는 동경의 대상을 상실하더라도 그것을 결코 잊지 않을 것이다"라는 우울증적인 시가 된다.

하지만 푸슈킨의 경우엔 레르몬토프와는 다르게 무언가가 주어진다. 그것이 바로 마지막 15연의 내용이다. 비록 '바다'를 떠나왔지만, 그에겐 '숲'과 '고요한 황야'가 '바다'를 대신하게 된다. 여기서의 '숲'은 「육지와 바다」에서의 '참나무 숲'에 대응하는 것이고, '고요한 황야'는 8연에서의 '너(바다)의 황량한 물결'을 받는 중간대상이다. 이러한 대체 대상이 있기 때문에 이 시의 지배적인 정조는 우울증이 아니라 애도가 된다. 그것을 애도 함수에 적용하면, 다음과 같다.

$$F_T(S) = (S \cap O_1) \rightarrow (S \cup O_1) \rightarrow (S \cap O_2)$$
$$\Leftrightarrow (나 \cap 바다) \rightarrow (나 \cup 바다) \rightarrow (나 \cap 숲/황야)$$
$$\Leftrightarrow (나 \cap 자유) \rightarrow (나 \cup 자유) \rightarrow (나 \cap 행복)$$
$$\Leftarrow (나 \cap 바이런) \rightarrow (나 \cup 바이런) \rightarrow (나 \cap 폭군)$$

여기서 마지막 도식의 '폭군'은 보다 구체적으론 러시아의 황제 알렉산드르 1세와 1825년 데카브리스트 봉기 이후 푸슈킨의 개인 검열관이 되는 니콜라이 1세가 될 것이다. 흥미로운 것은, "사람의 운명이란 어디서나 마찬가지"라는 잠언적인 체념 속에 이미 함축돼 있긴 하지만, 소위 '바이런 이후'의 작가적 삶에서 푸슈킨과 니콜라이 1세 간의 관계에 대한 예견적 통찰을 이 시에서 미리 읽을 수 있다는 점이다.

어떤 대상에 대한 긍정적인 의미부여로서의 동경은 그것에 대한 몰입을 유도하며, 그에 대한 부정적인 의미부여로서의 두려움은 대상으로부터의 이탈을 보다 용이하게 한다. 그런 맥락에서 푸슈킨의 동경과 갈망은 언제나 어떤 한계와 경계 안에서 이루어진다. 그러한 한계와 경계를 규범성이라 말할 수 있다면, 푸슈킨의 자유와 시적 유희는 그러한 규범성의 테두리 안에서만 의미를 갖는다. 리체이 시절에 습득한 고전주의 문학의 규범성과 생활에 있어서의 규범적 태도는 시적 일탈과 방종을 제약하는 불가능조건이면서 동시에 그것들을 의미 있게 만드는 가능조건이다. 이런 관점에서 보면, 당대 러시아의 정치적 전제주의와 문학에 대한 억압적 검열은 푸슈킨 창작의 장애 요인이 아니라 필수적인 요인이었다고 할 수 있다.

바다, 바다의 자유, 자유의 시인 바이런이 푸슈킨에게서 낭만적 동경의 대상이며 상상력에서의 지배소이고, 「육지와 바다」, 「바다에게」 등의 시에서 그의 애도적 상상력을 읽을 수 있었다면, 레르몬토프의 경우는 이와 대조된다. 이미 지적했다시피, 그의 공간적 상상력에서 지배소가 되는 것은 바다가 아니라 하늘이다. 「천사」에서도 이에 대한 징후를 확인할 수 있지만, 그것이 명시적으로 드러나는 것은 그보다 먼저 쓰인 「기도」Molitva, 1829[6]에서이다.

> 저를 나무라지 마시고, 하느님,
> 저를 벌하지 마시길, 기도드립니다.
> 지상의 무덤 속 같은 어둠을
> 지상의 열정과 함께 제가 사랑하더라도.
> 당신의 생명의 말씀이

---

6 1829년 말에 쓰인 이 시 역시 레르몬토프의 생전에는 발표되지 않다가 1859년에야 비로소 잡지 『조국잡기』(Otechestvennykh zapiskakh)에 실린다.

좀처럼 영혼에 들어오지 못하더라도.

제 마음은 당신으로부터 멀어져

이리저리 방황하더라도.

영감의 용암이

제 가슴에서 들끓어 오르더라도.

거친 흥분이

제 눈의 창을 어둡게 하더라도.

저에게 이 지상의 세계는 너무 답답하고,

당신 앞에 나아가기를 제가 두려워하더라도.

그리고 자주 죄 많은 노랫소리로

하느님, 제가 당신께 기도드리지 않더라도.

그러나 이 불가사의한 불꽃,

모든 것을 다 태워 버리는 장작불을 꺼 주시고,

제 가슴을 돌로 변하게 해주시고

저의 굶주린 시선을 멈추게 해주소서.

노래에 대한 무서운 갈증으로부터

주여, 저를 해방되게 하소서.

그때 구원의 좁은 길을 따라

당신께 저는 다시 돌아갈 것입니다.

레르몬토프가 15세에 썼던 이 시는 제목 그대로 하느님께 기도하는 내용이다. 물론 기도는 그 자체로 지상('나'의 세계)과 천상('하느님'의 세계)이라는 이원론적 세계상을 전제로 한다. 전체 2연 24행으로 구성

그림 7 미하일 브루벨, 「타마라와 악마」(1890~1891). 이 그림은 레르몬토프의 시 「악마」의 일러스트레이션이다. 시에서 악마는 그루지야의 공주 타마라를 연모해 그의 약혼자를 죽이면서까지 구애를 한다. 하지만 악마의 지극한 사랑에도 불구하고 신은 타마라의 아름다운 영혼을 천상으로 거두어 가 버린다. 이러한 '악마'의 모티브는 일찍이 사랑하는 어머니를 천상으로 돌려보낸 레르몬토프의 유년기 체험을 상기시킨다.

된 이 시의 1연은 겉보기에 어린 화자가 일반적인 기도 양식에 따라 자신의 죄를 고백하고 그에 대한 용서를 구하는 걸로 되어 있다. 하지만 자세히 들여다보면, 그것은 일방적인 속죄나 참회의 내용이 아니다. 즉 1연은 '~하더라도/~한다고 하여' 자신을 나무라거나 벌하지 말아 달라는 기도로 시작하고 있지만, 마지막 행은 기도드리지 않겠다는 것이다. 물론 이 마지막 문장은 "당신께 기도드리지 않더라도"란 뜻을 갖지만, 그것은 서정적 화자의 반항을 교묘하게 봉합하는 장치일 뿐이다.

일반적으로 신 혹은 절대자는 정신분석학에서 '초자아'에 해당한다. 그것은 이상과 가치, 금지와 명령(양심)의 복잡한 체계를 형성하고 유지하는 역할을 하는 '심리적 대리자'로서, 그것의 은유적 파생물이 흔히 '내적 목소리', '내적 권위', '내적 판단'이라고 불리는 것들이다. 혹은 라캉 정신분석학에 따르자면, 그것은 "너는 이처럼 되어야 한다"(금

7 미국정신분석학회 엮음, 『정신분석 용어사전』, 한국심리치료연구소, 2002, 504~507쪽.

정명령)와 "너는 이처럼 되어서는 안 된다"(부정명령)라는 절대적인 요구를 '아버지의 이름/금지'로서 내면화한 것이다. 하지만 레르몬토프의 가족사를 다룬 절에서 지적한 바대로, 그에겐 초자아가 갖는 규범적 기능, 혹은 아버지-기능이 약화돼 있다. 때문에 이 시에서처럼 기도하는 자(자아)가 기도의 대상(초자아)에 일방적으로 순응하는 것이 아니라, 둘 사이에 미묘한 갈등관계를 형성하게 된다. 서정적 자아는 자신이 1연에서 나열하고 있는 행동들이 분명 하느님(초자아)의 표준에 어긋난다는 것을 인지하고 있지만,[8] '나쁜 행동들'에 대한 매혹을 다 떨치지 못한다. 오히려 그 매혹은 '영감의 용암'으로 비유될 만큼 강렬하고 억제할 수 없는 것으로 제시되고 있기 때문에, 시의 이면적 내용은 속죄라기보다는 과시적 항변에 가까우며, 2연에서의 요구 조건들을 통해서 은연중에 신의 권위에 도전하고 있다.

이 시가 속죄의 내러티브라면, 아래처럼 나쁜 행동들과의 이접에서 착한 행동들과의 연접으로 이행해야 할 것이다(첫번째 화살표가 지시하는 것이 속죄이고, 두번째 화살표가 지시하는 것은 갱생이다). 이것이 도덕적인 서사의 기본 모델이며, 이는 애도의 서사 모델과 그대로 겹쳐진다.

$$F(S) = (S \cap O_1) \rightarrow (S \cup O_1) \rightarrow (S \cap O_2)$$
$$\Leftrightarrow (\text{나} \cap \text{나쁜 행동}) \rightarrow (\text{나} \cup \text{나쁜 행동}) \rightarrow (\text{나} \cap \text{착한 행동})$$

하지만 이 시의 1연에서 '나쁜 행동들'과 '나'의 이접은 명확하게 드러나지 않고 있고, '착한 행동들'에 대한 의지도 부재한다. 이러한 상황

---

8 이러한 행동을 집약하고 있는 시행이 7행의 "제 마음은 당신으로부터 멀어져"이다.

을 모델화하면 다음과 같이 될 것이다.

$$F(S)=(S \cap O) \rightarrow (S \cup O) \rightarrow (S \leftrightarrow \$)$$

$$\Leftrightarrow (나 \cap 나쁜\ 행동) \rightarrow (나 \cup 나쁜\ 행동) \rightarrow (하느님 \leftrightarrow 나)$$

여기서도 첫번째 화살표는 속죄를 의미하지만, 이것은 다 속죄되지 않는 것, 속죄의 잉여를 남긴다. 때문에 두번째 항에서 '나'와 '나쁜 행동'의 이접은 완전하게 이루어지지 않으며, 이 때문에 세번째 항에서 대상과 자신을 동일시하는 자아(나)와 초자아(하느님) 사이에 갈등과 애증관계가 발생한다. 이런 식의 모델은 물론 우울증의 서사 모델을 닮은 것이다.

이보다 나중에 쓰인 「천사」에서 지상적 현실의 대립항으로서 하늘(천상)은 동경의 대상이었지만, 레르몬토프의 초기 시들에서 그 동경은 일방적인 것이 아니며, 현실뿐만 아니라 동경의 대상에 대해서도 애증의 감정을 동반하는 경우가 많다. 말하자면, 하늘(천상)에 대한 그의 태도는 이중적이다. 「기도」의 1연 또한 그러한 양상을 보여 주고 있는 것으로 볼 수 있다. 그 이중적인 애증의 태도가 보다 심화되고 있는 것이 시의 2연이다. 2연은 시작은 '그러나'이지만, 그 의미는 '대신에'에 가깝다. 이 시 전체는 "저를 나무라지 마시고……" 대신에 "~해 주십시오"라는 간구가 조건절처럼 제시되고, 그러면 '그때' 어떻게 하겠다는 것이 귀결절로 붙어 있는 구성이다. 2연 1행의 '불가사의한 불꽃'은 「천사」에서의 '불가사의한 욕망'을 예고하는 것인데, 그것의 동의어가 4행의 '굶주린 시선'이고(이 '시선'은 '장작불'과 함께 '불꽃'의 계열체를 이룬다), 5행의 '노래에 대한 무서운 갈증'이다. 이들은 모두 욕망의 은유들이다.

여기서는 아직 '모성'이라는 주제가 유표화되고 있지 않지만, 「천사」에서 사후적으로 명료하게 드러나는 것처럼, 시인에게서 '노래'는 모성에 대한 갈증과 욕망을 말한다. 부재하는 모성에의 욕망(불꽃)이 불가사의한 것은 그것이 결코 충족될 수 없는, 무모하면서도 불가능한 욕망이기 때문이다. 이 욕망은 아직 어린 서정적 화자가 견뎌 내기에는 너무 강렬하다. 그것은 그가 감당할 수 있는 능력을 초과한다. 심지어 그것을 감당하기엔 이 지상도 비좁고 답답하다. 때문에 그는 '불꽃'을 꺼 달라고 하느님께 기도한다. 더불어 그 불꽃이 타는 가슴을 차가운 '돌'로 만들고, 타는 듯한 갈증으로부터 해방시켜 달라고 간구한다. 그리고 그럴 때에야 비로소 '나'는 구원의 길로 돌아갈 수 있을 거라는 것이 시의 요지이다.

거꾸로 말하면, '나'의 욕망이 불타오르는 한, 구원의 길은 '나'에게 닫혀 있다. 하지만 이 욕망이 없다면, '구원의 좁은 길'이라는 것은 난센스가 된다. 때문에 욕망과 구원은 대립적인 만큼 상보적이다. 즉 욕망은 구원의 불가능조건이면서 동시에 가능조건이다. 이러한 역설, 혹은 모순의 공존은 '지상의 무덤 속 같은 어둠'에 대한 사랑이라든가 용암이 들끓어 오르는 '가슴'(뜨거운 생명)이 '당신의 생명의 말씀'에 의해서 '돌'(차가운 죽음)로 변화되는 이미지 등에서도 확인할 수 있다.

지상의 '노래'와 천상의 '구원' 또한 그것을 보여 주는 예이다. 둘은 표면상 의미론적으로 대립하지만(구원↔노래), 형식적으론 각운을 구성하면서 등가화된다. 즉 이면적으로는 '노래=구원'으로 등식화되면서 표면적인 대립에 저항한다. 그러한 기제는 1연의 마지막 행이 갖는 의미론적 이중성, 이중적인 제스처를 반복하는 것이기도 하다. 여기서 기도의 대상인 하느님이 1연의 첫 행에서 '전능하신'으로 수식되고 있기는 하지만, 2연의 '(가슴의) 장작불' 또한 '모든 것을 다 태워 버리는', 즉 전능한 것으로 수식된다.

이렇듯 표면적인 기도의 형식과는 어울리지 않게 지상과 천상은 서로 대등하게 맞서며, 바로 그러한 맥락에서 '구원의 길'은 아주 좁다. 그럼에도 물론, 서정적 화자가 간청하는 기도의 내용은 지상적인 것에서 천상적인 것으로의 이행이다. "당신께 저는 다시 돌아갈 것입니다"라는 회귀의 의지가 적어도 표면상으론 이 시의 모든 대립을 봉합하고 있다. 하지만 이 봉합은 완전한 것이 아니며, 텍스트의 무의식에서 더 강조되고 있는 것은 지상과 천상의 '대립'이다. 이 대립을 「천사」에서 보였던 모성에 대한 강렬한 동경과 양립 가능한 것으로 설명하기 위해서는 그에게서 하늘(천상)이 동경 대상으로서 갖는 이중성이 해명되어야 한다.

'천상'은 기독교적 의미에서 '아버지 하느님'의 세계를 가리킨다. 그것은 흔히 '어머니-대지'로 표상되는 지상의 세계와 대립되는, 이원적 세계 모델의 한 축이다. 이러한 개념의 '천상'은 레르몬토프가 문화적으로 교육받은 '하늘나라'이기도 할 것이다. 「기도」에서 이 천상의 수재자는 '전능하신' 하느님으로 호칭된다. 반면에 「천사」에서 그려지는 천상의 세계는 모성적인 세계이고, 문화적 보편성을 갖는 대상이 아니라 시인의 개인적인 동경의 대상이다. 그 세계에서 모성과 부성은 대립하지 않으며 온전하게 합일되어 있다. 끝으로, 레르몬토프의 '지상'은 어머니의 흔적이 남아 있는 세계이고, 아버지-기능은 상당히 약화된 세계이다. 이런 구도하에서 본다면, '천상-이미지'(=상상계적 천상)는 '지상'의 동경 대상이 되지만, '천상'(=상징계적 천상)과 '지상'은 대립과 갈등관계에 놓이게 된다.

이러한 구도를 전제로 할 때, 「천사」와 비슷한 시기에 쓰였던 또 다른 시 「대지와 하늘」Zemlya i nebo, 1830~1831[9]에서 나타난 지상-천상의 대립 구도를 이해할 수 있다. 이 시에서는 「기도」와는 달리 지상에 대한 예찬을 오히려 노골적으로 드러내고 있다는 점이 특징적인데, 「천사」에서 드러내고 있는 천상에 대한 태도와는 아주 상반된다. 지상과 천상이라는 이분법적인 구도는 다른 두 시에서와 마찬가지로 그대로 유지하고 있지만, 서정적 화자의 욕구는 천상적인 것이 아닌, 지상적인 것을 향하고 있다. 먼저, 전체 4연 16행으로 이루어진 시의 전문을 읽어 보자.

어떻게 우리가 하늘보다 대지를 더 사랑하지 않을 수 있겠는가?
우리에게 하늘의 행복은 막연하고,
비록 지상의 행복이 백 배나 작더라도
우리는 그 행복이 무엇인지 알고 있는데.

지난날의 희망과 고통을 떠올려 보려는
비밀스런 욕구가 우리에게 들끓어 오른다.
믿을 수 없는 지상의 희망은 불안케 하지만,
슬픔의 짧음[10]은 우리를 미소 짓게 한다.

미래의 어둡고 아득함은

---

9 푸슈킨의 「육지와 바다」에서는 'Zemlya'를 우리말 '바다'의 대립어로서 '육지'로 번역했지만, 여기서는 '하늘'의 대립어로 사용되고 있기 때문에 다소 혼동되더라도 '대지'라고 옮긴다. 우리말 번역어에서만 차이가 있을 뿐, 둘은 똑같이 'Zemlya'이다.

10 '슬픔의 짧음'이라고 번역한 이 부분은 '지나간 슬픔' 정도로 의역할 수도 있을 것이다. 지나간 슬픔은 언제나 짧게 느껴지며, 아무것도 아닌 슬픔으로 전화하기 때문이다. 윌리엄 브라운이 인용한 영어 번역에서는 'the beauty of sorrow'(슬픔의 아름다움)라고 옮겼는데, 어떤 맥락의 의미인지 불확실하다(William Edward Brown, *A History of Russian Literature of the Romantic Period*, vol.4, p.147).

현재의 영혼에게 너무 끔찍하다.

우리가 천상에서의 지복을 바랄지라도

세상과 작별하는 것은 애석한 일이다.

우리의 손안에 있는 것이 우리에겐 더 즐겁다.

비록 때로는 우리가 다른 것을 찾지만,

작별의 시간에 우리는 더 분명히 본다,

그것이 얼마나 영혼에 가까운 것이 되었나를.

이 시는 제목에서 알 수 있듯이 대지(지상)와 하늘(천상)이라는 의미론적 대립쌍을 축으로 하여 구축돼 있다. 물론 '대지와 하늘', '지상과 천상'이라는 낭만주의의 이원론적 세계상은 레르몬토프만의 것은 아니다. 다만 그에게서 특징적인 것은 하늘로부터 땅으로의 전락이라는 비극이 어떠한 해결점도 찾지 못한다는 것이다.[11] 이 시에서도 지상과 천상은 서로 소통과 간섭이 불가능한 완전한 이분법적 세계로 설정되고 있다. 서정적 화자는 지상과 천상이라는 두 세계, 두 가지 서로 다른 영역의 존재를 전제하고 있으며, 언젠가는 지상의 삶을 떠나서 천상의 삶으로 이행해 간다는 것 또한 믿고 있다.[12] 이 두 세계의 비교와 대립이 이 시의 주제이다. 서정적 화자를 일인칭 단수가 아닌 복수로 표시함으로써, 시는 개인적인 서정을 보다 일반화시켜서 진술한다.

이 시 「대지와 하늘」은 앞에서 본 「천사」나 「기도」와 비슷한 연대에

---

11 이 모티브에 대해서는 *Lermontovskaya Entsiklopediya*, pp.302~304를 참조하라.
12 이러한 그의 믿음은 기독교적이긴 하나 정교(Orthodox)와는 무관하며, 정통적인 것(orthodox)도
아니다(Brown, *A History of Russian Literature of the Romantic Period*, vol.4, p.147).

쓰인 시이지만, 지상과 천상에 대한 태도에서 이들 시와는 또 다른 차이가 있다. 「대지와 하늘」에서 시인은 이 두 세계를 보다 너그럽게 노래한다. 너그럽다는 것은 지상과 천상의 위계적 질서가 일방적이지만은 않다는 의미이다. 그것은 1연에서부터 드러나는데, 천상(하늘)의 행복이란 건 지상의 확실한 행복보다 백 배는 더 크더라도 막연하기 때문에 우리가 더 사랑할 이유가 없다는 것이다. 여기서 지상과 천상의 의미론적 대립은 '확실한 것' ↔ '막연한 것/어두운 것'의 대립을 기준으로 의미의 계열을 이룬다.

지상 : 천상   확실한 것 : 막연한 것

밝은 것 : 어두운 것   가까이 있는 것 : 멀리 있는 것

유한한 것 : 무한한 것   순간적인 것 : 영원한 것

여기서 '확실한 것'이 앎(인식)의 대상이나면, '막연한 것'은 믿음의 대상이다. 그런 의미에서 믿음의 결여태로서의 '지상의 희망'은 '믿을 수 없는 것'이고, 앎의 결여태로서 '천상에서의 지복'은 '알 수 없는 것'이다. 어떤 대상이 앎의 대상이 되기 위해서는 쪼개질 수 있어야 한다. 즉 보다 작은 구성단위들로 분절articulation될 수 있어야 하고, 보다 큰 단위들로 절합articulation될 수 있어야 한다. 인식행위란 이와 같이 어떤 대상을 더 작은 단위들로 분해하거나 더 큰 단위에 포함시키는 조작을 통해서 이루어진다. 그리고 그러한 조작이 가능하기 위해서는 부분(개별성)과 전체의 구별과 분리가 가능해야 한다. 반면에 믿음의 대상은 그러한 구별과 분리가 가능하지 않다. 그것은 개별자이면서 동시에 보편자이고, 포괄자이기 때문이다. 가령 인식의 대상으로서의 시간은 과거와

현재, 그리고 미래로 분절되는 유한성의 시간이지만, 믿음의 대상으로서의 시간은 통째로서의 시간이며 시간성이 무화되는 무시간이고, 비분절적인 무한성이다. 따라서 1연에서처럼 지상과 천상의 행복을 정량적으로 비교하는 것은 사실 가능하지 않다. 그것은 유한성과 무한성을 비교하는 것이기 때문이다. 그러한 차이는 1연에서의 '행복'과 3연에서의 '지복'이란 말의 대비 속에서 더 잘 드러난다. 둘의 차이는 양적인 것이 아니라 질적인 것이기 때문이다.

1연의 마지막 행은 우리가 지상의 행복이 무엇인지 알고 있다는 것인데, 이어지는 2연의 내용은 그 행복의 내용이다. 지상의 행복은 우리가 억제할 수 없는('들끓어 오르는') 어떤 비밀스런 성향, 기질로서의 욕구 혹은 성벽性癖이 충족되는 데에서 온다. 그것은 우리가 "지난날의 희망과 고통"을 떠올려 보길 좋아한다는 것이다. 돌이켜 보면, 지난날에 품었던 모든 희망은 대개가 실현되지 않았고 변덕스럽다. 그래서 지상의 희망이란 건 믿을 수가 없다. 그리고 그 희망의 좌절은 아마도 슬픔과 고통을 불러올 것이다. 왜 지상에서의 희망은 고통과 맞붙어 있는가? 그것은 지상에서의 삶의 유한성과 우리 존재의 유한성, 즉 무능력 때문일 것이다. 그렇기 때문에 지상에서의 희망은 곧 고통을 낳고 슬픔을 낳는다. 「천사」에서의 "슬픔과 눈물의 세상"이라는 모티브는 여기서도 반복된다. 하지만 차이는 그런 대로 견딜 만하다는 것. 그 고통과 슬픔의 소속은 지난날이고, 지나간 슬픔은 또 언제나 짧게 느껴지며, 아무것도 아닌 슬픔으로 전화한다. 과거의 '대단한 어떤 것'이 현재 '아무것도 아닌 것'으로 전화되었을 때, 과거의 '대단한 어떤 것'에 집중되었던 대상 리비도가 한꺼번에 방출되는 방식이 웃음이다. 별것도 아닌 일에 슬퍼하고 눈물 흘렸던 자신이 희화화되고, 웃음거리가 되는 것이다. 그리고 이것이 지상의 행복이 갖는 내용이다. 물론 이 행복은 지상에서의 일시적인 행복이고 나약한 행복이다.

이런 '행복'을 두고 '천상의 지복'을 위해서 세상과 작별해야 한다는 것은 분명 애석한 일이라는 게 3연의 내용이다. 그런데 '미래=천상의 지복'임에도 불구하고 '현재의 영혼'에게서 "미래의 어둡고 아득함"이 무섭고 끔찍한 이유는 무엇일까? 그것은 죽음 이후의 천상의 세계가 시인이 상상하는 '천상-이미지'와 일치하지 않을 가능성 때문이 아닐까? 그가 꿈꾸는 천상의 세계는 「천사」에서 얘기되었듯이, 어머니의 상실이라는 근원적 상실의 회복이 가능해지는 세계이다. 그것이 "우리가 천상에서의 지복을 바랄지라도"에서 '천상의 지복'이 가리키는 의미일 것이다. 하지만 천상의 세계는 그가 상상하는 세계와는 다를 수 있으며, 그의 근원적 상실의 회복과는 무관한 부성적·부권적 세계에 불과할 수도 있다. 이것이 '하늘의 행복'이 갖는 불확실성이고, 이 불확식성은 "현재의 영혼에게 너무 끔찍히다".

이어지는 4연의 내용은 '세상과 작별하는 것'이 왜 애석한지에 대한 보다 구체적인 부연 설명이다. 우리 손안에 주어져 있어서 우리가 어찌해 볼 수 있는 일이란, 지상의 삶에서 우리가 제어하고 조절할 수 있는 일이며, 거기에서 우리가 얻는 것이 쾌적한 쾌락pleasure이다.[13] 이 쾌락은 확실한 행복을 보증해 주는 쾌락이다. 이와 대비시켜 말하자면, 2행에서의 '다른 것', 즉 '천상에서의 지복'은 이 쾌락과는 다른 것, 정신분석학의 용어를 빌리자면, 쾌락을 넘어서는 것으로서의 주이상스이다.

---

13 이 쾌락은 '감각적 행복'이다. 1833년 8월에 로푸히나(M. A. Lopukhina)에게 보낸 편지에서 레르몬토프는 그런 행복의 예로 "주머니 속에 코담뱃갑을 넣고 다니는 행복"을 말한다(*Lermontovskaya Entsiklopediya*, p.176 참조).

지상의 행복, 혹은 쾌락은 쾌락원칙이라는 경제 안에서만 허용되는 제한적인 것이다. 그 쾌락의 유한성은 지상적 삶의 유한성에 대응한다. 하지만 향락으로서의 주이상스는 쾌락원칙을 넘어선다. 그것은 주체가 더 이상 감당할 수 없는 쾌락이며 따라서 고통스럽고 끔찍한 쾌락이다. 이 시의 논리를 따르자면, 그것은 죽음 이후에 맛볼지도 모르는 쾌락이기에 더욱 그렇다. 즉 그것은 죽음충동과 맞닿아 있으며, 죽음을 대가로 요구한다. 사실 3행에서 얘기하는 '작별'이란 바로 '죽음'이 아닌가?

하지만 이 시의 서정적 화자는 그러한 불확실한 지복에의 도박을 감행하기보다는 현재의 쾌락, 지상의 행복에 안주하고자 한다. 그 근거가 3~4행이다. 마지막 작별(죽음)의 순간에 우리는 무엇을 보는가?[14] '우리의 손안에 있는 것' 혹은 '우리 주머니 속에 있는 것'이 우리의 영혼과 얼마나 가까운 것이 되었나, 얼마나 친숙한 것이 되었나 하는 것을 본다 때문에 이 세상, 지상과 작별하는 것은 애석하다. 그리고 그런 의미에서, 이 시는 지상에서의 삶 혹은 현실에 대한 시인의 애착과 연민이 강하게 읽히는 시라고 할 수 있으며, 「천사」의 경우와 대비된다.

한편, 비슷한 시기에 창작되었다 하더라도, 하늘(천상)에 대한 레르몬토프의 태도는 유동적이며, '천상-이미지'와 '천상' 사이에서 진동한다. 이번에는 「하늘과 별들」Nebo i zvezdy, 1831의 경우를 보라.

맑은 저녁 하늘에,
멀리 별들이 또렷이 반짝인다.

---

14 4연에서 시인은 1연에서 썼던 '우리는 안다'라는 표현 대신에 '우리는 본다'라는 표현을 쓴다. 여기서 '본다'는 객관적 인식을 뜻하는 '안다'와 달리 마음의 눈으로 보는 것, 즉 내적 직관에 가까운 것이다.

어린아이의 행복처럼 반짝인다.

아! 나는 왜 생각해선 안 되는가.

별들아, 너희는 나의 행복처럼 반짝이는구나! 라고.

너는 왜 불행해?

사람들은 내게 말하리라.

내가 불행한 건,

선량한 사람들이여, 별들과 하늘은—

별들과 하늘이기 때문!—하지만 나는 인간!

사람들은 서로서로에 대해

질투를 품지만,

나는 반대이다.

내가 질투하는 건 단지 아름다운 별들,

차지하고 싶은 건 단지 그들의 자리일 뿐.

이 시는 전체 3연으로 돼 있고, 각 연은 3개의 단행短行과 2개의 장행長行이 결합된 형태이다. 먼저 1연을 보면, 서정적 화자는 맑은 저녁 하늘에 반짝이는 별들을 마치 "어린아이의 행복"처럼 또렷하다고 말한다. '어린아이의 행복'이란 가식 없이 순진한 행복을 뜻할 것이다. 즉 숨길 수도 없고, 꾸며 낼 수도 없는 행복처럼 너무도 또렷하고 분명하게 반짝인다는 것인데, 이때 별들은 역으로 상실한 '어린 시절의 행복'을 상기시켜 주는 매체가 된다. 문제는 이와 대조되는 현재의 '나'이다. 물론 '나'는 더 이상 어린아이가 아니며, 어린아이의 행복도 갖고 있지 않다.

때문에 "별들아, 너희는 나의 행복처럼 반짝이는구나!"라고 '나'는 생각할 수 없다. 그것은 비유로서 성립하지 않는다. 왜냐하면, '나의 행복'이란 것은 불분명하기 때문이다. 아니 더 정확하게 말하자면, 부재하기 때문이다.

여기서 명시되고 있는 것은 '별들=어린아이의 행복'이라는 등식과 '별들≠나의 행복'이라는 부등식이다. 결과적으로 1연에서 얘기하고 있는 것은 '어린아이의 행복≠나의 행복'이라는 사실이다. 거듭 말하자면, '나'는 더 이상 어린아이가 아니며, '나'에게서 '어린아이의 행복'은 상실되고 금지된 어떤 것이다. 때문에 2연의 내용이 '나의 불행'에서 시작하는 것은 논리적으로 필연적이다. 대화적 형식으로 돼 있는 2연에서 서정적 화자는 불행의 원인으로 '인간'인 자신이 '별들과 하늘'이 아니라는 사실을 든다. 이 분리는 공간적인 차원에서 지상과 천상의 분리이며, 시간적인 차원에서는 어린 시절과 현재의 분리이다. 물론 이 분리(상실)는 극복될 수 없는 분리(상실)이다. 그에 대한 반응이 3연의 내용인데, '나'는 하늘의 '아름다운 별들'을 질투한다. '내'가 있어야 할 공간은 지상이 아니라 천상이기 때문이다.

이 시에서도 분명하게 드러나는 것은 지상(대지)과 천상(하늘)의 이원론적 구도이며, 전자(현재)에서 후자(과거)로의 지향이다. 그리고 이때의 '천상'은 「대지와 하늘」에서의 '천상'이 아니라 「천사」에서의 '천상-이미지' 곧 모성적인 세계이다. 「천사」와 「하늘과 별들」 모두에서 '어린아이' 모티브가 사용되고 있다는 점도 두 시에서 '천상'이 갖는 모성적 성격을 뒷받침해 준다. 그런 점에서 이 시는 지상과 천상에 대한 양가적인 태도를 보여 주고 있는 「대지와 하늘」보다는 주제론적으로 「천사」와 보다 유사하다. 그것은 지상(현재)에서는 다시 회복할 수 없는,

천상(과거)의 근원적 상실이라는 주제이다.

어떤 상실이 대체나 회복이 불가능한 것일 때, 그리고 그 책임을 자기 자신에게 귀속시킬 때 반응태도로 나타나는 것이 우울증이다. 이미 제시한 바 있는 우울증의 서사 함수에 이 시의 내러티브를 대입시켜 보면 아래와 같다.

$$F_M(S) = (S \cap O) \rightarrow (S \cup O) \rightarrow (S \leftrightarrow \$)$$
$$\Leftrightarrow (나 \cap 별들) \rightarrow (나 \cup 별들) \rightarrow (나 \leftrightarrow 별들)$$
$$\Leftrightarrow (나 \cap 어린아이) \rightarrow (나 \cup 어린아이) \rightarrow (나 \leftrightarrow 어린아이)$$

공간축상에서 '아름다운 별들'에 대한 '나'의 질투는 주체(=나)가 아닌 대상에 대한 정념으로 생각되지만, 그 별들이 '어린아이'와 등가적인 것이기 때문에 결과적으로 현재의 '나'가 과거 어린 시절의 '나'를 질투하는 셈이 된다. 더 이상 어린아이가 아닌 현재의 '나'는 '별들≠나의 행복'이라고 말한다. 즉 '별들=나의 행복'은 '나'에게 금지돼 있다. 이것이 현실원칙에서의 금지이다. 하지만 또 다른 '나'는 '별들=나의 행복'이라고 생각하고 싶다. 때문에 그것이 가능했던 시절로 되돌아가고 싶다. 그래서 '나'는 별들을 질투하고, 어린아이를 질투한다.[15] 중요한 것은, '나' 또한 별이 되어 별자리를 차지한다든가, 어린아이로 되돌아가 천진한 행복을 만끽하는 일이 이젠 불가능하다는 사실이다. 아마도 이 불가능성에 대한 인식은 더욱 강렬한 질투의 정념을 낳을 것이며, 그것은 우울증의 끝없는 연료가 될 것이다. 이러한 레르몬토프식의 우울증

15 질투는 서사시 「악마」에서의 주된 정념이기도 하다.

을 집약하고 있는 시가 그의 대표작 중 하나인 「돛단배」Parus, 1832이다.

> 흰 돛단배 한 척 외로이
> 푸른 바다 안개 속에 떠가는구나!……
> 무엇을 그는 그 먼 나라에서 찾고 있을까?
> 무엇을 그는 고향 땅에 두고 왔을까?……
>
> 파도가 춤추고 바람은 쌩쌩 분다,
> 돛대는 구부러져 삐거덕거리고……
> 오호, 그는 행복을 찾는 것도 아니고
> 행복으로부터 도망치는 것도 아니다!
>
> 밑으로는 맑은 감청색 물결이 흘러가고,
> 위로는 황금빛 태양이 반짝인다……
> 허나 반란자인 그는, 폭풍을 부르는구나,
> 마치 폭풍 속에 평온이 있는 것처럼!

각 4행 전체 3연의 안정된 형태로 구성된 이 시는 형식상 각 연의 1~2행이 흰 돛단배가 떠가는 정경에 대한 묘사에 할애되어 있다면, 3~4행은 그에 대한 서정적 화자의 상념을 담고 있다. 정경 묘사의 차원에서 각 연은 '평온'(1연) →'폭풍'(2연) →'평온'(3연)에 대응한다. 1연은 푸른 바다 안개 속을 외로이 떠가는 흰 돛단배 한 척에 대한 묘사이고, 2연은 폭풍을 만나서 구부러진 돛대가 삐거덕거리는 돛단배를 보여 주며, 3연은 다시 평정을 되찾은 바다와 뱃전에 부딪히는 황금빛 태양에 대한 묘사이다. 이러한 묘사보다 더 중요한 것은 거기에 대응하는 상념들인데, 이를 차례대로 나열해 보면 다음과 같다.

(1연) 무엇을 그는 그 먼 나라에서 찾고 있을까?

무엇을 그는 고향 땅에 두고 왔을까?……

(2연) 오호, 그는 행복을 찾는 것도 아니고

행복으로부터 도망치는 것도 아니다!

(3연) 허나 반란자인 그는, 폭풍을 부르는구나,

마치 폭풍 속에 평온이 있는 것처럼!

1연의 3~4행에서 던지는 질문은 항해의 목적이다. 일반적으로 항해는 출항지과 기항지, 곧 떠나온 곳과 도착할 곳을 갖는다. 무엇을 찾고자 '그'(=돛단배)는 외로이 떠나온 것일까라는 질문은 화자가 돛단배에 대해 갖게 되는 자연스런 질문이다. 이때의 '무엇'은 일반적으로 '행복'이나 '평화' 같은 긍정적 가치일 것이다. 그 대답은 2연에서 주어진다. '오호'라는 감탄사는 제시될 대답이 1연에서의 전제를 무너뜨리는 것이기 때문에 터져 나오는 것이다. 즉 항해의 목적으로 가정된 것들은 '그'와는 전혀 무관하다. '그'에게는 일반적인 항해의 목적이 부재한다. 그의 목적은 행복의 지향도, 행복으로부터의 도피도 아니기 때문이다. 따라서 '그'에게 바다는 육지와 또 다른 육지를 이어 주는 매개적·과도적 공간이 아니다. 즉 다른 것과 연접되는 공간이 아니라 독자적인 공간이다. 그런 의미에서 이 시에서의 '바다'는 항상 무엇인가('육지')와 연접되어 있는 공간으로 제시되는 푸슈킨의 '바다'와는 다르다. 오히려 어느 것과도 연접되지 않고 끝없이 펼쳐지는 '하늘'과 유사하다.[16] 그렇다

16 레르몬토프의 「대지와 하늘」에서 대지(지상)가 '행복'의 공간이었다면, '행복'을 넘어선 공간으로

면 '그'는 무엇을 찾는 것인가? 그에 대한 (역설적인) 대답은 3연에서 주어진다. 지상적인 행복을 부정하고 거부한다는 의미에서도 '반란자'인 '그'는 '폭풍'을 원한다. 바다는 그에게서 '폭풍'의 공간으로서만 의미가 있는 것인데, 이 '폭풍'은 '평온=행복'과 정반대되는 것이다.

이 시에서 '돛단배'는 물론 시인 레르몬토프의 또 다른 자아alter ego이다.[17] 그리고 이 자아는 '반란자'라는 규정에서 명시적으로 확인할 수 있듯이 '반항적 자아'이다. 그런 의미에서 이 시는 「기도」나 「대지와 하늘」 등에서 볼 수 있었던 부성적·부권적 천상 세계에 대한 형이상학적 반항을 극명하게 표명하고 있는 시이면서, 동시에 시대적 맥락에서 보면 데카브리스트 봉기 이후 1830년대의 반동적인 정치적 상황에 대한 비타협적인 저항 의지까지도 암시적으로 포괄하고 있는 시이다.[18] 시의 주제는 마지막 행에 집약돼 있는데, 여기서 '폭풍-평온'이 갖는 의미론적 대립은 레르몬토프와 푸슈킨의 차이에 대응한다.

푸슈킨적 '평온'이 일가一價적 공간이라면, 레르몬토프적 '폭풍'은 이가二價적 공간이다. 충돌하고 갈등하는 힘들이 단일한 질서나 가치하에 조정되고 통합될 때, 푸슈킨적 '평온'은 얻어질 수 있다. 바다에 대한 시들에서 나타나듯이 (폭풍우 치는) 바다는 '육지→바다→참나무 숲'으로의 공간 이동에서 중간적·매개적 단계이며, 푸슈킨은 이러한 혼돈과 갈등의 단계를 거쳐 평정에 이르는 과정을 성숙성의 표지로 제시한다. 반면에 이 시에서 레르몬토프는 그러한 평온의 공간으로서의 '참나

서의 '바다'는 '하늘'과 같은 의미론적 자리를 차지하게 된다.

17 Lermontovskaya Entsiklopediya, p.366.

18 Lermontov, Polnoe Sobranie Sochinenii v chetyrekh tomakh, vol.1, p.586의 주석 참조. 이런 관점에서, 이 시는 레르몬토프의 데카브리즘 이후의 시학을 선언적으로 보여 준다고 할 수 있다. 이와 비교될 수 있는 시가 푸슈킨의 「아리온」(1827)인데, 이 시는 4장 1절에서 자세하게 분석될 것이다.

무 숲'과는 정반대되는 '폭풍'의 한가운데를 이상적 공간으로서 설정하며, 비타협적인 반항을 성숙의 대안으로 제시한다. 그러한 태도는 폭풍이 암시하는 바, 서로 대립적인 가치들의 충돌과 갈등의 한복판에서 자신의 입장을 포기하지 않겠다는 강한 의지의 표명으로 읽힌다.

이상에서 몇 편의 시를 통해 푸슈킨과 레르몬토프의 동경 대상을 '바다'와 '하늘'로 구분지어 비교해 보았다. 육지와 연접적인 공간으로서 푸슈킨의 '바다'가 환유적인 공간이라면, 레르몬토프의 '하늘'은 대지와 결코 연접될 수 없는 은유적인 공간이다. 때문에 푸슈킨에게서는 육지로부터 바다로, 다시 바다로부터 육지(숲)로의 이행이 비교적 수월하지만, 레르몬토프에게서 공간 이동은 오직 탄생과 죽음을 통해서만 가능하다. 다시 말해, 푸슈킨에게서 동경 대상의 상실은 애도의 과정을 거치면서 다른 동경 대상에 의한 대체가 구조적으로 가능하지만, 레르몬토프에게서는 그러한 대체가 구조적으로 불가능하다. 이 때문에, '바다'와 '하늘'이 육지와 대비하여 낭만적 대상을 이룬다는 점에서는 공통적이지만, 그것의 상실이 불러오는 반응태도는 서로 다르다.[19] 그리고 이러한 차이는 푸슈킨과 레르몬토프의 시작 전반에 걸쳐서 변주된다. 이미 레르몬토프의 「돛단배」에 대한 분석을 통해서 두 시인의 차이가 부분적으로 언급되었지만, 다음 절에서는 그러한 차이가 시인으로서의 자기-이미지에는 어떻게 대비되어 나타나는지를 살펴보기로 하겠다.

---

19 르네 지라르(René Girard)에 의하면 인간의 욕망은 주체와 대상 그리고 중개자를 세 꼭짓점으로 하는 삼각형의 구조를 가지고 있다. 그에 따르면, 프로이트의 오이디푸스 콤플렉스도 가족적 차원에서의 삼각형적 (모방) 욕망의 한 부분일 뿐이다(이것은 논란의 여지가 있는 주장이다). 이러한 관점에서 푸슈킨과 레르몬토프에게 나타나는 낭만적 동경, 혹은 오이디푸스적 욕망을 이론적으로 재구성할 수도 있겠지만(가령, 중개자로서의 바이런), 그에 대한 논의는 보다 복잡하게 다루어져야 할 것이기에 여기서는 다만 프로이트-라캉적 욕망이론에만 의존하기로 한다. 지라르의 이론에 대해서는 『낭만적 거짓과 소설적 진실』, 김치수·송의경 옮김, 한길사, 2001을 참조하라.

2. 낭만주의 시인의 자기상: 수인, 시인, 예언자

이제 푸슈킨과 레르몬토프에게서 시인으로서의 자기정립의 단계적 계기들이 어떻게 나타나는가를 살펴볼 차례이다. 낭만주의 시인에게서 자유에 대한 동경은 본질적인데, 그러한 자유의 입지점에서 거꾸로 현실을 투사하게 될 때 얻게 되는 자기상이 '수인'囚人이다. 그리고 이러한 수인의 단계에서 현실극복 의지의 담지자로서 요청되는 것이 '시인'이며, 그 시인이 고립된 개인 차원을 넘어 자신의 공동체와 관계를 맺어나가면서 얻게 되는 자기상이 '예언자'이다. 이러한 세 범주의 시인으로서의 자기상은 푸슈킨과 레르몬토프, 두 시인에게서 공통적으로 드러나지만, 몇 가지 차이점도 간과할 수 없다. 이 절에서는 이 세 범주를 중심으로 하여 두 시인에게서 자기-이미지의 변모 과정이 어떻게 차별적으로 드러나는가에 주목해 보기로 하겠다.

먼저, 푸슈킨의 「수인」Uznik, 1822을 보라.

축축한 감옥의 쇠창살 뒤에 나는 앉아 있다.
부자유 속에 사육된 새끼 독수리,
나의 우울한 친구가, 날개를 퍼덕이며
창문 밑에서 피 묻은 먹이를 쪼아 먹는다,

쪼아 먹다가, 그만두고, 창밖을 내다본다,
마치 나와 같은 생각을 하는 것처럼.
눈길과 외침소리로 나를 부르면서
이렇게 말하려는 듯하다 ─ "자, 날아갑시다!

우리는 자유로운 새, 형제여, 때가 되었소!

먹구름 너머 흰 산봉우리로,

푸른 바다 저 끝으로,

오직 바람과…… 그리고 나만이 노니는 곳으로!"

형식상 각 4행으로 이루어진 3연 구성의 시이지만, 내용상으론 1연과 2연 사이, 2연과 3연 사이에 앙장브망Enjambement이 일어난다. 이 앙장브망은 각 연의 관계가 연속적이면서 동시에 비약적이라는 걸 보여 준다. 시적 정황은 서정적 화자가 비유적·실제적 공간으로서의 '감옥' 안에 갇혀 있고, 역시 감옥에서 길들여진 새끼 독수리가 먹이를 쪼아 먹는 걸 바라다보는 데에서 시작된다. 그것이 1연의 내용인데, 서정적 화자는 새끼 독수리를 '나의 우울한 친구'라고 지칭함으로써, 자유를 잃은 존재로서의 동류의식과 일체감을 드러낸다. 여기서 드러나는 '나'와 '독수리'의 공통적인 의미자질은 자유의 상실이다. 좁은 우리 안에서 독수리의 날개는 오히려 거추장스러울 것이다. 독수리의 커다란 날개는 자유로운 비상을 가능하게 하는 '자유'의 상징이지만, 지상에서의 생존에는 걸림돌에 불과하다. 피 묻은 먹이를 쪼아 먹는 행위가 가장 낮은 차원의 생존을 의미한다면, 1연에서 '나'와 '독수리'가 공통적으로 처해 있는 정황은 자유를 상실한 대가로 얻은 낮은 차원의 생존이다.

이러한 상태는 앙장브망을 통해서 2연으로까지 이어진다. 하지만 여기에 어떤 단절과 거부가 일어난다. '창문 밑에서' 먹이를 쪼아 먹던 독수리가 먹이를 내던지고 '창밖을 내다보는' 것이다. 이 1행에서의 세 가지 동작은 각 연의 내용을 함축하고 있기도 하다. '먹이를 쪼아 먹다' (1연)→'그만두다'(2연)→'창밖을 내다보다'(3연). '창문 밑'이 암시하

그림8 푸슈킨은 습작원고의 한켠에 자화상을 비롯하여 다양한 스케치를 남겼다. 왼쪽은 1823년,
오른쪽은 1827년에 그린 자화상이다.

는 낮은 차원의 생존은 자유로운 공간을 매개해 주는 '창문' 밖의, 높은
차원의 자유와 대비된다. '나와 같은 생각'이라는 건, 푸른 하늘을 날아
다니던 과거의 기억이거나 자유로운 비상에의 동경일 것이다. 여기서
'나'와 '독수리'는 동일시된다. 때문에 '독수리'의 외침은 '나'의 말로 옮
겨진다 ─ "자, 날아갑시다!"

　　그리고 3연에 와서 시선은 1연의 '창문 밑'과 2연의 '창문 밖'을 거
쳐서 창공에 위치해 있다. 그것이 가능한 것은 '우리는 자유로운 새'라
는 확신 덕분이다. 비록 가상假想이긴 하지만, 자유로의 비약을 선택한
'독수리'가 지향하는 공간은 먹구름 너머 만년설이 덮여 있는 높은 산,
즉 지상의 끝(경계)과 푸른 바다 저 끝(경계)이다. 그 끝이야말로 오직
바람과 자신만이 거닐 수 있는 공간이다. 중요한 것은 이 시에서 '저 세
계'에 대한 지향과 의지가 반어적인 어조가 아니라 매우 자신감 있고,
확신에 찬 어조를 통해서 말해지고 있다는 점이다. 때문에 창살 속 우리

〈표9〉 푸슈킨의 「수인」에 그려진 '생존'과 '자유'의 존재 양상

가치	1연	2연	3연
생존	+		?
자유	−	→	+

(감옥) 안의 '이 세계'에서 창밖의 자유로운 '저 세계'로의 이행은 충분히 가능한 어떤 것으로 읽힌다. 물론 '저 세계'에서의 생존은 먹이가 그냥 주어지는 우리 안에서의 저급하지만 안락한 생존과는 달리 치열한 생존경쟁을 통해서만 확보될 수 있을 것이다(먹잇감 대신에 '바람'만이 주어진 조건에서 어떻게 생존해 나갈 것인가?). 따라서 '저 세계'로의 비상은 자유롭긴 하지만, 불확실한 생존 상황에 던져지는 것이며 그런 의미에서 이 시에서 '자유'와 '생존'은 서로 양립하지 않는다. 이것을 도식화해서 나타내면 〈표9〉와 같다.

푸슈킨에게서 자유라는 '이상'은 현실의 부자유나 결여를 완전하게 보상하거나 대체하는 것이 결코 아니다. 현실에 부재하는 자유의 향유는 언제나 그에 상응하는 대가를 요구한다. 그것은 공평한 거래이다. 그렇기 때문에, 이상의 상실은 반대로 그 이상이 결여하고 있는 현실의 어떤 것에 의해 보상 또는 대체되며, 견딜 만한 것이 된다. 푸슈킨에게 있어서 현실은 전적인 부정태가 아닌 것이다.

그렇다면, 레르몬토프의 경우는 어떠한가? 같은 제목의 「수인」 Uznik, 1837이다.

나에게 감옥의 문을 열어 주오.
나에게 한낮의 빛을 보게 해주오.

검은 눈동자의 처녀를,
검은 갈기의 말을 주오.
나는 젊은 미녀에게
먼저 달콤한 키스를 하고,
이어서 말에 뛰어올라,
초원을, 바람처럼, 달려가겠소.

그러나 감옥의 창문은 높고,
육중한 문은 잠겨 있다.
검은 눈동자의 처녀는 저 멀리
호화스런 그녀의 방에 있겠지.
좋은 말은 푸른 초원에서
재갈도 없이, 혼자서, 자유로이
즐겁게 장난질 치며 질주한다,
꼬리를 바람결에 흩날리면서.

나는 혼자다―아무런 기쁨도 없이.
사방에 다 드러난 벽에는
등불만이 희미하게
죽어 가는 불꽃처럼 비친다.
문밖에선 소리만이 들려온다.
단조로운 발소리,
아무 대답 없는 간수가
밤의 정적 속을 오가고 있다.

푸슈킨의 「수인」과 마찬가지로 3연으로 돼 있지만, 각 연은 8행으로 돼 있고, (또한) 각 연은 앙장브망 없이 독립돼(고립돼) 있다. 내용상으론 더 많은 차이를 보이는데, 먼저 푸슈킨의 「수인」에서는 서정적 화자와 그의 분신으로서 '새끼 독수리'가 수인이었던 것과는 달리, 이 시에서는 서정적 화자 '혼자'만이 '아무런 기쁨도 없이' 감옥에 갇힌 수인이라는 점이다. 때문에, 레르몬토프의 경우에는 고립감과 고독감이 부자유에 더해진다. 또 푸슈킨의 「수인」에서는 '독수리'가 서정적 화자의 입을 빌려서 능동적으로 자유에로의 비상을 독려하고 있는 데 반해서, 이 시의 서정적 화자는 수동적으로 감옥의 문이 열리기를 애원할 뿐이다. 이 때문에, 자유에 대한 판타지는 보다 구체적이고 현실적임에도 불구하고, 그 실현 가능성은 오히려 푸슈킨의 시에서보다 더 낮게 느껴진다. 푸슈킨의 시가 자유에 대한 희망을 노래하고 있다면, 레르몬토프의 시는 오히려 그 좌절을 토로하고 있다고 말할 수 있다.

1연의 1, 2행에서는 시적 정황이 암시된다. '나'에게 감옥의 문을 열어 달라고 부탁하는 걸로 봐서 '나'는 감옥 안에 갇혀 있으며, 3~8행의 내용을 통해서 그가 자유에 대한 강한 갈망을 갖고 있다는 걸 알 수 있다. 하지만 '나'의 청원은 아무런 대답을 얻지 못한다. 3연의 7, 8행에서 알 수 있듯이 간수는 아무런 대답도 하지 않은 채 감옥 문 밖을 지키고 있을 뿐이기 때문이다. 그렇기에 자유에 대한 '나'의 갈망은 이 시에서 실현될 가능성이 없으며, 안과 밖의 공간적 이분법은 극복되지 않는다. 사방은 벽으로 막혀 있고, 육중한 문은 굳게 잠겨 있기 때문이다.

푸슈킨의 시에서는 앙장브망이 각 연의 폐쇄성·고립성을 넘어서게 해주는 형식적 장치로서 활용되고 있음에 반해서, 레르몬토프의 시에서는 오히려 '단절'이 강조된다. 즉 2연의 시작은 '그러나'라는 강한 부

<표10> 레르몬토프의 「수인」에 그려진 '사랑'과 '자유'의 존재 양상

가치	1연(안)	2연(밖)	3연(안)
사랑	–	+	–
자유	–	+	–

정이며, 3연의 시작은 "나는 혼자다"라는 고립의 확인이다. 또 푸슈킨의 시에선 '독수리'가 창밖을 내다볼 수 있음에 반해서, 이 시에서는 '창문'이 너무 높아서 감옥 안과 바깥 세상과의 매개가 되어 주지 못한다. 푸슈킨 시에서 서정적 화자가 독수리와 자신을 동일시하고 있는 데 반해서, 이 시에서는 자유의 표상인 '말'이 '나'와 단절돼 있다. (아마도 나를 기다리는) '검은 눈동자의 처녀'도 저 멀리 있을 따름이다. 1연에서 '나'는 먼저 처녀에게 키스를 하고, 이어서 말을 타고 바람처럼 초원을 달리겠다는 바람을 피력하지만, 2연에서 보듯이 바람을 가르며 질주하는 것은 '말' 혼자뿐이다. 그리고 이러한 분리와 고립은 적어도 이 시에서는 극복되지 않는다. 그런 상태에서 '나'는 '죽어 가는(꺼져 가는) 불꽃처럼' 생명을 소진해 갈 것이다.

이처럼 레르몬토프에게서 현실과 이상의 대립은 죽음과 삶의 대립만큼 절대적이다. 그에 반해, 푸슈킨에게서 자유의 획득과 '안락한 생존'은 양립할 수 없는 가치이기 때문에, 거기에는 공평한 교환과 거래 관계가 성립한다. 즉 푸슈킨에게서 자유의 문제는 예컨대 자유냐, 행복이냐의 문제로 제기되는 반면에, 레르몬토프의 경우엔 (진정한) 삶이냐, 죽음이냐의 문제로 구성된다. 따라서 어떤 가치의 상실은 다른 가치에 의해 보상되거나 대체되지 않는다. 그리고 이렇듯 보상·대체되지 않는 상실은 서정적 화자를 '아무런 기쁨도 없는' 우울증적 상태로 몰고 간다. 이러한 이 시의 구도를 푸슈킨의 「수인」과 대비시켜서 나타내 보면 〈표10〉과 같다.

그리고 이 시에 함축돼 있는 우울증적 내러티브는 다음과 같이 표시될 수 있다.

$$F_M(S)=(S \cap O) \rightarrow (S \cup O) \rightarrow (S \leftrightarrow \$)$$
$$\Leftrightarrow (나 \cap 자유) \rightarrow (나 \cup 자유) \rightarrow (간수 \leftrightarrow 나)$$

여기서 '자유'는 '검은 눈동자의 처녀'와 '검은 갈기의 말'로 표상되고 있다. '나'는 그들과의 연접 상태에서 이접 상태로 전환돼 있고, 그것이 이 시의 시작이다. '나'가 자유롭던 시절, 즉 '나'와 자유의 연접 상태는 2연에서 감옥 바깥에 대한 서정적 화자의 연상을 통해 유추해 볼 수 있다. 그리고 3연은 그러한 연접관계의 회복이 현재 상태로는 불가능하다는 걸 확정적으로 보여 준다. 이때 '나'의 호소에 대해서 아무런 응답도 하지 않는 '간수'는 '나'의 적대자이다. 하지만 이 시에서 '나'는 '간수'와 대적하려는 태도나 능력을 전혀 가지고 있지 않다. 이럴 경우, 적대감은 자신에 대한 자책감으로 내면화되는데, 그것이 우울증의 중요한 증상으로서의 자기 비하이다. 물론 이 시에는 그러한 자기 비하로까지의 진행 과정이 포함되어 있지 않지만, '간수'가 '나'의 초자아로 내면화될 가능성은 충분하다. 그럴 경우, '나↔간수'의 대립관계는 자아와 초자아의 대립관계로 이해될 수 있을 것이다.

이상과 자유에 대한 동경은 낭만주의 시인에게 있어서 필수적인 구성적 자질이다. 그러한 동경 때문에, 시인에게서 현실의 조건은 은유적이든 실제적이든 '감옥'으로 표상되며, 자신은 '수인'으로 호명된다. 따라서 '수인'은 시인의 수동적·소극적 현실태라고 말할 수 있을 것이다. 반면에 '시인'이라는 자기주장, 혹은 자기명명은 시인의 능동적·적극적 이념태이다. 이제 비교해 볼 것은 두 시인의 「시인」이다. 1827년에 쓰인 푸슈킨의 「시인」Poet은 1826년에 쓰인 「예언자」Porok보다 나중에 쓰인 시이지만, 시차가 얼마 나지 않는다. 즉 두 시에서의 시인관은 연속적이 거나 양립 가능한 것이다. 반면에 1838년에 쓰인 레르몬토프의 「시인」과 1841년에 쓰인 「예언자」는 몇 년의 시간차를 두고 있고, 시인관에 있어서도 다소간의 변화를 보여 준다. 그것이 갖는 의미는 조금 나중에 살펴보기로 하고, 먼저 읽어 볼 것은 푸슈킨의 「시인」이다.

> 시인에게 성스런 제물을 바치라고
> 아폴론이 그를 부르기 전까지
> 부질없는 세상사의 번민 속에
> 그는 무기력하게 빠져 있었다.
> 그의 신성한 리라는 울리지 않고
> 영혼은 차가운 잠에 취해 있어
> 세상의 못난 자식들 중에서
> 아마도, 그가 가장 못났으리라.
>
> 그러나 신의 음성이
> 예민한 귀에 닿기만 하면
> 시인의 영혼은 날개를 퍼덕인다,
> 잠에서 깨어난 독수리처럼.
> 그는 세상의 오락거리에 괴로워하고

사람들의 소문을 멀리하며,

민족의 우상의 발아래

오만한 머리를 숙이지 않는다.

거칠고 단호한 그는

소리와 혼돈으로 가득 차 달려간다.

파도치는 황량한 바닷가로,

술렁이는 드넓은 참나무 숲으로.

형식상 2연으로 이루어져 있는 이 시는 각운 구조상으로는 4행 연구(聯句) 5개 중 2개가 1연, 3개가 2연을 구성하고 있다. 불균등하게 배분된 1, 2연을 가르는 것은 '아폴론 신의 음성'이다. 즉 아폴론의 호명 이전과 이후가 각각 시의 1연과 2연에 대응한다. 5개의 연구를 기준으로 시의 내용을 간추리면 다음과 같다.

① 아폴론 신이 부르기 전까지 시인은 무기력한 존재였다.

② 시인은 아마도 세상에서 가장 못난 자식이었다.

③ 신의 음성을 들으면 시인은 잠에서 깨어난다.

④ 시인은 세상의 오락과 소문을 멀리하며 우상을 숭배하지 않는다.

⑤ 시인은 소리와 혼돈으로 가득 차 바닷가와 참나무 숲으로 달려간다.

1연과 2연의 관계는 접속사 '그러나'에 의해서 연결되는 역접의 관계이다. 신의 부름이 있기 전 '그'는 무기력하고 가장 못난 자식에 불과하지만, 신의 부름 이후엔 제왕적 존재('독수리')가 된다. 1연에서 '신성한 리라'가 가리키는 것은 '그'의 시인으로서의 잠재성이다. 즉 '그'는 시인의 잠재태이다. 잠재태로서의 시인이 현실태의 '시인'이 되는 것은, 곧 '예언자-시인'으로서 현실화되는 것은 '신의 음성'을 듣고서부터이다. 그 신의 음성은 시인으로서의 사명감을 일깨워 주며, 그것을 통해 시인은 '차가운 잠'에서 깨어나 '독수리처럼' 영혼의 날개를 퍼덕이게 된다. 아무것도 아닌 존재에서 '시인'으로 비상한 '그'는 이제 세상잡사에 거리를 두게 되며, 민족의 우상에 머리를 숙이지도 않는다.[20] 요컨대, '그'는 세상을 섬기지 않는다. 여기까지 2연 1~8행은 1연의 1~8행에 정확하게 대응한다.

　이어지는 2연의 9~12행은 '시인'에 대한 보다 적극적인 묘사이다. 동시에 세상을 섬기지 않는 '그'의 또 다른 세계란 무엇인가를 엿볼 수 있도록 해준다. 10행(원문에서는 9행)에서는 처음으로 동작동사인 '달려간다'가 등장한다. '그'는 '거칠고 단호'하다. 여기서 시인을 규정하는 두 형용사에 주목할 필요가 있다. '거칠다'는 것은 기존의 관습적 규범의 테두리를 벗어난다는 의미로 이해된다. 그런 의미에서 그것은 문명과 대비되는 '야만', 구속과 대비되는 '자유'를 함축한다. 이러한 함축에 따르면, '시인'은 자유인이면서 야만인이다. 반면에 '단호하다'는 이와 대비되는 어떤 원칙의 준수를 뜻한다.[21] 이 원칙의 단호함을 드러내 주는 것이 '달려간다'란 동사가 갖는 맹목적인 방향성이다. 따라서 이 두 형용사에 의해 수식되는 '시인'은 일상적인 세계(=우상의 세계)에서는 일탈적이고 자유로운 존재이지만, 또 다른 세계(=아폴론의 세계)에서는

---

20 '민족의 우상'이란 아마도 정치권력(황제)에 대한 암유일 것이다.
21 여기서 '단호하다'고 번역된 형용사 'surovy'는 '준엄한', '냉혹한'의 의미로 쓰이기도 하는데, 이러한 용례에서 볼 수 있듯이, 그것은 무엇에 대한 강력한 제한이나 한정, 압력을 뜻한다. 그것은 정신분석학적으로는, 현실원칙으로서 아버지(초자아)의 권능과 금지를 집약해서 보여 주는 형용사이다.

자유로우면서도 엄격한 규범에 종속되는 존재라고 말할 수 있다. 이러한 모순의 양립은 이미 '가장 못난' 존재로서의 시인이 동시에 '가장 오만한' 존재가 되는 모순과 맞물린다.

그렇다면 시인으로서 '그'가 지향하는, 달려가는 공간은 어디인가? 바로 시인(뮤즈)의 공간으로서의 '황량한 바닷가'이고 '술렁이는 참나무 숲'이다. 이 두 공간이 갖는 의미에 대해서는 이미 「육지와 바다」에서 읽을 수 있었다. 푸슈킨에게서 '바다'가 자유의 표상이면서 동경의 공간이라면, '참나무 숲'은 그러한 자유의 한정으로부터 얻어지는 안전과 믿음, 그리고 성찰의 공간이다. 이 상보적인 두 요소, 두 공간은 푸슈킨의 시작詩作에서 필수적이다.

시작이란 무엇인가? 기호학적으로 말하면, 그것은 기표와 기의 간의 새로운 연결을 가능하게 함으로써 새로운 상상적 공간을 축조하는 것이다. 거기에 재료로 사용되는 기표와 기의가 이 시에서의 '소리'와 '혼돈'이다. 그리고 시인은 '소리'와 '혼돈'으로 가늠 차 있는 자이다. 소쉬르의 기호 모델을 따를 때, '소리'란 청각 이미지에 대응하며, '혼돈'은 무정형의 관념을 뜻한다. 이 두 평면을 각각 A와 B라고 하면, 그것은 다음 쪽의 〈그림 9〉와 같은 도식으로 나타내어질 수 있다.[22]

소쉬르는 이 그림을 언어기호의 형성 과정을 설명하기 위해 도입했지만, 그것은 시에 대한 푸슈킨의 관념에도 유용하게 적용될 수 있다. 위의 도식과 도상적인 관계에 있는 '파도치는 바닷가'야말로 시적 언어

---

22 Ferdinand de Saussure, *Course in General Linguistics*, New York: McGraw-Hill, 1966, p.112[페르디낭 드 소쉬르, 『일반언어학 강의』, 최승언 옮김, 민음사, 1990, 134쪽]. 소쉬르는 개념의 평면을 A로 소리의 평면을 B로 표시했지만, 여기서는 푸슈킨 시구의 순서에 따라 둘을 바꿔서 표시했다(결과는 마찬가지이다).

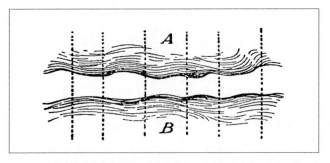

그림9 소리의 불확정적인 평면과 개념의 한계 없는 평면을 동시에 표시한 소쉬르의 모형(페르디낭 드 소쉬르, 『일반언어학 강의』)

가 탄생할 수 있는 공간으로서 가장 적합하다. 거기에서는 기표와 기의 간의 굳어진 관계가 해체되고, 모든 것이 다시 원초적인 생성의 자리로 갖다 놓여지기 때문이다. 하지만 무정형의 유동적인 흐름만이 지배적 이라면, 시는 얻어질 수 없다. 비록 한시적이더라도 시는 A와 B 사이의 새로운 연결을 구축할 수 있어야 성립한다. 때문에 자유는 시의 가능조 건이면서 동시에 불가능조건이다. 「육지와 바다」에서 지적한 대로 '서 풍이 부는 바다'는 시를 대체하기도 할 만큼 시의 가능조건이지만, 생존 자체를 위협하는 '난폭한 바다'는 시의 불가능조건이다. 그것이 '시인' 이 '안전한 바다'로서의 '술렁이는 드넓은 참나무 숲'으로도 달려가야 하는 이유이다. 따라서 '바닷가'와 '참나무 숲'은 '시인'에게서, 곧 푸슈 킨에게서 등가적인 공간이면서 동시에 상보적인 공간이다. 이것이 푸 슈킨의 공간적 상상력의 밑바탕을 이루는 기본 구도이다.

　푸슈킨의 경우가 그렇다면, 이제 레르몬토프의 경우를 살펴볼 차례 이다. 하지만 레르몬토프의 「시인」을 본격적으로 다루기 전에, 「시인」 에서 중요한 모티브가 되는 '단검'이 푸슈킨에게서 갖는 의미를 먼저 점검해 볼 필요가 있다. 푸슈킨의 「단검」Kinzhal, 1821은 초기 시인 「자유」

Volnost', 1817와 「마을」Derevnya, 1819 등과 함께 대표적인 정치시에 속한다. 이 시 역시 각 4행의 전체 9연으로 이루어져 있는데, '단검'의 시적 의미가 무엇인지는 1연에 단도직입적으로 명시돼 있다.

렘노스의 신이 너를 벼르고
불사의 네메시스가 손에 잡았다,
자유의 비밀스런 수호자, 징벌의 단검
수치와 굴욕의 마지막 심판자여.

렘노스는 에게 해 북부의 섬으로 '렘노스의 신'은 대장장이 신 헤파이스토스를 가리키고, '네메시스'는 복수의 여신을 가리킨다. '단검'은 헤파이스토스가 만들어서 네메시스에게 건넨 복수의 상징물로, '징벌의 단검'은 '수치와 굴욕의 마지막 심판자'이다. 즉 수치와 굴욕을 당한 자가 자신의 자유를 지키고, 정의를 실현하기 위한 마지막 수단이다. 그것은 어디에 있는가? 이어지는 2연을 보라.

제우스의 벼락이 침묵하고, 법의 칼이 잠자는 곳에서
저주와 희망의 실행자인 너,
너는 옥좌의 비호 아래,
눈부신 예복 아래 숨어 있구나.

'단검'은 정당하고 합당한 심판자로서 '제우스의 벼락'과 '법의 칼'이 자기 역할을 다하지 못할 때, 침묵하거나 잠잘 때, 그들의 역할을 대행한다. 일반적인 경우라면, 왕은 곧 법이고, 왕의 권위는 법의 준엄한 권위에 상응한다. 하지만 문제는 그것이 '잠잘 때'이다. 즉 권력자의 법이 정당성을 상실하고 법으로서의 권위를 잃어버릴 때, 권력에 대한 저주와 분노, 그리고 새로운 권력에 대한 희망이 삐져나올 때, 정의의 대행자로서 등장하는 것이 바로 '단검'이다. '단검'은 "옥좌의 비호 아래" 숨어서 기회를 엿본다.

푸슈킨이 '단검'이란 비유를 통해서 말하고자 하는 것은 정치적 저항과 암살의 정당성이다. 8연에서 직접 이름이 거명되지만, 푸슈킨 생전에는 발표되지 않았던 이 시는 1819년 독일 대학생 칼 루트비히 잔트Karl Ludwig Sand가 러시아 정부의 비밀첩자였던 반동적 독일작가 아우구스트 폰 코체부August von Kotzebue를 암살하고 1820년에 처형된 사건이 계기가 되어 쓰였다. 푸슈킨은 그의 암살을 혁명적 애국주의의 행동으로 보고, 시저의 독재에 저항하여 그를 암살한 브루투스, 장 폴 마라(프랑스 혁명에서의 급진파)를 암살한 처녀 샤를로트 코르데를 선구적인 예로 들어가며(각각 5연과 7연) 잔트를 예찬한다. 시의 마지막 8, 9연이다.

오, 운명이 선택한 청년 투사여,
오, 잔트여, 그대의 생은 단두대에서 스러졌지만
성스러운 의행義行의 목소리는
처형당한 주검 위에 남아 있다.

그대는 조국 독일에서 영원한 망령이 되어
악의 세력을 재앙으로 위협하리니 ─
그리고 장엄한 무덤 위에는
단검이 비문碑文 대신에 빛나리니.

이 두 연에는 잔트의 의행을 예찬하고, 그의 죽음을 애도하고자 하는 이 시의 취지가 집약돼 있다. 그는 비록 단두대의 이슬로 사라졌지만, 자신의 조국 독일을 수호하는 망령으로 영원히 남을 거라고 시인은 말한다. 마지막 연에서 특별히 '독일'이 강조되고 있는 것은 러시아와의 대비를 위해서일 것이다. 이 시의 배면에는 '러시아의 잔트'가 나타나길 기원하는 무의식적인 바람이 숨어 있다. 그리고 실제로 데카브리스트를 비롯한 푸슈킨과 동시대의 진보적 청년들은 필사본으로 나돌던 이 시를 읽고 그와 같은 애국주의적 저항의식에 고취되기도 했다. 이 시는 잔트의 죽음에 부쳐진 비문이 아니라 말 그대로 '단검'이었던 셈이다.

전체 11연으로 구성된 레르몬토프의 「시인」Poet, 1838의 전반부(1~6연)는 푸슈킨의 시 「단검」을 연상시키는 '단검'의 테마를 다루고 있는데, 테마 자체에서 이미 이 시가 정치적인 주제를 바탕에 깔고 있다는 걸 알 수 있다. 즉 이 시는 일차적으로 푸슈킨의 '정치시' 「단검」과 이 상호텍스트적인 맥락에서 읽힌다. 하지만 '단검'이라는 동일한 시적 상징을 사용하더라도 그것이 놓인 자리는 서로 다르다. 어떻게 다른가를 확인하기 위해서 먼저 시의 전반부를 읽어 볼 필요가 있다.

나의 단검은 황금빛 장식으로 빛난다.
칼날은 한 점 흠도 없이 믿을 만하다.
그의 검은 신비스런 담금질을 간직하고 있다─
그는 동방 무구武具의 유산이다.

그는 많은 세월 산악지대에서 말 탄 자를 위해 봉사했다,
아무런 봉사의 대가도 모른 채.

그가 무서운 상흔을 남긴 가슴이 한둘이 아니고,
찢어 낸 갑옷이 한둘이 아니다.

그는 노예보다 충실하게 오락을 나누었고,
비난의 말에는 응징의 소리를 냈다.
그런 때 호화로운 조각은 아마도 그에게
낯설고 수치스런 차림이었으리라.

주인의 차가운 시체 위에서
그는 테레크 강 너머의 용감한 카자크 손에 쥐어져 있다가,
그 다음엔 아르메니아의 가게 좌판에
그는 오랫동안 아무렇게나 놓여져 있었다.

지금 영웅의 가련한 동반자는
전쟁에서 못쓰게 된 사랑하는 칼집을 잃어버리고,
아아, 불명예스럽고 무해한 그는
벽에 걸려 황금빛 장식으로만 빛나고 있다!

아무도 습관적으로 꼼꼼한 손으로
그를 닦아 주지도, 어루만져 주지도 않으며,
아무도 새벽에 기도하면서,
그에게 새겨진 문장을 열심히 읽지도 않는다.

이 전반부는 서술시제상으로 현재(1연)→과거(2~4연)→현재(5~6

연)로 돼 있는데, 서정적 화자는 벽에 걸린 채 황금빛 장식으로 빛나는
'단검'을 보면서 그것의 영광스러웠던 과거와 수치스러운 현재를 대비
시킨다. '단검'에게서 영광스러웠던 때는 카프카스의 산악지대에서 '영
웅'의 손에 쥐어져 전장을 누빌 때였다. 그럴 때 단검의 호화로운 조각
(장식)은 오히려 "낯설고 수치스런 차림"에 불과했다. 하지만 '영웅'을
잃고 '사랑하는 칼집'마저 상실한 '단검'은 이제 "불명예스럽고 무해한"
것이 되어 버렸다. 그래서 현재는 아무도 '단검'을 닦거나 어루만져 주
지 않으며, '단검'에 새겨진 문장들에 주의를 두지도 않는다. 그것은 도
구적 존재로서의 자신의 쓸모를 모두 잃고서 단지 장신구로서만 벽에
걸려 있을 뿐이다. 그의 빛나는 '황금빛 장식'은 오히려 그의 무용성과
더욱 대비된다. '시인'을 제목으로 한 시에서 '단검'에 대한 서술이 절반
이상을 차지하고 있는 것은 그것이 바로 '시인'의 은유이기 때문이다.

이어지는 시의 후반부(7~11연)에서 레르몬토프는 '단검'과도 같은
처지에 놓인 '시인'을 노래하며 '시인'의 각성을 촉구한다. 시의 나머지
부분이다.

우리 시대의 연약한 시인이여, 너는
세상으로부터 무언의 공경을 받아 온,
그 권력을 황금과 맞바꾸면서
자신의 사명을 잃어버리지 않았는가?

힘차고 리듬 있는 너의 소리는
전투에 임하는 병사들을 고무하곤 했고,
너의 소리는 군중들에게 주연의 술잔처럼

기도 시간의 훈향처럼 필요했다.

너의 시는 성령처럼 군중 위로 퍼져 나갔고,
고상한 사상의 메아리는
민회 탑의 종소리처럼
민중의 승리와 재난의 날들에 울려 퍼졌었다.

그러나 너의 단순하고 당당한 말은 우리에게 지루하고,
우리를 위로하는 건 금박과 기만이다.
늙은 미인처럼, 우리의 늙은 세계는
붉은 연지 아래 주름살을 감추는 데 익숙하다……

너는 다시 잠을 깰 것인가, 조롱당한 예언자여!
아니면 복수의 목소리로
경멸의 녹으로 덮인 너의 칼날을
황금칼집에서 결코 빼내지 못할 것인가?……

이제 단검이 아닌 시인을 직접 다루고 있는 이 후반부의 내용은 서
술시제상으로 현재(7연)→과거(8~9연)→현재(10연)→미래(11연)로
구성돼 있다. 7연은 4연에서의 '용감한 카자크'와 대조되는 우리 시대의
'연약한 시인'에게, 벽에 걸린 황금장식의 단검처럼 원래의 권력과 권능
을 황금과 맞바꿈으로써 자신의 시대적 사명을 망각한 것은 아닌지를
질타하고 있다. 여기서 시인의 '사명'은 단검의 본래적 용도(전투)에 대
응하는 것으로서, 8연에 따르자면 병사들을 고무하고 군중들에게 '주연

의 술잔'이나 '기도 시간의 훈향'과도 같은 '필수적인' 역할을 담당하는 것이다. 이때 시인의 시는 근대 이후의 서정시처럼 무목적의 목적성을 갖는, 즉 자기목적적인 물건이 아니라 철저하게 공동체의 요구에 부응하며 정치적인 목적에 동원되는 도구적이고 기능적인 물건이다. 즉 그것은 전장에서의 단검처럼, 갑옷을 찢어 내고 사람들의 가슴에 무서운 상흔을 남기는 물건이다. 그러한 것이 서정적 화자가 상기하는 과거 시인의 역할이었는데, '우리 시대'의 '연약한 시인'은 그러한 역할을 상실하고 있으며 사회적 상징계로부터 소외되어 있다.

이러한 시인의 역할은 9연에서 보다 구체적인 역사적 맥락 속에서 언급된다. 즉 과거 시인은 "민중의 승리와 재난의 날들에" 울려 퍼지던 "민회 탑의 종소리"였는데, 현재의 시인에게 상실·결여되어 있는 것이 바로 그러한 '정치적 행위자' 혹은 '정치적 행위로의 매개자'의 역할이다. 여기서의 '민회'는 고대 러시아의 도시공국인 노브고로드Novgorod에서의 민회를 말하며, 민회 탑의 종이란 노브고로드에서 시민들을 소집하기 위해 울린 종을 뜻한다. 이 종이 상징하는 것은 '민회'라는 정치적 행위의 장이므로, 종(소리)에 비유되고 있는 시인의 행위 또한 정치적 행위로 규정될 수 있다. 그런 맥락에서 이 시는 정치적 자유를 위한 투쟁의식의 고양을 시의 지고한 사명으로 간주했던, 전前 시대 데카브리스트들의 입장을 그대로 보존하고 있다.[23] 다만 차이점은 레르몬토프의 「시인」의 경우 더 이상 그러한 시인의 역할이 요구되지 않으며, 가능하지도 않다는 회의를 주제화하고 있다는 점이다. 10연을 시작하는 접속사 '그러나'는 그러한 과거와 현재 사이의 단절을 단적으로 표시한다.

---

23 고대 도시 '노브고로드의 자유' 역시 데카브리스트들이 즐겨 다루던 테마였다.

    정치성의 결여로서 특징지어지는 '우리 시대'에 시인의 '단순하고 당당한 말'은 아무런 사회적 역할을 담지하지 못하는 공허한 말들일 것이다. 그렇기에 그 말들은 이젠 '우리'에게 지루하고, '우리'는 다만 그것의 장식적이고 허위적인 요소에 끌리며 위로받는다. 과거의 '단검'이 지금은 칼집을 잃고 황금빛 장신구로만 남았듯이, '우리 시대'의 시인 또한 민회의 '종소리'를 잃어버리고, '금박'으로 빛나는 장식으로 자신을 치장하고 있는 기만적인 장신구에 불과하다는 것이 10연에 깔려 있는 시인에 대한 관념이다. 그리하여 '우리 시대'의 시인은 이미 늙은 한때의 미인처럼 자신의 주름살을 화장으로 감추는 데에만 익숙할 뿐인 것이다. 이것이 시인의 현재에 대한 서정적 화자(=레르몬토프)의 냉정한 진단이다.

    마지막 11연에서는 '단검'의 과거와 현재를 노래했던 전반부(1~6연)와 '시인'의 과거와 현재를 노래했던 후반부(7~10연)의 테마를 통합함으로써 시를 마무리 짓고 있는데, 진술의 준거시제는 미래이다. 단검과 시인의 미래는 두 가지 가능성으로 열려 있다. ①'조롱당한 예언자'로서의 시인이 과거의 권력과 권능을 회복할 것인가, 즉 다시 잠에서 깨어나서 복수의 목소리, '예언자'의 목소리로 노래할 것인가, ②아니면 영원히 '황금칼집'에서 칼날을 빼내지 못할 것인가, 즉 공동체적인 정치적 '행위'의 영역으로부터 완전히 소외되어 침묵하거나 개인적인 서정으로 함몰하고 말 것인가.

    물론 서정적 화자의 바람은 과거의 시인과 단검의 역할을 회복하는 것이지만, 과거에서 현재로 이어 온 시간의 방향성이 역전되기를 기대하는 것은 마치 '늙은 미인'이 다시 청춘을 회복하기를 기대하는 것만큼이나 불가능한 일이다. 그것이 '현실'이다. 레르몬토프에게서 특징적인

<표 11> 푸슈킨과 레르몬토프의 자기-이미지 변모 과정

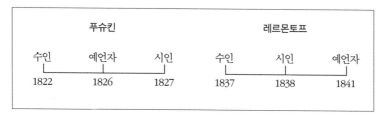

	푸슈킨			레르몬토프	
수인	예언자	시인	수인	시인	예언자
1822	1826	1827	1837	1838	1841

것은 그러한 현실이 현실로서 온전하게 수용되는 것이 아니라 부정하고 싶은 비현실로서 치부된다는 것이다. 때문에 현실은 언제나 부재하지만 지향해야 할 어떤 이념태의 결여로서만 인지되며, 그것이 현실에 대한 조롱과 냉소를 낳는다. '조롱당한 예언자'를 주제화하고 있는 그의 「예언자」는 그러한 맥락에서 「시인」의 뒷이야기이자, 이 마지막 연에 대한 자기응답으로 읽힌다.

이미 앞에서 언급한 바 있지만, 푸슈킨에게서 '시인'과 '예언기'의 테마는 시간적으로 유사석인 레르몬토프의 경우(시인→예언자)와는 달리, 동시적이거나 오히려 역전돼 있다. 그의 「예언자」는 1826년에 쓰인 것으로, 앞에서 살펴본 「시인」보다도 1년 먼저 쓴 것이다. 그래서 '수인-시인-예언자'라는 테마의 계열체는 푸슈킨의 경우엔 오히려 '수인-예언자-시인'의 계열체로 보는 것이 타당하다. 이것을 알기 쉽게 시간순서에 따라 표시하면 <표11>과 같다.

이러한 순서가 갖는 의미를 살펴보기 위해서 여기서는 푸슈킨의 「예언자」와 '시인' 테마 계열에 속하는 「시인에게」Poetu, 1830를 연속해서 살펴보고, 이어서 레르몬토프의 「예언자」와 비교해 보기로 하겠다. 먼저 「예언자」의 전문이다.

영혼의 갈증에 허덕이며

내가 음울한 황야를 헤맬 때―

여섯 날개의 천사 세라핌이

갈림길에서 나에게 나타났다.

꿈결처럼 가벼운 손길로

그는 나의 눈을 어루만졌다.

예언의 눈이 활짝 뜨였다,

놀란 독수리의 눈처럼.

그는 나의 귀를 어루만져―

소음과 울림으로 가득 채워 넣었다.

나는 하늘의 진동과

천사들이 높이 날아다니는 소리,

바다 파충류가 물 밑을 기어 다니는 소리와

골짜기에 넝쿨들이 자라나는 소리를 들었다.

그는 또 내 입술로 몸을 숙여

허튼소리나 하고 교활한,

죄 많은 나의 혀를 뽑아내고

지혜로운 뱀의 혀를

마비된 내 입속에

피 묻은 오른손으로 심었다.

그는 또 칼로 내 가슴을 갈라

팔딱이는 심장을 뽑아내고,

불꽃으로 타오르는 숯덩어리를

벌어진 가슴에 집어넣었다.

시체처럼 내가 황야에 누워 있을 때,

신의 음성이 나를 불렀다.

"일어나라, 예언자여, 보라, 들으라,

나의 의지로 가득 차서,

바다와 육지를 돌아다니며

말로써 사람들의 가슴을 불태우라."

이 시에서 묘사되고 있는 것은 '예언자'로서의 시인의 탄생 과정이다. 그 과정은 자의적인 것이 아니라 신으로부터 부름 받은 것이다. 내용상으로 시 전체는 세 부분으로 나뉠 수 있는데, 먼저 ①'나'에게 천사 세라핌이 나타나는 장면(1~4행), ②세라핌이 '나'를 예언자로 만드는 과정(5~24행), 그리고 ③신의 음성이 '나'에게 예언자로서의 사명을 일러 주는 장면(25~30행)이 그것들이다.

①에서의 요지는 '내가 황야를 헤맬 때, 천사가 나에게 나타났다'는 것이다. '갈림길에서'는 영혼의 갈증과 방황을 표시하는 공간적 지표를 나타낸다. 그리고 이때 나타난 천사 세라핌은 가장 지위가 높은 치품 천사인데, 구약의 예언자 이사야에 따르면 보좌(옥좌)의 상측에 서 있는 이 천사는 "여섯 날개가 있는데, 그 둘로 얼굴을 가리고, 또 다른 둘로 다리를 가리고, 나머지 둘로 날고 있다"(『이사야서』 6장 2절). 세라핌이라는 이름은 히브리어로 '높은 존재' 혹은 '수호천사'를 의미하는 '셀'과 '치유하는 자' 혹은 '외과의'를 의미하는 '라파'의 합성어이다.

②에서 외과적 수술 장면이 등장하는 것은 이러한 세라핌의 특징과 관계가 있다. 이 외과적 수술은 눈(5~8행), 귀(9~14행), 입(15~20행), 그리고 심장(21~24행) 등 네 곳에 걸쳐서 이루어진다. 세라핌은 일반적

그림 10 미하일 브루벨, 「여섯 날개의 세라핌」(1904). 미하일 브루벨은 말년에 푸슈킨의 시 「예언자」에서 영감을 받아 이 그림을 그렸다. 푸슈킨의 시 속에서 세라핌은 예술가에 게 비극적인 의무를 부여하며, 예술가를 새로운 세계의 예언자로 이끈다.

으로 '사자와 같이 울부짖는', '붉은 번개가 치는 하늘을 나는 뱀'으로 알려져 있어, 다른 어떤 천사계급보다도 뱀이나 용과 깊은 관계가 있는데, 15~20행에서 '나'의 혀를 뽑아내고 뱀의 혀를 다시 심는 내용은 이와 관련된 것이다. 이러한 일련의 과정을 거쳐서 '나'는 예지를 지닌 '예언자'로서 다시 탄생하게 된다. 물론 이 탄생은 '나'의 죽음을 전제로 한 것이다(25행).

　③은 예언자-시인의 사명에 대한 신의 계시적 명령이다. '나'는 이제 새로운 눈과 귀로 세상을 보고 듣게 될 것이다. 그리고 '나'의 가슴은 온통 '신의 의지'로 가득 차게 될 것이다. 요컨대, 예언자로서의 '나'는 신의 의지의 도구이자 대행자가 되며, 나의 의지는 곧 신의 의지이다. 그것이 뜻하는 바는 '나'의 개별적 의지라는 것이 신의 보편적이고 절대적인 의지의 구현일 뿐이며, 따라서 모든 자의성은 엄격하게 제한받는

다는 것이다. 결과적으로, '나'는 신의 일종의 '자동인형'이다.

　이 마지막 단락과 관련하여 지적할 수 있는 것은 세 가지이다. 첫째로, 예언자적 사명에의 헌신은 자발적 의지가 아닌 신의 의지와 권능에 의해서 비롯되는 것이며, '나'의 역할은 "시체처럼 내가 황야에 누워 있을 때"란 시행에서 드러나듯이 지극히 소극적이고 수동적이다. 따라서 그 헌신은 정치적 이념과는 무관한 운명론적인 것이다. 때문에 시인의 사회적 책임과 소명을 강조하는 데카브리스트 시학과 강한 연관성을 가지면서도 이 시에서는 사회적·정치적 맥락 대신에 종교적·신학적 배경이 더 두드러진다. 둘째로, "말로써 사람들의 가슴을 불태우라"는 마지막 시행에서 확실하게 드러나고 있는 것인데, 서정적 화자에게 말(씀)의 전파는 (정치적) 행동의 모든 것이다. 여기서의 '말'을 시의 은유로 본다면, '예언자'에게서는 시가 정치적 행동의 수단이 되는 것이 이니라, 모든 정치적 행동이 시로 수렴된다. 셋째로, 모든 예언자 담론이 그러하듯이 이 시에서도 형식적 서열관계가 전세되어 있다는 점이다. 즉 '신-예언자-민중'이라는 시혜적 서열관계가 전제되는 것인데, '예언자'의 자리에 시인을 대입하면 '신-시인-민중'이 된다. 특이한 것은 시에서 '예언자'가 전파하는 말(씀)의 내용은 전혀 제시되고 있지 않다는 점이다. 즉 '가슴을 불태우라'는 형식적 조건은 주어져 있지만, '무엇으로'라는 실제적 내용은 빠져 있다. 때문에, 이 시에서는 신에 대한 예언자-시인의 절대적 수동성과 함께 민중에 대한 시인의 특권적 지위만이 부각되어 있다. 이 점은 푸슈킨의 시인관과 관련하여 주목해야 할 대목이다.

　이 시 전체는 과거 시제로 구성돼 있는데, 그것이 의미하는 바는 이 시에서 진술되고 있는 내용이 회고적인 관점에서 재구성된 것이라는 점이다. 이 경우 시적 발화를 구성하는 과거적 사실과 발화주체(=시인)

의 현재와의 연속성은 보장되지 않는다. 그것은 이 시에서 예언자 이전의 단계가 (완전히 개조된) 이후의 단계와 서로 아무런 연속성을 갖고 있지 않은 점에서도 확인할 수 있다. 어떤 사건이나 상태의 연속적인 계열체에서 먼저 오는 사건과 상태는 뒤에 오는 사건과 상태에 부정 혹은 지양의 계기로서 작용할 따름이지 아무런 잔여물을 남기지 않는다.

가령 남방 유배 시절에 쓰인 「악마」[24]의 경우, '악령'과의 만남으로 순진했던 영혼이 환멸에 빠지는 과정을 묘사하고 있는데, 과거 시제만으로 서술돼 있는 이 시에는 이러한 묘사에는 빠져 있는 세번째 단계가 숨어 있다.[25] 그것은 현재 이 시를 쓰고 있는 시적 화자의 재긍정의 단계이다.[26] 만약에 악령으로 상징되는 부정적 단계에만 시적 화자가 계속 머물러 있다면, 더 이상 시 쓰기는 가능하지 않을 것이다. 이 상실과 회복의 과정은 다르게 말하면, '긍정'enchantment → '부정'dis-enchantment → '재긍정're-enchantment으로의 전개 과정이다. 그리고 이러한 과정은 애도의 서사 함수 $F_T(S)=(S \cap O_1) \rightarrow (S \cup O_1) \rightarrow (S \cap O_2)$의 그것과 다르지 않다.

그리고 바로 이러한 점이 「악마」와 마찬가지로 과거 시제로만 구성돼 있는 「예언자」에도 똑같이, 하지만 이번에는 거꾸로 적용될 수 있다('부정'→'긍정'→'재부정'의 세 단계). 즉 이 시에는 생략돼 있지만, 과거완료 시제는 '예언자-시인'에 대한 회의적인 시각('재부정'의 단계)을 함축하고 있는 것으로 볼 수 있다는 것이다. 사실 이 시를 쓴 1820년대 중반

---

24 푸슈킨의 동시대인들에게 이 시는 친구였던 라예프스키(A. Raevsky)에 대한 심리학적 초상을 그린 것으로 이해되었다고 한다.
25 Joseph Thomas Shaw, *Pushkin Poems and Other Studies*, Los Angeles: Charles Schlacks, 1996, pp.32~35, 69~73 참조.
26 토머스 쇼는 『예브게니 오네긴』의 화자가 이 세번째 단계에 속해 있는 것으로 보고 있다(ibid., pp.36~47).

은 데카브리스트 봉기를 계기로 하여 푸슈킨의 문학관이 변모해 가는 시기이다. 이 시기는 1810년대 후반이나 1820년대 초반에 그가 가졌던 정치에 대한 강한 열정과 관심이 차츰 현실에 대한 관조와 역사에 대한 성찰로 대체되고, 봉기의 실패로 희생된 데카브리스트들에 대한 연민 못지않게 그들로부터 자신을 차별화하려는 내면적 요구에 직면하게 되는 시기이다.[27]

이러한 맥락에서 볼 때 「예언자」 또한 그의 이중적인 제스처의 반영으로 읽을 필요가 있다. 그럴 경우, 이 시는 텍스트적 의식의 차원에서는 시인의 예언적 사명에 대한 '과거'의 지지를 확인함과 동시에, 텍스트적 무의식의 차원에서는 그것의 현재적 유효성에 대한 유보적인 의문을 암시적으로 표명하고 있는 시이다. 시의 모든 관심이 예언자의 탄생 과정에만 집중되어 있을 뿐, 탄생 이후에 대해서는 아무런 언급도 없다는 점에서 이 예언자적 자기의식은 나르시시즘적인 자기만족끼도 구별되지 않는다. 거기에는 공동체에 대한 어떠한 구체적인 관심도 결여되어 있기 때문이다.

한편 푸슈킨의 「예언자」는 이념적으로나 주제론적으로, '니콜라이 1세에 대한 아첨'이라고 동료들에게 비난받았던 「스탄스」Stansy, 1826와 이러한 비난에 대한 응답으로 썼던 「친구들에게」Druz'yam, 1828로 이어지는 작품이다.[28] 따라서 「예언자」는 20년대 중반 소위 '정치시'의 계열체를 이루고 있는 이들 작품들의 맥락 속에서 함께 이해될 필요가 있다. 푸슈킨은 「스탄스」에서 황제 니콜라이 1세에게 표트르 대제의 모범을 따라

---

27 푸슈킨과 데카브리스트 시학의 관계에 대해서는 다음 장에서 자세하게 다룰 것이다.
28 I. V. Nemirovsky, "O 'Proroke' i Proroke", *Russkaya literatura*, 2001, no.3, p.10 [「시 「예언자」와 예언자에 관하여」, 『러시아 문학』].

줄 것을 충언하고 있고, 「친구들에게」에서는 '아첨꾼'이라는 친구들의
오해에 반발하여 자신의 정치적 자유주의의 입장을 적극적으로 개진하
고 있다. 니콜라이 1세로부터 훌륭한 작품이란 평가를 받았으면서도 주
제의 민감성 때문에 발표가 금지되었던 「친구들에게」의 전문이다.

아니다, 나는 아첨꾼이 아니다, 황제에 대한
자유로운 찬가를 지을 때에도—
나는 대담하게 감정을 표현하고,
가슴속의 언어로 말한다.

나는 순수하게 그를 사랑하게 되었다—
그는 힘차고 정직하게 다스렸다—
그는 전쟁과 희망과 노동으로
갑자기 러시아에 활기를 주었다.

오, 아니다! 비록 그에게 젊은 혈기가 끓더라도
그 속의 군주의 마음은 결코 잔인하지 않다—
공개적으로 벌을 주는 자라도
그는 남몰래 자비를 베푼다.

나의 삶은 추방 속에서 흘러가고
나는 사랑하는 이들과 헤어져야 했지만,
그가 내게 제왕의 손을 내밀어
나는 다시금 그대들과 함께하게 되었다.

그는 내 안의 영감을 존중해 주고

나의 생각을 자유롭게 해주었으니,

내가 어찌 진심으로 감동하여

그에게 찬가를 노래하지 않을 수 있겠는가?

내가 아첨꾼이라고! 아니다, 형제여, 아첨꾼은 교활하지 ─

그는 황제에게 고통을 불러오고,

그는 군주의 권리들 중에서

오직 자비만을 제한하려 한다.

그는 말하지 ─ 민중을 멸시하고

타고난 부드러운 목소리를 억압하라고.

그는 말하지 ─ 계몽의 열매는

방종이며 일종의 반란의 정신이라고!

노예와 아첨꾼만이

왕좌에 가까이 있는 나라엔 재난이 있으니,

하늘에 의해 선택받은 가수는

눈을 밑으로 내리뜨고 침묵한다.

각 4행 전체 8연으로 이루어진 이 시는 내용상 전반부(1~5연)에서는 자신이 아첨꾼이 아닌 이유를 해명하고 있고, 후반부(6~8연)에서는 진짜 아첨꾼이란 어떤 사람인가에 대해 재규정함으로써 자신과 대비시키고 있다. 먼저 1연에서 서정적 화자, 곧 푸슈킨은 자신에 대한 비난에 대해 강하게 부정한다. '아니다'라는 부정어구로 시가 시작된다는 것은 이 텍스트의 전제가 되는 맥락이 이미 주어져 있다는 것을 뜻한다. 이 맥락이란 「스탄스」를 빌미로 한 "너는 아첨꾼이다"라는 친구들의 비난과 규정이다. 이에 대한 푸슈킨의 답변은 명료하다. 자신이 비록 황제를 예찬했지만, 아첨은 교활한 마음에서 나오는 것인 데 반해서(6연), 그것은 진심에서 우러나온 것이기 때문에 결코 아첨이 될 수 없다는 것이다.

　요컨대 푸슈킨은 친구들의 비난을 정면으로 돌파해 나간다. 그가 황제를 사랑하게 될 수밖에 없었던 미덕으로 들고 있는 것은 ①러시아를 힘차고 정직하게 통치한다(2연), ②사람들에게 자비를 베푼다(3연), ③'나'를 추방으로부터 면해 주었다(4연), ④'나'의 영감과 자유로운 생각을 존중해 준다(5연) 등 네 가지이다. 때문에 '나'는 진심으로 감동하여 그에게 찬가를 바치지 않을 수 없다. 이것이 전반부의 요지이다. 이미 푸슈킨에게서 자유와 법의 관계에 대해 언급한 바 있지만, 여기서도 그의 자유는 황제(=법)에 의해서만 가능한 어떤 것으로 전제되고 있다. 황제에 대한 '자유로운 찬가'라는 말이 모순되지 않는 것은 그러한 전제 하에서이다.

　후반부의 내용은 진짜 아첨꾼에 대해서 재정의하는 것인데, 이 아첨꾼은 황제에게 민중을 멸시하고 부드러운 목소리를 억압하라고 간언함으로써, 그리고 계몽의 열매는 고작 방종이거나 반란의 정신이라고 당대의 시대정신을 반계몽주의적으로 왜곡함으로써 황제에게 궁극적으로는 고통만을 안겨 주는 인물이다. 이런 인물들이 득세하고 있기에,[29]

---

29 니콜라이 1세에게 문제가 되었던 것은 물론 자신에 대한 '찬양'이 아니라, 자신의 주변에 대한 이러한 '비판'이었다. 전자를 기준으로 하면 이 시는 '훌륭하지만' 그럼에도 후자 때문에 공개적으로 발표될 수는 없었다.

'하늘에 의해 선택받은 가수'인 자신은 침묵을 지키고 있다는 것으로 시는 마무리된다.

대략 이러한 내용의 「친구들에게」를 간단하게 살펴본 것은 「예언자」와의 연관성 때문이었다. 여기서 그러한 연관성을 직접적으로 떠올리게 해주는 시구는 자신이 하늘로부터 선택받은, 하늘이 선택한 가수(=시인)라는 구절이다. 그것은 「예언자」의 내용과 일맥상통한다. 그렇다면, 「예언자」에 내포된 데카브리스트적 시인관은 푸슈킨에게 있어서 얼마만큼의 진정성을 갖는 것일까? "바다와 육지를 돌아다니며 / 말로써 사람들의 가슴을 불태우라"는 정언적 명령을 예언자 푸슈킨은 얼마만큼 충실하게 수행했던 것일까?

앞에서는 이에 대해서 다소 회의적인 의견을 제시하면서, 그것이 현재의 주도적인 시인관이라기보다는 과거 한때의 시인관임을 주장한 바 있다. 즉 예언자-시인관을 보존은 하고 있지만, 그것이 함의하는 '정치시인'으로의 길은 더 이상 푸슈킨의 길이 아니다.[30] 그것은 1820년대 중반의 푸슈킨에게 있어서 예언자로서의 시인관은 일종의 자기연출이거나 포즈에 가깝다는 판단에서이다. 「친구들에게」라는 자기해명적인 시가 그러하듯이 데카브리스트 봉기 이후에 푸슈킨은 자신에게 부과된 정치적 책임의 회피[31]가 '정치적 변절' 혹은 '배신'이 아니냐는 의심에 대해서 어떻게든 해명할 필요가 있었는데, 그러한 차원에서 시인의 사회적 사명을 강조하는 시가 쓰일 수 있었던 것이다. 그런 맥락에서 볼

---

30 푸슈킨에게서 예언자-시인의 대표적인 모델은 프랑스 시인 앙드레 셰니에(André Chénier)이다. 그의 시 「앙드레 셰니에」와 '예언자-시인'의 의미에 대해서는 다음 장을 참조하라.
31 푸슈킨은 데카브리스트 봉기와 관련하여 니콜라이 1세의 개인 심문을 받고서 그에게 충성을 맹세한 바 있다.

때, 「예언자」보다 나중에 쓰였으면서 푸슈킨의 시인관을 집약하고 있는 시 가운데 한 편인 「시인에게」Poetu, 1830는 푸슈킨의 시인관이 과연 무엇이었나라는 질문을 던져 준다.

시인이여! 민중의 사랑을 소중히 여기지 마라.
열렬한 찬양도 한순간의 소음에 불과하다.
어리석은 자의 심판과 군중의 냉소를 듣게 되겠지만,
그대는 강건하고, 침착하고, 담대해야 한다.

그대는 황제이니— 혼자서 살아가라. 자유의 길을 가라.
자유로운 정신이 그대를 이끄는 곳으로,
좋아하는 사색의 열매를 알차게 하면서,
고상한 공적에 대한 보상을 요구하지 마라.

보상은 그대 자신 안에 있다. 그대 자신이 최고의 심판관이다.
다른 누구보다도 엄격하게 그대는 자기 작품을 평가할 줄 안다.
그대는 그것에 만족할 것인가, 준엄한 예술가여?

만족한다고? 그렇다면 군중들이 욕하도록 내버려 두라.
그대의 불빛이 타오르는 제단에 침을 뱉고,
아이들의 개구쟁이 짓에 그대의 성단聖壇이 흔들리더라도.

시인에 대한 충고 형식으로 되어 있는 이 시는 푸슈킨 자신의 시인으로서의 다짐으로도 읽힌다. 1연에서 제일 먼저 강조하고 있는 것은 시인과 민중(군중)의 분리이다. 이 분리는 시의 사회적 효용성에 대한 강한 거부감을 바탕에 깔고 있다. 그것은 바람직하지 않거나 가능하지 않은 일이다. 「예언자」에서 예언자-시인의 사명으로서 "사람들의 가슴을 불태우라"고 했을 때 강조되었던 시(=말씀)의 사회적 효용성이 이 시에서는 전적으로 부정되고 있다. 이러한 분리와 부정의 결과로 얻어지는 것이 2연에서의 제왕적 고독이고, 자유이다. 이 자유는 물론 사회적 관계의 상실, 즉 사회로부터의 소외로 얻어지는 것이지만, 그러한 소외를 통해서 시인은 혼자만의 세계에서 판관이자 황제로 군림하게 된다(이것을 '내적 망명'이라고 부를 수 있다면, 푸슈킨은 러시아 국민문학의 아버지이자 최초의 망명문학 작가이다).

이러한 변화된 시인관은 「시인과 군중」Poet i tolpa, 1828에서 이미 주제화된 바 있다. 이 시에서 시인이 영감의 리라를 탈 때, 냉담하고 오만한 군중들은 이렇게 떠들어 댄다.

무얼 깽깽거리는 거야? 뭘 가르치려는 거지?
어째서 변덕스런 마술사처럼
마음을 뒤흔들고 괴롭히는 거야?
그의 노래는 바람처럼 자유롭지만,
역시 바람처럼 허망한 것이지.
그게 우리한테 무슨 이익이 되겠어?

군중들의 말을 직접화법의 형식을 통해서 보여 주는 이 대목에서 시인이 리라를 타며 부르는 노래(=시)는 비록 바람처럼 자유롭지만, 역시 바람처럼 허망한 것이라고 조소를 받는다. 그것은 시인과 민중(군중)

의 이해관계가 서로 다르며, 이들 간에 어떤 유일무이한 보편적 진리가 있다기보다는 관점에 따라 각기 다른 시점적 진실이 있을 뿐이라는 상대주의적 세계관을 암묵적으로 전제하고 있다. 이럴 경우 진리의 독점적 점유자이자 전파자로서 '예언자'의 위상은 무너지며 예언자 담론의 기반 자체가 침식하게 된다. 거기에서 파생되는 것이 세계에 대한 이중적 태도, 이중적 제스처이다.

인용한 대목에서 그것은 바람의 이중성이면서 자유의 이중성으로 표상되고 있다. 가령 시인이 사람들 가슴마다에 불붙게 하려던 자유에 대한 갈망도 특정한 이해관계(이익)의 반영일 뿐, 모든 사람에게 일반화될 수 있는 것은 아니다. 그리고 이러한 관점에 서게 될 때, 시인과 군중 사이의 단절과 적대는 화해되거나 극복될 수 없는 것으로 나타날 수밖에 없다. 실제로 「시인과 군중」에서 '시인'은 자신과 군중을 '하늘의 아들'과 '땅 위의 버러지'로 각각 규정함으로써 화해와 소통의 여지를 아예 봉쇄해 버린다.

「시인에게」의 1~2연은 이러한 시인과 군중의 관계를 다시 반복하고 있다. 그리고 3연은 이제 자기만의 세계에서 황제이자 최고의 심판관인 시인의 길에 대해서 이야기한다. 여기서 대두되는 것이 예언자-시인론을 대신하는 예술가-시인론이다. 그에 따르면, 시인은 자기 자신을 위해서 스스로 창작하고 스스로 그것에 대해 판단 및 평가를 내리며, 바로 그러한 의미에서 근대의 자율적인 인간의 모델이 된다. 그리고 이 예술가-시인의 관심은 그의 탄생 자체가 사회적 소외를 전제로 한 것이기에, 사회적·정치적인 것을 향하는 것이 아니라 심미적·종교적인 것에 한정된다. 물론 여기서 종교적이란 말은 현실을 넘어서는 미적 가상, 미적 초월에 대한 존재론적인 믿음을 뜻한다. 이런 경우 예술은 그 자체로 종교적 숭배의 대상이 된다. 마지막 4연에서는 결코 자신의 창작에 만족할 수 없는 '준엄한 예술가'로서의 시인의 숙명에 대해서 이야기한다.

결론적으로 이 시의 서정적 화자는 시인에게 '민중(군중)과 타협하지 마라', '자신만의 높은 표준을 유지하라'라는 두 가지 충고를 전하고 있다. 그것은 예술가-시인의 존립 조건이기도 하다. 그렇다면, 단도직입적으로 '황제'라고 지칭된 이 예술가-시인은 어떻게 탄생하는가? 「시인과 군중」, 그리고 「시인에게」를 근거로 하여 애도적 서사 모델에 대입해 보면 아래와 같다.

$$F_T(S)=(S \cap O_1) \rightarrow (S \cup O_1) \rightarrow (S \cap O_2)$$
$$\Leftrightarrow (시인 \cap 군중) \rightarrow (시인 \cup 군중) \rightarrow (시인 \cap 황제)$$
$$\Leftrightarrow (시인 \cap 예언자) \rightarrow (시인 \cup 예언자) \rightarrow (시인 \cap 예술가)$$

실제로 푸슈킨이 당대 러시아 시의 '황제'였다는 의미에서 '황제'는 그에게서 은유이기도 하지만, 황제 니콜라이 1세와 지근거리에 있었다는 점에서 '황제'는 환유이기도 하다. 여기서 중요한 것은 푸슈킨에게서 시인의 역할 모델의 이동이 이루어지고 있다는 점이다. 이 이동의 핵심은 예언자-시인에서 예술가-시인으로의 변화와 이행에 있다. 모든 시제가 과거형으로 이루어져 있는 그의 시 「예언자」는 이러한 이행의 관점에서 볼 때, (과거) 예언자-시인 모델에 대한 애도의 시이기도 하다. 다른 시들과의 정황적인 연관성으로 볼 때, 푸슈킨은 이미 그때 시(예술)의 자율성을 주장하면서 예술가-시인의 단계로 진입해 들어가고 있었기 때문이다.

그렇다면, 푸슈킨의 「예언자」로부터 테마를 빌려 온 레르몬토프의

「예언자」에서 예언자-시인의 주제는 어떻게 형상화되고 있으며 또 변형되고 있는가? 그의 생애 막바지에 쓴 「예언자」의 전문을 먼저 읽어 보기로 하자.

영원한 심판관이
나에게 예언자의 예지를 준 이후로,
나는 사람들의 눈에서
죄와 악의 페이지들을 읽는다.

사랑과 교리의 순수한 진리를
나는 선언하게 되었다.
내 가까이에 있는 모든 이들이
내게 미친 듯이 돌을 던졌다.

나는 비탄에 빠져서
나는 거지꼴로 도시로부터 도망쳤고,
여기 황야에서 나는
새처럼, 신의 선물로 연명하고 있다.

신의 유훈을 간직한 채
그곳에서 지상의 생물들은 나에게 순종한다.
별들도 나의 말을 듣는다,
빛으로 즐겁게 희롱하면서.

소란한 도시를 가로질러

내가 서둘러 들어서기만 하면,

노인들은 아이들에게 이야기한다.

자부심 어린 미소를 지으며.

"보아라, 여기 너희들을 위한 좋은 예가 있다!

그는 거만하였고, 우리와 사이가 좋지 않았다.

어리석은 녀석, 우리에게 확신시키려 했지,

신이 그의 입으로 말하고 있다나!

애들아, 그를 보아라.

그가 얼마나 음울하고 여위고 창백한지를!

보아라, 그가 얼마나 헐벗고 가련하며,

모든 이가 얼마나 그를 경멸하고 있는지를!"

시는 4행씩 전체 7연으로 되어 있는데, 푸슈킨의 「예언자」가 예언
자로의 탄생과 변신에 초점을 맞추고 있다면, 여기서는 서정적 화자인
'나'가 '예언자'가 된 이후의 상황을 이야기하고 있다. 그래서 중심 시제
는 과거에 집중되었던 푸슈킨의 「예언자」와는 달리 현재이다. 또한 푸
슈킨의 경우 시 전체가 한 개의 연으로 구성되어 예언자로의 변신을 '장
면화'하고 있다면, 레르몬토프의 경우는 시간적 추이를 따르는 여러 장
면들이 차례로 나열됨으로써 내러티브적 성격이 강하게 나타난다.

이 예언자 내러티브의 시작은 물론 '나'의 예언자로의 변신인데, 그
것은 1연의 1~2행에 압축돼 있다. 즉 '영원한 심판관'인 '신'이 나에게

모든 것을 감지할 수 있는 예언자의 예지를 부여했다. 이후에 '나'는 사람들의 눈에서 그들이 저지르는 모든 '죄악'들을 읽어 낸다. 예언자의 눈에 포착된 이 죄악들은 과거에 그들이 저지른 죄악뿐 아니라 미래에 저지르게 될 죄악들까지 포함할 것이고, 따라서 이들의 죄악(잘못)에 대한 가르침이 요구될 것이다. 2연의 1~2행에서 말하는 '사랑과 교리의 순수한 진리'란 사람들을 교화시키기 위한 예언자의 방책이다. 하지만 그의 '교리'에 되돌아오는 것은 모든 사람들이 집어던진 '돌'이었다.

푸슈킨의 「시인과 군중」이나 「시인에게」에서도 시인과 군중 간의 갈등과 소통의 단절이 주제화되고 있지만, 레르몬토프의 「예언자」에서 예언자-시인과 군중의 관계는 말 그대로 적대적 관계이다. 때문에 시에서 '예언자'의 사회적 소외는 자발적인 것이 아니라 강제적이고 비참한 것이다. '나'는 '거지'가 되어 도시로부터 내쫓김을 당하며 '내'가 도달하는 곳은 푸슈킨의 '예언자'의 공간이기도 한 '황야'이다. 여기서 도시와 황야의 공간적 대립은 예언자-시인과 군중의 대립에 대응한다.

시의 한가운데에 해당하는 4연의 공간적 배경은 3연에서와 마찬가지로 '황야'인데, 이 텅 빈 공간에서 역설적으로 '나'는 예언자로서의 대우를 받는다. 인격체가 아닌 '지상의 생물들'이나 '하늘의 별들'이 모두 '나'의 말에 순종하는 것이다. 예언자로서의 자신을 보증받은 '나'는 5연에서 서둘러 다시 사람들의 도시로 잠입해 들어가지만, '나'에게 던져지는 것은 조롱과 야유뿐이다. 명백하게 푸슈킨의 「예언자」에서의 신의 음성을 패러디하고 있는 노인들의 말은 예언자-시인의 '실재'를 적나라하게 드러내 준다.

6~7연의 노인들의 말에 의하면, '예언자'는 아이들이 따라서는 안 될 반면교사적인 모델이다. '그'는 거만하고 사람들과 사이가 좋지 않으

며 어리석기 때문이다. 자신의 입으로 신이 말씀하신다는 그의 주장은 예언자-시인론의 대전제가 되는 강령적인 것이지만 사람들로부터 조롱의 대상이 될 따름이다. 마지막 7연에서 보듯이, 그는 가련한 거지 행색이며 모든 사람들로부터 경멸을 받는 존재이다. 이것은 푸슈킨의 시에서 "일어나라, 예언자여, 보라, 들으라, / 나의 의지로 가득 차서, / 바다와 육지를 돌아다니며 / 말로써 사람들의 가슴을 불태우라"라는 마지막 구절에 대한 아이러니이면서 레르몬토프적인 메아리이다.

주목할 것은 푸슈킨의 「예언자」에서 신이 차지하던 자아-이상 혹은 초자아의 자리가, 이 시에서는 세속적인 노인들로 바뀐 점이다. 그들은 '법'을 만들고, 예시하는 상징계의 주재자로서 '아버지의 이름'에 상응한다. 둘 사이의 차이점은 푸슈킨의 「예언자」에서는 신이 '나'와의 동일시 대상이었던 데 반해서, 레르몬토프의 「예언자」에서는 노인들이 '나'와의 적대적 관계로 설정돼 있다는 점이다. 더불어 레르몬토프의 경우에, '예언자'는 이미 사회적 권능을 상실하여 사회적 상징계에서 아무런 지위와 역할도 부여받지 못하지만(그는 아무것도 아닌 존재로서의 '거지'이다), 여전히 그러한 자기정체성의 테두리 안에 가두어져 있다는 점에 주의할 필요가 있다. 이것을 푸슈킨과 대비시켜서 서사 모델로 표시하면 다음과 같다(레르몬토프의 예언자-시인론이 이러한 도식에 적용될 수 있다는 것은 그것이 전형적인 우울증적 내러티브를 구현하고 있다는 것과 같은 말이다).

$$F_M(S) = (S \cap O) \rightarrow (S \cup O) \rightarrow (S \leftrightarrow \$)$$

$$\Leftrightarrow (\text{나} \cap \text{예언자}) \rightarrow (\text{나} \cup \text{예언자}) \rightarrow (\text{노인들} \leftrightarrow \text{나} = \text{예언자})$$

이상에서, 푸슈킨과 레르몬토프의 창작에서 시인으로서 자기규정의 세 계기, 즉 '수인'과 '시인', '예언자'가 어떻게 나타나고 있는지를 살펴보았다. 푸슈킨의 경우 이 계기들은 '수인-예언자-시인'이란 계열체를 구성하는데, 갇혀 있는 부자유한 존재로서의 자기정체성에 대한 발견은 곧 시인의 사회적 책임으로 의식화되면서, 억압과 구속으로부터의 해방에 대한 요구로 나아갔다. 하지만 그는 민중(군중)과의 소통 불가능성을 이유로 '정치시'에 대한 기대를 접고 예술가-시인으로 전향하게 된다. 반면 레르몬토프의 경우는 '수인-시인-예언자'의 계열체를 구성하는데, 똑같이 '수인'이라는 자기정체성의 확인에서 출발하며, 시인의 사회적 책임을 강조하는 '정치시'('단검'으로서의 시)로 나아가지만, 예언자-시인의 현실적 기능에 대해 회의하면서 자조적인 예언자-시인론으로 빠지게 된다. 그것은 레르몬토프에게 현실에서 분리된 자율적 시에 대한 관념이 결여되어 있었기 때문으로 보인다. 이런 두 시인의 차이는 메타시학적으로 각각 시인에 대한 애도적인 내러티브와 우울증적인 내러티브를 구현하고 있는 여러 시들에서 확인할 수 있었다.

이제 다음 절에서는 시, 정치와 함께 푸슈킨 시의 핵심적인 주제군을 형성하고 있기도 한 '사랑'이란 정념에 대해서 두 시인의 태도는 어떤 차이를 보여 주는지 살펴보기로 하겠다.

3. 사랑의 상실에 대한 두 가지 태도

낭만적 시인에게서 상실의 경험을 말하고자 할 때, 동경의 대상이나 정치적 자유의 상실 못지않게 중요한 것이 사랑의 상실이다. 프로이트가 상실에 대한 반응태도로서 애도와 우울증을 말할 때에도 일차적인 자료가 되었던 것은 사랑의 대상에 대한 정서적 몰입과 그 대상의 상실로 인한 정서적 충격의 처리 방식이었다. 사랑의 대상은 강렬한 희열과 시적 영감의 원천이 되기도 하지만, 거꾸로 그 상실은 그만큼의 정서적인 충격을 가져다주기도 한다. 그렇다면, 그러한 충격이 푸슈킨과 레르몬토프의 시세계에서는 어떻게 형상화되며 또 처리되는 것일까? 거기에 특정한 패턴이 작용하는 것일까? 이 절의 가설적인 전제는 다른 장들에서와 마찬가지로 두 시인의 정념적 상실에 대한 반응이 애도적 유형과 우울증적 유형으로 대별될 수 있다는 것이다. 그것이 어떻게 검증될 수 있을지는 실제의 시 분석을 통해서 살펴보기로 하자.

먼저 모든 아름다운 여인과의 사랑을 자신의 의무로 간주[32]하기도 했던 사랑의 시인 푸슈킨의 경우, 자신이 유혹한 여성들의 이름을 적은 '돈주앙 목록'을 갖고 있었을 만큼 사랑은 인상적인 경험이었는데, 그런 만큼 그 대상의 상실도 그에겐 드물지 않은 경험이었을 것이다. 그러한 경험, 즉 사랑의 상실 혹은 사랑의 종결을 주제화하고 있는 시들 가운데, 먼저 「모든 것이 끝났다」Vsyo koncheno, 1824[33]를 보도록 하자.

모든 것이 끝났다— 우린 아무 관계도 아니다.

마지막으로 너의 무릎을 껴안고,

나는 애처롭게 호소했었지.

모든 것이 끝났어요—너의 대답을 듣는다.

다시는 나 자신을 기만하지 않을 것이다,

---

32 Lotman, *Pushkin*, pp.91~92.
33 생전에 발표되지 않은 시로 남방 유배기에 쓰였다.

너를 우수로 괴롭히지도 않을 것이다,

지난 일들은 아마도 다 잊게 되겠지 —

사랑이 날 위해 만들어진 것도 아니고.

넌 젊고, 너의 영혼은 아름다우니,

또 많은 사람들이 널 사랑하게 되리.

전체 10행으로 이루어진 이 시는 내용상 ①우리의 사랑은 모두 끝났다(1~4행), ②나는 너와의 사랑을 잊을 것이다(5~8행), ③다른 사람들이 너를 사랑해 주길 바란다(9~10행), 이렇게 세 부분으로 돼 있다. ①에서의 핵심적인 내용은 '관계'의 상실이다. 그것은 "모든 것이 끝났다"라는 고백이 '나'와 '너' 두 사람 모두에게서 발화되고 있다는 점에서 확정적이다. 그러한 상실에 대한 '나'의 반응태도는 무엇인가? 그것이 ②의 내용인데, '나'는 더 이상 자신을 기만하지 않겠다는 것은 관계의 종결이라는 '현실'을 기만하지 않겠다는 의미이고, 그것은 '너'를 괴롭히지 않겠다는 의지의 표명으로 이어진다. 그리고 7~8행에서 얘기되는 것은 일종의 체념이다. '지난 일들' 즉 '너'와의 사랑은 곧 잊혀질 것이며, 이 '사랑'은 '나'를 위한 것이 아니라고 단정함으로써 '나'의 실패를 정당화한다. 이러한 체념 때문에, 이미 종결된 관계를 다시 회복한다거나 계속 유지시켜 나가고자 하는 의지가 이 시에서는 배제된다. 이러한 체념의 바탕에서 마지막 9~10행의 바람을 이해할 수 있다. 또한 '너'는 아직 젊고 아름다우므로 ('나' 말고도) 다른 많은 사람들로부터 사랑받게 되리라는 바람은 거꾸로 '나' 자신에 대한 바람의 완곡어법으로도 읽힌다. 이러한 내러티브의 진행은 전형적인 애도적 서사의 그것이며, 푸슈킨 사랑시의 전범적인 예를 제시한다.

$$F_T(S)=(S \cap O_1) \rightarrow (S \cup O_1) \rightarrow (S \cap O_2)$$

$$\Leftrightarrow (나 \cap 너) \rightarrow (나 \cup 너) \rightarrow (나/너 \cap 다른 사람)$$

이러한 공식을 전형적으로 구현하고 있는 또 다른 시가 푸슈킨의 대표적인 사랑시인 「나는 당신을 사랑했소」Ya vas lyubil, 1829이다.

나는 당신을 사랑했소, 어쩌면 사랑은 아직도,

내 가슴에서 아직 다 꺼지지 않았는지도.

하지만 그 사랑이 당신을 더는 괴롭히지 않을 거라오.

나는 당신을 무엇으로도 슬프게 하고 싶지 않소.

나는 당신을 사랑했소, 말 없이, 아무런 희망 없이,

때론 수줍게, 때론 질투에 괴로워하며.

나는 당신을 사랑했소, 그토록 진실하게, 그토록 부드럽게,

신이 당신을 다른 이로부터(도) 사랑받게 해주길 바랄 만큼.

이 유명한 시[34]에서 가장 주된 수수께끼로 남아 있는 것은 '고백의 진의성 여부'이며 전통적으로 이 시는 "폭풍 같은 사랑을 사욕 없는 애정으로 가라앉혀 놓은"[35] "도덕적으로 가장 숭고한 시"로서 읽혀 왔고,

---

34 알렉산드르 졸코프스키는 이 시를 기본형으로 한 ILY(I Loved You) 계열의 시들을, 특히 푸슈킨과 브로드스키의 시를 비교 분석하고 있는데, 낭만주의 이후 포스트–상징주의 시대까지 쓰였던 이 ILY 계열의 시들은 그가 어림잡은 바로 85편이나 된다(Alexander Zholkovsky, "De- and Re-Constructing a Classic: 'I Loved You' by Joseph Brodsky", Text counter text, California: Stanford University Press, 1994, pp.117~146 참조).

35 이러한 주장은 자기모순적인데, '사욕 없는 애정'으로 다스려질 사랑이라면, '폭풍 같은 사랑'이 아니기 때문이다. 이성 간에 '사욕 없는 애정'이란 또 무슨 애정인가? 게다가, 푸슈킨에 관한 여러 전기적 자료들은 그의 '사욕 없는 애정'을 지지하지 않는 듯하다.

또 "사랑의 과거형을 이야기하면서도 실제로는 현재 진행 중인 사랑을 고백하는 것에 불과하다"는 해석도 지배적이다. 사실 고백의 진의성·진정성 여부는, 레르몬토프의 말을 빌리면, '우리가 판단할 문제는 아닌' 듯하다. 그건 당사자인 푸슈킨에게도 마찬가지였을 것이다. 정념은 판단의 주체인 이성에게 있어서 타자이기 때문이다. 여기서 관심의 대상이 되는 것은 다만 레르몬토프와 대비되는 푸슈킨에게서의 사랑의 공식이다.

　이 시는 형식상으로는 4행 연구 2개가 결합된 8행시 형식이지만, 내용상으로는 세 차례 반복되는 "나는 당신을 사랑했소"를 기준으로 세 단락으로 나뉠 수 있다. 첫번째 단락(1~4행)에서 얘기되는 것은, 당신에 대한 과거의 나의 사랑이 현재에도 아직 조금은 남아 있는 듯하다는 것. 그런데 그 남아 있는 사랑이란 건, '어쩌면'에 의해서 수식되듯이 확실하지는 않은 사랑이다. 그 사랑의 불꽃이 "아직 다 꺼지지 않았는지도 [모른다]"라는 건 중의적이다. ①나의 사랑은 아직 꺼지지 않았다. ②하지만 나의 사랑은 꺼져 간다. 여기선 ①이 강조되는 듯하지만, 푸슈킨에게선 시간의 방향성이 중요하게 작용한다는 점을 고려하면, 결과적으론 ②의 과정이 더 우세하게 될 것이다. 즉 꺼져 가던 불꽃이 다시 되살아나는 일은 없을 것이다(그것은 또 다른 사랑이다). 따라서 이 대목에서 서정적 화자가 증언하고 있는 것은 한 사랑의 시작도 중간도 아닌, 종결 장면이다.

　시에서 세 차례 반복되는 "사랑했소"에서도 '사랑했다'는 내용만큼 강조되어야 할 것은 '사랑했다'는 과거 시제이다. 이때의 '사랑'은 한때 '당신'에게 집중되었던 열정의 에너지(=대상 리비도)가 이미 회수되기 시작했지만, 아직 조금 남았다는 걸 확인하는 정도의 사랑이다. 때문에 그 사랑이 당신을 더 이상 괴롭히지는 않을 거라는 3, 4행의 진술은 상당히 이타적인 것처럼 보이지만, 사실상 화자의 의지와는 무관하다.[36] 어떤 행동의 원동력이 되기에 '다 꺼져 가는 사랑'은 너무 모자라는 사랑이다. 그것은 '아무것도 아닌 것'이기 때문이다.

두번째 부분(5~6행)에서 묘사하고 있는 건, '나'의 사랑의 방식이다. 아무런 말 없이, 그러니까 사랑한다는 고백 없이(이 시는 뒤늦은 사랑고백이다), 아무런 희망 없이, 그러니까 짝사랑이 받아들여질 거라는 희망 없이, 혼자서 수줍어하고 애태우면서, 질투에 괴로워하면서 사랑했다는 것이다. (푸슈킨답지 않은) 이런 짝사랑의 잔여물이 '당신'을 괴롭힐 리는 더구나 만무하다(질투에 괴로워할 때도 아무 일 없지 않았는가?).

세번째 부분(7~8행)에서 반복해서 다루고 있는 것 또한 자신의 사랑의 방식이다. 내가 과거에 "신이 당신을 다른 이로부터(도) 사랑받게 해주길 바랄 만큼" 관대하게 사랑했기에, 현재 당신이 다른 이로부터 사랑받고 있다는 것이다. 그 관대함의 내용을 이루고 있는 건 "그토록 진실하게, 그토록 부드럽게"이다. 여기서 8행과 더 직접적인 연관을 갖는 것은 '그토록 부드럽게'일 것이다. 내가 만일 강압적으로, 강렬하게 당신을 사랑했다면, '나'는 '당신'의 사랑을 얻었을지도 모른다는 것이 이 진술에는 전제돼 있다. 이러한 전제는 물론 허세를 포함하는 것이다. 신이 당신을 다른 이로부터 사랑받게 해주도록 기원했다는 진술도, 여성

---

36 세르게이 포미초프는 "나는 당신을 사랑했소"(ya vas lyubil)에서 강세가 세 차례나 '나'(ya)가 아닌 '당신'(vas)에 떨어진다는 점을 들어서, 이 시에서의 이타적 파토스를 강조한다(Sergey Fomichev, *Poeziya Pushkina*, Leningrad, 1986, p.186. 김진영, 「푸쉬킨과 사랑의 수사학」, 『러시아연구』 제6권, 서울대학교 러시아연구소, 1996, 8쪽에서 재인용). 하지만 김진영의 지적대로, 강세는 동사 '사랑했소'(lyubil)의 과거형 어미에도 떨어진다. 즉 사랑의 대상만이 아니라 사랑이란 감정의 과거성 역시 강조되고 있는 것이다.

을 사랑의 주체로서 인정하지 않으려는 편견이 반영된 것이다. 아마도 '당신'은 아무런 말도, 희망도 없는 사랑 대신에 다른 사랑, 다른 남자를 선택했을 것이다.[37] '나'의 부드러운 사랑이란 건 이런 결과로부터 사후적으로 투사된 것일 가능성이 높다.[38]

결론적으로 이 시에서 강조되고 있는 것은 시인의 겸손하고 부드러운 사랑의 방식이다. 사실상 이 시에서 '당신'에 대한 묘사는 전적으로 부재하며, 전체 내용은 "나는 이러이러하게 당신을 사랑했소"라는 한 문장으로 수렴된다. 따라서 '도덕적으로 가장 숭고한 시'[39]라는 식의 평가는 과장된 것이다. 사랑의 불꽃이라는 건 시간이 지남에 따라 시들해지고, 꺼져 가게 마련이다. 그것이 현실원칙이며, 푸슈킨은 그것을 승인하고 수용한다. 다만 그가 생각하는 것은 사랑의 방식, 사랑의 자세일 뿐이다. 이러한 방식에서 과거의 사랑, 혹은 사랑의 상실은 애도의 대상이다. 그것을 공식으로 표현하면 아래와 같다.

$$F_T(S) = (S \cap O_1) \rightarrow (S \cup O_1) \rightarrow (S \cap O_2)$$
$$\Leftrightarrow (우리의 \; 사랑) \rightarrow (우리의 \; 이별) \rightarrow (다른 \; 이와의 \; 사랑)$$

이 시에서 묘사되는 정황에 따르면, '당신'은 사랑의 주체로서 명시

---

37 월터 비커리는 이 시를 (사랑의) '고통스러운 철회 행위'(act of painful renunciation)로 읽는데, 이 시의 각주에서 수신자에 대한 흥미로운 지적을 한다. 그에 따르면, 이 수신자는 아직 수수께끼로 남아 있다. 그래서 확증적인 것은 아니지만, 푸슈킨이 1821년 키예프나 오데사에서 처음 만났던 카롤리나 소반스카야(Karolina Sobanskaya)일 가능성이 높으며, 그는 그녀를 남방 유배에서 돌아온 후에 페테르부르크에서 다시 만났다(Walter N. Vickery, *Alexander Pushkin*, New York: Twayne Publishers, 1970, p.203의 각주 9번 참조).
38 즉 "내가 부드럽게 사랑했기 때문에 당신은 다른 남자의 여인이 되었다"기보다는 "당신이 다른 남자의 여인이 된 걸로 봐서 나는 당신을 부드럽게 사랑한 모양이다"가 사실에 가까울 것이다.
39 김진영, 「푸쉬킨과 사랑의 수사학」, 3쪽.

되지 않지만, 내용상으로는 이 공식의 S의 자리에 놓이며, '나'는 O_1, 그리고 조격으로 표시된 '다른 이'는 O_2에 해당한다. 하지만 '나'의 사랑이 과거형으로만 진술되는 것으로 보아서 '나'가 S의 자리에 올 때, O_1(당신)과 O_2의 자리에는 각기 다른 대상이 오게 될 것이다. 이것이 이 시를 자신의 사랑의 자세를 과시하는, 뒤늦은 사랑 고백이면서 동시에 과거의 사랑에 대한 애도의 시라고 말할 수 있는 근거이다.

이러한 푸슈킨의 사랑의 시학과 대조되는 것이 레르몬토프의 「우리는 헤어졌지만」Rasstalis' my, 1837이다. 이 시는 푸슈킨의 「나는 당신을 사랑했소」에 대한 직접적인 반박의 성격을 갖고 있기에 더욱 관심의 대상이 된다.[40] 먼저 시의 전문을 읽어 보기로 하자.

우리는 헤어졌지만, 너의 초상을

나는 가슴에 간직하고 있다.

좋은 날들의 창백한 환영처럼

그것은 내 영혼을 들뜨게 한다.

---

40 같은 글, 2~3쪽. 김진영은 푸슈킨의 이 시에 대한 레르몬토프의 '시적 반론'을 보여 주는 것으로서 「N. I. 에게」(1831)를 든다(N. I.는 레르몬토프가 사랑했던 여인 중 한 명인 나탈리야 이바노바를 말한다). 전체 31행의 다소 수다스런 이 시에서 푸슈킨의 시와 대조되는 부분은 "신께서 도우사, / 그대 또 다시 사랑을 찾으시고, / 또 잃어버릴까 겁내지 마시길. / 하지만…… 나만큼 사랑했던 남자를 / 여자는 잊지 못하지. / 지복의 순간에도 그대 / 회상으로 괴로워하리!"(20~25행)이다. 내용은 레르몬토프가 자신의 사랑의 공식을 상대방에게 투사한 것이다(부분대상, 혹은 중간대상이 빠져 있는 것이 다를 뿐이다). 즉 '나'의 상실 이후에 '너'(그대)가 어떻게 될 것인가를 임의로 예견하고 있는데, "다른 사람을 만나라, 하지만 '나'를 잊지는 못할 것이다"라는 것. 지복의 순간(아마도 성애의 순간)에조차도 '나'에 대한 회상으로 '너'는 고통받을 거라는 '저주'가 인용한 대목의 주된 내용이다. 「우리는 헤어졌지만」에서도 알 수 있듯, 과거의 사랑, 상실한 사랑에 괴로워하는 사람은 누구보다도 시인 자신이었다. 때문에 「나는 당신을 사랑했소」에서와 같은 푸슈킨식의 사랑은 레르몬토프에게 낯설고 의심스러운 사랑이다. 시의 형식과 내용상 「우리는 헤어졌지만」이 푸슈킨에 대한 시적 반박으로서는 더 예리하다.

그래서 새로운 열정에 빠졌어도

나는 그 초상을 그만 사랑할 수 없었다.

버려진 사원도 여전히 사원이고,

쓰러진 우상도 여전히 신이니까!

「나는 당신을 사랑했소」와 마찬가지로 8행으로 돼 있지만, 레르몬토프의 시는 2연으로 나뉘어 있는 게 특징적이며, 이 시는 레르몬토프의 후기 시이면서 그의 사랑의 시학을 집약적으로 보여 준다.[41] 또한 레르몬토프식의 낭만적 사랑의 공식을 간결한 정식화를 통해서 보여 준다는 점에서도 의의가 있는 시이다. 이 공식이란 무엇인가? 먼저, 1연의 1, 2행 "우리는 헤어졌지만, 너의 초상을 / 나는 가슴에 간직하고 있다"에서, '너의 초상'은 「천사」에서 '(노랫)소리'가 천사의 부분대상이었듯이, '너'의 부분대상이고 중간대상이다. 차이는 청각('소리')에서 시각('초상')으로 감각질이 바뀌었다는 것뿐이다. 중요한 것은 (수동적으로는) '그것'만이 '나'에게 '남겨졌다'는 사실이고(「천사」), (능동적으로는) '나'는 '그것'을 '간직하고 있다'는 사실이다(「우리는 헤어졌지만」). 앞에서 우리는 그것을 '각인'이라고 불렀다. 이 각인 때문에, '우리'는 헤어졌지만, 완전히 헤어진 것은 아닌 이중적인 상황에 놓이게 된다.

즉 '나'는 '너'를 상실했지만, '우리'의 사랑은 아직 끝나지 않았다는 것이고, 그것을 가능하게 하는 (너의) '초상'이 1연에서의 핵심어이다. 1연의 3, 4행은 그것(=초상)이 갖는 기능과 효과를 얘기하는데, 그것은

---

41 로트만의 시범적인 분석은 Yu. M. Lotman, *Analiz Poeticheskogo Teksta*, Leningrad, 1972, pp.169~179[『시 텍스트의 분석』]를 참조하라; 이 시에 대한 해제는 *Lermontovskaya Entsiklopediya*, pp.462~463를 참조하라. 이 시는 1840년의 시선집에 포함된 시이다.

"좋은 날들의 창백한 환영처럼" '나'를 즐겁게 하고 들뜨게 만든다. 즉 '너'는 이제 없지만, '너'의 효과는 그대로 남아 있는 것이다. 여기서 대구를 이루는 2행("나는 [너의 초상을] 가슴에 간직하고 있다")과 4행("그것은 내 영혼을 들뜨게 한다")은 '나(주어)-그것(목적어)'의 관계가 '그것(주어)-나의 영혼(목적어)'의 관계로 전도되는 걸 보여 준다. 이것은 '나'와 '그것'(초상)이 대등하게 서로를 규정한다는 의미이면서 동시에 '그것'이 '나-너'라는 시적 커뮤니케이션 구조에서 '너'의 자리를 온전하게 대체함을 뜻한다. 결국 "우리는 헤어졌다"라는 객관적 사실이 그 관계를 지속시키고자 하는 '나'의 주관적 의지("~했지만")에 의해서 어떻게 반박되는가를 보여 주는 것이 1연의 내용이라 할 수 있다.

2연을 시작하는 접속사 '그래서'는 1연에서의 초상의 효과가 이어짐을 뜻한다. '우리'가 헤어진 후에 '나'는 새로운 상대를 만나 열정에 빠졌지만, 여전히 '나'는 '너의 초상'을 싫증내거나 내칠 수 없다는 것. 아니 오히려 새로운 열정은 지난날의 열정을 환기시키는 역할을 한다. 2연의 2행은 논리적으로 1연의 2행에 이어진다. "나는 너의 초상을 가슴에 간직하고 있고, 나는 그것을 그만 사랑할 수 없었다." 3, 4행은 그 이유이다. 버려진 사원이 여전히 사원이고, 쓰러진 우상도 여전히 신인 것처럼,[42] 떠나간 '너'는 여전히 '나'의 사랑이라는 것. 이 마지막 두 행은 1831년의 시 「나는 너를 사랑하지 않아」Ya ne lyublyu tebya에서 그대로 인용한 일종의 자가-인용이다. 이 두 편의 시는 그의 시작에서의 변용 과정을 엿볼 수 있는 좋은 자료이다. 「나는 너를 사랑하지 않아」의 전문이다.

---

42 '우상'과 '신'을 등치시키는 것은 물론 로트만도 지적하다시피 예외적이다(Lotman, *Analiz Poeticheskogo Teksta*, p.176). 여기서 레르몬토프는 한낱 연정의 대상('우상')을 경건한 숭배의 대상('신')으로 승격시키고 있다.

나는 너를 사랑하지 않아—지난날

열정과 고통의 꿈은 덧없이 지나가 버렸어.

하지만 너의 모습은 내 가슴에

아직도 살아 있네, 비록 아련하더라도.

또 다른 몽상에 빠져들어도

나는 그 모습 여전히 잊을 수 없었다네.

버려진 사원도 여전히 사원이고,

쓰러진 우상도 여전히 신이니까!

가장 큰 차이점은 「우리는 헤어졌지만」과는 달리 이 시는 단연으로 돼 있다는 점이다. 거꾸로 말하면, 「우리는 헤어졌지만」의 연 구분은 분명한 시적 전략의 산물인 것이다. 1~6행까지의 모티브는 두 시에서 고스란히 반복된다. 그 모티브는 3단계로 구성된다. ①"(이젠) 나는 너를 사랑하지 않아" / "우리는 헤어졌어" ②"하지만 너의 모습은 내 가슴에 아직 살아 있어" / "하지만 너의 초상을 나는 가슴에 간직하고 있어" ③ "또 다른 몽상에 빠졌어도 나는 너의 모습을 잊을 수 없었다네" / "새로운 열정에 빠졌어도 나는 너의 초상을 그만 사랑할 수 없었네". 즉 두 시에서 노래하고 있는 것은 끝났지만, 아직 끝나지 않은 사랑이다.

이 사랑의 비결은 그것이 덧없는 열정이 아니라 종교적 열정이라는 데 있다. 두 시에서 공통적인 7, 8행에서 시인은 사랑의 대상을 '사원'과 종교적 '우상'에 비유한다. 이 종교적 대상의 절대적 가치에 비하면, 버려졌다거나 쓰러졌다거나 하는 대상의 가변적 상태는 대상이 갖는 본질적인 속성이 아니라, 부수적이고 비본질적인 속성이다. 때문에 그러한 가변적 상태에 의해서 대상과의 관계가 규정되지는 않는다는 것이다. '나-너'의 명사적 관계에서도 '너'의 상실은 그 관계 구조 자체에 아무런 변화를 가져오지 못한다. 단지 '너'의 부분대상이 '너'의 자리를 대체하기만 하면 되는 것이기 때문이다. 설사 '너'라는 대상의 상실이 현실적으로는 회복 불가능하더라도 말이다. 여기에서 작동하고 있는 것은 전형적인 우울증적 징후이다.

$$F_M(S) = (S \cap O) \rightarrow (S \cup O) \rightarrow (S \leftrightarrow \$)$$
$$\Leftrightarrow (우리의 \ 사랑) \rightarrow (우리의 \ 이별) \rightarrow (이별 \ 이후의 \ 사랑)$$

그렇다면, 똑같은 8행 형식으로 돼 있는 푸슈킨의 애도적인 시 「나는 당신을 사랑했소」와 레르몬토프의 우울증적인 시 「우리는 헤어졌지만」 사이의 차이는 어디에서 비롯되는가? 두 시에서 '나'와 '너'(당신)의 관계를 보도록 하자. 레르몬토프의 「천사」나 「우리는 헤어졌지만」에서와는 달리 푸슈킨의 「나는 당신을 사랑했소」에는 '당신'에 대한 묘사도, '당신'의 부분대상도 모두 부재하다. 게다가 모든 시행에서 '당신'은 행위의 주체, 주어의 자리에서 배제되고 있다. 즉 '당신'은 '나'에게 동등한 주체로서가 아닌 대상으로서만 존재한다. 그래서 사랑을 고백하는 시임에도 불구하고, 이 시에서 '당신'이 갖는 타자성은 '나'에게 아무런 영향력을 미치지 못한다. 때문에 이 시에서의 사랑 고백은 전혀 부드럽지 않은, 일방적인 고백이 돼 버렸다. 이것은 레르몬토프의 「우리는 헤어졌지만」에서, "나는 [너의 초상을] 가슴에 간직하고 있다"는 2행과 "그것은 내 영혼을 들뜨게 한다"는 4행에서 '나'와 '그것'(초상)이 동등한 주어의 자리에서 서로를 규정하고 있는 것과 대조된다.

"나는 당신을 사랑했소"라고 다소간 열정적으로 시작한 푸슈킨의 시가 결국엔 사랑의 종결을 확인하는 것으로 마무리되는 데 반해서, 단도직입적으로 "우리는 헤어졌소"라고 사랑의 종결을 확인하면서 시작한 레르몬토프의 시는 역설적으로 종결되지 않는 사랑에 대한 확인("쓰러진 우상도 여전히 신이니까!")으로 끝나고 있다. 여기에서도 두 시의 차이, 두 시인의 사랑관의 차이는 확인된다.[43] 이 차이는 앞서 말한 '나-너'(「우리는 헤어졌지만」)와 '나-당신'(「나는 당신을 사랑했소」)의 차이를 우연적이지 않은 것으로 만든다.[44]

레르몬토프의 「우리는 헤어졌지만」에서 '너'를 상실한 이후의 '나'는 '너'의 부분대상인 초상을 내면화하면서(가슴에 간직하면서) 자신과 동일시한다. 사실 '너'라는 대상의 상실 이후의 사랑의 구조는 '나-너'가 아니라 '나-나'이다. 일종의 자기애인 것이다. 그런데 이 자기애의 대상은 '너'의 부분대상을 자기화한 것이기 때문에, 거기엔 어떤 자기분열이 내재돼 있다. 때문에 여기서의 '나-나' 관계는 위의 공식에서의 'S↔$'에 의해서 더 잘 표시될 수 있다. 물론 이 시에서는 그러한 자기애의 애증적인 성격은 아직 묘사되고 있지 않다. 그것은 과거의 열정과 새로운 열정 사이의 갈등과 대립이라는 양상으로 드러날 수도 있을 것이다. 어쨌든 이러한 것이 레르몬토프의 낭만적 사랑의 공식이다. 그리고

---

43 「우리는 헤어졌지만」은 「나는 당신을 사랑했소」와 마찬가지로 8행시이지만, 4행 단위의 두 연이 서로 나뉘어 있다. 하지만 내용상으로는 8행이 한 몸으로 되어 있는 「나는 당신을 사랑했소」보다도 더 강하게 결속되어 있다. 앞서 밝혔듯 그것을 강조하고 있는 것이 2연 1행의 접속사 '그래서'이다. 「나는 당신을 사랑했소」에서 거기에 대응하는 접속사는 3행의 '하지만'이다.

44 다소 통속적인 비교이지만, 푸슈킨이 "사랑은 변해 가는 거야!"라고 암묵적으로 주장하는 데 반해서, 레르몬토프는 "사랑이 어떻게 변할 수 있니?"라고 반박하는 식이다. 푸슈킨에게서의 '성숙'은 레르몬토프에게서 '배신, 변절'이고, 레르몬토프에게서의 '(끝없는) 사랑'은 푸슈킨에게서 '미성숙, 미숙함'의 표지이다. 둘은 사랑을 읽는 코드가 서로 다른 셈이다. 이러한 대비를 잘 보여 주는 것이 『예브게니 오네긴』의 '타티야나'와 『우리 시대의 영웅』의 '베라'이다(T. Milller, "Lermontov Reads Eugene Onegin", *The Russian Review* vol.53, Jan. 1994, pp.62~66 참조).

이 공식은 그의 시의 원형질에 해당하는 「천사」에도 이미 그대로 적용된다. 「천사」의 내러티브 구성은 ① "나(어린 영혼)는 천상에서 지상으로 내버려졌다", ② "하지만 나는 천상의 기억을 간직하고 있다", ③ "지상의 새로운 행복에도 불구하고 나는 천상의 지복을 잊지 못한다"로 재구성될 수 있기 때문이다. 이 동일한 3단계는 '상실→각인→우울'의 패턴으로 정리될 수 있다.[45]

그렇다면 푸슈킨에게는 이러한 패턴을 보여 주는 시가 전혀 부재하며, 우울증적인 정서는 레르몬토프만의 것인가라는 의문을 던져 볼 수 있다. 1825년 작인 푸슈킨의 「불태워진 편지」Sozhzhennoe Pis'mo[46] 같은 유형은 어떠할까?

안녕, 사랑의 편지여! 안녕. 그녀의 분부대로……

---

[45] 이러한 사랑의 원형을 보여 주는 에피소드가 레르몬토프의 1830년 7월 8일 일기의 한 대목에서 나온다. "내가 열 살 때 이미 사랑을 알았다고 하면 누가 믿어 줄 것인가? 우리 대가족은 카프카스의 온천에 간 적이 있었다. 할머니와 숙모, 사촌누이들과 함께였다. 한 귀부인이 딸을 데리고 사촌누이들을 방문하곤 했다. 여자애의 나이는 아홉 살. 나는 그곳에서 그녀를 보았다. 그녀가 예뻤는지 어쨌는지는 기억이 나지 않는다. 그러나 그녀의 이미지는 아직까지도 머릿속에 남아 있다. 그 이미지가 마음을 끌었는데, 그 이유는 나도 모르겠다. 기억나는 것이, 한번은, 어느 방으로 뛰어 들어갔는데, 그녀가 그 방에서 사촌누이와 인형놀이를 하고 있었다. 그 순간 가슴이 두근두근 뛰기 시작하고, 다리가 후들후들 떨렸다. 그때는 무엇 때문에 그러는지 이해를 못했지만, 그것은 아마도 강렬한 열정이었던 듯하다. 비록 어린아이의 열정이었더라도 말이다. 그것은 진실한 사랑이었고, 그때 이후로 나는 그러한 사랑을 해본 적이 없다. 아! 불안한 첫 열정의 한순간이 무덤에까지 나의 이성을 괴롭힐 것이다! 그렇게도 이른 나이에! ……"(Yuri M. Lotman, *Uchebnik po russkoi literature dlya srednei shkoly*, Moskva, 2000, p.129[『러시아 문학 교과서』]에서 재인용). 이 일기에서 얘기되는 카프카스 여행은 1825년의 일이므로, 레르몬토프의 나이 11세 때쯤의 일이다. 이 첫사랑의 에피소드에서도 그는 여자애 자체보다는 '그녀의 이미지'에 더 이끌린다. 이 이미지가 그에게 각인되고, 그것이 사랑의 흔적으로 남는 것이다. 그런 의미에서 이 에피소드는 레르몬토프에게서 사랑의 '원초적 장면'이라 할 만하다.

[46] 이 시는 1824년 여름, 시인의 유배지가 오데사에서 미하일로프스코예로 옮겨지면서 연모의 대상이었던 오데사 총독의 부인 보론초바(E. K. Vorontsova)로부터 받은 편지들을 불태운 체험과 연관되어 있다(ibid., p.377의 주석 참조).

얼마나 오랫동안 나는 망설였던가! 얼마나 오랫동안 나의 손은

그 모든 나의 기쁨들을 불길에 던져 버리고 싶지 않았던가!……

하지만 됐다, 때가 되었다. 불타거라, 사랑의 편지여.

나는 준비가 되었다. 무엇도 나의 마음을 흔들지 못한다.

벌써 게걸스런 불길이 네 종잇장을 집어삼킨다……

순식간에!…… 불길에 휩싸인다! 가벼운 연기가 되어

나의 기원과 함께 사라져 간다.

벌써 정표의 반지는 흔적도 없어지며

녹은 봉랍이 끓는다…… 아, 신의 섭리여!

모두 끝났다! 검은 종잇장들이 오그라들었다.

가벼운 재 위에서 비밀스런 글자들이

하얗게 사그라진다…… 나의 가슴이 죄어들었다. 사랑스러운 한 줌의 재여,

내 음울한 운명 속의 가련한 위안이여,

영원히 슬픔으로 가득 찬 내 가슴에 남아 다오……

전체 15행의 이 시는 형식에 따르면 4개의 4행 연구聯句로 이루어
지는데, 마지막 4연은 3행으로 형식상 완결되지 않은 채 끝이 난다. 전
체적인 시적 정황은 제목이 암시하는 바대로 연인으로부터 받은 사랑
의 편지를 태워 버림으로써 완전한 작별을 고하는 내용이다. 서로 떨어
지게 된 연인 사이에서 주고받았던 사랑의 편지는 지나간 사랑의 정표
이자 기억의 매개이며 가슴에 품어 둠으로써 관계를 유지시킬 수 있는
부분대상이다. 하지만 1연(1~4행)의 내용으로 미루어 볼 때, 서정적 화
자(=푸슈킨)는 이미 '그녀'로부터 그들의 관계와 관련된 편지들을 태워
줄 것을 요구받았고, 오랫동안 망설이던 끝에 편지를 태우기로 결심하

며, 이를 결행한다. 1연에서 서술되고 있는 것은 그러한 과정이다. 그리고 2연(5~8행)에서는 '나'의 결심은 확고하며 무엇도 돌이킬 수 없을 거라고 말한다. '나'는 오랫동안 망설였지만, 편지들이 불길에 재로 변하는 것은 '순식간'이다. 3연(9~12행)에서 서정적 화자는 '정표의 반지'마저 흔적이 없어진다고 했는데, 이 반지는 편지에 대한 은유이거나 실제 정표로 건네준 반지, 혹은 편지에 남겨진 흔적일 것이다. 그리고 편지를 봉인했던 봉랍마저 불길에 녹아내림으로써 '편지 태우기'라는 작별의 예식은 마무리된다.

중요한 것은 이러한 일련의 과정(예식)을 서정적 화자가 '신의 섭리'로서 정당화하고 있다는 점이다. 즉 '편지 태우기' 혹은 '편지 태우기까지의 과정'은 임의적인 변심이나 의지의 산물이 아니라, 사랑이란 정념의 자기운동에 따르는 일종의 '법(칙)'의 결과이다. 때문에 그것은 사랑의 중단이 아니라 완결이다. 그래서 11행에서 '모두 끝났다!'라는 선언은 '편지 태우기'의 일단락을 뜻하면서 사랑이라는 감정의 완성(종결)을 의미한다는 점에서 중의적으로 읽힌다. 그리하여 이제 다 타 버린 편지는 가벼운 재로만 남는다. 이 재에 대한 소감을 말하고 있는 것이 마지막 4연(13~15행)이다. 서정적 화자는 이 소감에다가 기원을 덧붙이고 있는데, 이때 기원의 대상으로 호명하고 있는 것은 다음 두 가지이다.

사랑스러운 한 줌의 재여,
내 음울한 운명 속의 가련한 위안이여,

이 '한 줌의 재'와 나의 '가련한 위안'은 서로에 대한 은유로서 등가적이다. 이 '위안'은 사랑의 환희로서의 '나의 기쁨들'을 불태워서 얻어진, 그로부터 남겨진 것이다. 서정적 화자는 이 '재'와 '위안'이 자신의 슬픔으로 가득 찬 가슴에 영원히 남아 있기를 기원한다.

그렇다면, 이러한 정념의 진행은 레르몬토프와 마찬가지로 '상실→각인→우울'의 단계적 과정을 보여 주는가? 비슷한 패턴을 따르는 것처럼 보이지만, 여기엔 차이가 있다. 레르몬토프에게서 각인의 대상이 되는 것은 대상의 한 부분이거나 대상이 가진 특별한 자질로서의 부분대상이다. 「천사」에서의 '(노랫)소리'나 「우리는 헤어졌지만」에서의 '너의 초상'이 그 부분대상의 예이다. 그것은 '너'라는 대상의 한 부분이면서 '너'를 대신하여 '나'에게 각인된다. 하지만 푸슈킨의 이 시에서 그러한 부분대상으로서의 편지는 '재'로 남았다. 그것은 부재하는 현존이다. 편지의 소각 행위를 통해서 '너'와의 관계에서의 모든 '흔적'들은 지워지고 마는 것이기에 여기에서는 '각인'이 성립할 수 없다. 대신에 그것은 상실로 인한 슬픔을 달래 주는 역할을 한다. 영원히 '나'의 가슴에 남아 있도록 서정적 화자가 기원하는 것은 '슬픔'이 아니라 '사랑스러운 재'로서의 '위안'이다. 따라서 레르몬토프의 '상실-각인-우울'에 대응하는 것은 푸슈킨의 '상실-슬픔-위안'이라고 할 수 있을 것이다. 물론 상실의 슬픔이 위안으로 전화되는 것은 애도적 과정에 속한다.

따라서 이러한 과정을 기본적인 패턴으로 갖고 있는 푸슈킨식의 사랑은 레르몬토프식의 변치 않는 사랑이 아니라 끊임없이 변화하는, 움직이는 사랑이다. 이런 관점에서, 그동안 푸슈킨의 변치 않는 사랑의 예로 얘기되었던 「작별」Proshchan'e, 1830이란 시도 다시 읽을 필요가 있다. 「불태워진 편지」와 마찬가지로 이 시 또한 보론초바 부인과의 관계를 소재로 한 시이다.

마지막으로 그대의 사랑스러운 모습을

마음으로 어루만지려 하네,

전심全心으로 꿈을 일깨우며,

수줍고도 우울한 애무로

그대의 사랑을 회상하네.

우리의 세월은 바뀌며 흘러가네,

모든 것을 바꾸어 놓으며, 우리를 바꾸어 놓으며,

벌써 그대는 그대의 시인을 위하여

무덤 같은 어둠을 옷으로 걸쳤네,

그대를 위해서 그대의 친구는 사라졌네.

오랜 연인이여, 내 마음의

괵별을 이첸 받아 주시오.

남편 잃은 아내처럼,

유형을 떠나기 전에 친구를

말 없이 끌어안았던 한 친구처럼.

이 시에서 회상하는 사랑은 이미 편지까지 불태운 바 있는 지난날의 사랑이다. 이 과거의 사랑이 시인(=푸슈킨)에게 지워지지 않는 어떤 흔적, 어떤 각인을 남겼을까? 1연에서는 과거 연인과의 사랑을 마음속에서 되살려 보려는 시인의 노력을 표현하고 있다. 이 회상 속의 사랑과 애무는 부재의 현전('꿈')에 대한 것이기에 '수줍고도 우울한' 사랑과 애무이다. 사랑의 현전을 부재로 바꾸어 놓은 것은 세월이다. 모든 것

그림11 푸슈킨의 연인, 안나 페트로브나 케른의 초상. 푸슈킨은 1825년 미하일로프스코예의 인근 마을인 트리고르스코예에서 케른 부인과 재회하고서, 1819년 페테르부르크 무도회에서의 첫번째 만남을 회상하며 「안나 케른에게」를 썼다.

은 시간의 계기들 속에서 변화해 가는데, 사랑도 예외일 수는 없다. 2연에서는 바로 그러한 시간에 대한 성찰을 담고 있다. 세월은 모든 것을 바꾸어 놓았으며, '우리'의 관계 또한 세월에 의해 변화했다. '그대'가 '시인'(=푸슈킨)을 위하여 '무덤 같은 어둠'을 옷으로 걸쳤다는 구절은 이미 망각(=어둠)의 단계에 접어들었음을 의미한다. 이것은 상호적이어서 '그대의 친구'(=푸슈킨) 또한

이제는 현전하지 않는다. 서로가 서로에게 잊혀지고 지워지는 단계에 들어선 것이다. 그리고 남는 것은 무엇인가? 바로 3연의 내용인데, 1~2 행에서 "작별을 이젠 받아 주시오"라고 부탁하는 것은 2연의 자연스런 귀결이다. 그러한 작별 이후에 남는 것, 그것은 남편 잃은 아내가 가진 '정절'이거나, 유형을 떠나는 친구를 끌어안아 주는 '우정'이다. 사랑의 빈자리는 그렇게 채워진다. 이것을 '그대'를 주어로 한 애도적 서사 모델에 대입하면 다음과 같다.

$$F_T(S) = (S \cap O_1) \rightarrow (S \cup O_1) \rightarrow (S \cap O_2)$$
$$\Leftrightarrow (그대 \cap 사랑) \rightarrow (그대 \cup 사랑) \rightarrow (그대 \cap 나에 대한 정절/우정)$$

이러한 서사 모델의 패턴은 사랑과 이별(사랑의 상실)을 다룬 푸슈킨의 대부분의 시에서 반복적으로 확인할 수 있다. 대표적으로 「나는 당신을 사랑했소」와 함께 가장 유명한 사랑시 「안나 케른에게」K......,1825[47]의 경우를 보도록 하자.

나는 경이로운 순간을 기억하오.
내 앞에 당신은 나타났었죠,
순간의 환영처럼
순결한 미의 화신처럼.

희망 없는 슬픔의 고통 속에서,
소란스런 세상사의 불안 속에서,
부드러운 목소리가 내게 울렸고,
사랑스러운 모습이 꿈속에도 나타났소.

세월은 흐르고. 과거의 꿈들은
사나운 폭풍에 갈가리 찢겨지고,
나는 당신의 부드러운 목소리를 잊어버렸소.
당신의 천사와 같은 모습을.

시골구석에서, 유형의 암흑 속에서

---

47 이 시는 그냥 「......에게」(K......)라고만 제목이 붙여져 있지만, 시인의 전기상 안나 케른에게 바쳐진 시로 확증되고 있기에 「안나 케른에게」라고 부르기로 한다.

나의 날들은 조용히 지나갔소,

신성神性도 영감도 없이,

눈물도 삶도 사랑도 없이.

나의 영혼이 깨어나자

바로 그때 당신이 또 내 앞에 나타났소,

순간의 환영처럼

순결한 미의 화신처럼.

내 가슴은 환희로 고동치고

가슴엔 다시금 되살아났소,

신성과 영감이,

그리고 삶과 눈물과 사랑이.

전체 6연의 이 시는 내용상 두 부분으로 나뉜다. '당신'이 '내' 앞에 처음 나타났던 순간과 두번째로 나타난 순간을 기준으로 '나'의 시간들은 분절된다.

내 앞에 당신은 나타났었죠. (1연)

바로 그때 당신이 또 내 앞에 나타났소. (5연)

이 두 연, 즉 1연의 3~4행과 5연의 3~4행은 "순간의 환영처럼 / 순결한 미의 화신처럼"이란 시구가 그대로 반복되면서, '세월'이 흩뜨려 놓은 기억과 그로 인해 무의미해진 시간(카오스적인 시간)을 의미 있는 시간(크로노스적 시간)으로 변용시킨다. 그 결과 4연의 3~4행과 6연의 3~4행은 정확히 대구對句가 된다.

신성도 영감도 없이, / 눈물도 삶도 사랑도 없이. (4연)

신성과 영감이, / 그리고 삶과 눈물과 사랑이. (6연)

그래서 이 시는 '당신'의 현전(1~2연)→부재(3~4연)→현전(5~6연)의 순환 구조로 구성되어 있다. 이 시에 나타난 서정적 화자(=푸슈킨)의 정념적 태도가 레르몬토프적인 우울증적 사랑과 갖는 차이점은 3연에 있다. 레르몬토프적인 사랑이 부분대상을 매개로 한 정념의 지속적인 현존(잔존)을 주제화하고 있다면, 푸슈킨에게선 그러한 부분이 극소화돼 있거나 아예 부재하는 것으로 나타난다. 3연을 다시 보라.

세월은 흐르고, 과거의 꿈들은
사나운 폭풍에 갈가리 찢겨지고,
나는 당신의 부드러운 목소리를 잊어버렸소.
당신의 천사와 같은 모습을.

단순하게 '세월은 흘러갔다'는 한 문장을 처음부터 독립적으로 제시함으로써 1~2연에서 '당신'의 현전이 갖는 극대화된 의미를 단숨에 단절시키고 있다. 그리고 이어지는 '폭풍'은 물론 1820년 몇 편의 정치시가 빌미가 되어 남방으로 유배당했던 시인의 정치적인 고초를 상징한다. 이러한 '폭풍'에도 불구하고 '나'는 '당신'의 모습을 기억 속에 간직하고 있는 것이 아니라, 오히려 그로 인하여 '당신'의 모든 것을 망각한다. 이것이 3연의 내용이다. 이러한 완전한 망각 이후에 비로소 가능해지는 것이 정념의 재생이고 부활이다. 그리고 이 재생과 부활을 상징하는 어휘소가 6연에서 각 행의 머리에 반복해서 나타나는 접속사 '그리고'이다. 6연의 2, 4행에서 '다시금'vnov'과 '사랑'lyubov'이 각운을 맞추고 있는 것도 정념의 재생과 부활이란 주제를 더 보강해 준다.

이러한 맥락에서 볼 때, 이 시에서 노래하고 있는 것은 '변하지 않는 사랑'이 아니라 '변하는 사랑', '움직이는 사랑'이다. 그것은 이 시에서 보듯이, 정념의 동일한 대상에 대해서도 마찬가지이다. 말하자면 동일한 대상에 대한 두 번의 사랑을 노래하고 있는 것인데, 좀 특이한 경우이지만 그것은 이렇게 공식화될 수 있을 것이다.

$$F_T(S) = (S \cap O_1) \rightarrow (S \cup O_1) \rightarrow (S \cap O_2)$$
$$\Leftrightarrow (\text{나} \cap \text{당신}_1) \rightarrow (\text{나} \cup \text{당신}_1) \rightarrow (\text{나} \cap \text{당신}_2)$$

그렇다면 앞에서 이미 살펴본 바 있지만, 이러한 푸슈킨의 애도적 내러티브에 대응하는 레르몬토프의 우울증적 내러티브는 그의 (연애) 서정시들에 어떻게 투영되어 있는가? 푸슈킨의 경우와 대비하는 의미에서 레르몬토프의 시 두 편을 더 분석해 보기로 한다. 먼저, 사랑에 대한 레르몬토프의 기본적인 태도를 보여 주는 시로 「1831년 6월 11일」 1831-go iyunya 11 dnya, 1831의 단장斷章 12번을 보라(비망록 형식의 이 시는 32개의 단장으로 구성돼 있다).

많은 세상 사람들은 사랑을 믿지 않고
그것에 행복해한다―어떤 사람들에게 사랑은

들끓는 피가 만들어 낸 욕망이고,

두뇌의 혼란이거나 꿈의 환영이다.

나는 사랑을 정의 내릴 수 없다,

하지만 이것은 가장 강렬한 열정이다!—사랑은

나에게 불가피하다—나는 긴장된

마음으로 전력을 다해서 사랑했다.

8행의 이 시는 내용상 사랑에 관한 '사람들'의 태도를 말하는 전반부(1~4행)와 '나'의 태도를 말하는 후반부(5~8행)로 나뉜다. 이 태도는 서로 대조되는데, '세상 사람들'이 사랑을 믿지 않고, 그것을 허위적인 '욕망'이나, '두뇌의 혼란', '꿈의 환영' 등으로 정의하는 반면에 '나'는 사랑이야말로 '가장 강렬한 열정'이며, 따라서 불가피한 것으로 간주한다. 17세에 쓴 시이지만, 시인은 이미 자신이 마음의 전력을 다해서 사랑한 경험이 있음을 고백하고 있다. 그리고 그러한 경험에 근거해 볼 때, 아직 명확히 정의를 내릴 수는 없지만, 사랑은 '가장 강렬한 열정'이라고 주장하는 것이다.

그의 이러한 태도가 짧은 생애의 마지막에 썼던 시에서는 어떻게 드러나고 있을까? 다음은 1841년 작인 「아니야, 나는 너를 열렬히 사랑하지 않아」Net, ne tebya tak pylko ya lyublyu……이다.

아니야, 나는 너를 열렬히 사랑하지 않아,

너의 빛나는 아름다움은 나를 위한 것이 아니야—

네게서 내가 사랑하는 건 과거의 고통과

스러져 간 나의 젊음이야.

때때로 너의 눈동자를 오랫동안 응시하며

내가 너를 바라볼 때,

나는 비밀스런 대화를 나누지만,

나는 너에게 진심을 말하지 않는다.

나는 어린 시절의 여자친구와 말한다—

너의 모습에선 다른 모습들을 찾고,

살아 있는 입술에선 오래전부터 말이 없는 입술을,

눈동자에선 이미 꺼져 버린 눈빛을 찾는다.

이 시는 표면적으로는 현재의 '너'에 대한 반反사랑 고백이지만, 심층저으론 부재하는 과거와 과거의 연인에 대한 사랑을 고백하고 있는 시이다. 말하자면, 이 시에서의 사랑은 푸슈킨의 경우처럼 민화하는 사랑이 아니라 변치 않는 사랑이다. '나'의 사랑은 이미 지나가 버린 과거에 붙박여 있다. 그것을 압축하고 있는 것이 1연의 내용이다. '나'는 '너'를 사랑하지만, 그건 '너'를 통해서 '나'의 '과거의 고통'과 '스러져 간 젊음'을 사랑할 수 있기 때문이다. 때문에 현재의 '너'는 사랑의 대상이 아니라 매개이다. 그리고 1연의 내용을 부연하고 있는 것이 2연과 3연이다. 2연에서 반복하고 있는 것은 1연의 1~2행이다. 즉 '나'는 '너'의 눈동자를 바라보지만, 정작 내가 대화를 나누는 것은 '너'가 아니다.

이어서 3연이 반복하고 있는 것은 1연의 3~4행인데, '내'가 사랑하는 '과거의 고통'이 어떤 내용인지를 짐작하게 해준다. 물론 그 고통이란 건 사랑의 실패와 상실로 인한 고통일 것이다. 그 사랑의 대상은 3연에서 '어린 시절의 여자친구'로 되어 있다. 어린 시절로 한정돼 있는 '그녀'와의 사랑은 어린 시절로의 회귀만큼이나 불가능한 사랑이다. 하지만 중요한 것은 그렇다고 해서 그 사랑이 포기되는 것은 아니라는 사실이다. '나'는 현재의 연인의 모습에서 끊임없이 과거의 흔적과 상처를 찾아 나선다. 그런 의미에서, '너의 모습'과 '입술', '눈동자'는 모두 부재하는 사랑의 대상을 대신하는 부분대상들이고, 그 흔적들이다.

이 시에서는 사랑의 대상이 둘 등장하지만, 이 둘은 겹쳐지면서 궁극적으로 단일한 대상에 대한 집요한 사랑을 드러낸다고 할 수 있다. 그 사랑의 현실적인 실현 가능성이 전혀 없다는 점에서 그것은 우울증적이다. 이 우울증적 사랑은 다음과 같이 공식화될 수 있을 것이다.

$$F_M(S) = (S \cap O) \rightarrow (S \cup O) \rightarrow (S \leftrightarrow \$)$$
$$\Leftrightarrow (나 \cap 그녀) \rightarrow (나 \cup 그녀) \rightarrow (너 \leftrightarrow 나 = 그녀)$$

이 공식에서 세번째 항의 '너'는 현재를 주관하는 현실원칙이자 과거에 대한 불가능한 집착을 포기하도록 강요하는 초자아이다. 물론 이 초자아의 (금지)명령은 이 시에서 명시적으로 드러나지 않는다. 하지만 "아니야"라는 시의 서두는 그러한 명령을 전제로 한 반응이다. 표면적으로 그것은 '너'의 질문과 요구에 대한 응답이지만("당신은 나를 사랑하느냐?"라는 질문) 심층적으로는 현실원칙의 수락에 대한 요구를 내포하는 것이기 때문이다. 그에 대한 부정적인 대답이 나타내 주는 바와 같이, '나'는 그러한 요구(명령)에 부정적이다. 여기서의 '나'는 '현재의 나'를 '그녀에 대한 기억' 그리고 '과거의 나'와 동일시하는 '나'이다. 이 시의 주체는 이렇듯 현실성 요구의 대변자로서의 (숨어 있는) 초자아와 그에 대해 완강하게 거부하는 자아 사이의 분열적 주체로, 이 주체는 레르몬토프의 사랑시들에서 특징적으로 나타난다는 점에서 푸슈킨의 경우와 대조된다고 말할 수 있다.

이상에서 푸슈킨과 레르몬토프의 시들에서 나타나는 사랑과 그 상실에 대한 시적 형상화가 상실에 대한 정념적 반응태도로서 각각 애도적 유형과 우울증적 유형에 대응한다는 것을 살펴보았다. 덧붙여 지적하자면, 푸슈킨적 유형이 언제나 매개적(=3항적)이라면, 레르몬토프적 유형은 언제나 무매개적(=2항적)인데, 그것은 애도와 우울증의 공식이 필요로 하는 구성적인 조건에 대응하는 것이기도 하다. 이제 다음 장에서는 정치적인 주제에 대해서 푸슈킨의 애도의 시학과 레르몬토프의 우울증의 시학이 각각 어떤 관련성을 보여 주는지 살펴보도록 하겠다.

데카브리스트 봉기와 시인의 죽음

†

아니다, 나는 아주 죽지 않으리라―영혼은 신성한 리라 속에서
나의 유골보다도 더 오래 살아남아 썩지 않으리라―
그리고 나는 영광을 얻으리라, 이 지상에
단 한 명의 시인이라도 살아남아 있는 한.
- 푸슈킨, 「나는 손으로 만들지 않은 기념비를 세웠노라」

우리 시대의 연약한 시인이여, 너는
세상으로부터 무언의 공경을 받아 온,
그 권력을 황금과 맞바꾸면서
자신의 사명을 잃어버리지 않았는가?
- 레르몬토프, 「시인」

데카브리스트 봉기와 시인의 죽음

1. 푸슈킨과 차다예프, 그리고 데카브리스트

푸슈킨과 레르몬토프의 정치적 태도를 비교하고자 할 때, 가장 좋은 준거가 되어 주는 것은 '자유'에 대한 관념과 태도이다 이 점은 특히 푸슈킨에게서 두드러지는데, 이미 그의 낭만적 동경의 대상이었던 '바다'가 자유의 상징이었음은 앞에서 살펴본 바대로이다. 리체이를 졸업한 푸슈킨에게 일대 전환을 가져오는 시는 송시인 「자유」Volnost', 1817인데, 「차르스코예 셀로의 회상」이 리체이 시절의 푸슈킨을 대표할 수 있다면, 이 시는 리체이 이후 남방 유배를 떠나기까지의 푸슈킨을 대표해 줄 수 있는 시이다. 흔히 이 시는 리체이 시절 쿠니친 선생의 '자연법'에 대한 강의에 직접적인 영향을 받은 것으로, 젊은 푸슈킨의 정치적 태도를 잘 드러내 주고 있는 시라 평가된다. 하지만 시 내용보다 중요한 것은 이 시를 비롯한 몇 편의 정치시들이 데카브리스트들에게 필사, 암송이 되면서 1820년 5월에 결국 시인이 남방으로 유배당하는 빌미를 제공했다는 사실이다. 이러한 사실 때문에, 「차르스코예 셀로의 회상」과 마찬가지로 「자유」 역시 작품의 내재적 의미와 가치보다는 그것이 놓여 있는 사회적 맥락이 더 중요하게 부각된다. 다시 말하면, 이 시들에서 문제되는 것은 시 자체라기보다는 그것과 연루된 '사건들'인 것이다.

푸슈킨의 경우에 이 두 '사건'이 갖는 정신분석적인 의미는 '상징적 거세'이다. 첫번째의 경우, 「차르스코예 셀로의 회상」은 푸슈킨으로 하여금 '제2의 데르자빈'으로 인정받게 함으로써 그가 시적 상징계, 더 나아가 사회적 상징계로부터 '상징적 위임'symbolic mandate을 받도록 한다. 레핀의 그림을 통해서 본 그 장면에서 거세란 '나'(푸슈킨)와 '나'에게 어떤 '권위'를 부여하는 상징적 위임(시인으로서의 인정) 사이의 간극을 말한다.[1] 이 거세의 결과로 시인 푸슈킨은 자연인 푸슈킨으로 되돌아갈 수 없게 된다. 이 두 가지 정체성 사이에 간극이 놓이게 되는 것이며 이것이 상징적 거세이다. 이때의 거세는 권력의 반의어가 아니라 동의어이다. 그리고 두번째 경우에, 「자유」는 푸슈킨이 이 시로 인하여 시민권을 한시적으로 박탈당했듯, 그것은 일반적인 의미에서 상징적 거세라고 말할 수 있다.[2] 푸슈킨의 정치적인 태도는 이 두 가지 거세 사이에서 진동한다.

이 절에서는 이러한 푸슈킨의 태도가 데카브리즘과는 어떤 연관성과 차별성을 가지며, 1825년 데카브리스트 봉기 실패 이후에 처형당하

---

1 이러한 거세의 의미에 대해서는 Žižek, "From Biogenetics to Psychoanalysis", 제7회 다산기념 철학강좌(2003. 10), 제2강연문을 참조하라.

2 라캉은 1950년대 중반의 세미나에서 거세(castration)를 '대상의 결여'(lack of object)의 세 가지 형태 중 하나로 보았다. 다른 두 가지는 '실재적 대상의 상상적 결여'로서의 '좌절'(frustration)과 '상징적 대상의 실재적 결여'로서의 '박탈'(privation)이다. 이와 달리 거세는 '상상적 대상의 상징적 결여'로 정의된다. 이 거세는 실제적 기관으로서의 남근(penis)과 관계되는 것이 아니라, 상상적 남근인 팔루스(phallus)와 관계된다. Evans, *An Introductory Dictionary of Lacanian Psychoanalysis*, pp.21~22[에반스, 『라캉 정신분석사전』, 41쪽 참조]. 이러한 분류에 따르면, 푸슈킨의 두번째 '거세'는 '박탈'의 측면을 더 강하게 갖는다.

거나 유배당한 동료들에 대한 푸슈킨의 '애도'와는 어떻게 연관되는가
를 살펴보기로 하겠다. 그러기 위해서 먼저, '사건'의 단초가 되었던 「자
유」의 내용을 검토하고 넘어가기로 하자.

「자유」는 각 연 8행 전체 12연의 구성으로 돼 있다. 1연의 7~8행에
서는 "(나는) 세상에 자유를 노래하고 / 옥좌에서의 죄악을 처단하고자
하노라"라고 하여, 이 시의 의도를 직설적으로 표명하고 있다. 여기서
'노래하다'와 '처단하다'는 등가적인 의미를 갖는데, 그 의미란 '정치적
행동'이다. 2연의 7~8행은 1연의 연장선상에서 폭군들에게 경고의 메
시지를 보내고, 억압받는 노예들에게 선동을 부추긴다― "너희는, 용기
를 내어 (노래에) 귀 기울이고, / 떨쳐 일어나라, 엎드린 노예들이여!" 거
기에 이어지는 3연이다.

> 아아! 어디에 시선을 두어도―
> 어디에니 채찍, 어디에나 쇠사슬,
> 법에 대한 치명적인 모독과,
> 예속의 무기력한 눈물들.
> 어디에나 불의의 권력이
> 편견의 짙은 안개 속에서
> 권좌에 올랐다―노예제의 무서운 화신과
> 파멸적인 명예욕이.

먼저 이 연에서 세 번씩이나 반복적으로 나오고 있는 부사 '어디에
나'에 주목할 필요가 있다. 「자유」보다 늦은 1824년에 쓰였지만, 앞에서
먼저 살펴보았던 시 「바다에게」에서도 '어디에나'의 동의어로서 '어디

서나'가 등장했었다[3] — "사람의 운명이란 어디서나 마찬가지다"(13연 3
행). 세상 어디에나 무엇이 존재한다거나, 무엇이 어떻다는 진술은 흔히
그에 대한 체념적·부정적 인식의 산물이다. 그리고 그러한 인식은 어떠
한 차이도 무화시키는 기제로서 작용한다. 그럴 경우 '이 세계'(현실)와
대립되는 '저 세계'(이상)에 대한 낭만적 동경은 온전하게 유지되지 않
으며, 이상에 대한 좌절과 현실에의 투항으로 귀결되기 쉽다. 하지만 푸
슈킨에게서 특이한 것은 이러한 체념적·부정적 인식이 정태적 차원에
머무르는 것이 아니라 동태적인 차원의 움직임을 가져온다는 데 있다.

어떤 한 가지 이상이 절대적인 것은 아니라는 인식은 그로부터의
이탈을 손쉽게 하며, 오히려 적극적이고 능동적인 변화를 모색해 볼 수
있는 계기를 제공해 주게 된다. 이 경우 대상의 상실은 대상에 대한 판
타지로부터 벗어나도록 해주는, 대상에 대한 구속으로부터 해방되도록
해주는 긍정적인 계기가 되기도 한다. 즉 모든 일에는 잃는 것이 있으
면 새롭게 얻는 것이 있게 마련이고 이러한 손실과 획득은 일방적이지
않다는 입장에서라면, 손쉬운 낙관도 극단적인 비관도 낯선 것이며 모
두 무지의 산물이다. 세상 어디에나 폭압적인 노예제가 존재한다는 사
실의 확인과 그럼에도 불구하고 그것에 항거해야 한다는 당위적 선동(2
연)이 양립 가능한 것은 이러한 관점에서 이해해 볼 수 있다. 어떤 이상
이 절대적이지 않다고 해서, 그것이 무가치하거나 불필요한 것은 결코
아니다. 그것은 삶의 유한성으로부터 삶의 무의미성이 필연적으로 도
출되지는 않는 것과 마찬가지이다. 푸슈킨의 경우에도, 동경의 대상으

3 푸슈킨 색인사전을 참조하면, 그의 시에서 부사 '어디에나'(vezde)는 53회, '어디서나'(povsyudu)
  는 27회 등장한다. Joseph Thomas Shaw, *Pushkin: A Concordance to the Poetry*, Columbus, Ohio:
  Slavica Publishers, 1985, pp.88, 781 참조.

로서의 이상 혹은 이념은 그 자체로 절대적이진 않지만, 현실을 인도해 줄 수 있는 규제 이념은 돼 줄 수 있다. 이어지는 연들은 그의 그러한 규제 이념을 묘사하는 데 할애되고 있다. 그가 노예들에게 노래(=시)로써 항거할 것을, 떨쳐 일어날 것을 독려할 때, 마땅히 지향해야 한다고 믿는 정치체제는 무엇인가? 4, 5연은 그의 '국가체제론'이다.

> 오직 황제의 머리 위 저곳에서만
> 민중은 고통을 받지 않았지,
> 그곳은 신성한 자유와
> 강력한 법이 굳건히 결합돼 있는 곳.
> 그곳은 든든한 법의 방패가 모두를 지키고,
> 그곳은 시민들의 정직한 손에 쥐어진
> 법의 칼이 가리지 않고
> 평등한 머리들 위로 미끄러지면서
>
> 정의의 손을 휘둘러
> 죄악을 오만하게 쓰러뜨리는 곳.
> 그곳은 탐욕스런 인색함도 협박도
> 법의 손을 매수할 수 없는 곳.
> 군주들이여, 그대들에게 왕관과 옥좌를
> 준 것은 법이지, 자연이 아니다.
> 그대들은 민중 위에 서 있지만,
> 그대들 위에 있는 것은 영원한 법이니라.

이 두 연에는 푸슈킨의 정치관이 집약돼 있는데, 비록 그것이 푸슈킨만의 것은 아니지만, 자신의 정치사상을 두 개의 연으로 압축해 놓는 것은 그의 시적 재능이다. 먼저, 4연의 시작과 5연의 끝에서 얘기하고 있는 것은 민중의 지배자로서의 황제(군주)보다도 더 위에 있는 것이 바로 '법'이라는 주장이다. 4연의 3~4행에서 얘기하고 있는 것처럼, 시인에게서 이상적인 공간(장소)은 "신성한 자유와 강력한 법이 결합돼 있는 곳"이다. 이 시의 제목은 '자유'로 되어 있지만, 사실 더 강조되고 있는 것은 자유가 아니라 '법'이다. 그리고 이 점은 푸슈킨의 자유론에서 언제나 강조되어야 할 핵심이기도 하다. 신성한 자유는 오직 강력한 법이 뒷받침되어야만 의미를 가질 수 있다는 것이다. 자유가 법에 뒷받침된다는 것은 두 가지 의미인데, 첫째는 자유가 법에 의해서 보장된다는 의미이고, 둘째는 자유가 법에 의해서 제한되어야 한다는 의미이다. 그런 의미에서 법은 자유의 가능조건이면서 불가능조건이다. 법에 의해서 보장되지 않는다면 자유는 사회적 상징계 안에 자리 잡을 수 없으며, 법에 의해서 제한되지 않는다면, 자유는 임의성과 구별되지 않을 것이다. 전자에 의해서 민중(시민)의 권리가 보장되고, 후자에 의해서 황제(군주)의 임의성이 제한받는다.

이러한 전제하에 이하의 내용은 자유와 법이 결합돼 있는 이상적 공간에 대한 부연 설명이다. 이때 주인공의 역할을 하는 것이 정의의 방패와 칼을 들고 자유를 지키는 법이다. 그리고 이 법 앞에서는 민중과 군주가 모두 평등하다. '평등한 머리들'인 것이다. 4연의 끝과 5연의 시작은 앙장브망으로 연결되는데, 사이의 여백은 법의 칼날이 미끄러지면서 죄악의 머리를 치기까지 걸리는 시간이다. 이 법의 칼이 '시민들의 정직한 손'에 쥐어져 있다는 말은 법 제정의 주체를 암시한다. 이 시민계급이야말로 사실 프랑스 혁명의 주체이지만, 1820년대를 전후로 한 러시아적 현실에서는 아직 낯선 계급이기도 하다. 18세기 이후 러시아의 권력은 원로원과 황제의 여러 자문기구, 그리고 황제의 개인적인 성향에 의해서 좌우되었는데,[4] 황제의 무단적 전횡이 허용되는 체제였다고 할 수 있다. 이 체제하에서 귀족이 아닌 시민의 자리는 아직 마련되어 있지 않았지만, 푸슈킨은 서구의 모델을 따라서 입법의 주체를 황제나 귀족이 아닌 시민계급으로 설정한다. 일종의 사회계약론적 입장에 서 있는 것이다. 따라서 이 계약에 참여하는 시민들에게 정직, '정직한 손'이 요구되는 것은 당연하다. 그리고 이들이 제정한 법에 의해서 군주의 지위와 역할이 규정되고 그에 따라 국가가 통치되는 것이므로, 5연에서 보듯이 군주를 군주로서 위임하는 것은 '자연'이 아니라 '법'이다. 그렇다고 해서 그가 군주정(전제정) 자체를 부정하는 것은 아니므로, 그가 지지하는 것은 공화정이 아닌 입헌군주정constitutional monarchy이다. 입헌군주정은 일종의 서열관계를 전제하는데, 그에 따르면 민중 위에는 지배자로서 군주가 자리하며, 군주 위에는 '영원한 법'이 자리한다. 이때 영원한 법은 한 군주의 유한한 통치와 대비되는 것이다.

푸슈킨의 기본적인 정치적 입장이 입헌군주정에 대한 지지라고 할 때, 중요한 것은 법만이 아니다. 군주 또한 입헌군주정의 한 축을 이루는 구성소로서 반드시 필요하기 때문이다. 자신의 임의적인 통치로 법을 무력화하고 법을 교란하지 않는다면, 군주는 법의 감시 아래 그 대행자의 역할을 수행하게 된다. 이러한 논리에 따르면, 군주는 법에 따르는 '좋은 군주'와 법을 따르지 않는 '나쁜 군주'로 구분될 수 있으며, 여기서

4 Hosking, *Russia and the Russians*, p.213 참조.

비판의 표적은 모든 군주가 아니라 '나쁜 군주'에 국한된다. 다음 6연에서 시인이 1793년에 단두대에서 처형된 프랑스의 국왕 루이 16세를 '순교자'라고 부르는 것은 이러한 논리에서이다.

> 종족들은 슬프고 또 슬프다,
> 법이 방심하여 졸고 있는 곳에서,
> 그곳은 민중이건 황제건 아무나
> 법을 좌지우지하는 곳!
> 나는 그대를 증인으로 부르노라,
> 오, 영예로운 실수의 순교자여,
> 얼마 전 폭풍의 소요 속에서 선조들 대신
> 황제의 머리를 내놓은 그대.

단두대에서 처형당하는 '순교자'가 루이 16세를 가리킨다는 것은 7연의 처형 장면에 대한 묘사에서 알 수 있다. 6연에서 푸슈킨은 그가 조상들의 죄업('영예로운 실수') 때문에 대신 처형된 걸로 보는데, '법'이 졸지 않고, 두 눈을 부릅뜨고 있었더라면, 자신의 잘못이 아닌 일로 처형당할 수는 없었을 것이다. 3행에서 볼 수 있듯이, 푸슈킨은 법을 좌지우지하는 어떠한 세력에 대해서도, 그것이 민중이건 황제건 간에 비판적이다. 물론 여기서 '민중'은 그 자체를 가리킨다기보다는 '민중'의 이름을 참칭하는 독재자를 가리킨다. 프랑스 혁명을 배경으로 하고 있는 6~7연에서 이 독재자는 '사악한 자홍 도포'란 환유가 의미하는 나폴레옹이다. 바로 그가 "법이 침묵하고, 민중이 침묵할 때"(7연 5행) 설치는 '전제적 악당'이다.

여기서 7행의 '폭풍'은 프랑스 대혁명을 상징하는데, 그것이 다른 시들에서 자유 혹은 자유의 정신과 동의어로 쓰였음에 주목할 필요가 있다(「바다에게」에서 바이런은 '폭풍'에 비유된다). 이때의 '폭풍'은 법에 의해서 제한받지 않은 무제한적이고 무질서한 '자유'(방종)와 동의어이다. 이 자유는 대혁명의 첫번째 구호이기도 했다. 그리고 이 자유를 상징하는 인물이 여기서는 나폴레옹이며, 그에 희생당하는 인물이 루이 16세이다. 그렇다면, '좋은/나쁜'의 이분법은 자유에도 적용될 수 있다. 즉 법에 의해서 제한되는 자유가 '좋은 자유'이며, 그것에 제한받지 않는 자유가 '나쁜 자유'이다(자유는 이중적이다). 이 '나쁜 자유'는 어떤 한계를 넘어서는 것이기에, 한 걸음 넘어선다는 의미에서의 '죄악'이다. 그리고 이것은 법의 방심, 혹은 법의 침묵의 결과이다.

8연은 나폴레옹에 대한 증오를 내용으로 하고 있다―"너는 세상의 공포요, 자연의 수치, / 너는 신에 대한 지상의 모독이다"(7 8행). 그런 나폴네옹도 이 시가 쓰일 당시에는 이미 권좌에서 물러나 세인트헬레나 섬에 유배돼 있었다. 그것은 법 위에 군림하려던 자의 비극적인 종말이다. 이러한 종말의 역사적 무대는 9~11연에 와서 프랑스에서 러시아로 넘어온다. 9연에서 '가수', 곧 시인은 음울한 네바 강변에서 생각에 잠기는데, 그가 떠올리는 것은 근위대 장교들에게 살해당한 '폭군' 파벨 1세(재위 1796~1801)이다. 파벨 1세에 대한 생각은 곧바로 10연에서 역사의 여신 '클리오'(뮤즈)와 폭정을 휘두르다가 암살당한 로마 황제 '칼리굴라'에 대한 연상으로 이어지는데, 이들에 대한 연상은 파벨 1세에 대한 암살이 역사적으로 반복되어 온 필연임을 보증한다. 11연은 7연에 대응하는 것으로서 파벨 1세의 암살 장면에 대한 묘사이다―"오욕의 일격이 가해지고…… / 왕관을 쓴 악당은 죽었다"(7~8행). 이러한 역사적 사례에서 얻을 수 있는 교훈은 무엇인가? 그것이 이 시의 주제이면서 마지막 12연이 요약하고 있는 바이다.

> 오, 황제들이여, 이제 교훈을 얻으라.
> 징벌도 보상도
> 감옥의 지붕도 제단도
> 그대들의 믿을 만한 울타리가 아니니.
> 먼저 고개를 숙여라,
> 믿음직한 법의 그늘 아래로,
> 민중의 자유와 평안이
> 옥좌의 영원한 보초가 되리라.

교훈은 명확하게 제시되고 있다. 황제의 옥좌를 지켜 줄 수 있는 것은 권력의 수단들이 아니라 '민중의 자유와 평안'이며, 그것을 가져오는 것이 법의 준수이다. 황제가 법 위에 오만하게 군림하는 것이 아니라 겸손하게 법을 지키며 법 아래에 서게 될 때, 그의 권좌는 안전하게 보호받을 수 있다는 것이다. 그렇다면, 이 시의 핵심은 제목과는 달리 자유가 아니라 법이고 법의 준수에 대한 요청이다. 자유를 쟁취하기 위해서 폭정에 항거하라는 선동은 오직 권력자인 황제가 법을 지키지 않았을 때, 즉 그가 법의 그늘 아래 서지 않고, 법을 침해하고 훼손했을 때에만 유효하다. 그런데 이 시에서의 결론적 교훈의 대상은 누구인가? '황제들'이라고 첫 행에서 호명하고 있지만, 그것은 제유적인 완곡어법이며, 실질적으로는 당시의 황제인 알렉산드르 1세를 가리키는 것으로 보아야 한다. 때문에 황제에 대한 훈계조로 쓰인 이 시가 전제정부에 의해

'불온한' 시로 규정된 것은 어느 정도 이해할 만한 일이다. 하지만 그럼에도 불구하고 역사적 사례들에 근거하여 입헌군주정을 지지하며 준법과 법치를 강조하는 주제의 이 시가 표본적인 탄압의 대상이 된 데에는 당대의 사회적 맥락이 중요하게 작용하고 있으며, 이에 대한 고려가 필요하다. 이른바 푸슈킨과 데카브리스트들과의 관계에 대한 검토가 필요한 지점이다.

데카브리스트들이 소위 푸슈킨의 '정치시'들을 읽고 영향을 많이 받은 것은 잘 알려진 사실이다. 그들의 회고에 따르면, 푸슈킨의 시들을 열광적으로 음송하는 것이 일상사였고 유행이었다.[5] 데카브리스트의 한 명이었던 드미트리 자발리신Dmitry zavalishin의 회고에 따르면,

> 99퍼센트는 아니더라도 적어도 그 시대의 젊은이 90퍼센트가 신에 대한 불신과 불경 같은 개념이나 '목적이 수단을 정당화한다'와 간은 원치이 급진적인 주장 등, 다시 말해서 모든 극단적인 혁명적 태도들을 처음 접하게 된 것이 푸슈킨의 시들을 통해서였다는 것은 의심할 여지가 없다. 그의 시들이 가진 탁월함은, 너무도 쉽게 사람들에게 기억됨으로써 불경스러운 혁명적 사상들이 빠르게 전파되는 데 기여했다는 점이다. 덕분에 이러한 사상들이, 반드시 모든 사람들에게 실천될 필요는 없었지만, 모든 사람들에게 알려지게 되었다.[6]

---

5 Paul Debreczeny, *Social Functions of Literature: Alexander Pushkin and Russian Culture*, California: Stanford University Press, 1997, pp.5~8 참조. 데카브리스트들의 봉기가 진압된 후 압수된 그들의 문건 속에는 거의 예외 없이 푸슈킨의 필사본 시들이 들어 있었다. 그 중에서도 특히 「단검」(1821)이 자주 언급되는데(이 시에 대해서는 이미 3장 2절에서 레르몬토프의 「시인」과 비교 분석하였다), 「자유」는 이 「단검」의 주제를 미리 예고해 주는 시이기도 하다.
6 ibid., p.10에서 재인용.

이러한 분위기 속에서, 더구나 정식으로 발표되기 이전의 그의 시들이 필사본 형태로 떠돌면서 임의적으로 읽히고 이해되는 과정에서 주제가 과장되거나 왜곡되는 일이 발생하게 되었다. 「자유」의 경우에도 법과 자유에 대한 시인의 다소 복잡한 시적 논증을 따라가기보다는 몇몇 도발적인 시구에 집중함으로써, 이 시가 제목을 따온 라디셰프Alexander Radishchev의 송시 「자유」volya, 1790와 유사한 성격의 '저항시'로서만 평가, 이해되었다. 1820년 이 시에 두어진 혐의는 따라서 시 자체의 내용에 근거한다기보다는 그를 둘러싼 문화적 신화에 의존하고 있는 것이라 보인다.

이러한 사정은 비슷한 시기에 썼던 '정치시' 「마을」derevnya, 1819의 경우에도 예외가 아니다. 어머니의 영지인 미하일로프스코예에서 썼던 이 시는 시행이 불규칙한 연들로 구성되어 있는데, 내용상 평화로운 농촌 마을의 전원 풍경에 대한 묘사와 감회로 구성된 전반부(1~4연; 1~34행)와 거기서 지주와 귀족들의 횡포 때문에 고통받고 있는 농노들의 삶을 고발하고 있는 후반부(5연; 35~61행)로 나뉠 수 있다. 특히 이 후반부는 필사본으로만 돌아다녔을 뿐, 시인의 생전에는 발표되지 않았다는 점에서 주목을 끈다. 먼저, 전반부의 3연(21~27행)을 보라.

나는 이곳에서 덧없는 세상사의 속박에서 해방되어
배우노라, 진리 속에서 지극한 행복을 찾아내고,
자유로운 정신으로 법을 숭배하고,
깨이지 못한 군중들의 투덜거림에 귀 기울이지 않고,
수줍은 애원에 동정으로 답하며,
그릇된 공적에 젖어 있는

악당 혹은 바보의 운명을 부러워하지 않는 법을.

이 "평안과 노동과 영감의 안식처"(1연 2행)에서 서정적 화자 푸슈킨이 깨닫는 바는 진리 속에서 행복을 찾아야 한다는 것과 자유로운 정신으로 법을 숭배해야 한다는 것 등이다. 여기서 주목되는 것은 시 「자유」의 테마이기도 했던, 자유와 법의 관계이다. 푸슈킨은 여기서 '숭배하다'란 단어를 쓰고 있는데, 이것은 어의대로 하자면 신으로 만드는 것, 신격화하는 것을 의미한다. 법을 숭배하자는 주장은 법을 물신화하는, 법물신주의적인 태도이다. 물신주의fetishism란 어떤 사회적 관계의 산물을 그 자체 자립적인 것으로 간주하는 태도를 말한다. 여기서 법물신주의란 "법은 법이니까 법이다"라고 말하는 태도이다. 그러한 태도가 간과하고 있는 것은 법이 인간들 사이의 관계, 사회경제적 관계의 산물이라는 사실이다. 그렇다면, 푸슈킨은 법물신주의자인가? 그렇기는 않다. 이미 푸슈킨은 「자유」에서 정직한 시민들의 손에 법의 칼이 쥐어진 것으로 묘사한 바 있으며, 이 시에서 '자유로운 정신'이란 바로 그러한 시민정신을 뜻하는 것으로 볼 수 있기 때문이다. 그리고 아직 계몽되지 않은 '군중들'과 대비되는 것이 '계몽된 시민들'의 정신이다. "자유로운 정신으로 법을 숭배"한다는 것은 따라서 법물신주의적 태도가 아니라 계몽주의적인 태도이다. 이러한 그의 태도는 이성의 사용에 대한 칸트식 계몽주의의 연장선상에서 이해될 수 있다.

계몽이란 무엇인가? 칸트는 1784년에 발표한 「계몽이란 무엇인가에 대한 답변」[7]에서 "계몽이란 우리가 마땅히 스스로 책임져야 할 미성

---

7 이마누엘 칸트, 「계몽이란 무엇인가에 대한 답변」, 『칸트의 역사철학』, 이한구 편역, 서광사, 1992,

년 상태로부터 벗어나는 것"이라고 정의한다. 그리고 "이런 계몽을 위해서는 자유 이외의 다른 어떤 것도 필요하지 않다". 이때의 자유는 "자유라고 이름 할 수 있는 것 중에서도 가장 해가 없는 자유, 즉 모든 국면에서 그의 이성을 공적으로 사용할 수 있는 자유이다". 칸트는 이성의 공적인 사용만이 인류에게 계몽을 가져다줄 수 있다고 강조한다. 하지만 그가 이성의 무분별한 무제한적 사용을 옹호하고 있는 것은 아니다. 그는 이성의 사적인 사용과 공적인 사용을 엄격하게 구별하며, 사적인 사용의 경우에는 엄격하게 제한될 수 있다고 주장한다. 이성의 사적인 사용이란 건, 어떤 시민적 지위나 공직에서 이성을 사용하는 경우를 가리킨다. 이런 경우엔 무조건적인 복종이 필요하다.[8] 이성을 공적으로 사용하는 경우엔 무제한의 자유를 향유할 수 있지만, 사적인 사용마저 무제한적으로 허용된다면 오히려 그것은 자유의 향유 자체를 불가능하게 만들 것이다. 따라서 역설적이지만 시민적 자유의 정도를 제한하는 것이 국민 각자에게 자신의 능력을 충분히 발휘할 수 있는 여지를 제공하는 것이 된다. 그리하여 계몽된 군주의 구호는 다음과 같은 것이 된다. "너희들이 하고자 하는 일에 관해 너희들이 원하는 만큼 따져 보라. 그러나 복종하라!"[9]

칸트의 이러한 입장은 푸슈킨에게서 그대로 반복될 수 있다. "자유로운 정신으로 법을 숭배한다"는 말에서 '정신의 자유'가 이성의 공적인 사용에 있어서의 자유를 뜻한다면, '법에 대한 숭배'는 이성의 사적

---

8 칸트가 들고 있는 한 가지 예는 병역에 관한 것이다. 만약에 근무 중인 장교가 상관으로부터 어떤 명령을 받고서 그것이 적합한가에 대해서 따진다는 것(이성의 사적인 사용)은 매우 쓸데없는 짓이다. 하지만 한 사람의 학자로서 병역 의무의 문제점을 비판하고 이것을 대중의 판단에 호소하는 것(이성의 공적인 사용)은 정당하게 허용되어야 한다.
9 칸트, 「계몽이란 무엇인가에 대한 답변」, 21쪽.

인 사용에 대응한다. 법이란 자유로운 인간들 간의 공존의 조건이기에, 그것에 대한 숭배와 준수는 자유와 양립 가능하다. 아니 더 나아가 법과 자유는 서로에 대한 필요조건이기에 서로 상보적이다. 만약에 법과 대립하는 자유가 있다면, 그것은 '나쁜 자유'이고 미성숙한, 덜 계몽된 자유일 것이다. '나쁜 자유'라는 건 자연 상태, 곧 투쟁 상태의 자유를 뜻하는데, 그것은 법의 정립을 통해서 자신의 존립을 안정되게 확보할 수 없다는 점에서 자기패배적일 수밖에 없다. 그러한 투쟁 상태의 지양은 오직 자유로운 시민들의 사회계약(=법)을 통해서만 이루어질 수 있다.[10] 그리고 이러한 사회적 계약의 성립과 갱신이야말로 이성의 공적인 사용이 지향하는 바이다. 문제는 이성이 공적으로 사용될 수 있는 공론 영역, 혹은 공론장이 마련되어 있느냐이다. 계몽화된 사회란 그러한 공론 영역이 활성화된 사회이며, 계몽군주란 공론 영역에서의 자유로운 비판과 문제제기를 허용하는 군주이다. 그것이 "너희들이 하고자 하는 일에 관해 너희들이 원하는 만큼 따져 보라"라는 모토의 의미이다.

중요한 것은 푸슈킨에게서는 문학적 행위가 공론 영역에서의 이성의 공적인 사용에 대응한다는 점이다. 즉 시라는 매체를 통해서 현실을 비판하고 자신의 정치적 견해를 주장하는 것은 얼마든지 가능하며 장려되어야 한다. 하지만 그것이 곧바로 현실적 사회질서와 체제에 대한 부정과 저항을 뜻하는 것은 아니다. 3연의 마지막 행에서 얘기하고 있는 것처럼, "그릇된 공적에 젖어 있는 악당 혹은 바보"란 이러한 사실을

---

10 인식론에 있어서 칸트로 하여금 독단의 잠에서 깨게 한 철학자가 데이비드 흄이라면, 윤리학의 영역에서 그를 독단의 잠으로부터 깨운 사상가는 루소이다. "칸트는 루소를 인간의 독특하고 불변하는 목적을 인지하고 존경하는 사람으로 평가"하는데, 그의 목적은 루소가 걸었던 길을 따라 더 나아가는 것이었다(에른스트 카시러, 『루소, 칸트, 괴테』, 유철 옮김, 서광사, 1996, 44쪽). 한편, 푸슈킨에게서 '루소와 칸트'란 주제는 서사시 「집시」(Tsygany, 1824)에 집약되어 나타난다.

망각하고 법 위에 군림하려 했던 나폴레옹 같은 인물들을 지칭하며(나폴레옹은 「자유」에서 '전제적 악당'으로 지칭되었다), 이들은 이성의 공적인 사용과 사적인 사용을 혼동한다. 이에 대한 비판이 암시하듯이, (칸트의 구분에 따르자면) 푸슈킨은 시에서의 공적인 사용과 사회적 현실에서의 사적인 사용을 구분한다. 이것이 문학적 행위와 사회적 행동을 동일시했던 데카브리스트 시학과 푸슈킨의 입장이 갈라지는 지점이다.

전제주의의 전횡과 농노제의 폐해에 대해서 푸슈킨과 데카브리스트는 모두 비판적이었지만, 비판이 제기되는 차원에 있어서 둘은 일치하지 않는다. 푸슈킨의 경우 비판은 시라는 문학적 제도 안에서만 제기되는 것이며, 현실의 직접적인 변혁은 그것과 다른 차원에서 군주의 자발적인 의지에 달려 있는 문제이다. 이미 살펴보았던 「자유」에서 '노래하다'와 '처단하다'의 등가성은 그런 의미에서 이해되어야 한다. 즉 푸슈킨에게서는 '노래하다'(시)가 정치적 행동의 등가물로서 '처단하다'를 대신하는 것이다. 반면에 데카브리스트의 경우, 콘드라티 릴레예프Kondraty Ryleev가 극적으로 보여 주듯이 비판은 오직 사회적 현실의 직접적인 변혁을 통해서만 완결될 수 있다. 이 경우에는 '처단하다'가 '노래하다'를 대신하는 것이라 할 수 있다. 조금 더 단순화시켜서 말하면, 푸슈킨에게서 시와 현실은 결코 동일시될 수 없는 영역이면서(시≠현실) 시에 의해서 현실이 대체되지만, 데카브리스트에게서 시와 현실은 서로 분리될 수 없는, 서로 분리되어서는 안 되는 영역이면서(시=현실) 현실이 시로써 대체되지 않는다.

비록 공식적으로 발표되지는 않았지만, 농노제의 폐해에 대한 직설적인 묘사와 비판 때문에 데카브리스트들에게도 많은 영향을 미친 「마을」의 후반부는 그런 맥락에서 읽혀야 한다. 야만적인 지주와 귀족들의 착취로 인해서 "모든 이들이 참혹한 멍에를 무덤까지 끌고 가는"(45행) 농촌 마을에 대한 묘사 이후에 이 시를 마무리 짓고 있는 대목(54~61행)을 보라.

> 아, 나의 목소리가 사람들 가슴마다를 흔들어 놓을 수만 있다면!
> 어찌하여 내 가슴엔 헛된 불길만이 타오를 뿐,
> 운명은 나에게 천둥 같은 웅변의 재능은 주지 않은 것일까?
> 아, 친구여! 볼 수 있게 될 것인가, 민중은 억압에서 벗어나고
> 황제의 칙령으로 농노제는 사라지고,
> 계몽된 자유로운 조국의 하늘에
> 마침내 찬란한 여명이 떠오를 그날을?

인용한 대목의 첫 행은 푸슈킨의 정치적 태도를 압축적으로 보여준다. 그에게서 억압적인 사회 현실에 대한 비판의 무기는 '행동'이 아니라 시의 은유로서의 '목소리'이다. 이 '목소리'를 특징짓는 자질이란 '행동의 결여'이다. 시인은 '행동'을 촉구하는 '목소리'의 주체이지 행동의 주체가 아니다. 여기서 목소리의 주체와 행동의 주체 간에는 간극이 가로놓인다. 이것은 칸트가 구분한 이성의 공적인 사용과 사적인 사용 사이의 간극이다. 즉 푸슈킨에게서 '목소리'(=시)가 이성의 공적인 사용을 뜻한다면, 정치적·실제적 행동은 이성의 사적인 사용을 의미한다.

시에서의 전후 맥락으로 볼 때, 이 '목소리'는 마을의 대조적인 정경을 보면서 느낀 분노('불길')를 다른 사람들의 가슴마다에서도 타오르게 해줄 수 있는 매개체이다. 시인의 관심은 바로 그러한 '목소리'에만 집중돼 있다. 때문에 천둥 같은 목소리, 천둥 같은 웅변의 재능에 대한

시인의 바람은 곧 사회적 변혁에 대한 그의 정치적 바람과 등가적인 것, 그것을 대신하는 것으로 읽혀야 한다. 시인이 다만 '목소리'의 주체라고 한다면, 행동의 주체는 누구인가? 그것은 58행에서 확인할 수 있듯이 '황제'이다("황제의 칙령으로 농노제는 사라지고"). 시인은 농노해방을 시로써 주장할 수는 있지만, 농노해방을 단행할 수 있는 주체는 황제뿐이며, 법으로부터 위임된 황제의 권위는 도전받을 수 없다. 이러한 논리에서 농노제에 대한 자유로운 비판의 '목소리'는 (법의 대행자로서) 황제의 권위에 대한 숭배와 양립 가능하다. 푸슈킨이 데카브리스트들의 정치적 이념에는 공감하면서도 행동(거사)에는 동참하지 않은 사실은 이러한 내적 논리에서 설명 가능하다. 그렇기 때문에 시에서의 푸슈킨의 주장을 그의 실제적인 행동의 원칙과 동일시해서는 곤란하다. 물론 이러한 푸슈킨의 '이중적인 태도'는 '진지한' 데카브리스트들에게 비겁한 자기모순이거나 진정성이 결여된 정치적 포즈로 이해될 가능성이 높다.

푸슈킨의 정치적 태도를 가장 극명하게 보여 주는 시는 그의 대표적인 '정치시'로 꼽히는 「차다예프에게」K Chaadaevu, 1818[11]이다. 다섯 살의 나이 차이에도 불구하고 푸슈킨은 리체이 시절에 조국전쟁에도 참전한 바 있는 차다예프Pyotr Chaadaev, 1794~1856와 친밀한 교우관계를 맺으면서 많은 영향을 받았으며, 일반적으로 이러한 영향이 앞에서 본 일련의 '정치시'들에 반영돼 있는 것으로 이해된다.[12] 「마을」보다 1년 전에 쓰였던 「차다예프에게」는 차다예프에게 바쳐진 일련의 시들 가운데 가장 먼저

---

11 이 시는 필사본으로만 유포되다가 저자도 모르는 사이에 1829년 『북방의 별』(Severnaya Zvezda)에 처음 실렸다.
12 Kim Hak-Su, 「Pushkin I Chaadaev」, 『노어노문학』, 제1호, 1988, 84~87쪽 참조 [「푸슈킨과 차다예프」].

쓰인 것인데, 데카브리스트들에게도 큰 영향을 미친 것으로 돼 있다. 전체 21행의 전문이다.

사랑, 희망, 고요한 영광의
기만은 우리를 오래 달래 주지 못한다,
청춘의 즐거움은 사라졌다,
마치 꿈처럼 아침 안개처럼.
하지만 우리의 열망은 여전히 불타올라
치명적인 권력의 압제하에서
참을 수 없는 영혼으로
조국의 부름에 귀 기울인다.
우리는 벅찬 희망에 마음 졸이며
신성한 자유의 순간을 기다린다,
마치 젊은 연인이
진실한 만남의 순간을 기다리듯이.
자유로 불타오르는 한
가슴이 명예를 위해 살아 있는 한,
나의 친구여, 아름다운 영혼의 격정을
조국에 바치자!
동지여, 믿으라, 별이 떠오를 것이니,
황홀한 행복의 별,
러시아는 꿈에서 깨어나고,
전제주의의 폐허 위에
우리의 이름이 새겨지리라!

이 시는 형식상 4행으로 구성된 5개의 연구聯句로 이루어져 있는데 (다섯번째 연구는 5행), 1~2연에서 얘기하고 있는 것은 '권력의 압제'를 더 이상 참을 수 없는 애국주의적 열정이다. 그것을 집약하고 있는 시행이 8행이다. 즉 '우리'는 '조국의 부름'에 귀 기울이고 있다는 것이다. 이 열정에 비하면, 사랑이나 희망, 영광 등은 '기만'에 불과하다. '사랑', '희망', '영광' 등은 모두 리체이 시절 후반기에 푸슈킨이 몰입했던 비가(엘레지)에서 주로 쓰이던 어휘들인데, 그것이 바로 이어지는 창작의 단계에서는 이렇듯 '조국의 부름'이라는 시어가 함축하는, 시민주의적 경향으로 옮겨 오고 있다. '자유'와 '해방'은 이 시민주의의 어휘들이다. 그리고 이 시민주의는 차다예프의 그것과 분리되지 않으며, 동시대 데카브리스트 시학과도 많은 일치점을 갖는다. 사실, 차르스코예 셀로 시절부터 교유관계를 가졌던 차다예프는 푸슈킨에게서 해방적 이념에 대한 충실한 신봉자의 모델이었다.[13] 이어지는 3~4연에서는 이 차다예프를 '나의 친구'로 호명하면서, 조국을 위한 헌신을 다짐한다. 그것은 "우리의 아름다운 영혼의 격정을 조국에 바치자!"라는 것으로 요약된다. 그리고 마지막 5연은 '전제주의'라는 꿈에서 깨어날 새로운 러시아에의 염원을 담고 있다. 20행에서 '전제주의의 폐허'라는 구절은 언젠가는 전제주의(독재)가 종언을 고할 것이라는 기대감을 표시하고 있다는 점에서 대단히 과격하다.

하지만 자세히 들여다보면, 이 시에도 또한 직접적인 행동은 결여되어 있다. "조국의 부름에 귀 기울인다"는 시행이 연상시키는 것은 「마을」에서의 '목소리'이다. 즉 그것은 정치적 행동이라기보다는 문학적

---

13 B. Tomashevsky, *Pushkin*, vol.1, Moskva, 1990, p.171.

행위에 가깝다. 때문에, "신성한 자유의 순간을 기다린다"는 수동적인 태도로 연결되는 것은 당연하다. 그 자유의 순간은 쟁취하는 것이 아니라 주어지는 것이다. 바로 다음 시행에서 자유에 대한 기다림은 젊은 연인의 만남의 순간에 대한 기다림에 비유되고 있는데, 그러한 순간에의 기다림이란 전형적으로 수동적이고 경우에 따라서는 우연적인 기다림이다. 거기에는 기다리는 주체의 의지가 개입할 여지가 없다. 이러한 태도가 정치적이라기보다는 미학적이라는 것을 징후적으로 보여 주는 시행이 15~16행이다. 거기서 '격정'이라는 시어는 '충동' 혹은 '돌풍'이란 뜻을 포함하는데, 어떤 돌출적인 감정의 상태를 지시하며, 정서의 자연스런 분출로서의 시를 떠올리게 한다. 더구나 '영혼의 아름다운 격정'에서 보듯이 '아름다운'이라는 형용사에 의해서 수식되고 있다. 때문에, '황홀한 행복의 별'이 떠오를 것에 대한 믿음은 실제적인 행동을 요구하고 있다기보다는 관조적인 전망에 의지하고 있다.

　　이때의 '행복'은 정신분석학적으로는, "자신의 욕망에서 비롯되는 결과들에 모두 대처하지 못하는 주체의 무능력이나 무방비 상태에 기초한다".[14] 그래서 일상적인 삶에서 우리는 정말로는 욕망하지 않는 대상을 욕망(한다고 주장)하지만, 궁극적으로 일어날 수 있는 최악의 사태는 '공식적으로' 욕망하던 대상을 실제로 얻어 버리고 마는 일이다. 때문에 행복이란 본래 위선적이며, "우리가 진짜로는 원하지 않는 대상을 꿈꾸는 행복"이다. 이런 관점에서 보자면, 푸슈킨에게서 '행복'은 전제주의로부터의 해방을 '기다리는' 행복이지, 해방 그 자체가 아니다. 러

---

14 Žižek, "Passions of the Real, Passions of Semblance", 제7회 다산기념 철학강좌(2003. 10), 제1강연문 참조. 때문에 우리의 일상적인 행복은 우리가 욕망하는(=욕망한다고 믿는) 행복에 미달할 때 획득되고 유지된다.

시아가 전제주의라는 미몽에서 깨어남을 뜻하는 '황홀한 행복의 별'은 또 다시 '꿈'이며, '전제주의'야말로 기다림의 '행복'을 유지시켜 주는 조건이 된다. 이것이 시인의 숨겨진 의도가 아니라면, 적어도 이 시의 텍스트적 무의식으로 읽어 낼 수 있는 부분이다.

1821년 남방 유배 시에도 푸슈킨은 「차다예프에게」Chaadaevu를 쓰는데, 안부편지 성격의 이 시에서 푸슈킨은 먼저 자신의 근황을 소개하고, 차르스코예 셀로 시절부터의 우정을 환기시키면서 재회에 대한 열망을 간절하게 드러낸다. 다음에 살펴볼 시는 1818년의 「차다예프에게」와 직접적인 관련을 맺고 있는 1824년의 「차다예프에게」Chaadaevu이다.

이 시는 크림반도 남쪽의 폐허가 된 아르테미스(디아나)의 신전을 방문하고 느낀 감회에서 비롯되고 있는데, 시의 전반부에서 푸슈킨은 그리스 신화 속에 등장하는 아가멤논의 아들 오레스테스와 그의 사촌 형제 필라데스의 자기희생적인 우정을 예찬한다. 이것은 자신과 차다예프의 우정을 암시적으로 비유한 것이다.

이 폐허 위에서
우정의 거룩한 승리가 이루어졌고,
위대한 영혼들의 신성이
자신들의 창조를 자랑했다. (9~12행)

이 대목에서 '위대한 영혼들'은 오레스테스와 필라데스를 가리킨다. 그리고 그들의 '창조'라는 건 그들의 이름과 함께 남게 된 '우정'일 것이다. '폐허'는 그들의 우정이 깃든 자리이다. 이어지는 내용은 다음과 같다.

> 차다예프여, 과거가 기억나는가?
>
> 예전에 청춘의 환희에 사로잡혀
>
> 내가 또 다른 폐허에 남겨 줄
>
> 숙명의 이름을 생각하지 않았던가?
>
> 그러나 폭풍에 고개 숙인 가슴엔
>
> 이젠 권태와 정적,
>
> 그리고 영감에 찬 감동 속에서
>
> 우정으로 정화된 돌 위에
>
> 나는 우리의 이름을 새기노라. (13~21행)

13행에서 '과거'란 1818년의 시를 가리킨다. 그리고 '또 다른 폐허'가 지시하는 건, 아르테미스의 신전의 폐허 이외에 1818년이 시에서 노래한 바 있는 러시아 전제주의의 폐허이다.[15] 1818년의 시 마지막 행들에서 그는 이렇게 자신만만하게 역설한 바 있다.

> 러시아는 꿈에서 깨어나고,
>
> 전제주의의 폐허 위에
>
> 우리의 이름이 새겨지리라!

1818년의 이렇듯 자신만만한 패기는 1824년에 와서는 '권태와 정

---

15 Tomashevsky, *pushkin*, vol.2, 1990, p.306. 토마셰프스키에 의하면, 푸슈킨은 이러한 인용을 통해서 시에 정치적 의미를 부여하고 있다.

적'으로 바뀌었다. 그러한 계기를 제공한 것이 '폭풍'으로 비유되고 있는 일련의 정치적 소용돌이와 그로 인한 푸슈킨 자신의 남방 유배이다. 이 '폭풍'은 시인에게서 자유(=바다)의 대가이자 쓴맛이다. '폭풍'에 한풀 꺾인 푸슈킨에게, 1818년의 '객기'는 한낱 '청춘의 환희'의 산물일 뿐이며 지나간 일이다. 때문에, 이제 차다예프와 푸슈킨을 결합시켜 주는 것은 이념이 아닌 우정에 한정된다. 그래서 '전제주의의 폐허' 위에 새겨질 이름은 '우정으로 정화된 돌' 위에 새겨진다. 이렇듯 동시대인들에게 강하게 호소력을 발휘했던 푸슈킨의 초기 정치시의 주제들은 데카브리스트 봉기 이전에 이미 차츰 약화된다. 리체이 시절 차다예프와의 교유를 통해서 영감을 받은 정치적 주제는 한동안 강한 몰입의 대상이었지만, 남방 유배를 거치면서 그는 그러한 주제로부터 떠나간다. 이미 그러한 징후를 몇몇 '정치시'의 텍스트적 무의식을 통해서 살펴볼 수 있었지만, 1820년대 중반을 통과하면서 그것은 명시적인 것이 된다. 푸슈킨에게서 시(문학)에서의 정치란 동경 대상으로서의 자유(=바다)와 등가적인 것이었는데, 시와 정치의 연접에서 이접으로의 이동을 우리는 그의 창작의 진화 과정에서 확인할 수 있다. 이때 정치의 자리를 대신하여 들어서게 되는 것은 성숙이란 이름의 역사의식으로, 이러한 이동은 흔히 '바이런에서 셰익스피어로'라는 구호로 정리되기도 한다.[16] 그것이 갖는 애도적 성격은 아래와 같이 표시될 수 있다.

$$F_T(S) = (S \cap O_1) \rightarrow (S \cup O_1) \rightarrow (S \cap O_2)$$
$$\Leftrightarrow (시 \cap 정치) \rightarrow (시 \cup 정치) \rightarrow (시 \cap 역사)$$
$$\Leftrightarrow (푸슈킨 \cap 바이런) \rightarrow (푸슈킨 \cup 바이런) \rightarrow (푸슈킨 \cap 셰익스피어)$$

1818년에 쓴 「차다예프에게」에서 '우리'라는 호칭하에 차다예프의 이념에 대한 전폭적인 공감과 동의를 표시했던 푸슈킨이었지만, 18년이 지난 후에 차다예프의 「철학서한」Filosoficheskie pis'ma이 1836년 『망원경』Teleskop지에 발표된 후 그에게 보낸 편지(1836년 10월 19일)[17]에서는 러시아의 전통 부재에 대한 비판[18]을 통박하며 이렇게 쓰고 있다. 이 편지는 푸슈킨의 변모를 극명하게 드러내 주는 것으로서 의의가 있다.

비록 내가 황제에게 진심으로 호의를 가지고 있다 할지라도, 내 주위에 보이는 모든 것들에 열광하는 것과는 거리가 멉니다. 문학인으로서 나를 사람들은 화나게 하며, 나는 편견을 지닌 사람으로 모욕당합니다. 그러나 세상에 맹세코 말하지만, 나는 어떠한 경우에도 나의 조국을 변혁시키려고 했거나, 또는 신이 우리에게 주신 것과 같은 우리 선조의 역사와는 다른 역사를 원하지 않았습니다.[19]

---

16 푸슈킨에 대한 셰익스피어의 영향에 대해서는 Yu. D. Levin, *Shekspir i russkaya literatura XIX veka*, Leningrad, 1988, 1부 3장 [『셰익스피어와 19세기 러시아 문학』]; M. P. Alekseev ed., *Shekspir i russkaya kul'tura*, Moskva, 1965, 3장 2절[『셰익스피어와 러시아 문화』]을 참조하라.

17 프랑스어로 쓴 이 편지의 원문은 A. S. Pushkin, *Polnoe Sobranie Sochinenii v desyati Tomakh*, vol.10, pp.464~466(741번 편지)을 참조하고, 러시아어 번역은 주석 688~690번을 참조하라; Tatiana Wolff, *Pushkin on Literature*, Methuen & Co Ltd, 1971, pp.470~473에도 프랑스어 원문(321번 편지)과 이에 대한 주석이 실려 있다.

18 차다예프는 「철학서한」에서 러시아가 진정한 문화적 역사를 갖고 있지 못하며, 바로 그렇기 때문에 표트르 대제의 개혁이 가능했다고 주장한다. 차다예프는 자신만의 독특한 사상을 갖고 있었지만, 러시아 역사의 의미를 러시아 역사에서의 표트르 대제의 문제로 축소하는 경향이 있는데, 푸슈킨과 차다예프는 표트르 대제에 대한 깊은 관심을 공유하고 있다는 점에서 특징적이다. 차다예프의 표트르 대제에 대한 평가에 대해서는 Raymond T. McNally, "Chaadaev's Evaluation of Peter the Great", *Slavic Review* XXIII, no.1, Mar., 1964; 문이연, 「러시아 역사의 의미에 대한 차아다예프의 해석」, 서울대학교 석사학위논문, 1995, 41~45쪽을 참조하라.

19 Pushkin, *Polnoe Sobranie Sochinenii v desyati Tomakh*, vol.10, p.689.

이 대목에서도 이미 「마을」 등의 시에서 보였던 이중적인 제스처, 즉 "자유로운 영혼으로 법을 숭배한다"는 태도가 반복적으로 나타난다. 다시 말해 주변의 여건들이 불만족스럽지만, '나'는 황제에게 진심으로 호의를 가지고 있으며, '나'의 '조국'과 '역사'를 있는 그대로 받아들인다는 것이다. 불만스럽고, 부자유스런 여건들에 대해서 '나'는 비판하고 자유를 주장할 수 있지만, 그러한 비판과 주장이 '법'으로서의 황제와 국가에 대한 숭배와 대립되지 않는다는 것이 푸슈킨의 정치적 태도의 핵심이다. 그것을 앞에서는, 이성의 공적인 사용과 사적인 사용이라는 칸트의 견해에 대응하여, 무제한적인 공적인 자유(좋은 자유)와 제한적인 사적인 자유(나쁜 자유)의 구분을 통해서 표시한 바 있다.

푸슈킨의 이러한 이중성은 그를 동시대의 가장 중요한 정치적 사건의 주역이었던 데카브리스트들로부터 구별시켜 준다. 비록 젊은 푸슈킨의 (대략 1821년까지 쓰인) 전복적·저항적 시들이 데카브리스트들과 동시대 자유주의자들에게 전폭적인 지지를 얻으면서 많은 영향을 끼쳤지만, 푸슈킨은 결코 일면적이지 않았고 어떠한 단일한 주형에도 들어맞지 않았다.[20] 결과적으로 푸슈킨은 1820년대 후반 이후로 정치적 영향력을 거의 상실해 간다.[21] 이러한 상실에 대한 보상으로 푸슈킨이 얻고자 한 것은 문학과 예술의 자율성이라는 제한된 자유였다. 이러한 이행 과정은 아래와 같이 표시될 수 있다.

$$F_T(S) = (S \cap O_1) \rightarrow (S \cup O_1) \rightarrow (S \cap O_2)$$

20 Debreczeny, *Social Functions of Literature: Alexander Pushkin and Russian Culture*, p.15.
21 중요한 계기가 되었던 것이 『예브게니 오네긴』의 1장의 발표(1825)였다(ibid., p.15).

$$\leftrightarrow(푸슈킨 \cap 정치성) \rightarrow (푸슈킨 \cup 정치성) \rightarrow (푸슈킨 \cap 자율성)$$

하지만 이 자율성은 문학의 중요한 구성소로서의 정치성의 상실, 정치성에 대한 억압과 배제를 전제로 한 것이었으며, 이로부터 발생하는 것이 상실에 대한 애도적 반응이다. 보다 직접적으로 이 애도는 문학의 정치성을 행동적 실천을 통해서 보여 주었던 데카브리스트 시인들에 대한 애도로서 나타나는데, 이러한 애도의 시학을 가장 잘 보여 주는 시가 흔히 데카브리스트들과의 연대성을 보여 주는 시로 평가되는 「아리온」Arion, 1827이다. 이 시는 기원전 7~6세기 무렵의 그리스의 합창 찬미가 시인(=가수)이었던 아리온이 항해 중에 배가 난파했을 때 그의 아름다운 노랫소리를 전부터 듣고 반했던 돌고래에게 혼자만 구출되었다는 전설을 바탕에 두고 쓰였던 것인데, 전체 15행으로 이루어졌다. 먼저 시의 전문을 읽어 보도록 하자.

> 우리들은 여럿이서 봉나무배를 타고 있었다,
> 몇몇은 돛을 잡아당기고,
> 나머지는 노를 힘차게
> 물속 깊이 저어 나갔다. 정적 속에서
> 몸을 숙여 키를 잡고 우리의 현명한 조타수는
> 말 없이 무거운 통나무배를 운전했다.
> 나는—천진한 믿음으로 가득 차—
> 선원들에게 노래를 불러 주었다…… 갑자기 사나운
> 회오리바람이 파도를 일으키고……
> 조타수도 선원들도 모두 죽어 버렸다!—
> 오직 나, 비밀스런 가수만이

폭풍에 실려 해안에 떠밀려졌다,

나는 이전의 찬가를 부르며

젖은 나의 옷을

바위에 놓고 햇볕에 말린다.

푸슈킨이 이 시를 쓴 것은 1827년 7월 16일인데, 이때는 1826년 7월 13일 데카브리스트 봉기의 주모자 5명이 교수형에 처해진 지 1주기를 맞이한 즈음이었다. 그래서 이 시는 '시베리아의 친구들'에게 보내는 비밀스런 메시지를 포함하고 있는 것으로 받아들여지곤 했다. 그런 의미에서 알레고리적인 성격이 강한 시인데, 1830년과 1831년 두 차례 발표하면서 푸슈킨이 한 번도 서명하지 않았다는 점은 이 시가 갖는 '정치적' 성격을 간접적으로 입증해 준다. 만약에 직설적으로 데카브리스트와의 연대의식을 표명한 시였다면, 시는 발표될 수 없었을 것이고 푸슈킨 또한 무사하지 못했을 것이다. 하지만 '아리온'이라는 신화적 시인(가수)을 푸슈킨 자신의 알레고리적 분신으로 가져온 이 시가 과연 그러한 불온성을 내포하고 있을까? 과연 데카브리스트에 대한 푸슈킨의 진정한 태도는 무엇일까?

푸슈킨은 나중에 이 시를 자신의 시선집에서도 제외함으로써 적어도 공식적으로는 이 시에 대한 저작권을 인정하지 않았다.[22] 이것은 데카브리스트에 대한 푸슈킨의 이중적 제스처를 그대로 반복하는 것이기에 주목할 필요가 있다. 비록 알레고리 속에 감추어져 있다 하더라도 시

---

22 W. Vickery, "'Arion': An Example of Post-Decembrist Semantics", A. Kodjak and K. Taranovsky eds., *Alexander Pushkin: A Symposium on the 175th Anniversary of His Birth*, New York: New York University Press, 1976, p.71.

를 통해서는 데카브리스트 봉기의 실패라는 '회오리바람' 이후에도 예전에 같이 부르던 '찬가'를 계속 부른다고 하여 이념적 일체감을 명료하게 표명하고 있지만, 상징계적 현실의 차원에서 그는 그러한 사실을 인정하지 않은 것이기 때문이다. 따라서 이 시가 문제될 경우 푸슈킨은 '법적인' 책임으로부터 면책된다. 그는 시로써는 얼마든지 자유사상을 주장할 수 있지만, 현실의 법은 준수해야 한다고 하는 자신의 이중적인 태도를 여기에서도 반복적으로 보여 주고 있는 것이다. 그의 태도는 동의와 거부를 함께 표시한다는 점에서 이중적이다.

그렇다면 그러한 동의와 거부가 이 시에서 구체적으로 어떻게 형상화되고 있는가? 내용상 시는 세 부분으로 나뉜다. 첫번째 부분(1~6행)은 서정적 화자인 '나'가 선원들 일행과 함께 통나무배를 타고 항해 중인 시적 정황을 묘사하고 있다. '정적 속에서'나 '말 없이'라는 상황 부사어구들이 말해 주듯이 이 장면에서 지배적인 것은 '침묵 속의 이동'이다. 두번째 부분(7~10행)은 '내'가 선원들에게 노래를 불러 주던 중에 갑자기 풍랑을 만나서 모두 죽어 버렸다는 사실을 보고한다. 이 장면의 요지는 '갑작스러운 재난'이다. 그리고 마지막 세번째 부분(11~15행)은 혼자 살아남은 '내'가 '이전의 찬가'를 부르며 햇볕에 옷을 말린다는 내용이다. 이 장면은 '살아남은 자의 안도와 슬픔'으로 요약될 수 있다.

첫번째 부분에서, 같은 배를 타고 가는 공동운명체로서 '우리'의 운명은 두번째 부분에서의 갑작스런 재난 앞에 무력하게 무너지고 갈라진다. 그런데 그러한 재난('회오리바람')이 갑작스럽게 들이닥치는 것은 7~8행에서 '현명한 조타수'와 '선원들'에 대한 천진한 믿음에 가득 차서 '내'가 선원들을 위무하기 위한 노래를 부를 때이다. 시간적 순차성의 논리에서 보자면, '나'의 '노래'는 폭풍의 원인의 자리에 위치한다. 실제 사건의 정황에서라면 그것은 우연의 일치일 수도 있지만, 이러한 시행의 구성 자체가 우연의 산물일 수는 없다. 실제로 푸슈킨은 여러 편의 정치시들을 통해서 데카브리스트들의 이념을 더욱 고무한 바 있고, 바로 그것이 문제가 되어 1820년부터 1825년 알렉산드르 1세의 사망 때까지 남방 유배를 떠나 수도인 페테르부르크에는 입성할 수 없었다. 즉 그는 그러한 시작詩作 활동이 갖는 정치적 책임으로부터 결코 자유로울 수 없었다.

결과적으론 남방 유배 덕분에 푸슈킨은 데카브리스트 결사에 가입할 수 없었고 봉기에도 직접 가담할 수 없었지만, 니콜라이 1세의 심문에서 만약에 자신이 페테르부르크에 있었다면 그 역시 거사 장소인 의회광장에 있었을 거라고 답한 것은 잘 알려진 일화이다. 푸슈킨에게서 데카브리스트들에 대한 애도의 필요성이 제기되는 것은 이러한 맥락에서이다. 자신과 데카브리스트의 생사가 순전히 우연에 의해 결정된 것이라면 산 자와 죽은 자의 사이에 아무런 차별성이 없을 것이기 때문에, 설사 그렇다고 하더라도 생존의 필연성을 보증해 줄 수 있는 뭔가 차별적인 표식이 주어져야만 한다. 11행의 '비밀스런 가수'에서 '비밀스런'이라는 수식어는 바로 그러한 표식이다. '내'가 혼자 살아남게 된 뭔가 '비밀스런', '숨겨진' 이유 혹은 사명이 있을 것이라는 추정은 우연적인 생존에 필연적인 의의를 부여하는 것이기 때문이다. 시에서 '비밀스런 가수', '아리온'이 살아남았듯이, '러시아의 아리온' 푸슈킨이 데카브리스트 봉기로부터 살아남은 데에는 뭔가 비밀스런 이유 혹은 사명이 있기 때문이다. 이 시에서는 물론 명료하게 구체화되고 있지는 않지만, 그것은 '이전의 찬가'를 계속 부른다는 시행을 통해서 충분히 암시된다.

알레고리적으로 데카브리스트 봉기 이후의 삶을 다루고 있는 세번째 부분(11~15행)에서 핵심이 되는 것은 13~15행인데, 여기서 중요한 것은 어순이다. 이 세 개의 행은 똑같은 각운으로 끝나고 있기 때문에, 배열에 있어서 형식상의 제약을 받지는 않는다. 즉 현재의 순서 대신에, 대략 다음과 같은 재배열도 가능한 것이다(물론 약간의 수정이 더 가해질 수는 있지만). 원래 시의 배열이 A본이고, 재배열한 것이 B본이다.

(A)
나는 이전의 찬가를 부르며
젖은 나의 옷을
바위에 놓고 햇볕에 말린다.

(B)
나는 젖은 옷을
바위에 놓고 햇볕에 말리며,
이전의 찬가를 부른다.

이 두 본이 갖는 차이점은 무엇인가? 중요한 것은 동사의 순서이다. A본은 '노래를 부른다'→'젖은 옷을 말린다'의 순서로 되어 있지만, B본은 '젖은 옷을 말린다'→'노래를 부른다'의 순서로 되어 있다. 물론 더 강조가 되는 것은 뒤에 오는 동사이다. 즉 A본에서는 '젖은 옷을 말린다' (=미래)가 강조되는 것이고, B본에서는 '노래를 부른다'(=과거)가 강조되는 것이다. B본의 경우에 젖은 옷을 말리는 행위가 노래를 부르는 행위에 수렴된다고 하면, A본에서 노래를 부르는 행위와 젖은 옷을 말리는 행위는 별개의 이접적인 행위이다. 이러한 차이가 의미를 갖는 것은 그것들이 두번째 부분(7~10행)에서의 '상실' 체험에 대한 각기 다른 반응태도에 대응하기 때문이다. 즉 A본의 경우, 반응태도가 상실에 대한 애도의 과정을 거쳐서 미래로 개방되어 있다면(이때의 '노래 부르기'는 중간대상적 성격을 갖는다), B본의 경우엔 상실이라는 과거의 기억에 계속 구속받는 우울증적 과정을 보여 준다(이때의 '노래 부르기'는 부분대상적 성격을 갖는다). 이러한 전제하에 이 시에서의 애도적 내러티브를 표면적 층위와 이면적·알레고리적 층위에서 도식화하면 아래와 같게 될 것이다.

$$F_T(S)=(S \cap O_1) \rightarrow (S \cup O_1) \rightarrow (S \cap O_2)$$

⇔ (아리온∩일행) → (아리온∪일행) → (아리온∩새로운 삶)

⇔ (푸슈킨∩데카브리스트) → (푸슈킨∪데카브리스트) → (푸슈킨∩사명)

이 시를 이처럼 애도적인 시로 읽는 것은 시인의 의도와는 일치하지 않을 수도 있다. 하지만 시인의 의도가 전적으로 텍스트에 관철되는 것은 아니며, 의도와는 무관한 무의식의 반영, 생산으로서의 텍스트적 무의식을 이런 경우엔 적극적으로 고려할 필요가 있다. 어수룩하긴 했지만 순수한, 순교자적 인텔리겐치아의 선구적 모습을 제시한 데카브리스트와의 공개적인 결별은 푸슈킨에게 가능하지 않은 것이면서 의식 아래로 억압되는 것이었기 때문이다. 따라서 그의 의도는 그의 '진정한' real 의도와 일치하지 않으며, 의도의 '실재' real는 텍스트적 의식의 바깥, 텍스트적 무의식을 통해서만 드러난다. 그런 맥락에서 「아리온」은 데카브리스트에 대한 공감('노래 부르기')과 함께 그로부터의 거리두기('젖은 옷 말리기')를 동시에 주제화하는 시라고 할 수 있다. 물론 거기에서 방향성은 전자에서 후자, 즉 공감에서 거리두기로의 이행에 놓여 있다.

여기서 「아리온」과 그리스 신화 속의 '아리온' 전설을 상호텍스트적으로 비교해 볼 필요가 있다. 원래의 이야기를 푸슈킨이 어떻게 변형시켰는가를 확인해 보는 과정은 그의 숨겨진, 혹은 억압된 의도를 재구성해 볼 수 있도록 해줄 것이다. 먼저 돌고래 별자리의 탄생에 대한 이야기로도 잘 알려진, 신화 속 '아리온' 이야기의 핵 단위를 간추리면 다음과 같다.

① 옛날 코린트에 그리스 제일의 하프 연주자인 아리온이 살았다.

② 아리온은 시실리 섬에서 열린 음악경연대회에 참가하여 큰 명성과 보물을 얻었다.

③ 아리온이 고향으로 배를 타고 가는 중에 선원들이 보물을 빼앗기 위해 폭동을 일으켰다.

④ 선원들은 아리온의 보물을 빼앗고 그를 바다에 던지려고 하였다.

⑤ 아리온은 죽기 전에 마지막으로 하프 연주를 하게 해달라고 애원했고, 선원들은 청을 들어주었다.

⑥ 아리온은 뱃전에 앉아 하프를 뜯었는데, 너무 아름다워서 바다의 물고기들까지 모여들었다.

⑦ 아리온이 바다로 뛰어들었을 때, 돌고래 한 마리가 그를 무사히 해변까지 실어다 주었다.

⑧ 아리온은 자신의 고향 코린트로 돌아와 배가 닿기를 기다렸다.

⑨ 항구로 들어오던 선원들은 모두 붙잡히고, 아리온은 보물을 되찾았다.

⑩ 아리온은 돌고래를 기리기 위해 돌고래 상을 세웠고, 신들은 돌고래를 하늘의 별자리로 만들었다.

〈표12〉 행위자 모델과 아리온

행위자	아리온 이야기	「아리온」	알레고리적 의미
주체	아리온	나	푸슈킨
대상	보물	노래	이념
적대자	선원들	폭풍	니콜라이 1세
조력자	돌고래	선원들	데카브리스트

이 10개의 핵 단위는 다시 이야기의 발단(①~②), 전개(③~④), 위기(⑤~⑥), 절정(⑦~⑧), 결말(⑨~⑩)의 다섯 단계로 묶일 수 있다. 아리온이 보물을 빼앗겼다가 다시 찾는다는 것이 이야기의 골격인데, 그레마스의 행위자 모델에 대입해 보면, 아리온이 서사의 '주체'Subject이고, 보물은 '대상'Object, 그리고 선원과 돌고래는 각각 '적대자'Opponent와 '조력자'Helper의 자리를 차지하게 된다.[23] 이것을 푸슈킨의 「아리온」과 비교해 보면 〈표12〉와 같다.

원래의 아리온 이야기와 푸슈킨의 「아리온」 사이의 공통점이라면 아리온이 항해 중에 죽을 뻔한 고비를 넘기고 살아남았다는 것이다. 하지만 그렇게 된 원인에는 차이가 있다. 아리온 이야기에서는 보물에 대한 선원들의 욕심이 원인인 반면에, 「아리온」의 경우엔 갑작스런 폭풍이라는 불가항력적인 자연력이 원인이다. 물론 그 '폭풍'이 상징적으로

---

23 그레마스의 행위자 모델은 이 네 가지 행위자에 '발신자'(Sender)와 '수신자'(Receiver)가 더 첨가되어 여섯 가지로 구성된다. 아리온의 전설에서 발신자와 수신자를 지정하자면, 시실리 사람들이 '발신자', 아리온이 '수신자'가 될 것이다. 행위자(actant) 모델에 대해서는 김성도, 『구조에서 감성으로』, 3부 2장을 참조하라. 저자는 '행동자'라고 옮겼다.

의미하는 바는 데카브리스트 봉기에 대한 니콜라이 1세의 탄압이다. 데카브리스트 봉기의 실패는 「아리온」에서 (푸슈킨과 데카브리스트가) 함께 타고 가던 배의 난파라는 이미지로 비유되고 있다.[24] 체제 유지를 위한 전제주의의 무자비한 탄압은 분명 자연적인 것이 아니라 인위적인 것이지만, 그것을 '폭풍'(혹은 '회오리바람') 같은 자연력에 비유하는 것은 객관적인 자연법칙과 동일시하려는 시인의 체념적인 태도를 반영하는 것이다. 이러한 태도는 역사적 과정을 '나'의 계획과는 무관하게 자신의 길을 따라가는 객체적인objective 과정으로 인식하는 태도이다. 그리고 이러한 객체화objectivization의 결과로 파생하는 것이 소외alienation이다.[25]

푸슈킨의 「아리온」에서 '나', 더 나아가 그러한 '나'를 유일무이한 역사적 공간으로부터 유리시켜서 생존자 '아리온'이라는 신화적인 형상의 반복으로 간주하는 텍스트 발화의 주체로서의 '나'(=푸슈킨)는 그런 의미에서 '소외'의 주체이다 이미 사회적 상징계 가체기 이미킨 소외 혹은 '상징적 거세'를 전세로 하여 성립된다는 점은 「차르스코예 셀로의 회상」이 푸슈킨에게서 갖는 의미와 관련하여 지적한 바 있다. 「아리온」의 '나' 또한 마찬가지다. 그는 자신의 행위나 의지를 상실하고, 수동적으로 역사적 폭풍에 의존함으로써 자신의 생존을 구할 수 있었다.

그런 관점에서 보자면, 해변으로 떠밀려 온 이후 혼자 살아남은

---

24 한스 블루멘베르크에 의하면, '국가라는 배'(ship of state)의 이미지를 정치적 수사에 도입한 시인은 로마의 시인 호라티우스이다(Hans Blumenberg, *Shipwreck with Spectator: Paradigm of a Metaphor for Existence*, Cambridge, Mass.: The MIT Press, 1997, p.12). 이 호라티우스의 송시(특히 「피라에게 부치는 송시」)는 실제로 푸슈킨의 「아리온」과 많은 연관성을 갖고 있는데, 이에 대해서는 Vickery, "'Arion': An Example of Post-Decembrist Semantics", pp.72~80; L. G. Leighton, "Pushkin i Goratsii: Arion", *Russkaya literatura*, 1999, No.2, pp.71~85를 참조하라.

25 이러한 소외의 개념에 대해서는 Slavoj Žižek, "How to Live with Catastrophies?", 제7회 다산기념 철학강좌(2003. 10), 제4강연문을 참조하라.

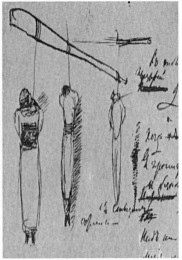

그림 12 데카브리스트의 처형 장면을 그린 푸슈킨의 스케치. 푸슈킨은 매해 데카브리스트들의 처형날짜가 돌아올 때마다 이런 스케치들을 남기곤 했다.

'내'가 '이런의 노래'를 부르는 행위는 죽은 자에 대한 애도의 노래이면서 동시에 자신의 생존에 대한 찬가이다. 물론 이 생존은 정치적 행동과 역사적 책임의 상실이라는 자기소외의 결과로 얻어진 것이다. 하지만 자신이 수락한 소외와 상실 덕분에 역사라는 '무거운 통나무배'를 '말없이' 저어 나가던 데카브리스트와는 달리 생존하게 되었다는 의식은 푸슈킨이 계속해서 의식의 바깥으로 밀어내야 할 악몽이자 외상이다. 그러한 억압이 징후적으로 드러나는 것이 그가 반복적으로 그리고 있는 데카브리스트들의 처형 장면 스케치이다. 가령 〈그림 12〉를 보라.[26]

26 푸슈킨이 데카브리스트들과 운명을 같이했을지도 모른다는 강박관념에 시달린 것은 잘 알려진 일이다. 그는 처형된 다섯 명의 데카브리스트들이 교수대에 매달려 있는 그림들을 여럿 남기고 있는데, 이 그림도 그 중의 하나이다. 그의 이런 그림들에 대해서는 G. A. Nevelev, *Pushkin "ob 14-m dekbrya"*, St. Petersburg, 1998, pp.72~77을 참조하라.

여기서 「아리온」이 쓰였던 배경이 데카브리스트들의 처형 1주기를 맞이해서라는 점을 다시금 상기해 둘 필요가 있다. 이러한 그림에 반영되어 있는 것은 무엇보다도 혼자만이 살아남았다는 자책감일 것이다. 따라서 1825년의 데카브리스트 봉기의 실패 이후 마지막 10여 년 동안 푸슈킨의 시와 시민적 태도civic stance에서 가장 지속적으로 나타나는 주제가 시베리아로 유형당한 데카브리스트들을 사면하도록 새로운 황제 니콜라이 1세를 설득하려는 열망과 노력[27]이었다는 것은 놀라운 일이 아니다. 비록 자의 반 타의 반 봉기에 직접 참가하지는 않았지만, 적어도 이념적 원칙에 있어서는 데카브리스트들과 많은 점을 공유했던 푸슈킨으로서는 '아리온'의 전설에서처럼 먼저 죽은 '동료'들을 애도하면서, 혼자만이 살아남은 자신의 처지를 어떻게든 정당화할 필요가 있었다. 그리고 이러한 필요가 이 시의 텍스트적 무의식을 낳는다.

시 「아리온」은 아무것도 없는 흰 종이에 쓴 것이 아니라 이미 쓰여 있던 아리온 이야기를 지운 자리에 다시 쓴 것이다. 이것은 프로이트가 말하는 '신비스런 글쓰기-판' 위에 글을 쓰는 것과 같은 효과를 갖는다.[28] 즉 이 글쓰기-판에 쓰인 것을 지우고 나면 표면의 글씨가 말끔히 지워진 상태에서 새로 글씨를 써 나갈 수 있지만, 이미 쓰여 있던 글씨는 영원히 그 흔적이 남아 있는 것이다. 프로이트는 우리의 지각-의식의 특징을 설명하기 위해서 이 글쓰기-판을 끌어오고 있지만, 「아리온」

27 G. E. Mikkelson, "Pushkin's 'Arion': A Lone Survivor's Cry", *The Slavic and East European Journal*, vol.24 no.1, 1980, p.1.

28 Sigmund Freud, "A Note upon the 'Mystic Writing-Pad'[Notiz über den 'Wunderblock'](1925)", *On Metapsychology: The Theory of Psychoanalysis*, London: Penguin Books, 1991, pp.427~434[프로이트, 「'신비스런 글쓰기-판'에 대한 소고」, 『쾌락원칙을 넘어서』(프로이트 전집 14권), 박찬부 옮김, 열린책들, 1997, 185~194쪽] 참조.

〈표 13〉 「아리온」에서의 텍스트적 의식과 텍스트적 무의식

텍스트의 차원	적대자	조력자
텍스트적 의식	니콜라이 1세	데카브리스트
텍스트적 무의식	데카브리스트	니콜라이 1세

과 아리온 이야기 사이의 상호텍스트성을 설명하고자 할 때에도 글쓰기-판이란 비유는 매우 효과적이다. 다시 말해서, 푸슈킨의 「아리온」이라는 표면적(의식적) 텍스트의 바닥에는 신화 속 아리온 이야기가 지워진(억압된) 흔적으로 남아 있는 것이다.

그렇다면 무엇이 지워지고 억압되었는가? 두 내러티브 사이의 가장 큰 차이점은 앞에서 제시한 〈표12〉에서 분명하게 드러나듯이 아리온과 선원들 간의 관계이다. 원래의 이야기에서 아리온과 선원들은 적대적 관계였지만, 그것이 푸슈킨의 시에서는 우호적인 관계로 탈바꿈했다. 아리온 이야기에서는 바다의 환유인 돌고래가 아리온의 목숨을 구해 주는 조력자로 등장하는 반면, 푸슈킨은 바다의 '폭풍'을 적대적 대상으로 설정한다. 아리온 이야기와 「아리온」 두 텍스트를 겹쳐 놓으면, 아리온과 대타관계에 있는 '선원들'을 기준으로 (의식적인) 기의의 논리를 따르는 '조력자-선원들-데카브리스트'라는 계열체와 (무의식적인) 기표의 논리를 따르는 '적대자-선원들-데카브리스트'라는 계열체가 형성된다. 그리고 이들 각각은 텍스트적 의식과 무의식에 대응한다. 이것을 도표화하여 나타내면 〈표13〉과 같다.

적대자와 조력자의 관계가 정반대로 전도되어 있는 이러한 표가 의미하는 바는 「아리온」에 대한 일반적인 해석과는 상반된다. 매우 억압적이었던 당시의 시대적 상황 속에서 이 시가 포함하고 있는 정치적 메

시지를 공표한다는 것은 거의 불가능한, 자기파괴적이며 자살적인 행위라는 것이 푸슈킨과 데카브리스트 간의 연대성을 강조하는 일반적인 해석이다.[29] 이러한 관점에서 가장 강조되는 시행은 물론 "나는 이전의 노래를 부른다"라는 13행이다. 하지만 이 시에서 정작 더 강조되어야 할 것은 이미 앞에서 지적한 대로, "나는 젖은 옷을 말린다"라는 14~15행이어야 한다. 처형당한 데카브리스트들에 대한 그림에서 확인할 수 있듯이, 「아리온」을 쓸 시기에 푸슈킨에게서 데카브리스트가 의미하는 바는 어떤 이념이기 이전에 무엇보다도 '죽음'이었다. 따라서 죽음에 사로잡혀 있는 어두운 무의식으로부터 해방되고자 하는 것이 이 시를 쓴 그의 '실재적' 의도가 아니었을까?

이미 푸슈킨은 1826년에 쓴 시 「스탄스」에서 표트르 대제를 예찬하면서 그의 후손인 황제 니콜라이 1세에게 데카브리스트에 대한 정치적 사면을 직접적으로 조언하고 있으며,[30] 1827년 초에 쓴 「시베리아의 광산 깊숙한 곳」Vo glubine sibirskikh rud......[31]은 유배 중이던 데카브리스트 무라비요프A. G. Murav'ev에게 전달하기까지 했다. 다음은 이 시의 3~4연이다.

사랑과 우정이 어두운 빗장을 뚫고,

그대들에게 가 닿으리라,

---

29 Vickery, "'Arion': An Example of Post-Decembrist Semantics", pp.80~81.
30 「스탄스」의 마지막 4연은 다음과 같다. "그의 후손임에 긍지를 가지라, / 모든 일에서 조상을 닮을 지니. / 그처럼 한결같고 강건하며, / 과거의 기억엔 그처럼 너그럽기를." 이 시의 내용에 대해서 친구들은 자신들의 이념에 대한 변절과 배신이라고 비판했다(Pushkin, *Polnoe Sobranie Sochinenii v desyati Tomakh*, vol.2, p.385의 주석 참조).
31 이 시 역시 필사본의 형태로 널리 유포되었다.

그대들의 고역의 굴속에까지
나의 자유로운 목소리가 가 닿듯이.

무거운 족쇄 풀어지고
감옥이 무너지면—자유가
그대들을 문가에서 기쁘게 맞이하고
형제들은 그대들에게 칼을 건네주리라.

데카브리스트와의 연대감을 이보다 더 명료하게 표현하고 있는 시
도 거의 없다. '사랑과 우정' 그리고 '자유'라는 공통의 이념을 매개로
하여 푸슈킨과 데카브리스트는 굳건하게 맺어져 있고, 4연의 1~2행에
서 보듯이 전제주의에 대해서도 노골적인 비판을 감행하고 있다. 게다
가 마지막 행의 '칼'은 정의의 칼이자 복수의 칼이다. 그렇다면, 이런 정
도의 시조차도 '용감하게' 쓸 수 있었던 푸슈킨이 「아리온」처럼 혼자 살
아남은 자신의 처지에 대한 알레고리적인 시를 쓴 이유는 무엇일까? 그
리고 정말 「아리온」은 전제주의에 대한 불온하고 비판적인 메시지를 담
고 있는 시일까? 다른 사례들을 놓고 봤을 때 당시의 검열에 대한 두려
움 때문이란 것도 시의 성격에 대한 만족할 만한 설명이 되지 못한다.
한 가지 가능한 설명은 그것이 황제나 검열관(황제는 푸슈킨의 개인 검열
관이기도 했다)의 눈을 피하기 위한 알레고리가 아니라, 데카브리스트들
의 눈을 피하기 위한, 그리고 궁극적으로는 푸슈킨 자신의 의식으로부
터 벗어나기 위한 알레고리라는 것이다. 이런 관점에서 볼 때, 「아리온」
은 마치 '꿈의 작업'과도 같은 징후적인 성격을 드러내 주는 시이며, 이
징후란 데카브리스트와의 이접에 대한, 문학의 정치성과의 이접에 대

한 푸슈킨의 애도를 포함하는 것이라고 말할 수 있을 것이다.

2. 시인의 죽음과 레르몬토프

1820년대 푸슈킨과 데카브리스트들에게서 시인으로서의 전범은 프랑스의 시인 앙드레 셰니에André Chénier, 1762~1794였다. 1789년 프랑스 혁명에 적극 가담하였다가 로베스피에르의 공포정치에 반대한 혐의로 체포되어 로베스피에르가 실각하기 이틀 전에 단두대에서 처형된 이 불운한 시인은 생전에 두 편의 시밖에 발표하지 않았다. 하지만 유고 중에 걸작들이 발견되고 1819년에 앙리 드 라투슈Henri de Latouche에 의해 전집이 간행되면서 프랑스 낭만주의의 선구자이자 18세기 최대시인으로 평가받게 된다.[32] 셰니에의 시집은 러시아에도 바로 소개되어 푸슈킨을 비롯한 젊은 데카브리스트 시인들에게 많은 영향을 미친다. 가장 대표적인 것이 1825년 여름에 쓰인 푸슈킨의 비가(엘레지) 「앙드레 셰니에」Andrei Shen'e이다. 이 시는 삶과 내외적으로 푸슈킨에게 큰 의미가 있는 작품이고 레르몬토프에게도 직접적인 영향을 주었기 때문에 자세한 읽기를 필요로 한다. 먼저 시의 프롤로그에 해당하는 처음 세 연이다.

> 깜짝 놀란 세계가
>
> 바이런의 유골항아리를 바라보고,
>
> 유럽 리라들의 합창에

---

32 귀스타브 랑송, 『불문학사(상)』, 정기수 옮김, 을유문화사, 1997, 528~535쪽 참조. 낭만주의 시인으로서는 특이하게도 그는 "그리스풍의 프랑스어로 시를 쓰는 것"을 자신의 목표로 삼았다. 때문에 그는 '그리스 시의 광신자'라고도 불린다(김붕구 외, 『새로운 프랑스 문학사』, 일조각, 1983, 191쪽). 셰니에의 생애와 문학세계 전반에 대해서는 Richard Smernoff, André Chénier, Boston: Twayne Publishers, 1977을 참조하라.

단테 곁에서 그의 그림자가 귀 기울일 때,

또 다른 그림자가 나를 부른다,

오래전에 노래도 울음도 없이

고난의 시절 피 묻은 단두대로부터

무덤 속 그늘로 들어가면서.

사랑과 참나무 숲과 평화의 시인에게

나는 무덤에 바칠 꽃을 가져간다.

알지 못하는 리라 소리가 울려 퍼지고,

나는 노래한다. 당신과 그가 귀를 기울인다.

푸슈킨에게 처음 바이런을 소개했던 친구 라예프스키N. N. Raevsky에게 바쳐진 이 시는 일차적으로 바이런과 셰니에라는 두 모델 시인을 푸슈킨이 어떻게 이해하고 있는가를 알 수 있도록 해주는 데 의의가 있다.[33] 바이런이 사망한 것은 이 시를 쓰기 한 해 전인 1824년이었으므로, 아직 그의 죽음이 가져다준 충격이 다 가시기 전이다. 1연은 아직 얼마 되지 않은 그의 죽음("바이런의 유골항아리")이라는 배경 속에서 이 시를 읽도록 권유한다. 시 속에서 바이런은 이젠 '그림자'로서, 유럽 시인의 거장인 단테의 곁에서 후배 시인들의 리라 소리를 경청한다. 1연과 2연은 앙장브망으로 연결이 되는데, 2연에서는 바이런과는 다른 '또 다른

---

[33] 미르스키에 의하면, 바이런과 셰니에는 푸슈킨의 남방 유배 시절에 가장 큰 영향을 끼친 두 시인이다(Mirsky, Pushkin, p.57). 참고로, 미르스키는 시 작법에서도 정확하고 효과적인 수식어의 선택이나 시적 균형감각에 있어서 푸슈킨이 셰니에로부터 많은 영향을 받았음을 지적한다(ibid., p.58).

그림자'가 '나'를 부른다. 이 다른 그림자 혹은 다른 목소리의 주인공은 시의 제목에서 암시되고 있는 앙드레 셰니에이다. 셰니에는 낭만주의의 선구자로 평가되지만, 기본적으론 고전주의의 규범과 전통을 이어받은 마지막 고전주의 시인이다. 그러한 점에서 그는 푸슈킨에게서 이상적 자아ideal ego이면서 자아-이상ego-ideal이다.

모방과 동일시의 대상으로서의 시인, 즉 전범으로서의 시인은 시인-자아에게서 이상적 자아의 자리를 차지하는데, 이상적 자아란 라캉에 의하면, 상상적 투사projection를 통해서 얻어지는 것이다. 즉 그것은 '내'가 되고자 하는 '나'이다. 반면에 자아-이상은 상징적 내사introjection를 통해서 얻어지는데, 이를 테면 '나'를 바라보는 '또 다른 나'인 것이다. 그런 점에서 자아-이상은 초자아와 유사하지만, 초자아가 주로 성적 욕망을 억압하는 기능을 가진 무의식적 기관인 데 반해서, 자아-이상은 그것을 승화시킬 수 있도록 좌표를 제공한다는 점에서 구별된다.[34] 즉 자아-이상은 우리가 응시되는 장소와 지점을 제공하는 상징적 지점이다.[35]

이미 읽어 보았던 1824년의 「바다에게」가 바이런이라는 이상적 자아에 대한 작별인사였다면(이후의 푸슈킨은 더 이상 바이런적인 시인이 아니다), 이 시에서 새롭게 푸슈킨의 이상적 자아로 등장하는 시인이 셰니에이다. 세니예가 바이런보다 한 세대쯤 앞서는 선배시인이고, 푸슈킨에게서 두 시인의 수용도 1820년을 전후로 하여 거의 비슷한 시기에 이루어지지만, 전범으로서의 동일시 순서는 '셰니에-바이런'이 아니라

---

34 에반스, 『라깡 정신분석사전』, 326~327쪽.
35 대리언 리더, 『라캉』, 이수명 옮김, 김영사, 2002, 50쪽.

'바이런–셰니에'순이다(이 역할 모델의 순서는 이후에 셰익스피어로 이어진다). 그리고 이 순서는 임의적이거나 우연적인 것이 아니라 푸슈킨 시인관의 변모 과정에 대응하는 필연적인 것이다. 바이런이 상징하는 바가 낭만적·정치적 '자유'였다면, 셰니에에 의해서 대표되는 것은 시인으로서의 정치적 행동과 그에 따른 비극적 죽음이다. 물론 그리스 독립전쟁에 참여했다가 말라리아에 걸려 죽은 바이런의 죽음에도 정치적인 함의가 없는 것은 아니지만, 공포정치의 희생양으로서 단두대의 이슬로 사라진 셰니에의 죽음은 보다 직접적이고 강렬한 정치적 죽음의 인상을 푸슈킨과 데카브리스트들에게 남긴다. 요컨대, 시인 바이런의 상징물이 폭풍우 치는 바다였다면, 셰니에를 상징하는 것은 (2연에서 보듯이) 단두대이며, 이 '정치시인'의 죽음은 시와 정치의 만남을 극화하고 있는 시대적 상상이었던 것이다. 따라서 '앙드레 셰니에'란 제목의 이 시가 바로 그 죽음을 무대화하고 있는 것은 당연하다. 이 무대는 '내'가 셰니에의 무덤에 꽃을 바치는 행위에서 알 수 있듯이, 시인의 죽음을 애도하는 무대이며 그런 의미에서 이 시는 텍스트의 안팎으로 비가(엘레지)적 성격을 갖는다.

이 시에서 두 그림자–시인, 바이런과 셰니에는 자아–이상의 상징적 지점에서 푸슈킨의 시(=리라)를 경청하는데, 이것은 1815년 리체이에서 푸슈킨이 시인으로서 데뷔했던 무대를 그대로 재현하고 있는 무대이다. 여기서 데르자빈이라는 '아버지'의 자리에 서 있는 시인은 바이런과 셰니에이고, 이 무대에서 시인 푸슈킨은 셰니에라는 '정치적 시인'의 배역을 맡아서 단두대에서의 처형 전야에 시인의 사명에 대한 마지막 독백, 즉 '백조의 노래'를 부른다. 이러한 연기가 암시하듯이 이 시에서 '나'(=푸슈킨)는 셰니에이고, 또 셰니에는 푸슈킨의 시적 분신이다.[36]

이제 가상semblance의 셰니에로서 '나'(=푸슈킨)는 "노래한다". 그리고 전범으로서의 두 시인은 나에게 "귀를 기울인다". 이것이 3연의 내용이다.

정신분석학에서 이상적 자아와 자아-이상의 구분은 (투사와 내사라는) 광학적 비유를 통해서 구별하고 있지만, 이 시에서는 시각 대신에 청각이 이러한 구별을 가능하게 한다. 그래서 '나'의 이상적 자아가 내가 모방하고자 하는 '리라' 연주자라면, 자아-이상은 (일반적인 경우에서처럼) 응시의 주체가 아니라 '나'의 연주를 들어주는 경청의 주체이다. 그것은 이 무대의 관객이 죽은 바이런과 셰니에를 대신하는 두 '그림자'라는 점에서도 뒷받침된다(그림자는 응시의 주체가 될 수 없을 것이기 때문에). 그래서 3연에서 두 시인은 '당신'(=셰니에)과 '그'(=바이런)로 호칭되고 있지만, 그 대상은 1연에서의 논리를 따를 때("그의 그림자가 귀 기울일 때"), 당신과 그의 '그림자'이다. 그런데 왜 하필 그림자인가? 이 그림자는 두 시인의 부분대상이다. 주체의 상관물로서 이 대상은 무대화된 객관성의 질서 안에서 주체의 대역이다. 그것은 현실에서 시인이라는 주체의 상관물인 '뮤즈'에 대응한다.

중요한 것은 푸슈킨에게서 시인이 인격적 주체와 '시적 기관'poetic organ으로서의 뮤즈와의 결합으로 규정된다는 점이다. 즉 '시인 푸슈킨 =푸슈킨+뮤즈'이다. 이러한 공식이 의미하는 바는 시(=뮤즈)의 자립성이다. 그것은 시인이라는 주체 없이도 존속할 수 있는 어떤 것이며, 시는 시인의 직접적인 영감에 의해서가 아니라 뮤즈와의 합작을 통해서만 얻어진다. 가령, 시 「뮤즈」Muza, 1821에서 푸슈킨은 어린 시절 뮤즈와

---

36 토마셰프스키도 지적하는 바이지만, 감옥에 갇혀서 처형을 기다리는 셰니에의 모습에서 푸슈킨 자신의 투사된 이미지를 읽는 것은 어려운 일이 아니다(Tomashevsky, *Pushkin*, vol.2, p.321).

의 만남을 이렇게 노래한다.

아침부터 저녁까지 고요한 참나무 숲 그늘에서

비밀스런 여신의 가르침을 나는 부지런히 배웠네,

그리고 그녀는 이따금 상으로 나를 즐겁게 해주며

아름다운 이마에서 머리채를 쓸어 올리고

내 손에서 피리를 받아 들었네.

갈대피리는 신성한 숨결로 되살아나

가슴을 성스러운 매혹으로 가득 차게 했네. (8~14행)

여기서 푸슈킨이 회상하고 있는 어린 시절은 리체이 시절이다. 인용한 대목에서 확인할 수 있듯이 시는 뮤즈의 부분대상으로서의 '(갈대)피리' 연주와 동일시되며, 이것은 레르몬토프와 비교하여 단순한 비유 이상의 의미가 있다. 레르몬토프의 경우 음악이 자신의 생애와 창작에서 큰 비중을 차지하고 있음에도 불구하고 시와 음악의 여신 '뮤즈'가 시적으로 주제화되어 있지 않은 것과 대조되기 때문이다. 또한 피리가 뮤즈에게서 '나'에게로(2행), 그리고 '나'에게서 뮤즈에게로 건네지듯이 (12행), 시 또한 시인이라는 주체로부터 분리 가능하다는 점에 주목할 필요가 있다. 그것은 마치 '신체 없는 기관'Organs without bodies[37]과 같은 자율적인 부분대상으로 전이될 가능성을 갖고 있는 것이다. 그리고 이러한 가능성이 구현된 사례로 「앙드레 셰니에」에서의 '그림자'를 들 수 있

---

37 '신체 없는 기관'은 '기관 없는 신체'(Body without organs)라는 들뢰즈의 용어를 지젝이 뒤집어서 주체 없는 부분대상을 가리키는 말로 쓴 용어이다. 이에 대해서는 Slavoj Žižek, "Organs without Bodies", 제7회 다산기념 철학강좌(2003. 10) 특별강연문 참조.

을 것이다.[38] 즉 그것은 바이런과 셰니에라는 시인의 신체를 갖고 있지 않은 시적 기관이라는 의미에서 일종의 '신체 없는 기관'이다.

그렇다면, 단테 이후 유럽 시인들의 계보라는 것은 정확히 말하면, 시인의 계보가 아니라 이 신체 없는 기관으로서의 시적 기관들의 계보이다. 단테와 같은 자리에 바이런과 셰니에가 나란히 놓일 수 있는 것은 서로 국적과 언어가 다른 이들 시인들의 실존과는 무관한 이러한 시적 기관으로서의 공통적인 자격 때문이다. 이 '그림자들' 앞에서 시인 푸슈킨이 노래한다는 의미는 그 또한 '시적 기관'으로서의 자의식과 역사의식을 갖고 있다는 의미이다.[39] 즉 그는 자신을 유럽의 시인들이라는 '시적 기관'의 계보와 시인들의 공동운명체에 속하는 것으로 간주한다. 이때의 시인-푸슈킨은 러시아인 알렉산드르 세르게예비치 푸슈킨이라는 실존, 즉 인간-푸슈킨에 대해서 자립적이다. 시인 푸슈킨은 비록 인간-푸슈킨의 '그림자'에 불과하지만, 불멸의 염광에 이르는 존재는 인간-푸슈킨이 아니라(그는 무덤 속 그늘로 들어가게 된다), 인간-푸슈킨의 부분대상이자 '신체 없는 기관'으로서의 시인-푸슈킨이다.[40] 하지만 시인-푸슈킨의 불멸은 인간-푸슈킨의 죽음을 뜻하는 것이기에, 시적 기관으로서의 시인-푸슈킨은 의식 속에서 적절히 제어될 필요가 있다. 그런 맥락에서 이 '그림자'는 인간-푸슈킨에서 억압된 무의식(=그림자)이기도 하다.

---

38 푸슈킨에게서 '그림자' 테마가 처음 주제화되는 것은 리체이 시절의 풍자시 「폰비진의 그림자」(Ten' Fonvizina, 1815)에서이다.

39 이 주제가 가장 잘 드러나는 시는 시인이 생애 막바지에 쓴 「나는 손으로 만들지 않은 기념비를 세웠노라」(Exegi monumentum, 1836)이다. 이 시에 대해서는 다음 절에서 다시 언급할 것이다.

40 푸슈킨의 시인으로서의 정치적 자기주장과 시민으로서의 국가에 대한 복종이 양립 가능한 것은 푸슈킨의 이러한 이중적인 자기정체성과 무관하지 않을 것이다.

「앙드레 셰니에」에서 '그림자'는 이 시의 공간이 푸슈킨의 무의식의 공간이라는 지표이다. "알지 못하는 리라 소리가 울려 퍼지는" 이 무의식의 공간에서 무대화되는 것은 무엇인가? 그것은 셰니에라는 배역(가장)을 통해서 투사된 그의 잠재적 소망 혹은 강박관념이라고 할 수 있다. 그의 잠재적 소망이란 무엇인가? 이미 「자유」 등의 시 때문에 (본의 아니게) 정치적 '박해'를 받고 있었던 푸슈킨에게서 셰니에는 시인으로서 동일시의 대상이 되는 이상적 자아, 즉 이상적 시인이다. 이때의 이상적-시인이란 정치적인 행동가이자 예언자-시인을 말한다. 그리고 그러한 시인의 운명이 완결되는 장소는 단두대이다. 따라서 이상적-시인의 길을 따른다는 것은 셰니에와 같은, 단두대에서의 죽음을 반복한다는 의미이다. 그리고 그것은 한편으로 인간-푸슈킨에게는 두려운 강박관념의 대상이 될 수밖에 없다.[41] 이 시의 본사本詞에서 나타나는 것은 이러한 (죽음에의) 소망과 (죽음에 대한) 강박관념이다. 이 이중적인 태도는 '나'의 목소리와 '셰니에'의 목소리를 구분하는 형식적 장치에 반영되어 있다. '나'의 목소리는 셰니에의 독백의 처음과 끝, 그리고 중간에 개입함으로써 이 시에 두 겹의 층위를 형성한다. '나'의 목소리는 이렇게 시작된다.

---

41 미신에 대한 푸슈킨의 믿음과 관련된 일화가 전하는 바에 따르면, 데카브리스트 봉기가 일어나는 1825년 12월 초에, 푸슈킨은 친구 푸신에게서 미하일로프스코예로부터 페테르부르크로 나오라는 연락을 받는다. 하지만 이 여행은 이루어지지 않았는데, 푸슈킨이 길을 나섰을 때 산토끼 한 마리가 앞길을 가로지르더니 얼마 안 가서 또 한 마리가 가로질러 가는 바람에, 불길한 징조라고 생각하고 되돌아갔기 때문이다. 이 여행계획에 따르면 푸슈킨은 페테르부르크에 도착하자마자 릴레예프의 집으로 갈 작정이었는데, 만약에 그랬다면 그는 데카브리스트 결사들과 함께 12월 14일 원로원 광장으로 갔을 것이고, 다른 주모자들과 함께 처형되거나 시베리아로 유형을 가게 됐을 것이다(이것은 푸슈킨 자신의 생각이기도 하다). 이 일화에 대해서는 이와마 도오루(岩間徹), 『뿌쉬낀과 12월 혁명』, 이호철 옮김, 실천문학사, 1987, 115쪽을 참조하라. 이러한 일화는 푸슈킨의 상당히 소심한 성격의 일면을 말해 주며, 그는 지사적·예언자적 시인의 면모와는 거리가 있었다.

다시 피로한 도끼가 들어 올려지고
새로운 희생자를 부른다.
시인은 준비가 되었다. 생각에 잠긴 리라가
마지막으로 그에게 노래를 부른다.

내일 아침의 처형은 민중들에겐 익숙한 잔치,
하지만 젊은 시인의 리라는
무엇을 노래하는가? 리라는 자유를 노래한다.
그건 마지막까지도 바뀌지 않았다!

다시 반복하자면, 이 본사의 1~2연에서도 젊은 시인과 리라는 서로 분리돼 있으며, 노래를 하는 것은 주체로서이 시인이 아니며 '인제 없는 기관'으로서의 시석 기관인 리라이다. 이 리라는 시인의 부분대상으로서 시인의 목소리와 동일시되며, 이어지는 긴 독백은 이 리라의 것이다. 그리고 이 노래의 대상은 '자유'이다. 검열 때문에 발표될 수 없었던 초반부 중에서 한 대목을 읽어 보도록 하자.

오, 슬픔이여! 오, 미친 꿈이여!
자유와 법은 어디에 있는가? 우리를
지배하는 건 도끼 하나뿐이다.
우리는 황제를 퇴위시켰다.
사형집행인들과 함께 살인자를
우리는 황제로 뽑았다. 오, 공포여! 오, 치욕이여!

하지만 너, 신성한 자유여,

순결한 여신이여, 너의 잘못은 아니다,

맹목의 사나운 폭발 속에서,

경멸할 만한 민중의 광란 속에서

너는 우리로부터 숨어 버렸다, 깨끗한 너의 혈관은

피 묻은 장막에 덮였다.

이 대목이 요약하고 있는 것은 프랑스 혁명의 진행 과정이다. 퇴위
시킨 황제는 '루이 16세'를 가리키고(그는 1793년 1월 단두대에서 처형
된다), 새로 뽑은 황제는 이 독백의 시점(1794년 7월 24일)에 혁명정부
(공안위원회)에서의 권력을 장악하고 3개월간 공포정치의 독재자로 군
림해 오던 '로베스피에르'를 가리킨다. 로베스피에르는 7월 27일에 일
어난 보수파의 테르미도르 반동에 의해 실각하고 이튿날 역시 단두대
의 이슬로 사라진다. 셰니에가 처형되고 난 지 사흘 후에 일어난 일이
고, 이로써 혁명은 일단락이 된다. 인용한 대목에서는 이러한 과정에 대
한 비애를 표명하고 있는데, '미친 꿈'이라는 건 자유와 법을 구현하고
자 했던 혁명의 이념을 가리킬 것이다. 하지만 혁명은 단두대의 '도끼'
로 귀결되었다.

여기서 '자유'와 '법'에 대한 강조는 새삼스러울 것이 없다. 그것은
시 「자유」에서부터 푸슈킨의 정치관을 요약해 온 핵심어이기 때문이다.
그런데 불행하게도 혁명의 결과는 자유의 실종이었다. 이러한 사태의
원인을 이 시에서 셰니에(=푸슈킨)는 '맹목'과 '민중의 광란'에서 찾는
다. 법의 부재는 자유의 부재보다도 더 무서운 재앙을 낳는다. 이에 대
한 푸슈킨적인 해법은 이미 지적한 대로, 법을 존중하는 황제에 대한 복

종과 자유에 대한 자기주장을 양립시키는 것이다. 그렇다면, 사실 이러한 푸슈킨의 정치관은 권력의 입장에서 볼 때, 그다지 위험한 것도 불온한 것도 아니다. 푸슈킨이 말하는 자유 그 자체는 보다 심층적인 부자유(=구속)를 가리고 지속시키는 데 봉사하는 것이기 때문이다. 영국의 언론인이자 소설가 길버트 체스터튼Gilbert Keith Chersterton의 말을 빌리면,

우리는 자유사상이 자유에 대항하는 가장 안전한 방어벽이라고 말할 수 있다. 현대적인 스타일로 말해서, 노예의 정신을 해방시키는 것은 노예해방을 가로막는 가장 좋은 방법이다. 그에게 자신이 자유롭기를 원하는지 어떤지를 고민하도록 가르쳐라. 그러면 그는 스스로를 해방시키지 않을 것이다.[42]

이런 관점에서 볼 때, 이성의 공적인 사용에 대한 기기주깅으로서의 자유사상은 현실적인 자유의 조건으로서 어떤 고정된 도그마, 의심할 여지가 없는 도그마의 수용을 강조한다. 푸슈킨 시대의 러시아적 상황에서 이 도그마는 황제의 권위와 그에 대한 복종이었다. 때문에 푸슈킨의 시에서의 과격한 정치적 주장은 오히려 이데올로그로서의 그의 필요성을 더 강화시켜 주는 역설이 발생한다. 더 나아가 푸슈킨은, 적당히 '관리되는 시인'으로서만 계속 남아 있다면, 니콜라이 1세의 전제정부로서는 꼭 필요한 존재이기도 하다. 문제는 푸슈킨 자신이 그러한 자신의 '역할'에 대해서 의식하지 못했다는 점이다. 그는 자신을 언제라도

---

42 Slavoj Žižek, *Welcome to the Desert of the Real*, London: Verso, 2002, p.2에서 재인용[『실재계 사막으로의 환대』, 김종주 옮김, 인간사랑, 2003]. 여기서의 역설적인 논리는 지젝의 지적대로, 「계몽이란 무엇인가에 대한 답변」에서의 칸트의 주장을 그대로 반복하고 있다.

권력에 의해서 처형될 수 있는 위험한 존재로 간주했다. 이 시에서 처형 전야의 셰니에에 대한 그의 '연기'가 진정성의 아우라를 거느리게 되는 것은 그러한 그의 (미신적인) 믿음 때문이다. 이어지는 대목들에서 그는 아주 진지하게 연기하며 자신의 유언을 남긴다.

> 그래도 나는 곧 죽을 것이다. 하지만 나의 그림자를 사랑하면서,
>
> 원고를 간직해 주게, 오, 친구들이여, 자신을 위해서!
>
> 뇌우가 올 때, 미신적인 군중처럼
>
> 모여서 이따금 나의 진실한 원고를 읽어 주게,
>
> 그리고 오랫동안 들으면서 말해 주게, 이건 그로구나.
>
> 바로 그의 말이구나. 그러면 나는 무덤 속의 잠을 잊고서,
>
> 보이지 않게 들어와 자네들 사이에 서 있겠네,
>
> 그리고 나도 들어 보겠네, 자네들의 눈물에
>
> 취하면서…… 그리고 아마도 나는 위로받을 거야
>
> 사랑으로. 그리고 아마도 나의 '수인'은,
>
> 사랑의 시들에 귀를 기울이며, 우울하고 창백해지겠지……

친구들에게 남기는 이 유언에서도[43] 반복되는 것이지만 '나'(=셰니

---

43 푸슈킨은 실제로 리체이 시절 「나의 유언: 친구들에게」(Moe Zaveshchanie. Druz'yam, 1815), 「나의 묘비명」(Moya epitafiya, 1815) 등의 치기 어린 '유언시'들을 쓴 바 있다. 그의 4행으로 된 '묘비명' 은 이렇다. "여기 푸슈킨 잠들다. 그는 어린 뮤즈와 함께, / 사랑과 게으름으로 좋은 한 시절을 보내며, / 착한 일 한 가지도 한 게 없지만, 단 하나 마음만은 / 진정 선량한 자였도다." 자신의 가상의 죽음을 모티브로 한 이런 시들을 쓴 것은 시기적으로 그가 사회적 상징계로 입문하게 되는 「차르스코예 셀로의 회상」 이후이다. 이 통과제의적인 데뷔 '사건'으로 인해 그는 시인으로 다시 태어나게 되는데, 다시 태어나기 위해서 죽음이 요청되는 것은 당연한 일이다. 따라서 그의 '유언 시'들은 그의 상징적 거세에 대응한다.

에)와 '나의 그림자'는 구분되고 있다. 여기서 '그림자'라고 번역된 시어가 '망령'이란 뜻을 포함하고 있음에도 불구하고, 그것은 죽음 이후의 망령과는 구별된다. 죽음을 통해서 시의 뮤즈 즉 그림자와 분리된 '내'가 친구들이 원고(시)를 읽을 때면 무덤에서 나와 함께 시 낭송을 듣겠다는 진술에서 '나'와 '나의 그림자'는 불일치하기 때문이다. 이 점을 거듭 강조하는 것은 푸슈킨에게서 시인-푸슈킨과 인간-푸슈킨의 분리 가능성이 시와 정치에 대한 그의 이중적 태도의 근거로서 유의미하기 때문이다. 이어지는 시에서 잠시의 간주곡 이후에 계속되는 셰니에의 목소리는 젊은 시인을 호명하며 시인으로서 자부심을 가질 것을 강조한다. 이 독백의 절정이면서 결말에 해당하는 부분이다.

> 당당한 자부심을 가져라, 시인이여. 하지만 너, 사나운 짐승이어,
> 지금 나의 머리를 가지고 놀아라,
> 머리는 너의 발톱 아래 있다. 하지만 살 듣고 알아 두어라, 신앙 없는 자여.
> 나의 비명, 나의 격렬한 웃음이 너를 따라다닐 것이다!
> 우리의 피를 마셔라, 죽이면서 살아라.
> 그래 봐야 너는 난쟁이, 보잘것없는 난쟁이다.
> 그리고 때는 올 것이다…… 벌써 얼마 남지 않았다.
> 너는 몰락한다, 폭군이여! 분노가
> 마침내 떨치고 일어난다. 조국의 통곡은
> 지친 운명을 흔들어 깨울 것이다.
> 이제 나는 간다…… 시간이 됐다…… 하지만 너도 내 뒤를 따르라―
> 나는 너를 기다린다.

시의 전반부에서 '너'로 지칭된 대상이 '자유'였다면, 이 후반부에서는 '폭군'이다. 셰니에에게 이 폭군이 독재자 로베스피에르를 가리킨다면, 푸슈킨에게는 알렉산드르 1세를 가리킨다. 인용한 대목에서 중요한 것은 이 폭군의 몰락에 대한 예언이다. 실제로 셰니에의 이 (가상의) 독백 이후 3일 만에 로베스피에르는 몰락하여 단두대에 오르게 된다(그의 예언이 실현된 것이다!). 이미 살펴보았던 푸슈킨의 「예언자」가 비록 종교적인 배경을 갖고 있지만,[44] 그의 예언자-시인 이미지는 무엇보다도 셰니에의 이러한 역사적·정치적 예언 사례에 바탕을 두고 있다. 하지만 이 예언은 자신의 목숨을 담보로 한 것인데, '사나운 짐승'으로 은유된 폭군의 '발톱'이 뜻하는 것은 단두대일 것이고, '나'의 머리는 이미 그 '발톱' 아래 놓여 있기 때문이다. 따라서 이 예언은 자부심과 함께 죽음에의 공포를 의미망으로 거느린다.

흥미로운 것은 이것이 '러시아의 셰니에' 푸슈킨에게도 그대로 맞아떨어졌다는 사실이다. 즉 러시아적 상황에 대한 알레고리로도 의도한 이 시가 쓰인 지 채 반년도 되지 않아서 알렉산드르 1세가 사망한 것이다(1825년 11월 19일). 당연한 일이지만, 이러한 예언의 '현실화'에 푸슈킨은 대단히 흥분한다.[45] 하지만 푸슈킨은 곧 그게 흥분할 일은 아니라는 것을 깨닫는다. 예언자-시인으로서 셰니에의 예언 플롯은 '시인의

---

44 러시아 작가들 가운데 가장 종교성이 약한 작가로 꼽을 만한 푸슈킨에게서 종교적인 인유(引喩)는 진정성과는 다소 무관한 관습적인 모방, 차용에 가깝다고 보인다. 시 「예언자」의 종교성은 예언자-시인의 민감한 '정치성'을 중화시키는 일종의 완곡어법이자, 검열로부터의 보호막이다.

45 그는 플레트네바(P. A. Pletneva)에게 보낸 편지(1825년 12월 4~6일)에서 「앙드레 셰니에」를 언급하면서 "나의 사랑! 나는 예언자야, 맙소사, 예언자란 말이야!"라고 쓴다. 이것이 이 시가 갖는 텍스트 외적 의미의 발단이다. 푸슈킨은 이러한 예언이 실현되기 이전에도 이 비가를 상당히 높이 평가했지만(Tomashevsky, Pushkin, vol.2, p.320 참조), 예언이 맞아떨어진 이후에 이 시가 갖는 중요성이 더욱 배가되었으리라는 점은 미루어 짐작해 볼 수 있다.

죽음 → 폭군의 죽음'이다. 그런데 푸슈킨의 경우 자신이 예감하던 '시인의 죽음'에 앞질러서 '폭군의 죽음'이 알렉산드르 1세의 급사로 현실화되었다. 그렇다면 순서가 전도되긴 했지만, 예언을 구성하는 다른 한 축으로서의 시인의 죽음 또한 곧 현실화될 수 있을 것이다.

이 불길한 예감을 더 고조시켜 준 사건이 자신의 친구들이 대거 참가한, 바로 12월 14일의 데카브리스트 봉기이다. 게다가 검열에서 일부분을 제외하고 통과되어 자신의 시선집(1826년 1월)에 수록된 이 시의 사본이 「앙드레 셰니에」란 제목 대신에 「12월 14일」이란 제목으로 유포되고 있었다. 이 시는 프랑스 시인 앙드레 셰니에의 죽음에 대한 애도시로서 가장하고 있었지만, 그것이 러시아적인 맥락에서 갖는 (알레고리적인) 의미가 당대의 독자들에게도 간파되었던 것이다. 따라서 데카브리스트 봉기에 직접 가담하지는 않았지만, 푸슈킨의 행적이 당국의 주요 감시대상이 된 것은 당연하다. 푸슈킨은 황제 니콜라이 1세의 의심을 받았고, 직접적인 심문에 대한 해명과 형식적인 일단락(1828년 6월)에도 불구하고, 의혹은 제거되지 않았다.[46] 데카브리스트들에 대한 애도와 함께 죽음에 대한 강박관념이 푸슈킨의 후기 창작에 그림자를 드리우는 것은 이러한 배경을 갖는다.

사실 생활에서의 경솔함과 대조되는, 푸슈킨의 신중한 창작 태도는 이 시의 '에필로그'에서도 확인할 수 있다. '나'(=셰니에)의 목소리로 폭군의 몰락을 당차게 예언했지만, 이 '나'는 곧바로 3인칭 '그'로 상대화된다. "나는 너를 기다린다"에 이어지는 것은 "그렇게 흥분한 시인은 노래했다"이다. 이 노래는 사방은 고요하고 등불만 비치는 감옥 안에서의

---

46 도오루, 『뿌쉬낀과 12월 혁명』, 128~129쪽.

외로운 독백이었다. 독백을 마친 시인은 고개를 들어 철창을 바라볼 따름이다. 그런데 이 고요와 대비되는 것이 형 집행을 위한 소음이다.

갑자기 소란스런 소리가 났다. 사람들이 왔다, 이름을 부른다. 그들이다!
희망은 없다!

열쇠와 자물쇠, 빗장 소리가 들린다.

이름을 부른다…… 잠시만, 잠시만. 하루만, 단 하루만.

그럼 처형은 없을 것이고, 모두에게 자유가 주어질 텐데,

그러면 위대한 시민으로서

위대한 민중들 속에서 살았을 텐데.

아무 소리도 들리지 않는다. 행진은 침묵 속에서 이루어진다. 집행인이 기다리고 있다.

하지만 우성이 시인의 죽음의 길을 황홀하게 만든다.

단두대 앞이다. 그는 올라갔다. 그는 명예의 이름을 부른다……

울어라, 뮤즈여, 슬피 울어라!……

감옥에서부터 단두대로의 이동과 형 집행 과정을 요약하고 있는 이 마지막 대목을 한마디로 요약하는 것은 '희망은 없다!'이고, 그에 따른 지배적인 정서는 안타까움이다. 형 집행이 하루만 더 늦추어졌어도 시인은 살아날 수 있었기 때문이다. 그렇다면, 이렇듯 비교적 자세하게 형 집행 과정을 묘사하고 있는 '에필로그'가 셰니에의 독백에 부가됨으로써 얻어지는 효과는 무엇일까? 셰니에의 영웅적인 면모를 부각시키기 위해서라면 바로 앞 단락에서 시를 마무리하거나, 간단한 사후담만을 에필로그로 덧붙일 수도 있었을 것이다. 하지만 그럴 경우에는 '단두대의 무대화'가 생략되게 된다. 이 시에서 핵심이 되는 것은 셰니에의 주

장과 그의 처형인데, 만약에 처형 장면이 생략된다면 그의 '비극적' 영웅성은 지워지거나 반감될 것이다.

그런데 이 비극성은 어디에서 비롯하는가? 그것은 자유와 법의 충돌에서 말미암는다. 시의 전반부에서 "자유와 법은 어디에 있는가?"라고 물으면서 셰니에는 법질서의 혼란과 부재를 개탄했지만, 자유에 대한 그의 자기주장(독백)에 대응하는 것이 그러한 자유를 제한하는 힘으로서의 단두대이다. 전통적으로 형 집행은 법의 절대적인 권위와 힘을 상징한다. 단두대는 법의 부재가 아니라 법의 강압적 폭력성이라는 외설적인 이면이다. 강제력을 수반하지 않는 법은 없다는 의미에서 법은 폭력적이며(법은 폭력에 대항하여 폭력을 제어하기 위한 폭력이다), 그러한 폭력성의 극한이 바로 단두대이다.[47] 즉 이 시의 비극성은 자유에 대한 요구(=폭군의 몰락에 대한 예언)가 그에 상응하는 법의 외설성과 정면으로 맞부딪치고 있는 데서 생겨나며 이것이 이 시에 긴장미 균형감각을 부여한다.

이상이 이 시의 텍스트적 의식의 층위에서 읽어 낼 수 있는 바라면, 흥미로운 것은 그것의 이면, 즉 텍스트적 무의식의 층위이다. 이미 「아리온」에서 '아리온'과 '선원들'의 전도적인 관계를 살펴본 바 있지만, 이 시에서도 주체(=시인)와 조력자, 적대자와의 관계는 교묘하게 전도되어 있다. 표면적으로 이 시에서 주체(=셰니에)에 대한 적대자는 폭군(=로베스피에르)이고, 조력자는 비록 셰니에를 구해 내지는 못했지만, 반反로베스피에르를 기치로 내걸었던 테르미도르 반동세력이었다. 이것을 러시아적 상황에 적용해 보면, 주체는 푸슈킨이고, 적대자는 알렉산

---

47 정신분석학적인 의미에서 단두대는 '아버지'의 거세 위협을 무대화하고 있기도 하다.

텍스트의 차원	주체	적대자	조력자
텍스트적 의식	셰니에	로베스피에르	테르미도르파
알레고리	푸슈킨	알렉산드르 1세	데카브리스트
텍스트적 무의식	푸슈킨	데카브리스트	알렉산드르 1세

드르 1세이며, 조력자는 데카브리스트가 되어야 한다. 하지만 근본적인 정치적 입장을 준거로 하여 보자면, 정치적으로 급진좌파에 속하는 자코뱅당의 로베스피에르와 더 유사한 것은 알렉산드르 1세가 아니라 데카브리스트이며, 비록 왕당파는 아니었지만 테르미도르파는 그 반동적인 성격에 있어서 데카브리스트보다는 알렉산드르 1세와 유사하다. 그렇게 본다면, 셰니에가 놓여 있던 정치적 상황과 푸슈킨이 자리하고 있는 정치적 상황은 일치하지 않는다. 이것을 도표화하면 〈표14〉와 같다.

　셰니에와 푸슈킨 모두 폭정의 타도와 몰락을 예언하고 있다는 점에서, 로베스피에르를 뜻하는 '폭군'의 알레고리는 표면상 러시아의 황제 알렉산드르 1세이다. 하지만 텍스트의 심층에서는 오히려 데카브리스트가 프랑스 혁명에 고취된 혁명결사였다는 점에서, 급진적인 혁명주의자였던 로베스피에르/자코뱅파와의 유사성을 간과할 수 없다. 푸슈킨에게 죽음에의 실제적인 위협을 가져다준 것은 알렉산드르 1세의 뒤를 이어서 즉위한 니콜라이 1세가 아니라 데카브리스트였다는 점 또한 여기에서 고려해야 할 것이다.

　이렇듯 텍스트적 무의식의 차원까지 동원했지만, 그렇다고 해서 이 시의 정치적 의미망이 다 해독되는 것은 아니다. 이미 지적한 바 있듯이, 1825년의 데카브리스트 봉기가 푸슈킨의 정치적 태도 변화에 전

〈표15〉 텍스트 사회학적 측면에서 본 「앙드레 셰니에」의 자리바꿈

텍스트의 차원	주체	적대자	조력자
텍스트 사회학	데카브리스트	니콜라이 1세	푸슈킨

환점을 제공해 주었다면, 「12월 14일」로 불리던 시 「앙드레 셰니에」 또한 이러한 전환점의 지표로서 유의미하다. 그런데 이 '12월 14일'의 주체는 누구인가? 그것은 푸슈킨이 아니라 데카브리스트이다. 원래의 시 「앙드레 셰니에」에서 푸슈킨은 셰니에의 가면을 쓴 예언자였지만, 이 시가 문제가 되자 그는 그러한 의혹과 혐의를 부인한다(즉 이 시는 러시아적 상황과는 무관하다고 말이다). 그리고 그의 자리는 「앙드레 셰니에」에서 셰니에의 죽음을 애도하는 자리의 '나'였듯이, 데카브리스트의 죽음을 애도하는 시(텍스트 사회학적으로 볼 때, 적어도 독자들에게는 그렇게 이해된 시) 「12월 14일」에서도 푸슈킨은 1인칭 셰니에이 가리가 아니라, 셰니에를 3인칭으로 말하는 자리에 위치한다. 그렇다면 '셰니에'의 자리에는 누가 오는가? 당연히 '12월 14일'의 주역이었던 데카브리스트이다. 여기서 일종의 자리바꿈이 일어나는 것이다(표15).

사실 이러한 자리바꿈은 푸슈킨에게서도 필요했던 작업인데, 이를 통해서 '시인의 죽음 → 폭군의 죽음'이란 공식에서 요구되던 '시인의 죽음'이란 자리에 자기 대신에 데카브리스트를 집어넣을 수 있기 때문이다. 이러한 시적 논리에 따른다면, 데카브리스트는 '정말로' 푸슈킨 대신에 푸슈킨의 자리에서 희생(당)한 것이 된다. 즉 데카브리스트의 죽음에 대한, 특히 처형당한 다섯 명의 데카브리스트에 대한 푸슈킨의 애도는 동료로서 갖는 심정적인 차원의 것이면서 동시에 보다 중요하게는 논리적인 차원의 것이다. 「앙드레 셰니에」가 갖는 전기적 의의 중의

하나는 바로 이러한 논리적 차원을 밝혀 준다는 데 있다.

　　푸슈킨의 「앙드레 셰니에」는 레르몬토프에게도 직접적인 영향을
미치는데, 그 영향의 산물이 「앙드레 셰니에의 시에서」Iz Andreya Shen'e, 1831
이다. 먼저 시의 전문을 옮겨 놓는다.

　　공익을 위해서, 아마도, 나는 죽을 것이다,

　　아니면 유형지에서 헛되이 삶을 보낼 것이다.

　　아마도, 교활한 중상에 상처 입고,

　　세상과 그대 앞에서 모욕당하고서.

　　나는 수치로 짠 관을 쓰고 다니지는 못할 것이고,

　　직접 때 아닌 종말을 찾아 나설 것이다.

　　하지만 그대는 젊은 수난자를 비난해서는 안 되고,

　　바라건대, 조롱하는 말도 하지 마라.

　　나의 끔찍한 운명은 그대가 눈물을 흘리기에 족하다,

　　나는 많은 악을 저질렀지만, 더 많은 악을 참아 냈다.

　　오만한 적들이 나를 비난하도록 하고,

　　복수하도록 하라. 마음속으로, 하늘에 맹세컨대,

　　나는 악인이 아니다, 정말 아니다, 운명이 나의 파괴자이다.

　　나는 당당하게 앞에 나아가, 자신을 희생했다.

　　거짓된 세상의 공허함에 싫증이 나서,

　　나는 맹세를 엄정하게 지킬 수 없었다.

　　비록 사회에 많은 해를 입혔지만,

　　나의 친구여, 그대에게는 언제나 충실했다.

　　난폭한 군중들 사이에서 홀로이지만

나는 그럼에도 그대를 사랑했다, 그럼에도 그토록 부드럽게 사랑했다.

'자유를 위한 투사로서의 시인'이라는 테마에 속하는 이 시는 제목과는 달리 셰니에의 시를 번역하거나 인용한 것이 아니다. 푸슈킨의 경우엔 셰니에의 시를 몇 편 러시아어로 번역한 바 있고, 이 시와 같은 제목의 번역시도 남기고 있지만,[48] 레르몬토프의 이 시는 순전히 그의 창작이다. 그럼에도 '앙드레 셰니에의 시에서'란 제목이 유효하다면, 그것은 이 시의 서정적 화자를 셰니에와 동일시해야 한다는 의미일 것이며, 정치적인 주제를 다룬다는 뜻도 내포한다. 그래서 이 시에서의 '나'는 적어도 셰니에의 가면(페르소나)을 쓴 레르몬토프이다. 그렇다면, 셰니에의 삶에서 가져온 모티브는 무엇이고, 그것은 레르몬토프식으로 어떻게 변형되었는가?

푸슈킨의 셰니에에게서 핵심적인 것이 예언자, 투사로서의 시인의 이미지와 단두대에서의 처형이라면, 레르몬토프가 셰니에에게서 이해하는 가장 핵심적인 정치적 모티브는 1행에 집약돼 있는, '공익을 위한 죽음'이다. 가장 '개인적인' 시인이었던 레르몬토프로서는 사회적 관심이 확장된 것이라고 볼 수 있지만,[49] 그럼에도 그 공익이란 것이 구체적으로 제시되고 있는 것은 아니기 때문에 이 시에서의 정치적 주제 역시 명확하지 않다. 푸슈킨의 '셰니에'와 같은 상황에 처해 있는 것으로 간주하자면, 이 시에서의 화자 역시 감옥에 갇혀서 죽음을 앞두고 독백을

---

48 푸슈킨의 「앙드레 셰니에의 시에서」(1835)는 셰니에의 「에타, 기품 있는 산이여」를 옮긴 것인데, 번역은 「앙드레 셰니에」를 쓴 1825년에 시작되었지만 1835년이 되어서야 완성되었다.
49 이러한 관심의 확장은 1830~1831년 사이에 쓰인 레르몬토프의 시들에서 특징적이다(Lermontov, *Polnoe Sobranie Sochinenii v chetyrekh tomakh*, vol.1, p.578).

하는 형식이어야 하지만, 전체적으로 시적 상황은 모호하게 처리돼 있다. 더불어 단두대와 같은 처형의 모티브가 직접적으로 등장하지 않는 것도 눈에 띄는데, 레르몬토프로서는 푸슈킨과는 달리 데카브리스트들과 직접적인 관련을 맺고 있지 않았기 때문에 처형 장면을 무대화할 필요는 없었을 것이다. 또한 푸슈킨의 시에서처럼 이중적인 제스처가 필요하지 않기 때문에, 두 명의 서정적 화자를 내세우는 이중 프레임의 구조를 만들지도 않았다. 그렇다면 직접적인 영향을 받은, 푸슈킨적인 셰니에의 모티브로서 남아 있는 것은 19행에서의 '난폭한 군중'이란 이미지이다. 하지만 여기서 군중이 등장하는 것은 '나'의 고독(홀로 있음)과 대조하기 위해서이다. 요컨대 이 시에서 셰니에적인 모티브는 그다지 큰 의미를 갖는다고 볼 수 없으며, 오히려 이 시는 다른 시들에서 보아 온 레르몬토프적인 모티브들로 채워져 있다.

민지 기저할 수 있는 것이 '나'와 '세상'의 대립이다. 3~4행에서 볼 수 있듯이, '나'는 사람들에게 상처 입고 모욕당한 주체로 정립돼 있다. 그리고 10, 13, 17행에서 확인할 수 있듯이, '나'는 '악인'은 아니지만, 많은 악(잘못)을 저질렀고, 사회에도 해를 입혔다. 푸슈킨의 경우라면, 흔히 (기독교적 맥락에서) 자유의지와 결합되어 있는 이러한 악(행)과 균형을 맞추기 위해 상징적 질서의 대변자로서 법이란 테마가 등장하지만, 레르몬토프에게서는 법에 대한 요구가 부재하며 대신에 운명론이 등장한다. '나의 끔찍한 운명'이나 '운명이 나의 파괴자' 같은 것이 운명론을 테마화하고 있는 구절들이다. 그리고 이 운명론이 '그대'에 대한 변함없는 사랑으로 귀결되는 것은 자연스럽다. 사랑은 '나'의 모든 불확실한 죽음의 여러 가능성들에도 불구하고, 유일하게 남아 있는 확실성이다.

레르몬토프가 아직 시인으로서 성숙한 단계에 도달하기 이전에 쓴 이 시는 몇몇 자신만의 테마를 드러내고는 있지만, 푸슈킨의 「앙드레 셰니에」에서만큼 원숙한 시적 기교와 그와 연관된 자신만의 시인관을 드러내고 있지는 못하다. 푸슈킨에게 필적할 만한 시가 쓰이기 위해서는 또 다른 시인의 죽음이 요구되었는데, 그것은 바로 푸슈킨의 죽음이다. 푸슈킨에게서 시인으로서의 분명한 정치적 태도를 요구하고 자극했던 것이 데카브리스트 봉기였다면, 그것에 맞먹는 것이 레르몬토프에게서는 '푸슈킨의 죽음'이라는 사건이다.[50] 그것을 그는 「시인의 죽음」Smert' Poeta, 1837[51]으로 일반화시켜서 노래한다. 즉 이 경우, 푸슈킨의 죽음은 한 시인의 죽음이면서 동시에 모든 시인의 죽음이 된다. 역설적인 것은 이러한 죽음으로부터 레르몬토프라는 한 새로운 시인이 비로소 탄생하고 있다는 점이다.

「시인의 죽음」은 나중에 덧붙여진 2부를 포함해서 길고 짧은 6개의 연으로 구성돼 있는데, 먼저 20행으로 이루어져 있는 1연이 건반부이다.

시인이 죽었다!—명예의 노예—

헛소문과 비방으로 쓰러졌다,

가슴에 복수의 열망과 총알을 박은 채,

당당한 머리를 숙이고 쓰러졌다!

시인의 영혼은 사소한 모욕의

---

50 레르몬토프에게서 '시인'의 테마가 '수인-시인-예언자'로 주제화되는 것은 모두 「시인의 죽음」 (1837)을 쓴 이후이다.

51 이 시는 1858년 「푸슈킨의 죽음에 부쳐」(Na smert' Pushkina)라는 제목으로 처음 공식적으로 발표된다. Lermontov, *Polnoe Sobranie Sochinenii v chetyrekh tomakh*, vol.1, p.591의 각주 참조.

불명예를 참지 못하고,

그는 세상의 소문에 대항하여 일어섰다

혼자서, 예전처럼…… 그리고 살해당했다!

시인의 죽음을 간명하게 요약하고 있는 이 대목에서 자유를 노래했지만 '명예의 노예'였던 시인과 대립되는 것은, '세상'과 '세상의 소문'이다. 이 대립은 5행과 7행에서 '시인'Poeta과 '세상'sveta이 각운을 맞추고 있는 데에서 더 강화된다. 8행에서 세상에 '혼자서' 맞서는 시인의 이미지에서 강조되는 것이지만, 서정적 화자(=레르몬토프)는 이 대립을 만인 대 일인의 싸움으로 간주한다. 그리고 그 결과는 시인의 죽음이며 이죽음은 돌이킬 수 없다. 그런데 여기서 문제되는 것은 그 죽음이 비자연적인 죽음, 곧 '살인'이라는 데 있다. 이어지는 내용이 그 살인에 대한 책임 추궁인 것은 자연스럽다. 시의 13~16행이다.

당신들은 처음부터 그토록 사악하게

그의 자유롭고, 용감한 재능을 쫓아내고

한갓 오락을 위해

가까스로 감추어진 불을 지피지 않았던가?

여기서 '감추어진 불'은 시인의 감정, 정념을 가리킨다. 이 구절은 세상(사교계) 사람들이 시인의 아내 나탈리야 곤차로바Nataliya Goncharova, 1812~1863와 프랑스인 장교 출신의 단테스 간의 염문설을 퍼뜨림으로써('한갓 오락을 위해') 시인의 질투를 불러일으키고 결투를 신청해야만하는 곤경으로 내몬 것에 대해 비판하는 대목이다. 결과적으로 "놀라운천재는 횃불처럼 꺼져 버리고, / 화려한 화관은 시들어 버리고 말았다".

이 1연의 요지는 시인의 죽음에 대한 분노와 그 책임에 대한 추궁이다.

그리고 이어지는 2연은 결투 장면에 대한 회상이다. 이 장면의 중심에 놓이는 인물은 '그의 살인자', 곧 단테스이다. 화자는 조금도 망설임 없이 '시인'을 겨냥한 '그'가 외국인이었기 때문에 "우리의 명예를 존중할 수 없었다"고 말한다. 여기엔 러시아인이라면 결코 시인을 죽일 수 없었을 거라는 가정이 전제되어 있다. 그래서 결국 3연에서 다시 확인하게 되는 것이 시인의 죽음이다.

> 그래서 그는 살해되었다―그리고 무덤으로 갔다,
> 유명하진 않았지만, 사랑스러웠던 그 시인처럼,
> 눈먼 질투의 희생양이었으며,
> 그토록 경이로운 능력으로 그가 찬양했던,
> 자신처럼 결국 무자비한 손에 쓰러진.

여기서 레르몬토프가 푸슈킨과 동일시하고 있는 '그 시인'은 『예브게니 오네긴』에서의 '블라디미르 렌스키'이다. 렌스키 역시 결투에서 오네긴의 '무자비한 손'에 쓰러진 바 있다. 레르몬토프는 '가해자-희생자'라는 구도에 맞추어 렌스키를 푸슈킨에, 그리고 오네긴을 단테스에 대응시키고 있는데, 사실 성숙한 단계의 시인 푸슈킨을 순진한 비가 시인으로서 가장 희화화되고 있는 인물인 렌스키와 동일시하는 것은 무리이지만, 한편으로 그것은 푸슈킨의 오랜 자기암시적 예감을 실현하고 있다는 점에서 흥미롭다.

발표된 작품에서는 빠져 있지만, 오네긴의 여행을 다룬 『예브게니 오네긴』의 10장에서 데카브리스트들의 집회 장면이 살짝 묘사되고 있

그림 13 단테스와의 결투에서 쓰러져 숨진 푸슈킨. 푸슈킨의 죽음은 레르몬토프가 공적 시인으로서 새롭게 탄생한 계기이기도 했다.

는 데서 알 수 있듯이 오네긴은 데카브리스트 결사와 모종의 관계를 맺고 있는 인물로 설정돼 있었다. 즉 렌스키가 푸슈킨이라면 오네긴은 데카브리스트와 동일시될 수 있다. 푸슈킨이 가지고 있던, 데카브리스트로 인한 죽음에의 오랜 강박관념이 여기서 적어도 상징적인 차원에서는 실현된 것이기 때문이다(단테스가 프랑스군 출신이라는 점도 데카브리스트 사상의 연원과 관련하여 이러한 연상을 보강해 줄 수 있을 것이다). 물론 이러한 상징적 구도는 전적으로 '시인의 죽음'에 대한 레르몬토프의 시적 형상화와 (아마도 무의식적인) 의미부여에 근거한 것이다. 이것을 도표화하면 〈표16〉과 같다(이 도표에서 표시되고 있지 않은 것은 '시인의 죽음'이 갖는 '실재적' 차원인데, 그것은 마지막에 분석될 것이다).

　1~3연에서는 충격적인 시인의 죽음에 대한 반복적인 확인에 큰 비중이 두어졌다면, 4연에서는 이제 그러한 '현실'을 수용한 상태에서 시

<표16> 『예브게니 오네긴』에 나타난 가해자-희생자 구도

분류	현실적 차원	상상적 차원	상징적 차원
가해자	단테스	오네긴	데카브리스트
희생자	푸슈킨	렌스키	푸슈킨

인 자신(=푸슈킨)에 대한 비판으로 나아간다. 푸슈킨으로서도 결투가 성립할 수 있는 빌미를 제공한 잘못이 있는 것이기에 비판과 책임으로부터 자유롭지 못한 것이다.

> 무엇 때문에 평화로운 안일과 순박한 우정으로부터
> 그는 이런 질투로 넘쳐나고 숨 막히는 세상에 발을 들여놓았던가?
> 자유분방하고 불꽃 같은 가슴의 열정 때문인가?
> 어째서 그는 하찮은 중상가들에게 손을 내밀었단 말인가?
> 어째서 그는 거짓말과 아첨들을 믿었더라 말인가,
> 젊은 시절부터 사람들을 간파했던 바로 그가?

여기서도 시인과 대척관계에 놓이는 것은 상류 귀족사회를 뜻하는 '세상'이다. 여기서 던져지는 질문들이 푸슈킨만을 향한 수사적 질문들이라면, 이 시는 대상의 상실에 대한 책임을 대상에게로 귀속시키는 애도적 성격의 시가 된다. 하지만 그 질문이 질문자인 레르몬토프 자신을 향해 되던져진다면, 이 시는 대상 상실의 책임을 질문의 주체가 떠안는 우울증적 시가 된다. 혹은 이 질문들을 대타자의 질문으로서의 케 보이 Che Vuoi 즉 "당신이 원하는 것은 무엇인가?"로 수용하게 되면, 질문의 주체는 히스테리적인 주체가 된다. 4연은 이러한 경계에 놓여 있다. 이제 1부에서 남은 것은 마지막 5연이다.

이전의 왕관을 벗기고―그들은 월계수로 휘감은

가시면류관을 그에게 씌웠다.

하지만 감춰진 가시들이 날카롭게

영예로운 이마를 찔러 댔다.

그의 마지막 순간은 조소를 머금은 무식한 자들의

교활한 험담으로 중독되었고,

그는 죽었다―헛된 복수의 열망과,

꺾여 버린 희망에 대한 남모르는 유감을 안고서.

불가사의한 노랫소리는 멈추었고,

다시는 그에 의해서 울려 퍼지지 않을 것이다.

시인의 안식처는 음울하고 비좁으며,

이제 그의 입은 봉인되었다.

1~4연에서 단수로 지칭되던 시인의 살인자는 이제 5연에 와서 '그들'로 호칭된다. 이것은 시인의 죽음이 비단 단테스와의 우발적인 결투의 결과로 이해될 수 없다는 뜻을 함축한다. 단테스는 직접적으로 '무자비한 손'의 역할을 하긴 했지만, '무자비한 손'의 이면에 있는 것은 푸슈킨과 세상(사교계)과의 근본적인 적대이며, 이 적대관계를 레르몬토프는 시인과 '그들' 간의 대립으로 표시하고 있는 것이다. 그들은 시인에게 월계관 대신에 가시(면류)관을 씌웠다. 희생자의 지표로서 '가시관'이 은유하는 것은 니콜라이 1세가 1833년 12월에 푸슈킨에게 임명한 궁정 시종보(궁정의 축일에 참석해야 할 의무가 있었다)라는 직책일 것이다. 잘 알려져 있다시피, 니콜라이 1세는 시인의 아내 곤차로바에게 마

음이 끌렸고, 그녀를 궁정에서 보다 자주 만나기 위한 방편으로 푸슈킨을 그러한 한직에 임명한 것이었다. 그렇다면, 아내 곤차로바를 매개로 한 단테스와의 갈등 이전에 성립하고 있는 것은 니콜라이 1세와 푸슈킨과의 갈등이다. 시종보로 임명된 남편 덕분에 아내 곤차로바는 궁정에서 열리는 무도회에 더 자주 나갈 수 있게 되었으므로 이 '가시관'이 시인의 '이마'를 그만큼 자주 찔러 댄 것은 당연하다. 결국 그는 적대적인 상류 귀족사회의 험담에 중독되어 결투에 나서게 됐고, 죽음을 맞았다.

그의 노래를 '불가사의한 노래'로 표현한 것은 레르몬토프적인 어법이다(그는 이미 「천사」에서 노래에 대한 '불가사의한 갈증'을 고백한 바 있다). 시인의 죽음으로 노래는 멈추었고, 다시 울려 퍼지지 않을 것이며, 시인의 안식처인 무덤 속은 음울하고 비좁을 것이다. 시인의 입이 봉해짐으로써 이제 시인은 안식의 시간으로 들어서게 된다. 이 5연에서 서술하고 있는 것은 시인의 이러한 죽음으로의 경로이다. 님은 것은 시인의 '복수'와 '유감'을 대신하는 것인데, 레르몬토프가 자처하고 있는 것은 이 대행자의 역할이다. 이 시로 말미암아 레르몬토프는 러시아 문학사에서 푸슈킨의 뒤를 잇는 후계자로서 결정적인 자리매김을 하게 되는데, 이 시에서도 핵심이 되는 부분은 나중에 덧붙여진 2부이다.

그러나 너희들, 비열한 행위로
유명한 조상의 교만한 자손들이여,
운명의 장난으로 모욕당한 일족을
비굴한 발뒤꿈치로 짓밟은 쓰레기들이여!
너희들, 옥좌 옆에 탐욕스레 무리지어 서서
자유와 천재, 그리고 영광을 죽이는 망나니들이여!

너희는 법의 그늘 아래로 숨어서,

너희 앞에선 재판도 정의도 모두 침묵!⋯⋯

하지만 타락한 녀석들아! 신의 심판이 있으리라!

무서운 심판이 기다리고 있으리라.

그것은 황금의 종소리도 허락하지 않으며,

너희들의 생각과 일을 미리 알고 있다.

그러니 너희들이 중상하려고 헛되이 매달려 보아라.

너희에게 도움이 되지 않을 것이고,

너희는 너희의 검은 피로 아무리 해도

시인의 정의로운 피를 씻어 내지 못할 것이다!

전체 16행으로 이루어진 2부는 내용상 레르몬토프가 시인의 죽음에 대해 책임을 묻고 있는 '그들', 즉 궁정의 상류 귀족사회에 대한 비판으로 이루어져 있다. ①1~6행까지는 '그들'을 호명하고 있고, ②7~12행에서는 '그들'에 대한 '신의 심판'을 경고하고 있으며, ③나머지 13~16행에서는 '그들'의 죄업이 용서될 수 없을 거라고 주장한다. ①에서 '그들'은 '교만한 자손들', '쓰레기들', '망나니들'로 비하되고 있는데, 그들이 죽인 "자유와 천재, 그리고 영광"은 모두 푸슈킨을 지칭하는 시어들이다.

주목할 것은 ②에서 법에 대한 레르몬토프의 태도이다. 그가 보기에 시인의 죽음에 대한 실질적인 책임이 있는 이 귀족들은 형식적으로는 법에 의해서 면책되어 있다. 푸슈킨에게서는 법이 자유와 함께 가장 중요한 가치 이념인 반면에, 레르몬토프에게서 이 (지상의) 법은 정의롭지 못하다. 그것을 말해 주는 것이 7~8행인데, 현실에서는 '재판'과 '정의' 모두 비겁하게 침묵하고 있을 따름이다. 그러한 침묵에 대응하는 것이 9~12행에서 묘사하고 있는 신의 심판, 즉 하늘의 심판이다. 그것을 그는 '무서운 심판'이라고 부르는데, '무서운'이란 형용사가 연상시키는 '뇌우'는 대타자로서의 초자아를 상징하며 청각적으로 지상의 법의 '침묵'과 대조된다. 11행에서 허락되지 않는 '황금의 종소리'는 죄의 사면과 관련된 은유이고, 12행은 '심판'을 모든 것을 사전에 인지하고 있는 절대적 주체로서 가정하고 있다.

특이한 것은 '심판자'라는 말 대신에 '심판'이라고만 쓴 것이다. 그것은 11~12행에서 이 '심판'이 인격화되어 있는 걸 고려할 때 유표적인 어휘 선택이다. 거기서 드러나는 것은 어떤 확정성의 결여인데, 사실 이 시에서 레르몬토프는 시인의 죽음에 대한 책임을 아주 직접적으로 묻고 있으면서도 정작 핵심 당사자로 지목할 수 있는 황제 니콜라이 1세는 빠뜨리고 있다. 「앙드레 셰니에」 등이 시에서 볼 수 있듯이 푸슈킨이라면 은유나 알레고리를 통해서라도 이 점을 적시했을 테지만, 레르몬토프는 '옥좌'의 주변만을 문제 삼는다. 이미 그의 '가족비극'과 관련해서도 외조모와 아버지 간의 본질적인 적대를 레르몬토프가 인지하고 있지 못하다는 점을 지적한 바 있는데, 그러한 인지의 결여, 혹은 억압이 여기서도 다시 반복되고 있는 것이다. 즉 그는 푸슈킨(=시인)과 니콜라이 1세(=권력) 간의 근원적인 적대를 지적하는 대신에, '사람들'(=황제 주변의 귀족들)의 교만과 아첨, 중상과 비굴을 사건의 원인으로 지목할 따름이다.

그러한 본질적이고 근원적인 적대를 '실재'라고 한다면, 레르몬토프는 법으로 대표될 수 있는 상징적 질서의 불충분성에 대한 인지에서 이 실재에 대한 요구로 나아가지만, 실재의 중핵은 건드리지 못한다. 그렇기 때문에 그에게서는 상징계에 대한 거부와 부정이 새로운 차원에서의 긍정으로 지양되지 못하고 계속 부정성의 상태로만 남아 있게 되는 것이다. 그리고 그러한 상태에서 형성되는 지배적인 정서가 우울이다. 가령 그의 이러한 정서를 가장 잘 드러내 주는 시 「지루하고 우울하다」I skuchno i grustno, 1840를 보라.

지루하고 우울하다, 손 내밀 사람이 아무도 없구나,
영혼이 불행한 순간에도……
희망!…… 영원히 헛된 희망을 갖는다는 게 무슨 소용인가?……
세월은 그래도 흘러간다―정말 좋은 세월이!

사랑…… 하지만 누구를?…… 잠시의 사랑은 헛수고이고
영원한 사랑은 불가능하다.
자신을 들여다보라고?―거기 지나간 일은 흔적도 없다.
기쁨도, 고통도, 지나면 아무것도 아니지……

정열은 어떤가?―하지만 그 달콤한 병도 어차피
이성이란 이름 아래 사라진다.
그리고 삶이란 냉정한 시선으로 둘러보면,―
그토록 공허하고 어리석은 농담일 뿐……

자문자답의 형식으로 구성된 이 시에서 반복적인 것은 현실태에 대한 부정이다. 현실태를 구성하고 있는 한정성, 순간성, 우연성 등이 이 부정의 근거로 작용한다. 그리고 이와 대비되는 것이 공간적 '무한성'과 시간적 무한으로서의 '영원성'이다. 무한성과 영원성에 대한 요구는 결코 한계 지어질 수 없는 절대성에 대한 요구이다. 하지만 이 요구는 불가능에 대한 요구이다. 그것을 요구하는 주체인 인간 자신이 한정적이고, 순간적이며 우연적인 존재이기 때문이다. 즉 인간은 무한성, 영원성을 수용할 수 없다(이러한 딜레마를 가장 잘 집약하고 있는 것이 "잠시의 사랑은 헛수고이고 / 영원한 사랑은 불가능하다"는 2연의 구절이다). 하지만 그럼에도 불구하고, 불가능에 대한 요구가 계속적으로 제기되는 것은 어째서인가? 그것은 다른 방향에서 충족되는 욕망의 이면이 아닐까?

가령 레르몬토프의 '실재'에 대한 '희망'과 '사랑'과 '정열'은 얼마만큼의 진정성을 담지하고 있는 것일까? 레르몬토프에게서 실재에 대한 요구 혹은 열망은 절대적으로 완전한 것으로서의 무한성, 영원성에 대한 요구인데(「시인의 죽음」에서 그러한 실재의 표상이 상징적 질서로서의 법 너머에 있는 '신의 심판'이다), 사실 이것은 실재와의 직접적인 조우를 가능하게 하는 것이 아니라 그러한 조우를 가로막는 보호막으로 작용한다. 그의 지루함과 우울함은 스스로 책임져야 할 현재적 삶에 대한 충실성이라는 과중한 의무로부터 벗어나게 해주는 알리바이가 되며(때문에 그는 지루하고 우울하게 '행복'하다), '신의 심판'은 정의의 구현이라는 자신의 공동체적 책임을 모두 신의 심판에 전가함으로써 자기 자신은 면책되도록 하는 기제로서 작용하는 것이다.

앞서 말했듯, 라캉적인 의미에서 행복은 자신의 욕망에서 비롯되는 결과들에 전면적으로 대면하지 못하는 주체의 무능력이나 무방비 상태에 기초한다. 레르몬토프에게서 '행복'은 '천상의 지복'에 대한 욕망이 실현되지 않고 유예됨으로써 얻어지고, 정작 그 '지복' 자체는 두려움의 대상이 되는 것도 이러한 맥락에서이다. 그런 의미에서 실재에 대한 그

〈표 17〉「시인의 죽음」에 나타난 상징계와 실재

사안	상징계적 차원	타협점	실재적 차원
시인의 죽음의 원인	단테스	귀족사회	니콜라이 1세
시인의 죽음의 처리	법(재판)	심판	심판자

의 요구 또한 실재의 중핵을 회피하기 위한 보호막이라고 할 수 있다.

그렇다면, 이「시인의 죽음」의 마지막 대목에서 '심판자'라는 말 대신에 '심판'이라고 쓴 것은 실재에 대한 열망과 실재로부터 거리를 두려는 (무)의식적 열망이 빚어낸 타협점으로서의 합작품이라고 정리할 수 있을 것이다. 이러한 합작품의 목록을 도표화하면 〈표17〉과 같다.

이미 레르몬토프 시의 원점인 「천사」에 대한 분석에서 중간영역 intermediate area이 '어린 영혼'으로서의 레르몬토프가 놓여 있는 자리이며, 그가 집착하는 공간이라고 지적한 바 있다. 그리고 이제 「시인의 죽음」을 통해서 다소 뒤늦은 시인의 탄생이 이루어지는 공간 역시 타협적이면서 부정적인 중간영역이라는 것은 '레르몬토프적 공간'의 지속성을 말해 주는 것에 다름 아니다. 상징계를 넘어섰지만, 실재와는 직접 대면할 수 없는 이 중간지대가 (바로) 레르몬토프의 시적 공간이다. 그것은 언제나 넘어서면서 동시에 언제나 못 미치는 세계이다(그래서 항상 변모하는 푸슈킨과는 달리 레르몬토프는 언제나 그 자리에 머물러 있다). 「시인의 죽음」의 맨 마지막에서 "너희는 너희의 검은 피로 아무리 해도 / 시인의 정의로운 피를 씻어 내지 못할 것이다!"라는 예언적 목소리처럼, 신의 목소리도 아니고 레르몬토프 자신의 목소리도 아닌 어떤 것의 세계에서 레르몬토프는 아직 몇 년의 시간을 더 남겨 두었다.

「차르스코예 셀로의 회상」이라는 국가적 회상으로부터 시작된 푸슈킨의 시적 여정의 자기 모델은 바이런과 셰니에 등의 행동주의적 예언자-시인으로부터 차츰 예술가-시인으로 전화해 간다. 이러한 이행 과정에서 결정적인 계기가 되었던 사건이 1825년의 데카브리스트 봉기이며, 이 사건을 전후로 하여 푸슈킨은 '예언자'라는 공적인 기관public organ에서 '예술가'라는 사적인 기관private organ으로 자기 자신을 새롭게 정립해 나간다. 하지만 이때의 사적인 기관으로서의 시인은 시 자체의 본래적인 정치성을 박탈당한 시인이며, 시의 입법권은 사회적 차원이 아닌 예술적 차원으로만 축소, 한정되게 된다. 그에 따라 자신이 상실한 정치성에 대한 애도가 푸슈킨의 이후의 창작에서 주된 모티브로 등장하게 된다(역사에 대한 푸슈킨의 관심은 이러한 애도의 일환으로서 이해될 수 있다).

반면에, 레르몬토프에게서 시는 모성의 대체물로서 지극히 개인적인 판타지였지만, 그는 점차 공적 기관으로서의 가치를 획득해 간다. 그리고 푸슈킨의 죽음은 이러한 과정에 기폭제가 된다. 푸슈킨의 죽음이라는 국가적 사건을 통하여 그는 상상계적 시인에서 상징계적 시인으로 이행해 가며, 추방의 빌미가 된 「시인의 죽음」은 그러한 이행의 표지로 자리한다. 하지만 레르몬토프의 경우에 푸슈킨과 대조되는 것은 사회적 실정성에 대한, 법에 대한 요구가 결여되어 있다는 점이다. 비유컨대, 푸슈킨이 '폭풍'의 바다로부터 항상 육지(참나무 숲)로 이동한다면, 레르몬토프는 '폭풍'의 중심으로 더 나아간다. 이렇듯 애도와 우울증에 대응하는 문학적 태도에 있어서 두 시인의 차이는 시의 정치성과 관련해서도 분명하게 대조된다고 말할 수 있다.

3. 푸슈킨의 기념비와 레르몬토프의 고독

푸슈킨과 레르몬토프는 모두 젊은 나이에 불의의 결투로 세상을 떠나는데, 그렇다고 해서 그들의 운명이 미완성인 채로 마감된 것은 아니다. 우리에게 주어진 두 시인의 생애는 그 자체로 완결되어 있으며 다른 가능성으로 대체될 수 없는 고유한 것이다. 그리고 이 고유성이 그들의 창작을 이해할 수 있는 기본적인 조건을 구성한다. 다르게 말하자면, 두 시인의 창작 속에는 이미 그들 자신의 고유한 운명에 대한 예감들이 새겨져 있다. 이 절에서는 '죽음'에 대한 두 시인의 인식을 비교해 보고자 하는데, 여기서 주안점이 되는 것은 그들이 죽음에 대한 각자의 의미부여를 통해서 완성하고자 하는 문학적 생애의 최종적인 자기-이미지란 무엇인가 하는 것이다.

먼저 푸슈킨의 죽음에 대한 관념을 가장 잘 드러내주는 시로서, 그가 나이 30세를 넘기면서 쓴 「내가 소란한 거리를 따라 배회하거나」 Brozhu li ya vdol' ulits shumnykh……, 1829를 읽어 보기로 하자.

내가 소란한 거리를 따라 배회하거나,

사람들로 붐비는 사원에 들어갈 때나,

분별없는 젊은이들 틈에 앉아 있을 때,

나는 나의 공상들에 빠져든다.

나는 말한다— 세월이 흐르고,

여기 모인 우리가 몇 명이든 간에

우리는 모두 영원한 안식처로 갈 것이고—

누군가는 벌써 때가 가까워졌다고.

외로이 서 있는 참나무를 볼 때마다
나는 생각한다― 이 숲의 족장은
내 망각의 세기도 살아가리라고,
조상들의 세기를 살아왔듯이.

사랑스러운 아기를 어루만질 때
나는 벌써 생각한다― 잘 있거라!
너에게 내가 자리를 내어 주마
나는 썩고 너는 꽃피어야 할 시간이다.

하루하루, 한 해 한 해를
나는 생각에 잠겨 보내는 데 익숙하다
장래의 기일른H이 그 가운데
언제일까를 점쳐 보려 하면서.

어디에서 운명은 나에게 죽음을 보낼까?
싸움터일까, 방랑길일까, 바다에서일까?
아니면 가까운 골짜기가
내 차가운 시신을 거두어 줄까?

비록 감각이 없는 육신에게는
어디서 썩든지 마찬가지지만,
그래도 사랑하는 나라 가까이에서

나는 잠들고 싶어라.

무덤 입구에서
젊은 생명이 뛰놀게 하고,
무심한 자연이
영원한 아름다움으로 빛나게 하라.

이 시는 다가올 자신의 죽음에 대한 푸슈킨의 명상을 담고 있다. 시
는 1829년 12월 29일에 쓰여서 다음해 1월에 발표되었는데, 이때는 그
해 5월 나탈리야 곤차로바에게 청혼을 했다가 거절당한 후 절치부심하
던 시절이었다. 더불어 12월은 데카브리스트 봉기 4주년이 되는 시기였
다. 이 시에 강하게 나타나는 죽음에 대한 의식 혹은 죽음에 대한 강박
관념은 비록 (5연에서 보듯이) 일시적인 것은 아니라 하더라도, 그러한
배경에서 이해해 볼 수 있다. 이 죽음의식은 이듬해인 1830년 5월에 그
가 고대하던 대로 곤차로바와 약혼하고(결혼은 1831년 2월) 창작에 있
어서 전성기인 '볼디노의 가을'[52]을 맞이하게 되면서 잠시 떨쳐지게 되
지만 푸슈킨에게는 언제나 잠재해 있는 것이라고 해야 할 것이다. 그것
을 보여 주는 것이 초고인데, 초고에서는 1~2연이 다음과 같은 한 개의
연으로 되어 있었다.

내가 폭도들 속을 헤매거나

---

52 볼디노는 푸슈킨가의 영지가 있던 곳으로 '볼디노의 가을'이라는 표현은 그곳에서 지냈던 가을에
푸슈킨의 창작이 만개했기 때문에 붙여진 것이다. 1830, 1833, 1834년 세 차례 가을이 유명해서, 1
차, 2차, 3차 이름 붙여 구분하기도 한다.

달콤한 평온을 맛보거나,

피할 수 없는 죽음에 대한 생각은

어디서나 가까이에, 언제나 나와 함께였다.

여기서 1~2행은 전기적 사실과 관련짓자면, '폭도들'이란 말에서 알 수 있듯이 데카브리스트 봉기와 그 이후를 암시하는 듯하다. 그런 맥락에서라면, 발표된 판본에서 1연의 '분별없는 젊은이들' 또한 무모하게 거사를 일으킨 데카브리스트들을 가리킬 가능성이 높다. 아무튼 푸슈킨은 이미 리체이 시절에서부터 치기 어린 '유언시'들을 쓴 바 있기 때문에 죽음이라는 주제는 데카브리스트와의 직접적인 관련이 아니더라도 낯선 것은 아니다. 죽음은 그에게 너무도 익숙한 주제이다(5연).

이 시에서 서정적 화자, 푸슈킨의 죽음의식과 관련하여 가장 특징적인 것은 죽음에 대한 무심함이다. 죽음의식은 죽음에 대한 두려움과 불안에서 발원하는 것이지만, 그에 대한 푸슈킨의 태도는 더한 나위 없이 침착하고 남담하다. 그것은 그가 죽음을 자연의 법칙이자 순리로서 수용하고 있기 때문으로 보인다. 가령 그가 죽음에 대한 공상들에 빠져드는 것이 많은 사람들이 붐비는 거리나 사원 같은 장소에서라는 데에서 알 수 있는 바이지만, 그의 죽음은 결코 혼자만의 고립적인 죽음이 아니라 '우리'의 죽음이다. 각자가 떠나야 하는 시간만이 다를 뿐이지, '우리는 모두' 언젠가는 죽게 되어 있다. 그리고 이 죽음은 3~4연에서 볼 수 있듯이, 한 세대에서 다른 세대로 이어지는 과정에 다름 아니다. 시인은 어린아이에게 "너에게 내가 자리를 내어 주마"라고 말하며, '참나무'는 이러한 세대교체의 장구한 과정의 증인이다(그의 여러 시들에서 참나무 숲은 뮤즈의 공간이었으며, 참나무는 시를 상징한다).

죽음에 대한 이러한 태도와 시각은 자신의 죽음에 대한 거리두기를 가능하게 하며(6~7연), 궁극적으로는 무심하게 만든다. 마지막 8연에서 '나의 죽음' 이후를 묘사하고 있는 것을 보라. 다음 세대의 '젊은 생명' 이 무덤가에서 뛰어놀고, 무심한 자연이 아름답게 빛나고 있다. 그리고 이 무심함은 바로 서정적 화자인 푸슈킨 자신의 것이기도 하다.[53] 이 경우 죽음이라는 상실의 체험은 아무런 정념적 잉여를 남기지 않고 수습될 수 있는데, 이것은 전형적인 애도의 경우이다. 자연을 주체(S)로 하여 이러한 생의 순환을 애도의 모델로 표시하면 다음과 같다.

$$F_T(S) = (S \cap O_1) \rightarrow (S \cup O_1) \rightarrow (S \cap O_2)$$

$$\Leftrightarrow (나의\ 삶) \rightarrow (나의\ 죽음) \rightarrow (다음\ 세대의\ 삶)$$

$$\Leftrightarrow (자연 \cap 나의\ 생명) \rightarrow (자연 \cup 나의\ 생명) \rightarrow (자연 \cap 젊은\ 생명)$$

이 모델은 푸슈킨의 후대성posterity의 테마와도 연관된다. 19세기 전반기 이래로 낭만주의 시학에서는 사후死後의 수용에 대한 관심이 지배적으로 나타나는데(이러한 관심은 일반적이고 국제적이었다),[54] 푸슈킨의 경우에 문학적 유언에 해당하는 시 「나는 손으로 만들지 않은 기념비를 세웠노라」Exegi monumentum, 1836는 이러한 맥락에서 자리매김될 수 있다 (이후에는 「기념비」로 약칭한다).

나는 손으로 만들지 않은 기념비를 세웠노라,

---

53 죽음에 대한 강박관념과 죽음에 대한 무심함은 서로 모순적으로 보이지만, 푸슈킨에게서는 양립한다. 그러한 푸슈킨의 작가적 이미지를 상징적으로 가장 잘 드러내 주는 것은 '장의사'로서의 이미지(『벨킨 이야기』)이다. 장의사는 언제 어디서나 죽음과 함께 있지만, 죽음에 무심하다.
54 Andrew Bennett, *Romantic Poets and the Culture of Posterity*, Cambridge: Cambridge University Press, 1999, p.17.

그리로 가는 민중의 오솔길에는 잡초가 자랄 틈이 없고,

기념비는 알렉산드르의 기념탑보다도 더 높이

머리를 치켜들고 솟아올라 있다.

아니다, 나는 아주 죽지 않으리라—영혼은 신성한 리라 속에서

나의 유골보다도 더 오래 살아남아 썩지 않으리라—

그리고 나는 영광을 얻으리라, 이 지상에

단 한 명의 시인이라도 살아남아 있는 한.

나의 명성은 위대한 러시아 전역에 퍼져 가리라,

그리고 존재하는 모든 민족이 그들의 언어로 나를 부르리라,

자랑스러운 슬라브족의 자손과 핀족, 지금은 야만적인

퉁구스족, 그리고 초원의 친구인 칼미크족까지.

그리고 오랫동안 나는 민중의 사랑을 받으리라,

내가 리라로 선량한 감정을 일깨우고,

이 가혹한 시대에 자유를 찬양하고,

쓰러진 자들에게 자비를 호소했으므로.[55]

오 뮤즈여, 신의 뜻에 따르라,

모욕을 두려워하지 말고, 왕관을 바라지 말 것이며,

---

55 이 4연의 초고는 다음과 같이 되어 있다. "그리고 오랫동안 나는 민중의 사랑을 받으리라, / 나는 노래를 위한 새로운 소리들을 발견해 냈고, / 라디셰프의 뒤를 이어서 자유를 찬양했으며 / 자비를 찬미하였다". 그가 이 연에서 자신의 공적으로 들고 있는 것은 세 가지인데, 초고에서는 시적 혁신가로서의 자질을 내세웠다면, 최종원고에서는 시의 도덕적인 효용성을 대신 강조한 점에서 차이가 있고, 나머지는 대략 일치한다.

그림14 왼쪽은 페테르부르크 궁정광장(에르미타주 박물관 앞)에 서 있는 알렉산드르 1세 기념탑으로 동생 니콜라이 1세가 1834년에 세운 것이다. 오른쪽은 모스크바의 푸슈킨 광장에 서 있는 최초의 푸슈킨 동상으로 1880년에 세워졌고, 도스토예프스키가 이 동상 제막식에서 유명한 연설을 했다. 이 동상의 단대에 푸슈킨의 시 '기념비'의 세 연이 새겨져 있다.

칭찬과 비방을 무심하게 받아들이고,

어리석은 자들과는 다투지 말지어다.

이 시는 1836년 8월 21에 쓰인 것으로 푸슈킨이 살아 있는 동안에는 발표되지 않았다.[56] 발표하고자 했다면, 알렉산드르 1세의 기념탑(나폴레옹 전쟁의 승리를 기념하기 위해서 1834년에 페테르부르크 궁정광장에 세워진 화강암 원주)과 자신의 '기념비'를 비교한 1연이 아마도 문제가 되었을 것이다. 이 1연은 이 시의 대전제를 구성하는데, 자신의 '기념비'에 의해서 ①나는 아주 죽지 않으리라(2연), ②나의 명성은 러시아 전역에 퍼져 가리라(3연), ③나는 민중의 사랑을 받으리라(4연), 라는 추가적인 예언이 가능해지며, 마지막 5연은 뮤즈(=시인)에 대한 당부로 되어 있다.

먼저, 대전제가 되는 1연에서 푸슈킨은 단도직입적으로 '손으로 만들어지지 않은'(=천상의) 시인의 기념비[57]와 '손으로 만들어진'(=지상의) 황제의 기념탑을 비교의 대상으로 삼는다. 그러면서 시인으로서 자신의 영광이 황제의 그것보다 더 높고, 더 길이 남을 것임을 당당하게 예언한다. 알렉산드르 1세의 기념탑이 그렇듯이 차르스코예 셀로의 리체이 시절부터 푸슈킨이 친숙하게 마주했던 대개의 기념비들은 전쟁에서의 공훈을 후대에 전승하기 위한 상징물이다. 애초에 데르자빈이나 주코프스키 같은 '전쟁시인'들을 자신의 모델로 삼아 경쟁했던 '국민시인' 푸슈킨이 시인으로서 자신의 최종적인 이미지를 기념비에 비유하고 있는 것은 자연스럽다. 기념비란 이미지는 세월의 흐름에 마모되지 않을, 시인으로서의 영광을 집약하고 있다.

1연에서 또 한 가지 주목해야 할 것은, 시인으로서 푸슈킨이 징지된

---

56 푸슈킨 사후에 주코프스키는 이 시를 '기념비'란 제목으로 자신이 편집한 푸슈킨 전집에 처음 발표했다(1841년 5월). 이 과정에서 주코프스키는 검열을 피하기 위해 부분적인 수정을 가한 것으로 돼 있다(아마도 4연에서 "라디셰프의 뒤를 이어"란 구절이 문제가 되었을 듯하다). 결투로 사망하기 불과 5개월 전에 쓰이기도 했지만, 이 시는 푸슈킨 모음집의 마지막 장을 곧잘 장식함으로써 그의 문학적 삶을 결산하는 의미도 갖게 되었다(김진영, 「Exegi monumentum」, 『노어노문학』, 제6권, 1994, 32쪽). 사실 '기념비' 시의 전통은 호라티우스의 송시에까지 그 기원이 거슬러 올라가기 때문에, 푸슈킨의 「기념비」는 독창적인 시라기보다는 번안시에 가깝다. 그런 점에서 그는 이 마지막 시를 통해서 (모델적인 규범과 전통을 반복함으로써) '고전주의자'로서의 자신의 소속을 재확인하고 있는 듯이 보인다. 그의 문학적 '아버지' 데르자빈의 「기념비」(Pomyatnik, 1795) 또한 그러한 맥락에 놓여 있는 시이며, 이들 시 텍스트들 간의 상호텍스트성은, 이 자리에선 다루지 못하지만, 흥미로운 연구주제이다. 이에 대한 가장 방대하면서도 치밀한 연구는 Mikhail P. Alekseev, "Stikhotvorenie Pushkina 'ya pamyatnik sebe vozdvig……'", Pushkin i mirovaya literatura, Leningrad, 1987, pp.5~265[「푸슈킨의 시 「나는 손으로 만들지 않은 기념비를 세웠노라」」, 『푸슈킨과 세계문학』]를 참조하라.

57 김진영은 '손으로 만들어지지 않은 기념비'를 손으로는 만들어질 수 없는 무형의 '기억', 즉 호라티우스로부터 푸슈킨에 이르는 모든 반복적인 시작(詩作) 행위를 의미하는 것으로 본다(「Exegi monumentum」, 34~35쪽).

력과 경쟁하고 있다는 점이다. 앞에서 보았듯이, 시인으로서 푸슈킨의 자기-이미지는 예언자-시인(데카브리스트적인 의미에서 시민-시인)에서 예술가-시인으로 변화해 왔고, 이때 예술가-시인에서 핵심적인 것이 정치적 무관심, 무사심성이다.[58] 1820년대 중반을 거치면서 푸슈킨은 현실적인 사회변혁의 주체로서 예언자-시인이 갖는 권능이 더 이상 유효하지 않는 것으로 간주하며, 「시인과 군중」Poet i tolpa, 1828은 이러한 그의 변화된 태도를 시인과 군중 간의 불화와 소통 불가능성이란 테마를 통해서 결정적으로 공표한다. '어리석은 군중들'에게 던지는 시인의 마지막 질타를 보라.

> 저리 물러가라—도대체
> 평화로운 시인에게 너희가 무슨 볼일인가!
> 타락 속에서 주저 없이 돌로 굳어 버려라,
> 리라의 소리도 너희를 되살리지 못하리라!
> 관처럼 너희 혐오스러운 자들아
> 너희의 어리석음과 악덕을 위해
> 너희는 이때까지
> 채찍과 감옥과 도끼를 가지고 있구나—
> 어리석은 노예들아, 이젠 충분하다!
> 너희 도시의 소란한 거리들에서
> 쓰레기를 치우는구나,—유익한 노동이지!

---

58 「시인과 군중」 등의 시에서 명시화되는 푸슈킨의 예술가-시인론과 칸트 미학 간의 직·간접적인 관계에 대해서는 S. A. Kibal'nik, *Khudozhestvennaya filosofiya Pushkina*, St. Petersburg, 1993, pp. 58~72[『푸슈킨의 예술철학』]를 참조하라.

하지만 자기의 직분도 잊고

제단과 제물도 다 잊고

사제가 너희 대신 빗자루를 들겠느냐?

속세의 소란을 위해서가 아니라

탐욕과 다툼을 위해서가 아니라

우리는 영감을 위해서,

달콤한 소리와 기도를 위해서 태어났다.

인용된 부분의 바로 앞의 대목에서 '군중'은 시인에게 그가 정말로 하늘이 선택한 자라면, 그의 재능을 그들의 '복지'를 위해서 사용하고 동료들의 마음을 바로잡아 달라고 부탁한다. 하지만 그에 대한 시인의 응답은 냉정하고 신랄하며 이기적이다. 이 시인의 대사에서 핵심적인 전제는 시인과 군중 간의 분리이다. 여기서 군중은 '어리석음'과 '악덕'으로 가득 찬 혐오스러운 존재로 묘사되며, 그에 합당한 것은 '채찍과 감옥과 도끼'이다. 물론 도끼가 의미하는 것은 '단두대'이고, 시인은 군중의 어떠한 계몽 가능성에도 회의적이며 대신에 강압적인 통치를 지지하는 듯하다. 하지만 시인의 역할은 그러한 정치적 영역과는 무관하며, 공적 영역에서의 사회적으로 유익한 노동과는 분리되어 사제적 직분에만 한정된다. 이렇듯 사회적 역할로부터, 군중(민중)으로부터 분리된 시야말로 전형적인 시를 위한 시, 예술을 위한 예술이며, 이 시에서 '시인'이 옹호하고 있는 것은 예언자-시인이 아니라 예술가-시인이다.[59] 더 나아가 「기념비」에서 푸슈킨은 이러한 예술로서의 시의 높이로

---

59 푸슈킨의 이러한 '전향'은 동시대의 지지자와 반대자들에게 이미 인지되었으며, 벨린스키는 「문

써 정치적 권력의 높이를 능가하려고 한다. 시인으로서의 그러한 자긍심과 오만은 2연과 3연에서 시간에서의 '불멸성'과 공간에서의 '러시아 전역'이라는 표상으로 나타난다(그의 이 예언은 오늘날 실현되었다!).

「기념비」의 4연은 시인으로서 과거 자신의 역할에 대한 평가이다. 특이한 것은 그것이 순수시의 경우처럼 미적인 쾌락을 위해서만 봉사한 것은 아니라는 사실이다.[60] 그는 '리라'(=시)를 통해서 선량한 감정, 즉 도덕적인 선을 고양시킨 점과 가혹한 시대에 자유를 찬양한 점, 그리고 '쓰러진 자들'(=데카브리스트들)을 위해서 (황제의) 자비를 호소한 점 등을 자신이 민중으로부터 사랑받을 만한 근거로 내세운다. 이미 그는 1연에서 자신의 기념비가 민중의 열렬한 경배의 대상이 될 것이라고 자신한 바 있는데, 적어도 이 시 안에서 주어진 객관적 근거는 그와 같은 것들이다. 그리고 이러한 시인의 사회적 역할에 대한 평가는 예술가-시인보다는 예언자-시인의 형상에 보다 적합하다. 문제는 이러한 관점을 마지막 5연에서 계속 유지해 나갈 수 있느냐 하는 것이다.

뮤즈(=시인)에 대한 당부로 되어 있는 5연의 준거 시제는 미래인데, 당부의 내용은 신의 뜻을 따르라는 것으로 네 가지 각론으로 되어 있다. ①모욕을 두려워 마라, ②왕관(=영광)을 바라지 마라, ③칭찬과 비방에 무관심해라, ④어리석은 자들과 다투지 마라. 여기서 신은 「예언자」에서 시인의 입을 빌려 대신 말하게 하는 기독교적 신이라기보다는 시의 신 아폴론이거나 적어도 그의 형상이 투사된 신이라고 보인다.

학적 공상」(Literaturnye mechtaniya)에서 1830년대에 이미 푸슈킨이 시인으로서의 영향력을 상실함과 동시에 그의 시대가 급작스럽게 종언을 고하였음을 지적한 바 있다. 1830~1840년대 비평가들에게 「시인과 군중」은 그러한 '전향'의 지표가 되는 시였다(Debreczeny, *Social Functions of Literature: Alexander Pushkin and Russian Literature*, pp.13~20 참조).

60 초고에서처럼 "새로운 소리의 발견"에 의의를 두게 되면 이것은 순전히 미적 쾌락에만 한정된다.

그것은 '뮤즈'라는 말 자체에서 연상되는 것이기도 하다. 그리고 뮤즈의 영감을 얻은 시인, 혹은 시인으로서의 분신이 해야 할 일은 「시인과 군중」에 따르면, 오직 신(=아폴론)의 제단과 제물을 관리하는 사제의 역할에 충실한 것이며, 이것은 세상의 소란스런 일들과는 무관하다. 이것이 시를 위한 시의 논리이면서 예술가-시인의 논리이다. 여기에 시의 사회적 효용성이나 예언자-시인론은 개입될 수 없다. 그렇다면 4연에서의 '민중의 사랑'과 5연에서의 자기만족적인 시인의 역할은 모순적이지 않을까?[61] 적어도 '현재'라는 시점에서는 양립 불가능하지 않을까?

사실 그러한 양립 불가능성은 이미 5연에서 당부의 내용들에 내포되어 있다. 모욕을 두려워 말라고 했지만, 미래에 시인은 열렬한 사랑과 숭배의 대상이 될 것이므로 이 모욕은 현재의 모욕이다. 왕관(=영광)을 바라지 말라고 했지만, 미래의 시인은 알렉산드르 1세보다도 더 높은 기념비를 세운 시의 왕관을 쓰게 될 것이고 영광은 언을 것이기 때문에 그러한 명령 또한 현재에만 국한된다. 예언자-시인에서 예술가-시인으로의 '전향' 때문에 칭찬과 비방을 동시에 받게 된 것도 미래가 아닌 현재의 일이며, 푸슈킨이 어리석은 자들이라고 몰아세운 것은 「시인과 군중」에서 군중들이었다. 그렇다면, 푸슈킨이 정작 이 시에서 노래하고자 한 것은 현재 자신에게 던져진 모욕과 비방과 오해를 넘어서서 미래에 예술가-시인으로서 사랑과 영광을 얻으리라는 자기암시적 다짐이다.[62] '기념비'라는 시인의 우상이 지시하는 바는 바로 그러한 예술가-

---

61 이러한 '모순'에 주목하여 게르셴존(Mikhail O. Gershenzon) 등의 푸슈킨 학자들은 이 시를 ('시를 위한 시'가 아닌) '민중을 위한 시'에 대한 패러디로 보기도 한다. 여기서는 자세히 다루지 않지만, 푸슈킨의 이 '문학적 유언'에 대한 논란에 대해서는 Brian Horowitz, *The Myth of A. S. Pushkin in Russia's Silver Age*, Evanston: Northwestern University Press, 1996, pp.68~113을 참조하라.
62 이것은 군중들로부터 모욕받는 예언자-시인을 주제로 한 레르몬토프의 「예언자」와는 양상이 전

시인의 궁극적인 승리이다. 그리고 그것은 현재로부터의 이접과 미래와의 새로운 연접을 통해서 이루어진다.

이러한 맥락에서 푸슈킨의 시간적 상상력은 공간에서의 환유적인 상상력과는 달리 은유적이라고 말할 수 있다. 그에게 시간은 같은 시간의 연속이 아니라 다른 시간들로의 도약이다. 시간은 양적인 것이 아니라 질적인 것으로 주어지며, 이 시간을 살아가는 일은 생장하고 변화, 성숙하는 일이다. 때문에 과거의 가치 이념이 현재에도 유효한 것은 아니며, 어제의 진리가 여전히 오늘의 진리로 통용될 수도 없다. 그리하여 시간 속에서 모든 것은 이중적이다. 그것을 잘 보여 주는 예로 『예브게니 오네긴』의 마지막 8장[63]의 한 대목을 보라. 여행에서 돌아온 오네긴은 사교계의 귀부인이 된 타티야나와 재회하고 '어린아이처럼'(30연) 사랑에 빠지게 되는데, 그러한 오네긴의 심리묘사(28연)에 이어지는 화자-푸슈킨의 논평(29연)이다.

어느 나이에도 사랑은 찾아올 수 있다—
한편으로, 젊고 순진한 가슴에
사랑의 충동은 유익하다,
마치 봄날의 폭풍우가 들판에 그러하듯이—
열정의 비를 맞으며 그들은 생기를 찾고,
되살아나서, 성장한다—
왕성한 생명력이

혀 다르다. 푸슈킨과는 달리 레르몬토프에게는 예술가-시인이라는 다른 모델의 가능성이 결여되어 있다. 그리고 물론 이 시 「기념비」는 미발표 시이기 때문에 푸슈킨의 그러한 변화를 레르몬토프가 인지하지 못했을 가능성이 높다.

화려한 꽃과 달콤한 열매를 준다.

하지만 때늦은 불임의 나이에,

우리 인생의 전환기에,

죽어 버린 열정의 흔적은 슬프다.

마치 차가운 가을의 비바람이

초원을 습지로 바꾸어 놓고

주변의 숲을 벌거숭이로 만드는 것처럼.

여기서 대비되고 있는 것은 계절의 봄/가을에 대응하는 인생의 봄/가을이다. 자연적 시간에서와 마찬가지로 인생의 사계四季에도 모퉁이, 즉 '전환기'가 가로놓여 있으며, 그것을 기준으로 하여 삶의 가치들은 전도되기도 한다. 예컨대, 열정이란 것도 청춘의 열정과 때늦은 나이의 열정이 삶에서 갖는 기능은 봄비와 가을비의 그것처럼 상반되며 전혀 다른 결과를 가져오는 것이다. 이 '죽어 버린 열정의 흔적'을 애타게 되살리려고 하는 주인공이 바로 오네긴이며 따라서 그의 열정이 슬픈 결말에 이르게 되는 것은 당연하다.

오네긴에게서 특징적인 기질은 '장소를 바꾸고 싶어 하는 욕망'[64]이었는데, 그에게선 새로운 공간과 연접하고자 하는 욕망은 강하게 나타나지만 그것이 시간축상에서의 성숙과 결합되지는 않는다는 데 그의 비극이 있다. 때문에 그는 '어린아이'에서 더 성장하지 못한다. 타티야

---

63 이 장의 대부분은 1829년 12월 24일에 쓰이기 시작해서 1830년 9월 25일 '볼디노의 가을' 시기에 마무리되었다.

64 "그를 사로잡은 건 불안감과, / 장소를 바꾸고 싶어 하는 욕망 / (이것은 무척 고통스러운 기질로서 / 자발적으로 이러한 십자가를 지는 이는 많지 않다.)"(13연)

나에 대한 그의 때늦은 열정이 '엄마'에 대한 어린아이의 무제한적인 요구, 즉 상징계가 결여된, 따라서 법적 책임성을 수반하지 않는 무제한적인 상상계적 요구를 반복하고 있는 것은 그런 맥락에서 이해할 수 있다. 물론 그의 때늦은 요구를 충족시켜 줄 수 있는 '엄마'는 더 이상 존재하지 않는다. 그의 때늦은 열정이 실재와 대면하는 마지막 장면은 이렇게 묘사된다. 이 48연의 장면은 『예브게니 오네긴』의 플롯을 실질적으로 마무리 짓는 장면이기도 하다.

> 그녀는 나가 버렸다. 예브게니는,
> 마치 벼락이라도 맞은 듯이 서 있다.
> 어떤 폭풍 같은 감정의 상태에
> 지금 그의 마음은 빠져 버렸다!
> 그러나 갑작스레 박차의 방울소리 들리더니,
> 타티야나의 남편이 나타났다,

이 대목은 전형적인 오이디푸스적 장면이다. '어린아이' 예브게니(오네긴이란 성姓이 여기선 표시되지 않는다)의 애정에 대한 요구가 남편에 대한 충실성을 이유로 '엄마' 타티야나로부터 거절당하고, 대타자로서 타티야나의 남편이자 예브게니의 아버지의 형상인 장군과 맞닥뜨리게 되는 장면인 것이다. '벼락'은 물론 최고신 제우스의 징표이면서 아버지의 권위를 상징한다. 아래의 도식에서 보듯이 오네긴에 대한 타티야나의 (낭만적) 사랑은 삶의 '전환기'에서 이미 새로운 남편에 대한 충실성으로 이행해 갔지만, 그러한 성숙으로의 이행을 계속적인 장소의 변화에서 찾으려고 한 오네긴은 끝내 성숙으로의 도약에 실패하고 마는 것이다. 타티야나의 사례를 도식화해서 나타내면 아래와 같다.

$$F_T(S) = (S \cap O_1) \rightarrow (S \cup O_1) \rightarrow (S \cap O_2)$$

$$\Leftrightarrow (타티야나 \cap 오네긴) \rightarrow (타티야나 \cup 오네긴) \rightarrow (타티야나 \cap 장군/남편)$$

반면에 젊은 타티야나와 더불어 이 운문소설에서 성숙해 가는 화자-푸슈킨이 도달하게 되는 결말은 오네긴의 경우와 대조된다. 같은 연의 후반부이다.

> 지금 나의 주인공이
> 그로서는 불행한 순간을 맞은 이 지점에서
> 독자들이여, 우리는 이제 그를 내버려 두자,
> 아주 오랫동안…… 영원히…… 그를 쫓아서
> 우리는 단 하나의 길을 따라
> 세상을 충분히 헤매고 다녔다. 지금은
> 육지에 다다른 것을 서로 축하하자. 만세!
> 벌써 도착했어야 했지만! (그렇지 않은가?)

주인공 오네긴을 '폭풍' 속에 내버려 두고 화자-푸슈킨이 독자들과 함께 도달한 곳은 '육지'이다. 폭풍우 치는 바다로부터 시의 공간인 안전한 육지, 혹은 참나무 숲으로의 이동은 그의 시 「육지와 바다」 이후에 반복적으로 나타나는 성숙의 모티브이다. 「아리온」에서 선원들(=데카브리스트)의 죽음을 대가로 치르고 혼자 살아남은 아리온처럼, '러시아의 아리온' 푸슈킨은 '자신의 친구' 오네긴(=데카브리스트)의 뒤를 쫓는 여정에서도 그가 상징적인 죽음과 직면하는 장면에서 그를 홀로 남겨 두고 자신의 뮤즈인 타티야나와 함께 살아남는다.[65] 그것은 그가 상징적 질서(=법질서)를 수용함으로써 더 이상 '어린아이'가 아니기 때문이다. 이 대목을 쓸 무렵 곤차로바와의 결혼을 앞두고 있던 푸슈킨에게서 이러한 성숙의 테마는 타티야나와 동일한 도식을 반복하는 것이 된다.

이상에서 『예브게니 오네긴』의 마지막 장면에 대한 해석을 통해 보여 주고자 한 것은 푸슈킨의 은유적인 시간적 상상력이다. 그가 「기념비」에서 노래하고 있는 미래의 영광은 당면하고 있던 현재의 고난으로부터의 초월과 등가적이다. 따라서 불의의 결투로 인한 그의 때 이른 죽음은 이미 '기념비'를 만든 이후의 죽음이기에 그다지 때 이른 죽음은 아니며, 오히려 그에게서 도래하지 않은 시간으로서의 불멸의 시간을 앞당겨 주었다는 점에서 푸슈킨 자신에게도 전적으로 유감스러운 죽음은 아니다.

이제 푸슈킨이 다다른 성숙의 지점에서 눈을 돌려, '무서운 아이' 레르몬토프에게서의 최종적인 자기-이미지란 어떤 것이었는가를 살펴보도록 하자. 푸슈킨이 결정적인 장면에서 오네긴과 작별을 고하는 데 반해서, 레르몬토프는 그의 분신적 형상인 페초린과 보다 긴밀한 유대를 보여 준다. 이것은 그가 1인칭 시점하에 페초린의 내밀한 언어로 보다 밀착된 페초린의 형상을 묘사하고 있는 데에서도 확인할 수 있다. 가령 레르몬토프는 『우리 시대의 영웅』에서 (남편에 대한 지조를 맹세한 타티야나와는 달리) 남편에게 페초린에 대한 사랑을 고백하고 떠나가 버린 베라를 (벼락을 맞은 듯이 서 있던 오네긴과는 달리) 있는 힘을 다해 뒤쫓아 가는 페초린을 그대로 보여 준다.

---

65 그런 맥락에서 오네긴을 데카브리스트에, 타티야나를 푸슈킨에, 장군을 니콜라이 1세에 대응시키는 클레이턴의 독해에도 일리가 없지 않다(Douglas Clayton, "Towards a Feminist Reading of Evgenii Onegin", *Canadian Slavonic Papers*, vol.29 no.2-3, 1987, pp.255~265 참조).

만일 나의 말이 10분만 더 달릴 힘이 있었다면, 모든 것이 구원받을 수 있었을 것이다! 하지만 자그마한 계곡에서 올라와 산에서 벗어나 가파른 모퉁이에 이르자, 말은 쓰러지고 말았다. 나는 곧바로 뛰어내려, 말을 일으키려고 고삐를 잡아당겼지만, 아무 소용이 없었다. 겨우 들릴 듯한 신음소리가 꽉 다문 이빨 사이로 새어 나왔다. 몇 분 후에 말은 숨을 거두었다. 나는 마지막 희망을 잃어버린 채 홀로 초원에 남았다. 걸어서 가 보려고 했지만, 다리가 움직여지지 않았다. 낮의 불안감과 간밤의 불면 때문에 기진맥진한 나는 축축한 풀밭에 쓰러졌다. 그러고는 어린아이처럼 울기 시작했다.[66]

그렇게 울기 시작한 페초린은 한참 동안 통곡을 하며, 그의 성격을 특징짓는 '의연함'과 '냉정함'은 '연기처럼' 사라져 버리고 만다. 즉 인용한 대목에서는 페초린의 가장 약한 모습이, 그의 '성격갑옷'이 일시적으로 제거된 채 드러나 있다. 그리고 그 본모습이란 붙기능한 것을 요구하는 '어린아이'의 모습이다. 하지만 이 요구는 현실에서 좌절되게 마련이며, 이에 대한 정서적인 상관물이 어린아이 같은 울음이다. 그것은 페초린 자신이 곧 자인하듯이, 대타자의 시선으로 볼 때에는 경멸적으로 외면할 만한 모습이다. 때문에 평소의 페초린이라면, 철저하게 가장했을 터인데, 이 문제의 장면에서는 그것이 적나라하게 노출되고 있다.

여기서 페초린 자신의 분신이자 그의 신체의 연장extension으로서의 말은 가파른 모퉁이에서 쓰러지는데(이 말이 쓰러지자 페초린은 더 걷지 못한다), 모퉁이란 두 공간이 서로 이접되는 지점을 말한다. 그것은 시간의 모퉁이, 즉 전환점에서 시간이 이접되는 것과 마찬가지이다. 시간축

---

66 Lermontov, *Polnoe Sobranie Sochinenii v chetyrekh tomakh*, vol.4, p.301.

상의 전환점으로 가장 중요한 것은 상상계와 상징계의 이접으로, 그것은 어린아이와 (예비) 어른의 경계이다. 하지만 페초린의 '어린아이'는 이러한 상징계적 차이의 질서를 수용하지 못하며(않으며) 상상계적 자아상에만 집착한다. 성숙한 어른이 되는 것은 자신의 왜소함을 불가피한 것으로 받아들인 연후에만, 전능함에 대한 자신의 꿈을 단념한 연후에만 가능하다.[67] 하지만 '어린아이'의 요구에는 이러한 인정과 단념이 결여되어 있다. 따라서 그는 전부에 대한 요구를 계속적으로 고집하며 불가능성에 도전하는 것이다.

『우리 시대의 영웅』에서의 페초린은 바로 그러한 '어린아이'이며, 그런 점에서 작가 레르몬토프의 형상을 반복하고 있는 것처럼 보인다. 페초린에게서 어머니에 대한 기억은 억압돼 있으며, 카프카스에서 '아버지'를 대신하는 인물인 막심 막시므이치는 너무 나약한 권위의 '아버지'이다.[68] 페초린이 처한 상황은 레르몬토프적 상황과 대동소이할 따름이다. 레르몬토프적 상황이란 것은 2자적 관계에서 동일시의 대상이었던 '어머니'를 상실하고 3자적 관계에서 그가 이상적 자아로서 지향해야 할 '아버지'는 약화, 결여되어 있는 상황이었다. 그것을 낳은 원인은 어머니의 이른 죽음이기도 했고, 너무 이른 결혼과 출산으로 인한 부부간의 불화이기도 했다. 어쨌든 그러한 결과로 그는 상상계와의 이접 이후에 상징계에서 자신의 자리를 제대로 할당받지 못한다. 그리고 그에

---

67 벨맹-노엘, 『문학 텍스트의 정신분석』, 44쪽.

68 페초린에게 권위적인 아버지상으로 등장하는 인물은 「타만」에서의 얀코가 유일하다. 얀코가 가진 아버지적 성격과 「타만」에서의 오이디푸스 콤플렉스에 대해서는 Joe Andrew, "The Blind will See: Narrative Gender in 'Taman'", *Russian Literature*, vol.31 no.4, 1992, pp.449~476; 이현우, 「낭만적 주인공의 잉여성에 관한 연구: 오네긴과 페초린을 중심으로」, 서울대학교 석사학위논문, 1996, V장을 참조하라.

계선 '상징적 아버지'의 자리를 '상상적 아버지'와 궁극적으로 구별되지 않는 '팔루스적인 어머니' 즉 '남근을-가진-어머니'가 대신한다.

'남근을-가진-어머니'란 성교 중에 아버지의 음경을 '잘라 내어' 자기 것으로 만든 어머니, 혹은 아버지로부터 팔루스의 상징을 '거세'한 어머니이다.[69] 레르몬토프에게서 이러한 팔루스적인 어머니상과 일치하는 것은 외조모 아르세니예바 부인이다. 이러한 어머니상은 자신 속에 '나'를 다시 집어넣은, '나'를 다시 흡수한, 그래서 '나'를 자신의 팔루스로, 혹은 무無로 환원시켜 버리는 '어머니'이며, 그것은 행복과 죽음의 현혹이다.[70] 이에 대한 레르몬토프적인 공포는 결혼에 대한 페초린의 공포에 반영돼 있다. 그에게 결혼이란 말은 마법과도 같은 힘을 발휘하는데, 불가피한 결혼에 대한 연상은 모든 열정에 종말을 가져오며, 그의 마음을 돌처럼 굳어 버리게 만든다. 「공작의 딸 메리」에서의 그의 고백을 직접 들어 보자.

나는 이 결혼만 아니라면 모든 걸 희생할 각오가 되어 있다. 스무 번이라도 내 생명을, 심지어 명예까지도 내기에 걸겠다…… 하지만 나의 자유는 팔아넘길 수 없다. 무엇 때문에 나는 그것을 그토록 소중히 여기는가? 그 속에 있는 무엇이 내게 필요하단 말인가? 나는 무엇이 되려는가? 나는 미래로부터 무엇을 기대하는가? 사실은 정말 아무것도 없다. 이것은 어떤 타고난 공포이며 설명할 수 없는 예감이다. 거미나 바퀴벌레나 쥐들을 본능적으로 무서워하는 사람들이 있지 않은가…… 고백해야 할까? 내가 아

---

69 벨맹-노엘, 『문학 텍스트의 정신분석』, 44쪽.
70 같은 책, 45쪽.

직 어린아이였을 때 한 노파가 어머니에게 나에 대한 점을 쳐 준 일이 있다. 그때 노파는 '악한 아내 때문에 죽게 될 것'이라고 내게 예언했다. 그 말은 나에게 깊은 충격을 주었다. 나의 마음에는 결혼에 대한 극복하기 힘든 혐오감이 생겨났다…… 그러는 사이에 뭔가가 노파의 예언이 실현될 거라고 내게 말해 주곤 한다. 적어도 나는 그것이 늦추어지도록 노력할 것이다.[71]

여기서 페초린은 자신의 결혼에 대한 공포에 대해서 두 가지 이유를 댄다. 하나는 (그것이) 사람들이 거미나 바퀴벌레, 쥐를 무서워하는 것과 마찬가지의 '타고난 공포'라는 것이고, 다른 하나는 '악한 아내 때문에 죽게 될 것'이라는 점쟁이 노파의 예언 때문이라는 것이다. 하지만 결혼에 대한 본능적인 공포란 것은 인간의 본성에 각인될 수 없는 것이며, 이 '타고난 공포'는 노파의 예언 때문이라는 두번째 이유와 양립되지 않는다. 또한 노파의 예언이 두려워서 결혼에 대한 혐오감을 갖게 됐다는 것도 사실 「운명론자」에서 죽음을 무릅쓰고 자신의 운명을 시험해 보는 페초린의 모습과는 어울리지 않는 모순적인 것이다. 페초린적인 태도는 결혼이 두려워서 회피하기보다는 정말로 자신의 예언이 실현되는가를 확인해 보기 위해서 결혼하는 것에 가깝기 때문이다.[72]

정신분석학적으로 보자면, 이 두 가지 이유는 페초린의 제2의 본성 second nature으로서 결혼에 대한 공포의 직접적인 원인을 가장하고 있는

---

71 Lermontov, *Polnoe Sobranie Sochinenii v chetyrekh tomakh*, vol.4, p.283.
72 나보코프는 페초린의 죽음이 페르시아에서 돌아오는 도중의 불행한 결혼과 연관되었으리라고 추측한다(Vladimir Nabokov, "Introduction", Mikhail Lermontov, *A Hero of Our Times*, New York: Everymen's Library, 1992, p.4).

것에 불과하다. 그렇다면 그에게서 억압되어 있는 직접적인 원인이란 무엇일까? 레르몬토프의 전기와 관련하여 지적할 수 있는 것은 앞에서 언급한 '남근을-가진-어머니'에 대한 공포, 즉 거세공포이다. 앞서 '본능적으로'라고 옮긴 단어는 현대적인 관점에선 '무의식적으로'라는 의미인데, 거미나 바퀴벌레 등 다리가 많은 동물들의 무의식적인 상징 또한 거세공포이다(다리가 많은 것은 자신의 남근이 거세되지 않을까라는 불안심리의 반영일 것이다). 그리고 그것의 원인으로서 '남근을-가진-어머니'는 자궁회귀본능의 대상이 되는 어머니와는 다른 어머니이며, 이 '팔루스적인 어머니'로의 회귀가 '어린아이'로서는 죽음에의 현혹이면서 공포의 대상이 되는 것이다. 페초린의 경우에 노파의 예언이 실제로 있었다면, 그것은 이 거세공포에 대한 상징적인 명명이라고 할 수 있다. 즉 노파의 예언은 그의 거세공포에 대한 사후적인 승인에 해당한다.

결혼의 불가라는 예언의 지평 속에 놓여 있는 시간은 연속적이며 균질화된 시간이다. 그러한 지평에서는 시간의 질적인 비약이 가능하지 않다. 레르몬토프의 공간적 상상력이 대지와 하늘을 두 축으로 한 은유적인 상상력이었다면, 그의 시간적 상상력은 (페초린의 경우에 미루어서 말하자면) 예언에 속박된 환유적 상상력이다. 이러한 환유적 상상력 속에서 '나'는 세계 전체로 확장될 수 있지만, '너'라는 타자의 세계로의 비약은 가능하지 않다. 때문에 레르몬토프의 창작세계에서 '나'의 '고독'은 필연적이다. 이 점을 가장 잘 드러내 주는 시가 그의 생애 막바지에 쓴 「나 홀로 길을 나선다」Vykhozhu odin ya na dorogu, 1841이다. 레르몬토프의 유언시적 성격을 지닌 이 시는 주제론적으로 앞에서 보았던 푸슈킨의 「내가 소란한 거리를 따라 배회하거나」에 대응하는 시이기도 하다. 먼저, 시의 전문을 읽어 보기로 한다.

나 홀로 길을 나선다.

안개 속으로 자갈길이 빛나고,

밤은 고요하다. 황야는 신에게 귀를 기울이고,

별들은 별들과 속삭인다.

하늘은 장중하고 아름답구나!

대지는 푸른빛 속에 잠들고……

도대체 무엇이 나를 이토록 아프고 힘들게 하는 걸까?

무엇 때문에 기다리는 걸까? 무엇을 후회해야 하는 걸까?

이미 나는 인생에서 아무것도 기대하지 않고,

나에게 과거는 전혀 후회스럽지 않다.

나는 자유와 평온을 찾고 있다!

나는 모든 걸 잊고서 잠들고 싶다!

하지만 무덤 속의 차가운 잠이 아니라……

영원히 그렇게 잠들었으면,

생명의 힘이 가슴속에서 조곤조곤 잠들어,

숨 쉴 때마다 조용히 가슴이 부풀어 오르게.

밤새도록, 하루 종일 나의 귀를 즐겁게 해주며,

달콤한 목소리가 나에게 사랑을 노래하고,

내 위로는 영원히 푸르른,

울창한 참나무가 몸을 숙여 수군거렸으면.

〈표 18〉 신화적 상상력과 낭만적 상상력의 3항 도식

신화적 상상력	에덴	전락	구원
낭만적 상상력	자연	자기의식	상상력

전체 5연의 이 시는 1841년 5월에서 6월 초에 쓰였다. 레르몬토프
가 결투로 사망하게 되는 것이 7월 15일이므로 죽음을 두 달도 남겨 두
지 않은 시점이다. 1연에서부터 눈에 띄는 것은 '홀로'라는 서정적 화자,
레르몬토프의 자의식이다. 이러한 자의식은 그를 둘러싼 자연이 서로
화합하고 호응하는 시간에도 그를 혼자만의 무거운 상념으로 이끈다.
"도대체 무엇이 나를 이토록 아프고 힘들게 하는 걸까?" 이러한 상념은
어떻게 극복될 수 있으며 자연과의 불화는 어떻게 해소될 수 있는가?

낭만주의에서의 부정적 자기의식을 설명하면서, 제프리 하르트만
은 에덴Eden과 전락Fall, 그리고 구원Redemption이라는 신화적 상상력의 3
항 도식에 대응하는 낭만적 상상력의 3항 도식으로 자연Nature과 자기의
식Self-Consciousness, 그리고 상상력Imagination을 제시한다.[73] (표18)

이 각각의 변증법적 3항 도식은 방향성을 갖는 것인데, 신화적 상상
력에서 '구원'이 낙원으로서의 '에덴'을 회복하는 것이라면, 낭만적 상
상력에서의 '상상력'은 지식으로 타락하기 이전 단계인 자연 상태로의
회귀를 지향한다.[74] 그렇다면, 레르몬토프의 시적 상상력에도 이러한 도
식이 적용될 수 있을까?

---

73 Geoffrey H. Hartman, "Romanticism and Antiself-consciousness", Robert Gleckner and Gerald
  Enscoe eds., *Romanticism: Points of View*, Second Edition, Detroit: Wayne State University
  Press, 1975, pp.286~297.
74 푸슈킨의 「악마」는 이러한 도식이 가장 잘 적용될 수 있는 예이다.

2연의 4행, 그리고 3연에서 보듯이, 서정적 화자에게서 기다림의 대상으로서의 미래와 후회의 대상으로서의 과거라는 시간 개념은 아무런 의미가 없다. 그는 아무것도 기다리지 않고 아무것도 후회하지 않기 때문이다. 따라서 그에게서 시간은 특정한 방향성을 갖고 있지 않으며, 전락이나 비약 또한 논리적으로 불가능하다. 다만 그가 찾는 것은「돛단배」에서처럼 '자유와 평온'이다. 그리고 그러한 자유와 평온의 상태로서 그가 지향, 소망하는 것은 잠이다. 이 잠의 내용을 꿈꾸는 것이 그에게서 상상력이 갖는 몫이다.

'하지만'이라는 4연의 서두가 말해 주듯, 그의 잠은 죽음을 상징하는 일반적인 잠과 다르다. 일반적으로 '무덤 속 차가운 잠'(=죽음)으로서의 잠은 삶의 중단을 전제로 하는 죽음 이후의 다른 삶, 다른 시간의 체험이지만, 이 시의 4~5연에서 묘사되는 잠은 삶의 연속으로서 현재의 시식 사이끼 더 합충되는 경험이다. 즉 여기서 '나'와 자연의 조화는 '나'라는 자의식의 소멸을 통해서 자연과 합일되는 방향으로 이루어지는 것이 아니라 자연 전체가 '나'에게 순응하는 방식으로 이루어진다. 그런 맥락에서 볼 때, 이 시에서의 상상력은 자연으로의 회귀가 아니라 자아의식의 확대 내지는 심화에 봉사한다.

정신분석학적으로 볼 때, 이 시는 자궁회귀로의 충동 혹은 욕망을 그대로 표현하고 있는 시이다. 4연에서 생명이 가슴에서 조용히 부풀어 오르는 잠이란 (모체의 자궁 속에서의) 태아의 잠에 다름 아니다. 그리고 5연에서, 밤낮으로 사랑의 노래를 불러 줄 수 있는 '달콤한 목소리'의 주인공은 물론 어머니이며, 동그만 '나'의 무덤(자궁) 위에 있는 '울창한 참나무'는 아버지의 형상이다. 그렇다면, '나'는 부모로부터 모든 것을 요구하는 자궁 속 '어린아이'이다. 다만, 이 '어린아이'는 실제의 태아와는 달리 '나'라는 자기의식을 보존하고 있다는 점이 다르다. 즉 그는 자신이 즉자로서의 태아임을 의식하고자 하는, 행복의 극대치를 경험하고자 하는 대자('나')이다. 물론 이러한 즉자-대자적 존재는 상상력 속에서만 가능하며, 이 상상 속의 '나'와 대조되는 것이 1연에서 혼자 길을 나서는 불행하고 무거운 현실의 '나'이다. 이 '나'는 아버지와 어머니를 모두 일찍 여읨으로써 자신이 소망하는 행복의 결여와 일찌감치 마주하게 된 고아 레르몬토프의 형상이다.

사실 레르몬토프에게서 고독과 죽음(잠)이란 주제는 이미 초기 시에서부터 나타난다. 대표적인 것이 1830년의 「고독」Odinochestvo이다.

> 이 속박의 삶을 우리가 고독 속에서
> 살아간다는 것은 얼마나 끔찍한가.
> 모두들 즐거움은 나눌 준비가 돼 있지만
> 아무도 슬픔은 나누려고 하지 않는다.
>
> 나 혼자 여기서, 공기의 황제처럼,
> 억눌린 가슴에 고통받으며,
> 나는 본다, 세월이 운명에 충실하게
> 꿈결처럼 흘러가는 걸.
>
> 그리고 도금되었지만,
> 옛날의 꿈과 함께 그대로 다시 오는 걸,
> 나는 본다, 고독한 관을,
> 관은 기다리고 있다. 왜 지상에서 머뭇거리는가?

아무도 그것에 대해 슬퍼하지 않고,

(나는 그걸 확신한다)

죽음을 더 기뻐할 것이다,

나의 탄생보다도……

4행 연구聯句 4개로 구성돼 있는 이 시에서 핵심적인 것은 자유의 결핍과 죽음에의 유혹이다. 서정적 화자에게서 삶의 슬픔이란 서로 나누지 않고 각자가 짊어져야 할 몫이며, 무심한 세월의 흐름 속에서 시간의 방향성 자체는 별 의미를 갖지 못한다. 그래서 '나'의 고독에 대응하는 것은 죽음을 기다리는 '고독한 관'이다. 이 시에서 결론적으로 말하고 있는 것은 '나'의 탄생보다도 더 기뻐할 일이 '나'의 죽음이라는 사실이다. 흥미로운 것은 죽음에 대한 예찬으로도 이해되는 이 시의 제목이 '고독'이라는 점이다. 요컨대, 레르몬토프에게서 고독은 죽음에 이르는 병이다.

비록 초기 시인 이 시에는 앞에서 본 「나 홀로 길을 나선다」와는 달리 죽음 이후의 시간에 대한 상상력이 결여되어 있지만, 두 시가 갖는 보다 중요한 공통점은 후대성posterity에 대한 상상력이 전혀 부재하다는 것이다. 사실상 동시대인들로부터의 고립만큼이나 본질적인 고독은 세대론적 단절로부터 온다. 이미 푸슈킨에게서는 「내가 소란한 거리를 따라 배회하거나」나 「기념비」 같은 작품에서 후대성이란 테마가 주제화되고 있다는 걸 살펴본 바 있지만, 레르몬토프에게선 그와 같은 테마가 거의 나타나지 않는다. 「기념비」에 대응할 만한 레르몬토프의 시 「명상」Duma, 1838은 이러한 차이를 비교할 수 있도록 해준다. 전체 4연 중에서 마지막 연을 보라.

음울하고 곧 잊혀진 군중처럼,

우리는 아무런 소리와 흔적도 없이 세상을 지나칠 것이다,

유용한 사상도, 천재가 착수한 작업도,

세월 속에 남겨 놓지 못한 채.

판관과 시민의 엄격함으로 우리의 재를,

후손은 경멸적인 시로 모욕할 것이다.

모든 것을 탕진한 아버지에 대한

기만당한 아들의 쓰디쓴 조소로써!

"나는 슬픈 눈으로 우리 세대를 바라본다"로 시작되는 이 시는 레르몬토프의 시로서는 특이하게 '우리'를 주어로 한 대표적인 시민주의 시에 속한다. 이 시에서 그는 정치적 격변기였던 1820년대와는 달리 정치적 반동기로 접어드는 1830년대 세대가 갖는 무력감과 부끄러움을 냉소적으로 그리고 있는데, 비록 현실이 그렇다 하더라도 미래, 후대에 대한 어떠한 긍정적인 전망도 제시하고 있지 않은 점은 「기념비」에서의 푸슈킨과 대조된다. 푸슈킨의 시에서 '나'는 '나'에 대한 미래의 사랑과 숭배를 장담하지만, 이 시에서 레르몬토프는 미래의 후손들이 '우리 시대'를 '판관과 시민의 엄격함'으로 바라보고 '경멸적인 시'로 모욕할 거라고 말한다. 미래에 대한 이러한 관념은 이미 지적한 바대로 레르몬토프의 환유적인 시간관과 무관하지 않다.

이 시에서 '우리 시대'에 대한 후손(=후대)의 비판적 시각에는 현재 시인 자신이 자기 세대를 바라보는 시각이 그대로 투영되어 있다. 즉 후대성은 시인의 자아비판적 초자아가 투사된 것에 다름 아니다. 레르몬토프의 '우리'는 서정적 자아인 '나'의 확장이며, 그에게서 후손은 '우

리'의 연장이다. 레르몬토프의 전기에서 특징적이었던 것은 어머니의 이른 죽음과 함께 아버지-기능의 부재 혹은 약화였다. 그것이 의미하는 바는 그가 전범으로 삼아야 할 아버지상이 부재하다는 것이고, 이것은 푸슈킨과는 달리 그에게서 상징적 질서로서의 법이라는 테마가 거의 주제화되어 나타나지 않는다는 점과 관련된다. 그에게서 '아버지'는 상실되었지만, 다른 것으로 대체되지 않는다. 레르몬토프는 이것을 이 시에서 자신의 세대 전체의 문제로 환원시킨다. 이러한 세대 갈등의 구도를 도식화하면 다음과 같다.

$$F_M(S)=(S \cap O) \rightarrow (S \cup O) \rightarrow (S \leftrightarrow \$)$$
$$\Leftrightarrow (나 \cap 아버지) \rightarrow (나 \cup 아버지) \rightarrow (후손 \leftrightarrow 아버지로서의 나)$$

이리한 도식 속에서 레르몬토프의 고립과 고독은 세대론적 차원으로 전이된다. 그리고 그의 세대는 예언한 바대로 아무런 소리도 흔적도 없이 세상을 지나쳐 버렸다. 그리하여 푸슈킨의 죽음이 국가적인 사건으로서 애도되었던 것과는 달리 레르몬토프의 죽음은 지극히 개인적인 죽음으로 한정되었으며,[75] 푸슈킨이 자신을 대신할 후계자로서 레르몬토프 등을 문학사에 남겨 놓은 것과는 달리, 레르몬토프의 시적 계보는 그에게서 단절되었다.[76] 대부분이 생전에 발표되지 않았고, 또 발표되었더라도 독자들에게서 곧 잊혀진 레르몬토프의 많은 초기 시들 가운데 한 편인 「인생의 잔」Chasha zhizni, 1831[77]에서 이미 레르몬토프는 인생이라는 잔에 담긴 술은 공허이며, 그 잔으로 마셨던 꿈조차도 자신(우리)의 것이 아니라고 말한 바 있다. 그의 환유적인 시간관에서 보자면, 그에게는 성장과 성숙이란 것이 가능하지 않은데, 거꾸로 말하면 그에게서는 이미 어릴 적에 세계관이 결정적이고 완성된 형태로 나타났다고 볼 수 있다. 「인생의 잔」은 그런 의미에서 그의 페시미즘적 세계관을 일찍부터 집약적으로 보여 주고 있다고 할 수 있다.

요컨대, 푸슈킨과 레르몬토프의 사후적 운명 또한 각각 그들의 애도적 상상력과 우울증적 상상력에 의해서 이미 암시되는 것이라고 말할 수 있다. 이제 결론적으로, 지금까지의 논의를 정리하고, 두 시인의 이러한 차이가 러시아 근대문학의 두 가지 기원으로서 어떻게 자리매김될 수 있는지 살펴보도록 하겠다.

4. 푸슈킨과 레르몬토프 문학의 자리

푸슈킨의 '기념비'와 레르몬토프의 '고독'. 이렇듯 대비되는 두 시인의 문학적 '종결'은 그들의 전기적 죽음에 대한 반응에서도 확인된다. 푸슈킨의 죽음은 전 러시아의 국가적 이슈가 되었는데, 기록에 따르면 그의 사망 소식이 전해진 직후 1837년 1월 28~29일에 그의 집 주변에는 2~5만 명의 문상객이 모여들었다고 한다.[78] 이에 비하면, 똑같이 결투로

---

75 황제 니콜라이 1세가 결투에서의 그의 사망 소식을 듣고, "개에게 어울리는 개죽음이군!"이라고 평한 것은 잘 알려진 일화이다

76 푸슈킨이 일종의 '문화적 신화'로서 러시아 모더니즘 문학에 끼친 영향에 대해서는 Boris Gasparov et al eds., *Cultural Mythologies of Russian Modernism*, Berkeley: University of California Press, 1992를 참조하라. 푸슈킨과 비교할 때 레르몬토프의 영향력은 미미한 수준인데, 그럼에도 주목할 만한 것은 알렉산드르 블로크와 레르몬토프의 관계이다. 두 시인의 관계에 대해서는 Choi Chzhon Sul, "Russkie poety-romantiki XIX-go veka v vospriyatii A. Bloka", St. Petersburg, 2001, pp.61~107[최종술, 「19세기 낭만주의 시인들에 대한 알렉산드르 블로크의 이해」]을 참조하라(이러한 친화적 영향관계가 암시하는 바는 블로크 또한 우울증적 상상력을 지닌 시인이 아닐까라는 점이다).

77 켈리는 레르몬토프에 대한 그의 전기의 맨 마지막 장에 '인생의 잔'(The Cup of Life)이란 제목을 붙였다. Laurence Kelly, *Lermontov: Tragedy in the Caucasus*, London: Tauris Parke Paperbacks, 2003, 7장 참조.

78 Marcus C. Levitt, *Russian Literary Politics and the Pushkin Celebration of 1880*, Ithaca: Cornell University Press, 1989, p.19 이하.

사망했지만 몇몇 친구와 동료 문인들만 애도를 표했던 레르몬토프의 죽음은 상당히 '초라한' 대접을 받았다. 푸슈킨의 천재성을 인정하면서도 요주의 인물로 간주했던 니콜라이 1세는 문상 인파에 놀라서 장례식 장소조차 비밀리에 변경하고 그의 6만의 군대로 하여금 만약의 사태에 대비하도록 했다. 그가 유가족에게 적절한 보상을 제공하면서도 푸슈킨의 동상을 건립하자는 주코프스키의 제안을 거부한 것은 이러한 '과잉 열기'에 대한 불편한 감정 때문이었을 것이다. 하지만 푸슈킨 사후 다소의 논란을 제기하며 반전된, '국민시인'에 대한 평가는 1880년 6월 모스크바에 세워진 최초의 푸슈킨 동상 제막과 함께 절정에 이른다. 푸슈킨 주간으로 선포된 3일간의 기념행사 마지막 날에 행해진 도스토예프스키의 연설[79]에서 푸슈킨은 다시 예언자적 시인으로 호명되었고, 위대한 천재로서 셰익스피어, 괴테, 세르반테스와 어깨를 나란히 하는, 아니 (나란히 할 뿐만 아니라) 전 세계적인 공명을 얻을 수 있는 유일한 시인이라는 점에서 오히려 그들을 능가하는 시인으로 간주되었다. 이러한 평가에는 물론 러시아인 특유의 과장과 자기도취가 얼마간 반영되어 있는 것이겠지만, 중요한 것은 이로써 푸슈킨의 국민시인으로서의 이미지가 러시아인들에게 고착되었다는 사실이다. 하지만 푸슈킨에 대한 도스토예프스키식의 이해는 미적인 거리를 결여하고 있을뿐더러 많은 부분에 있어서 상상적(도스토예프스키식 표현에 의하면 '환상적')인 것에 지나지 않는다. 그것은 1820년대 동료 데카브리스트들이 푸슈킨에 대해서 가졌던 판타지(=오해)와 별반 다르지 않은데, '푸슈킨-이미지'

---

79 F. M. Dostoevsky, "Pushkin", V. M. Markovich and G. E. Potapova eds., A. S. Pushkin: Pro et Contra, pp.152~166. 이 연설의 배경과 의의 등에 대해서는 Marcus C. Levitt, Russian Literary Politics and the Pushkin Celebration of 1880, ch.5, pp.122~146을 참조하라.

란 근대 러시아의 국가적 정체성과 러시아인의 국민적 정체성 정립을 위해 요구된 일종의 국가적·국민적 판타지로 규정할 수 있기 때문이다.

그렇다면 그러한 판타지를 걷어 낸 푸슈킨 문학이 놓여야 할 자리는 어디인가? 이 새로운 자리설정을 위해서 필요한 것은 예술사·문학사에 대한 조금 더 보편적인 시각이다. 푸슈킨의 문학을 애도적 유형의 문학으로 분류하였지만, 사실 애도라는 것은 근대예술 일반이 갖는 특징이기도 하다. 근대란 이전 시대에 통합되어 있던 진·선·미의 가치분화를 전제로 한 합리화의 시대로 규정되기 때문이다. 하버마스에 의하면, 근대와 함께 문화의 영역은 과학과 도덕, 그리고 예술의 영역으로 분화되었으며, 각각의 가치 영역은 명제적 진리성(=진), 규범적 정당성(=선), 그리고 예술적 진실성(=미)의 기준에 따라 조직된다.[80] 이러한 분화에 따라서 각 가치 영역은 독자적인 논리에 따라 전개되면서 전문화되며, 어떤 작품의 예술성이 과학성이나 도덕성에 따라 평가되지 않는 결과를 낳는다. 다르게 말하면, 근대에 '미적인 것'으로서 예술을 경험하는 것은 과학적·도덕적 진리를 말할 수 있는 힘을 상실하거나 박탈당한 것으로 예술을 경험하는 것이다. 이러한 상실은 달리 말하면, '미적 소외'aesthetic alienation의 과정이다.[81] 푸슈킨으로부터 러시아 근대문학이 시작되었다는 주장은 그로부터 문학이 비로소 '미적인 것'으로서 자기 자신을 주장하고 그에 따라 창작되기 시작했다는 의미이다. 그리고 이것의 이면이 바로 진리의 상실로서의 미적 소외이다.

근대예술의 '자율성'이란 말은 바로 이러한 사정을 압축하고 있다.

---

80 장춘익, 「하버마스의 근대성이론」, 김재현·양운덕 엮음, 『하버마스의 사상』, 나남, 1996, 266쪽.
81 Jay M. Bernstein, *The Fate of Art*, Cambridge: Polity Press, 1992, p.4.

그리고 이 자율적인 예술의 관심 대상은 (심)미적·사적私的 진실로서의 '이스티나'istina이다. 이 이스티나에 대비되는 개념이 공적 진리로서의 대문자 진리, 즉 '프라우다'pravda인데, 이스티나는 거세된 프라우다라고 말할 수 있을 것이다.[82] 러시아 문학사에서 이러한 거세가 표시될 수 있는 지점이 바로 1825년의 데카브리스트 봉기이다. '시민적 낭만주의자'로서의 데카브리스트들은 시적 이스티나와 정치적 책임으로서의 시민적 프라우다를 동일시하거나 동일시하려고 했다. 그것이 이른바 데카브리스트 시학이며, 1820년을 전후로 한 푸슈킨의 문학적 활동은 그러한 시학의 범위 내에서 규정될 수 있다. 그리고 비록 데카브리스트 운동에 적극 가담하지는 않았지만, 차다예프와의 교우를 통해서 정치의식이 각성된 푸슈킨의 '정치시'들은 (전적으로 본의는 아니더라도) 데카브리스트들에게 많은 영향을 끼치게 된다. 이 시기의 시인 모델은 그에게서 시민-시인 혹은 더 나아가 예언자-시인이었다.

하지만 데카브리스트 봉기의 실패와 함께 혼자서 살아남은 '러시아의 아리온' 푸슈킨의 문학적 태도는 점차 변모하기 시작한다. 예언자-시인으로부터 예술가-시인으로의 변신이 그것인데, 이때 예술가-시인에 의한 예언자-시인의 대체는 등가적인 것이 아니라 수축적인 것이다. 즉 그러한 대체는 말끔하게 이루어지는 것이 아니라 예언적 진리로서의 프라우다의 상실이라는 공백을 남기는데, 이 공백을 채우는 것이 이스티나이며, (자유의 이중성과 마찬가지로) 진리의 이중성에 대한 포즈이

---

82 과거 소비에트 사회에서 이스티나는 사회에서 공식적으로 통용되는 일상적 진리로서의 프라우다보다 한 차원 높은 진실을 의미했는데, 그것은 프라우다가 소련 공산당 기관지의 이름이자 소비에트의 공식적 맑스-레닌주의의 이데올로기로 전용되면서 그 본래적 대의성(Cause)을 상실했기 때문에 빚어진 가치의 전도이다.

다. 이러한 변신과 대체의 과정은 아래와 같이 표시될 수 있다.

$$F_T(S)=(S \cap O_1) \rightarrow (S \cup O_1) \rightarrow (S \cap O_2)$$
$$\Leftrightarrow (푸슈킨 \cap 프라우다) \rightarrow (푸슈킨 \cup 프라우다) \rightarrow (푸슈킨 \cap 이스티나)$$

물론 프라우다로부터 이스티나로의 이행은 상실에 대한 정서적 반응태도로서 애도를 낳는다. 그런 의미에서, 푸슈킨에 의한 러시아 근대문학의 정립은 애도의 정서를 바탕에 둔다고 말할 수 있으며, 푸슈킨의 문학적 개체발생은 그런 점에서 '러시아적 현상'이 아니라 근대문학의 일반론적인 계통발생과 자기규정을 그대로 반복하는 것이다. 근대예술을 애도의 예술이라고 할 때, 이러한 애도의 기본적 메커니즘은 시가 진리 혹은 정치와 무관하다는 소외적 자기규정을 시적·예술직 이스티나와 정치적 프라우다를 분리시킴으로써, 즉 진리의 이중성을 주깅힘으로써 방어하는 것이다. 이에 따르면, 시는 사체의 고유한 진리를 가지며, 이것이 예술가-시인의 자립근거이다. 이 진리는 하이데거의 용어를 빌리면 '약한 진리'weak truth이다. "예컨대 예술의 기술과 무엇보다도 시의 창작은 처음부터 죽어 있는 형식으로 생산되는 예술작품을 지속의 능력을 지닌 잔여물로, 기념비로 변형시키려는 전략으로 볼 수 있다. 예술작품이 지속성의 능력을 갖는 것은 그 힘 때문이 아니라, 그 약함 때문이다."[83] 즉 근대사회에서 시가 예술작품으로 존속하는 것은 프라우다의 박탈이라는 거세의 과정을 거침으로써 자신의 무능력을 승인한 이후이다. 그때 시는 '기념비'가 되며 나약함의 기술로 자신을 보존한다.

---

83 Gianni Vattimo, *The End of Modernity*, Baltimore: The Johns Hopkins University Press, 1988, p.86.

하지만 근대예술의 정념론적 기원으로 애도만이 가능한 것은 아니다. 우리는 또 다른 (가능한) 정념으로서 우울증을 제시할 수 있다. 이 우울증의 자리에서 던져지는 질문은 근대문학의 이면에서, 가령 러시아의 경우에 '데카브리스트 이후에도 서정시는 과연 가능한가?'라는 물음이다. 이 과격한 물음은 애도가 갖는 궁극적인 자기중심적 자기보존성에 흠집을 내며, 상실에 대한 애도를 애도의 불가능성으로 대치한다. 그러한 불가능성의 자리에서 생성되는 것이 바로 우울증의 문학이다. 우울증의 문학과 예술은 대상의 상실, 프라우다의 상실이라는 실재를 상징계적 차원에서 승인하거나 수용하지 않으며, 대상의 상실을 그 잔여물로서의 부분대상에 대한 집착을 통해서 회복하고자 한다.

개체적 인간에게서의 근원적인 상실, 즉 어머니라는 대상의 상실을 대체하는 대표적인 부분대상은, 라캉에 의하면 어머니의 눈길(시선)과 목소리(음성)이다. 그리고 "시인에게 어머니의 목소리에 대한 향수는 무한한 음성의 가능성을 지닌 본원적인 음성의 모태를 되찾으려는 욕망과 뒤섞인다".[84] 이때의 목소리가 '대상a'이다. 대상a는 주체가 주체로서 성립되기 위하여 기관organ으로부터 분리되어 나온 근원지를 가리킨다. 그것은 주체의 본원적이며 회복할 수 없는 존재의 결핍을 상징하는데, 물론 이것은 실재하는 어떤 대상 속에서도 진정 다시 발견될 수 없을 것이다.[85] 그런 의미에서 대상a에 대한 욕망은 무無에 대한 욕망이며 불가능성에 대한 욕망이다. 우울증의 문학은 이러한 욕망이 겪는 파노라마의 문학적 상관물이다.

84 미셸 콜로, 『현대시와 지평구조』, 정선아 옮김, 문학과지성사, 2003, 157쪽.
85 같은 책, 158쪽.

레르몬토프 시의 기원을 이루는 원초적 장면에서 확인할 수 있었던 것은 천사(=어머니)의 상실과 그것을 대신하는 대상a로서의 목소리였다. 그런 의미에서 레르몬토프의 창작은 전형적으로 우울증을 자기 문학의 동력으로 갖고 있는 셈인데, 이것이 개인적인 차원에서 정치적인 차원으로 전화하는 계기가 '시인의 죽음', 곧 푸슈킨의 죽음이다.「시인의 죽음」에서의 결론적인 예언 — "너희는 너희의 검은 피로 아무리 해도 / 시인의 정의로운 피를 씻어 내지 못할 것이다!" — 에서 레르몬토프가 이해하기에, 푸슈킨의 죽음에 의해서 상실된 것은 '시인의 정의로운 피' 즉 '프라우다'이며, 그것은 결코 (너희의) '검은 피'로 씻어 낼 수 없다. 즉 그것은 어떠한 경우에도 이스티나로 대체될 수 없으며 따라서 애도될 수 없다. 그것은 아래와 같이 정식화될 수 있다.

$$F_M(S) = (S \cap O) \rightarrow (S \cup O) \rightarrow (S \leftrightarrow \$)$$

↳ (네르몬토프∩프라우다) → (레르몬토프∪프라우다) → (프라우다↔검은 피)

상실된 대상의 자리에서, 프라우다가 문학적 지향의 대상, 더 정확하게는 대상a가 될 때, 애도적 문학과는 다른 종류의 문학으로서 우울증적 문학이 성립하게 된다. 이러한 관점에서, 푸슈킨과 레르몬토프의 문학은 문체론적인 차원이 아니라 정념론적 차원에서 러시아 근대문학의 두 기원으로 간주할 수 있을 것이다.

참고문헌

■ 1차 문헌

Lermontov, M. Yu., *Polnoe Sobranie Sochinenii v 4 tomakh*, Leningrad, 1979
　[레르몬토프 전집(전4권)].
Pushkin, A. S., *Polnoe Sobranie Sochinenii v 10 tomakh*, Leningrad, 1977
　[푸슈킨 전집(전10권)].

■ 2차 문헌

(1) 러시아어

Alekseev, Mikhail P., "Stikhotvorenie Pushkina 〈Ya pamyatnik sebe vozdvig……〉",
　Pushkin i mirovaya literatura, Leningrad, 1987 [「푸슈킨의 시 「나는 손으로 만들지
　않은 기념비를 세웠노라」」, 『푸슈킨과 세계문학』].
_____ ed., *M. Yu. Lermontov*, Leningrad, 1979 [『레르몬토프』].
_____ ed., *Shekspir i russkaya kul'tura*, Moskva, 1965 [『셰익스피어와 러시아 문화』].
Bazanov, Vissarion G. and Vatsuro, V. E., *Literaturnoe Nasledie Dekabristov*, Leningrad,
　1975 [『데카브리스트들의 문학적 유산』].
Belinsky, V. G., *Sochineniya Aleksandra Pushkina*, Moskva, 1985 [『알렉산드르 푸슈킨의
　창작』].
Blagoi, Dmitry, *Tvorcheskii put' Pushkina(1813~1826)*. Moskva, 1950 [『푸슈킨의 창작
　세계(1813~1826)』].
_____, *Masterstvo Pushkina*, Moskva, 1955 [『푸슈킨의 기교』].
Bocharov, S., *Poetika Pushkina*, Moskva, 1974 [『푸슈킨의 시』].
Bondi, S., *O Pushkine*, Moskva, 1978 [『푸슈킨에 관하여』].
Chzhon Sul, Choi, "Russkie poety-romantiki XIX-go veka v vospriyatii A. Bloka",
　St. Petersburg, 2001 [「19세기 낭만주의 시인들에 대한 알렉산드르 블로크의 이해」].
Eikhenbaum, Boris, *Lermontov*, München, 1967 [『레르몬토프』].
Farino, Ezhe, "Dve modeli liricheskogo 'ya' u Lermontova", Fomichev, S. A. eds.,
　Poeziya Pushkina: Tvorcheskaya evolyutsiya, Leningrad, 1986 [「레르폰토프의 서정
　시에서 '나'의 두 가지 모델」, 『푸슈킨의 시』].
Fokht, U. R., *Problemy romantizma: Sbornik Statei*, Moskva, 1967 [『낭만주의의 제 문제:

논문집』].

Frank, S. L., *Etyudy o Pushkine*, St.Petersburg, 1986 [『푸슈킨 소론』].

Frizman, L., *Dekabristy i russkaya literatura*, Moskva, 1988 [『데카브리스트와 러시아 문학』].

Ginzburg, L., *Literatura v poiskakh real'nosti*, Leningrad, 1987 [『문학과 현실 탐색』].

Girshman, M. M., *Analiz Poeticheskikh proizvedeii A. S. Pushkina, M. Yu. Lermontova, F. I. Tyutcheva*, Moskva, 1981 [『푸슈킨, 레르몬토프, 튜체프의 시 작품 분석』].

Gukovskii, G. A. *Pushkin i russkie romantiki*, Moskva, 1995 [『푸슈킨과 러시아 낭만주의 자들』].

Hak-Su, Kim, "Pushkin i Chaadaev", 『노어노문학』, 제1호, 1988 [『푸슈킨과 차다예프』].

Izmailov, N. V., *Ocherki tvorchestva Pushkina*, Leningrad, 1976 [『푸슈킨 작품에 관한 논고』].

Kibal'nik, S. A., *Khudozhestvennaya filosofiya Pushkina*, St.Petersburg, 1993 [『푸슈킨의 예술철학』].

Korovin, V. I., *Tvorcheskii put' Lermontova*, Moskva, 1973 [『레르몬토프의 작품세계』].

Kuleshov, V. I., *Istoriya russkoi literatury XIX veka*, Moskva, 1997 [『19세기 러시아 문학사』].

Kurilov, A. S. ed., *Istoriya romantizma v russkoi literature(1790~1825)*, Moskva, 1979 [『러시아 문학에서 낭만주의의 역사』].

Leiton, L. G., "Pushkin i Goratsii: 'Arion'", *Russkaya literatura* no.2, 1999 [「푸슈킨과 호라티우스: '아리온'」, 『러시아 문학』 no.2].

Levin, Yu. D., *Shekspir i russkaya literatura XIX veka*, Leningrad, 1988 [『셰익스피어와 19세기 러시아 문학』].

Lotman, Yuri M., *Analiz Poeticheskogo Teksta*, Leningrad, 1972 [『시 텍스트의 분석』].

_____, *Pushkin*, St.Petersburg, 1995 [『푸슈킨』].

_____, *V shkole poeticheskogo slova: Pushkin, Lermontov, Gogol'*, Moskva, 1988 [『시어의 유파 속에서: 푸슈킨, 레르몬토프, 고골』].

_____, *Uchebnik po russkoi literature*, Moskva, 2000 [『러시아 문학 교과서』].

Maimin, E. A., *O russkom romantizme*. Moskva, 1975 [『러시아 낭만주의에 관하여』].

Makogonenko, G. P., *Lermontov i Pushkin*, Leningrad, 1987 『레르몬토프와 푸슈킨』].

_____, *Tvorchestvo A. S. Pushkina v 1830-e gody(1833-1836)*, Leningrad , 1982 [『1830 년대 푸슈킨의 창작』].

Mann, Yuri, *Dinamika russkogo romantizma*, Moskva, 1995 [『러시아 낭만주의의 역동성』].

_____, *Poetika russkogo romantizma*, Moskva, 1976 [『러시아 낭만주의 시』].

Manuilov, V. A., *Lermontov*, Leningrad, 1964 [『레르몬토프』].

Manuilov, V. A. ed., *Lermontovskaya Entsiklopediya*, Moskva, 1999[『레르몬토프 백과사전』].

Markovich, V. M., *Pushkin i Lermontov v istorii russkoi literatury*, St.Petersburg, 1997 [『러시아 문학사에서 푸슈킨과 레르몬토프』].

Markovich, V. M. and Potapova, G. E. eds., *A. S. Pushkin: Pro et Contra*, St.Petersburg, 2000[『푸슈킨: 옹호와 비판』].

_____, *Yu. M. Lermontov: Pro et Contra*, St.Petersburg, 2002 [『레르몬토프: 옹호와 비판』].

Meilakh, B., *Zhizn' Aleksandra Pushkina*, Leningrad, 1974 [『알렉산드르 푸슈킨의 생애』].

Nemirovsky, I. V., "O 'Proroke' i Proroke", *Russkaya literatura* no.3, 2001 [「시 '예언자'와 예언자에 관하여」, 『러시아 문학』].

Nepomnyashchii, V. S., *Pushkin i sovremennaya kul'tura*, Moskva, 1996 [『푸슈킨과 현대 문화』].

Nevelev, G. A., *Pushkin ob 14-m dekabrya*, St.Petersburg, 1998[『푸슈킨과 12월 14일』].

Novikov, I. A., *Pushkin na yuge*, Alma-ata, 1983 [『남방 유배기의 푸슈킨』].

Shatalov, S. E. ed., *Istoriya romantizma v russkoi literature(1825~1840)*, Moskva, 1979 [『러시아 문학에서 낭만주의의 역사』].

Smirnov, A. A., *Romanticheskaya lirika A. S. Pushkina*, Moskva, 1994 [『푸슈킨의 낭만적 서정시』].

Tomashevsky, B., *Pushkin*, Moskva, 1961 [『푸슈킨』].

_____, *Pushkin v 2 tomakh*, Moskva, 1999.

Tsvetaeva, M., *Moi Pushkin*, Moskva, 1981 [『나의 푸슈킨』].

Zhirmunskii, V, M., *Bairon i Pushkin*. München, 1970 [『바이런과 푸슈킨』].

Zhuravleva, A. I., *Lermontov v russkoi literature*, Moskva, 2002 [『러시아 문학에서 레르몬 토프』].

(2) 영어

Andrew, Joe, "The Blind will See: Narrative Gender in 'Taman'", *Russian Literature* no.31, 1993.

Arndt, Walter, "Ruslan and Liudmila: Introduction", *Alexander Pushkin: Collected Narrative and Lyrical Poetry*, Ann Arbor: Ardis, 1989.

Bagby, Lewis ed., *Lermontov's A Hero of Our Time: A Critical Companion*, Evanston, IL: Northwestern University Press, 2002.

Bayley, John, *Pushkin: A Comparative Commentary*, Cambridge: Cambridge University Press, 1971.

Bennett, Andrew, *Romantic Poets and the Culture of Posterity*, Cambridge: Cambridge University Press, 1999.

Berdyaev, Nikolai, *The Russian Idea*, Boston: Beacon, 1962.

Bernstein, Jay M., *The Fate of Art*, Cambridge: Polity Press, 1992.

Bethea, David M., *Realizing Metaphors: Alexander Pushkin and the Life of the Poet*,

Madison: The University of Wisconsin Press, 1998.

Blagoi, Dmitry, *The Sacred Lyre: Essays on the Life and Work of Alexander Pushkin*, Moscow: Raduga Publishers, 1982.

Blumenberg, Hans, *Shipwreck with Spectator*, Cambridge: The MIT Press, 1997.

Briggs, Anthony, *Alexander Pushkin*, London: Barns & Noble Books, 1983.

Brown, William Edward, *A History of 18th Century Russian Literature*, Ann Arbor: Ardis, 1980.

_____, *A History of Russian Literature of the Romantic Period* vol.4. Ann Arbor: Ardis, 1986.

Clayton, John Douglas, "Towards a Feminist Reading of Evgenij Onegin", *Canadian Slavonic Papers* vol. 29, Nos. 2-3, 1987.

Debreczeny, Paul, *Social Functions of Literature: Alexander Pushkin and Russian Culture*, Stanford: Stanford University Press, 1997.

Eagleton, Terry, *The Ideology of the Aesthetic*, Cambridge: Blackwell, 1992.

Eikhenbaum, Boris M., *Lermontov*, Ann Arbor: Ardis, 1981.

Evans, Dylan, *An Introductory Dictionary of Lacanian Psychoanalysis*, London: Routledge, 1996.

Fink, Bruce, *The Lacanian Subject*, Princeton: Princeton University Press, 1995.

Freud, Sigmund, "A Note on the 'Mystic Writing-Pad'", *On Metapsychology*, London: Penguin Books, 1991.

_____, "Mourning and Melancholia" *On Metapsychology*, London: Penguin books, 1991.

Garrard, John, *Mikhail Lermontov*, Boston: Twayne Publishers, 1982.

Gasparov, Boris et als ed., *Cultural Mythologies of Russian Modernism*, Berkeley, Calif.: University of California Press, 1992.

Greimas, Algirdas Julien and Jacques Fontanille, *The Semiotics of Passions*, Minneapolis: University of Minnesota Press, 1993.

Greenleaf, Monika, *Pushkin and Romantic Fashion*, Stanford: Stanford University Press, 1994.

Gutsche, George J. and Lauren G. Leighton, *New Perspectives on Nineteenth century Russian Prose*, Columbus, Ohio: Slavica Publishers, 1982.

Hayden, Peter, "Tsarskoe Selo: The History of the Ekaterininskii and Aleksandrovskii Parks", Lev Losev and Barry Scherr eds., *A Sense of Place: Tsarskoe Selo and its Poets*, Columbus, Ohio: Slavica Publishers, 1994.

Hartman, Geoffrey H., "Romanticism and Antiself-consciousness", Robert Gleckner and Gerald Enscoe eds., *Romanticism: Points of View*, Second Edition, Detroit: Wayne State University Press, 1975.

Hosking, Geoffrey, *Russia and the Russians: A History*, Cambridge: Harvard University Press, 2001.

Horowitz, Brian, *The Myth of A. S. Pushkin in Russia's Silver Age*, Evanston: Northwestern University Press, 1996.

Kaiser, David, *Romanticism, Aesthetics, and Nationalism*, Cambridge: Cambridge University Press, 1999.

Kelly, Laurence, *Lermontov: Tragedy in the Caucasus*, Tauris Parke Paperbacks, 2003.

Kristeva, Julia, *Powers of Horror: An Essay on Abjection*, New York: Columbia University Press, 1982.

_____, *Black Sun: Depression and Melancholia*, New York: Columbia University Press, 1989.

L'Ami, Charles E. and Alexander Welikotny, *Michael Lermontov*, Winnipeg: The University of Manitova Press, 1967.

Lavrin, Janko, *Pushkin and Russian Literature*, New York: Russell & Russell, 1969.

Levitt, Marcus C., *Russian Literary Politics and the Pushkin Celebration of 1880*, Ithaca: Cornell University Press, 1989.

Lovejoy, A.O., "On the Discrimination of Romanticisms", Gleckner, R. F. and Enscoe, G. E., *Romanticism: Points of View*, Second Edition, Detroit: Wayne State University Press, 1975.

McNally, Raymond, "Chaadaev's Evaluation of Peter the Great", *Slavic Review XXIII*, no.1, Mar., 1964.

Mikkelson, G. E., "Pushkin's 'Arion': A Lone Survivor's Cry", *SEEJ* vol. 24, no.1, 1980.

Miller, Tsetsiliia, "Lermontov Reads Eugene Onegin", *The Russian Review*, vol. 53, Jan., 1994.

Mirsky, Dmitry S., *Pushkin*, London: E. P. Dutton & Co., 1963.

Morgan IV, James L., "Love, Friendship, and Poetic Voice in Aleksandr Pushkin's Lycee Elegies", *Slavic Review* vol.58, no.2, 1999.

Moser, Charles A. ed., *The History of Russian Literature*, Cambridge: Cambridge University Press, 1992.

Nabokov, Vladimir, "Introduction", *A Hero of Our Times*, New York: Everymen's Library, 1992.

Ponomareff, Constantin V., *On the Dark Side of Russian Literature(1709~1910)*, New York: Peter Lang, 1987.

Preobrazhensky, Aleksandr G., *Etymological Dictionary of the Russian Language*, New York: Columbia University Press, 1964.

Rancour-Laferriere, Daniel ed., *Russian Literature and Psychoanalysis*, Philadelphia: John Benjamins Publishing Company, 1989.

Reid, Robert ed., *Problems of Russian Romanticism*, Brookfield: Gower Publishing Company, 1986.

Ricoeur, Paul, *Freud and Philosophy*, New Haven: Yale University Press, 1970.

Robert, Marthe, *Origins of the Novel*, Bloomington: Indiana University Press, 1980.

Rose, Gillian, *Mourning becomes the Law*, Cambridge: Cambridge University Press, 1996.

Sandler, Stephanie, "The Poetics of Authority in Pushkin's 'André Chénier'", *Slavic Review* vol.42, 1983.

_____, *Distant Pleasures: Alexander Pushkin and the Writing of Exile*, Stanford University Press, 1989.

Saussure, Ferdinand de, *Course in General Linguistics*, McGraw-Hill Book Company, 1966.

Shaw, Joseph Thomas, *Pushkin Poems and Other Studies*, Idyllwild: Charles Schlacks, Jr., 1996.

_____, *Pushkin: A Concordance to the Poetry*, Slavica Publishers, 1985.

Smernoff, Richard, *André Chénier*, Boston: Twayne Publishers, 1977.

Terras, Victor ed., *Handbook of Russian Literature*, New Haven: Yale University Press, 1985.

_____, "Pushkin and Romanticism", *Alexander Pushkin Symposium II*, Columbus: Slavica, 1980.

Todd, William Mills, *Fiction and Society in the Age of Pushkin*, Cambridge: Cambridge University Press, 1986.

Troyat, Henri, *Pushkin*, New York: Doubleday & Company, 1970.

Vattimo, Gianni, *The End of Modernity*, The Johns Hopkins University Press, 1988.

Vickery, Walter, "Kyukhel'beker's 'On the Death of Chernov' and Lermontov's 'The Death of a Poet': The 'Foreigners'", Julian Connolly ed., *Studies in Russian Literature in honor of Vsevolod Setchkarev*, Columbus: Slavica Publishers, 1986.

_____, "'Arion': An Example of Post-Decembrist Semantics", Andrej Kodjak and Kiril Taranovsky eds., *Alexander Puskin: A Symposium on the 175th Anniversary of His Birth*, New York: New York University Press, 1976.

_____, *Alexander Pushkin*, New York: Twayne Publishers, 1970.

_____, *Alexander Pushkin*, Revised Edition, New York: Twayne Publishers, 1992.

Wolff, Tatiana, *Pushkin on Literature*, London: Methuen & Co Ltd, 1971.

Zholkovsky, Alexander, *Text Counter Text*, Stanford: Stanford University Press, 1994.

Žižek, Slavoj, *The Sublime Object of Ideology*, Loncon: Verso, 1989.

_____, *Welcome to the Desert of the Real*, Loncon: Verso, 2002.

_____, "Passions of the Real, Passions of Semblance", 제7회 다산기념 철학강좌(2003.

10), 제1강연문.

_____, "From Biogenetics to Psychoanalysis", 제7회 다산기념 철학강좌, 제2강연문.

_____, "Organs without Bodies", 제7회 다산기념 철학강좌, 특별강연문.

_____, "How to Live with Catastrophies?", 제7회 다산기념 철학강좌, 제4강연문.

(3) 한국어

고들리에, 모리스, 「아이를 만드는 데 한 남자와 한 여자만으로는 충분하지 않다」, 학술협의
    회 초청 제4회 석학연속강좌(2003. 11), 제2강연문.

고창범, 『쉴러의 문학과 미학』, 서울대학교출판부, 2000.

김봉구 외, 『새로운 불문학사』, 일조각, 1983.

김성도, 『구조에서 감성으로: 그레마스의 기호학 및 일반 의미론의 연구』, 고려대학교출판
    부, 2002.

김원한, 「『예브게니 오네긴』과 푸슈킨의 낭만주의」, 서울대학교 박사학위논문, 1999.

김진영, 「Exegi monumentum」, 『노어노문학』 제6권, 한국노어노문학회, 1994.

_____, 「푸슈킨과 사랑의 수사학」, 『러시아연구』 제6권, 서울대 러시아연구소, 1996.

_____, 「메아리로서의 시인」, 『러시아연구』 제11권 제1호, 서울대 러시아연구소, 2002.

랑송, 귀스타브, 『불문학사(상)』, 정기수 옮김, 을유문화사, 1997.

로베르, 마르트, 『기원의 소설, 소설의 기원』, 김치수·이윤옥 옮김, 문학과지성사, 1999.

루카치, 게오르그, 『역사소설론』, 이영욱 옮김, 거름, 1999.

리녀, 대리언, 『라캉』, 이수명 옮김, 김영사, 2002.

문이런, 「러시아 역사의 의미에 대한 차다에프의 해석」, 서울대학교 석사학위논문, 1995.

미국정신분석학회 엮음, 『정신분석 용어사전』, 이재훈 외 옮김, 한국심리치료연구소, 2002.

바니에, 알랭, 『정신분석의 기본원리』, 김연권 옮김, 솔, 1999.

박인철, 『파리학파의 기호학』, 민음사, 2003.

벨린스키, 비사리온, 『전형성, 파토스, 현실성』, 심성보 외 옮김, 한길사, 2003.

벨맹-노엘, 장, 『문학텍스트의 정신분석』, 최애영·심재중 옮김, 동문선, 2001.

보러, 칼 하인츠, 『절대적 현존』, 최문규 옮김, 문학동네, 1995.

셀릭만, 마틴, 『무기력의 심리』, 윤진·조긍호 옮김, 탐구당, 1983.

소쉬르, 페르디낭 드, 『일반언어학 강의』, 최승언 옮김, 민음사, 1990.

쉴러, 프리드리히, 『소박문학과 감상문학』, 장상용 옮김, 인하대출판부, 1996.

에반스, 딜런, 『라캉 정신분석사전』, 김종주 외 옮김, 인간사랑, 1998.

여성문화이론연구소 엮음, 『페미니즘과 정신분석』, 도서출판 여이연, 2003.

영, 로버트, 『오이디푸스 콤플렉스』, 이정은 옮김, 이제이북스, 2002.

이글턴, 테리, 『미학사상』, 방대원 옮김, 한신문화사, 1995.

이와마 도오루, 『뿌쉬긴과 12월 혁명』, 이호철 옮김, 실천문학사, 1987.

이현우, 「낭만적 주인공의 잉여성에 관한 연구: 오네긴과 페초린을 중심으로」, 서울대학교
    석사학위논문, 1996.

장춘익 외, 『하버마스의 사상』, 나남출판, 1996.

조주관 엮음, 『러시아시강의』, 열린책들, 1993.

지라르, 르네, 『낭만적 거짓과 소설적 진실』, 김치수·송의경 옮김, 한길사, 2001.

지명렬, 『독일낭만주의연구』, 일지사, 1988.

지젝, 슬라보예, 『이데올로기라는 숭고한 대상』, 이수련 옮김, 민음사, 2002.

쯔베또바, 『푸슈킨』, 이상원 옮김, 건국대출판부, 1997.

키발닉, 세르게이, 『끝없는 평원의 시들지 않는 말들』, 최선 옮김, 천지, 1993.

카시러, 에른스트, 『루소, 칸트, 괴테』, 유철 옮김, 서광사, 1996.

칸트, 이마누엘, 「계몽이란 무엇인가에 대한 답변」, 『칸트의 역사철학』, 이한구 편역, 서광사,
    1992.

콜로, 미셸, 『현대시와 지평구조』, 정선아 옮김, 문학과지성사, 2003.

크리스테바, 줄리아, 『공포의 권력』, 서민원 옮김, 동문선, 2001.

푸슈킨, 알렉산드르, 『삶이 그대를 속일지라도』, 최선 옮김, 민음사, 1997.

_____ , 『삶이 그대를 속일지라도』, 박형규 옮김, 솔, 1999.

_____ , 『예브게니 오네긴』, 허승철 옮김, 솔, 1999.

_____ , 『잠 안 오는 밤에 쓴 시』, 석영중 옮김, 열린책들, 1999.

프레이저, 제임스 조지, 『황금가지』, 이경덕 옮김, 까치, 2000.

프로이트, 지그문트, 「가족로맨스」, 『성욕에 관한 세 편의 에세이』, 김정일 옮김, 열린책들,
    1996.

_____ , 「슬픔과 우울증」, 『무의식에 관하여』, 윤희기 옮김, 열린책들, 1997.

_____ , 「신비스런 글쓰기 판'에 베긴 소고」, 『쾌락원칙을 넘어서』, 박찬부 옮김, 열린책들,
    1997.

핑크, 브루스, 『라캉과 정신의학』, 맹정현 옮김, 민음사, 2002.

하우저, 아르놀트, 『예술사의 철학』, 황지우 옮김, 돌베개, 1983.

헌트, 린, 『프랑스 혁명의 가족로망스』, 조한욱 옮김, 새물결, 1999.

홉스봄, 에릭, 『혁명의 시대』, 정도영·차명수 옮김, 한길사, 1998.

홍준기, 「자크 라캉, 프로이트로의 복귀」, 『라캉의 재탄생』, 창작과비평사, 2002.

히스, 덩컨, 『낭만주의』, 김영사, 2002.

(4) 기타 자료

http://www.magister.msk.ru/library/pushkin/pushkin.htm

http://www.poetryloverspage.com/poets/lermontov/lermontov_ind.html

인물 연보

알렉산드르 푸슈킨

1799년	5월 26일, 모스크바 중류 귀족가정에서 태어남
1811~1817년	차르스코예 셀로의 리체이에서 수학
1815년	리체이 진급 시험에서 자작시 「차르스코예 셀로의 회상」을 낭송하여 배석했던 당대 최고의 시인 데르자빈에게 천재적 재능을 인정받음
1814~1817년	반체제적 경향의 청년 장교 차다예프, 카베린, 라예프스키 등과 교류함
1817~1820년	리체이 졸업 후에 외무부에 근무함
1820년	송시 「자유」 및 그 밖의 '정치시'와 짧은 풍자시로 인해, 알렉산드르 1세의 명령으로 남러시아로 추방됨
1820년	첫 서사시 『루슬란과 류드밀라』를 발표함
1820년	라예프스키 장군의 가족과 함께 북 카프카스 등지를 여행함
1820년	데카브리스트인 라예프스키 등과 사귐
1822년	첫 남방서사시 「카프카스의 포로」 출간
1823년	두번째 남방서사시 「바흐치사라이의 분수」 출간
1824년	새 유형지인 미하일로프스코예 마을로 옮김. 운문소설 『예브게니 오네긴』 집필을 계속함
1825년	희곡 『보리스 고두노프』를 완성함. 이 해 12월에 데카브리스트 봉기가 일어남
1826년	니콜라이 1세의 지시로 모스크바에 불려와 심문을 받음. '봉기 날 푸슈킨이 페테르부르크에 있었다면 무슨 짓을 했을까'라는 니콜라이 1세의 물음에 시인은 거사에 가담했을 것이라고 대답함. 유형에서 풀려났으나 이후 비밀감시를 받음
1826~1880년	「아리온」, 「시인」 등의 시를 씀
1828~1829년	모스크바의 한 무도회에서 나탈리야 곤차로바를 만나 그에게 청혼했으나 거절당함
1830년	4월에 곤차로바에게 두번째로 청혼하여 승낙을 얻음. 다음해 결혼함
1832년	4월에 드라마 『루살카』를, 10월에 『두브로프스키』를 집필함
1833년	중편소설 『대위의 딸』 집필을 시작함. 서사시 「청동기마상」, 「어부와 물고기 이야기」, 중편소설 『스페이드의 여왕』을 집필함. 니콜라이 1세의 명으로 궁정 시종보로 임명됨

1836년	잡지 『동시대인』 발행. 여기에 『대위의 딸』을 발표함
1836년	아내 곤차로바의 염문에 대한 익명의 투서를 받음. 동시에 그의 몇몇 벗들 역시 같은 내용의 편지를 받음. 푸슈킨은 이 편지가 단테스의 양아버지인 네덜란드 대사 헥케른에게서 온 것임을 확신하고, 단테스에게 결투를 청함. 그러나 단테스가 처제 예카테리나 곤차로바와 약혼하는 바람에 결투를 자제함
1837년	처제 예카테리나와의 결혼 이후에도 자신의 아내 나탈리아에게 계속해서 관심을 표하는 단테스와 페테르부르크 변두리에서 결투를 벌인 끝에 치명상을 입고, 이틀 후인 1월 29일에 숨을 거둠

미하일 레르몬토프

1814년	10월 3일, 모스크바에서 태어남. 아버지는 스코틀랜드 혈통의 가난한 퇴역 대위 유리 페트로비치 레르몬토프였고, 어머니는 귀족 집안의 외동딸 마리야 아르세니예바였음
1817년	어머니 마리야 아르세니예바 사망(22세)
1825년	카프카스 온천장에서 휴양하던 중 첫사랑의 감정을 느낌. 이 해 데카브리스트 봉기가 일어남
1828년	모스크바국립대학교 부속 귀족학교에 입학. 이 시기부터 시, 희곡, 소설을 쓰기 시작함
1829~1841년	시사시 「악마」 집필 시작. 이후 개작과 퇴고를 거듭함
1830년	모스크바국립대학교 윤리정치학부에 입학
1832년	모스크바국립대학교를 중퇴하고 페테르부르크 근위사관학교에 입학. 역사소설 「바짐」(미완)을 쓰기 시작함
1835년	희곡 「가면무도회」를 씀
1836년	희곡 「두 형제」, 소설 「공작부인 리고프스카야」(미완) 집필
1837년	이 해 1월 푸슈킨이 단테스와의 결투에서 치명상을 입고 사망하자, 그의 죽음을 애도하면서 동시에 사교계와 권력층에 대한 분노를 담은 시 「시인의 죽음」을 발표함. 이 시를 통해 명성을 얻지만 그해 3월 카프카스로 좌천당하게 됨
1838년	외할머니와 시인 주코프스키의 탄원으로 사면되어, 모스크바를 거쳐 페테르부르크로 돌아옴
1839년	문학잡지 『조국잡기』에 「명상」, 「시인」, 「견습수도사」 등의 시를 발표하며 시인으로서 재능을 인정받았음. 3월에는 단편소설 「벨라」를 발표하며 소설가의 길에 들어섰으며, 이어 「운명론자」를 발표함

| 1840년 | 1월 『문학신문』에 시 「지루하고 우울하다」를 발표. 5월에는 「벨라」, 「타만」, 「운명론자」 등을 엮어 『우리 시대의 영웅』을 발표하여 호평을 받음. 10월 엄선된 26편의 시와 2편의 서사시가 수록된 시집 출간. 2월 18일 프랑스 공사의 아들 바랑과의 결투로 체포, 감금됐다가 카프카스로 추방됨 |
| 1841년 | 모스크바를 거쳐 페테르부르크로 돌아옴. 『우리 시대의 영웅』이 2판을 찍음. 당국의 명령에 따라 카프카스로 떠남. 여행 중 「논쟁」, 「꿈」, 「타마라」, 「나 홀로 길을 나서네」, 「예언자」 등의 시를 씀. 7월 15일, 학우였던 마르티노프 소령과 사소한 말다툼으로 인한 결투 끝에 27세로 짧은 생을 마침 |

본문에 인용된 시 목차

푸슈킨의 시(27편)

레르몬토프의 시(21편)

찾아보기